元代卷

贰

樂府續集

郭麗　吴相洲　編撰

元代卷
琴曲歌辭
雜曲歌辭
近代曲辭
雜歌謡辭
新樂府辭

上海古籍出版社

秋思

杜瑛

按，元詩以《秋思》爲題者甚衆，本卷止録與《樂府》《秋思》題旨近者。又，元人耶律楚材《彈秋思用樂天韻二絶示景賢》詩中有句云：「香山舊譜重拈出」「琴瑟徽如古殿苔」。①則琴曲《秋思》元時仍可入樂。

壯心忽忽劇懸旌，秋氣能令客子驚。白雁不聞雲外過，清霜先向鬢邊生。銅駝巷陌周東土，金鳳樓臺鄴北城。千古繁華俱一夢，空餘草木戰風聲。《全元詩》，册 3，第 24 頁

① 《全元詩》，册 1，第 302 頁。

同前

蕭國寶

閑看浮雲白，臨風清且凉。烟林含紫翠，霜菊間青黄。遠浦沉孤鷺，荒郊宿野航。心空隨地静，木石自相忘。《全元詩》，册 24，第 1 頁

同前二首

胡奎

西山日没東山紅，白蟾夜浴天河東。望舒逸駕碾晴空，銀床風葉墮疏桐。美人團扇辭漢宫，流螢稍稍入房櫳。空閨搗練夜未終，關山夢長啼早鴻。《全元詩》，册 48，第 243 頁

金井烏啼一葉秋，半規纖月挂銀鈎。不知天上雙星會，今夜穿針懶下樓。《全元詩》，册 48，第 300 頁

同前三首

李子翬

風動碧梧陰，迢迢院落深。綺窗微暝入，羅袖薄寒侵。塞雁雲中影，鄰簫月下音。金錢聊自擲，誰卜遠人心。

緑鎖葳蕤合，紅闌窈窕通。玉堦啼絡緯，金井落梧桐。碧海青鸞杳，文梁紫燕空。惟餘合懽扇，零落怨秋風。

綵樹燈初燼，金蓮漏正長。哀弦彈別曲，舞袖拭啼妝。蕙若秋風滿，芭蕉夜雨凉。梨園多白髮，夢裏按霓裳。《全元詩》，册65，第335頁

同前

王中

清鏡金鸞曉，啼痕玉筯分。邊心題錦字，楚夢別朝雲。落日催砧杵，西風帶雁群。看看芳歲晚，歸信幾時聞。《全元詩》，册65，第341頁

次韻潘明之秋思二首

許　謙

西風冉冉鬢毛侵，鳳老梧衰鎖夕陰。倚遍闌干重回首，斷鴻千里暮雲深。

靈槎夢徹漏聲殘，河漢無雲動碧瀾。閶闔班齊香案近，天衢月白露華寒。《全元詩》，册23，第386—387頁

蔡琰胡笳詞

楊維楨

按，《樂府詩集》有《胡笳十八拍》，《蔡琰胡笳詞》當出於此，故予收録。

胡笳悲，胡笳悲，遭家喪亂，胡越各東西。漢南破鏡天上飛，照鏡重畫閼氏眉。衣毳如絺，食乳如飴。日積月漬，口語侏儺。夜看北斗在南垂，胡天草青十二期，死甘胡鬼狼山陂。漢大將軍念中郎氏不嗣，贖以千金貲。單于貪鄙，輕合與離，卷蘆吹笳送南歸。碧眼狼子褫母衣，嗟爾去住猶狐疑，一步一遠足踟蹰。皇天白日不照父母國，偏照子母私心懸懸惄如饑。我作爾調

憤益悲，彼狼子，胡足慈。不見世違獸行兒，獸行妻母忍母死，句。鴂一戹。《全元詩》，册39，第228頁

飛龍引

徐履方

促促何促促，兩龍聯鑣吐明燭。燭龍妒人相窘束，况乃嫦娥膏其轂。倏崦嵫，忽暘谷，羽人星官來續續。千二百歲崆峒仙，幻化能令歲年速。玉杯寶瑑壽永延，孚尹散彩無新垣。蜚廉未集柏梁火，樓船一去隨飛烟。婆羅西來德彌天，貝宫璇題耀山川。地佳麗，徧空散花花不墜。逶迤看花龍緩轡，聖人從今千萬歲。《全元詩》，册65，第326頁

飛龍篇

梁寅

按，《樂府詩集·琴曲歌辭》有《飛龍引》，宋鄭樵《通志二十略·樂略一》「龍魚六曲」其三曰《飛龍篇》，其四曰《飛龍引》。① 則《飛龍篇》亦樂府，故予收録。

①《通志二十略》，第923頁。

西登空峒，如觀五城。雲霞垂彩，日月互明。玄鶴繞樹，青鹿長生。翹慕軒皇，問道廣成。至人不私，靈符親授。熟爾心田，窒爾情竇。駕風乘霓，八表騰驟。人寰糠粃，長樂玄囿。《全元詩》，册44，第277頁

烏夜啼引

陳基

詩序曰：「閩人王皖，爲淮東元帥府奏差，被誣繫獄。部使者使泰州尹趙子威讞之，平反其冤。」清梁章鉅《稱謂録》曰：「陳基《烏夜啼引》：『執法霜臺舊司臬。』案：稱按察使爲臬司，始此。」①

烏夜啼，在庭樹，烏啼啞啞天欲曙。阿兒被誣身繫獄，盡室煩冤受荼毒。烏啼胡爲繞吾屋，下堂喚婦起聽烏。忽喜淮南兒有書，書中報道兒罪脱，此樂欣欣天下無。兒歸拜母爲母說，泰州使君當世傑。執法霜臺舊司臬，明如青天皎如月。冤獄平反解縲紲，已死得生誣得雪。海可

① [清] 梁章鉅《稱謂録》卷二一，續修四庫全書，册1253，第237頁。

枯，山可裂，使君之德不可滅。烏啼愛我庭樹枝，我愛使君君不知。使君歸朝奉天子，日日聽烏爲君喜。《全元詩》，册 55，第 206 頁

烏夜啼

楊維楨

詩序曰：「《琴説》：『《烏夜啼》，何晏女造也。晏繫獄，有三烏啼舍上。女曰：烏有喜聲，父必遂免。』撰此操。」元人胡奎有《春夜聽何山人彈琴製烏夜啼曲》，述此曲甚詳，兹録於下：「梨花月白春冥冥，城烏夜啼當二更。初彈翩翩飛遶樹，再彈啞啞棲不住。雌雄引子復回翔，下上呼群自來去。高逼天門清露寒，牽牛蹋浪銀河乾。低翻塞草黄雲晚，秦女思家玉關遠。聯聯綿綿忽作行，恍然無聲風滿堂。老翁拂袖入門去，海日杲杲生東方。」①按，《樂府詩集·清商曲辭》亦有《烏夜啼》，乃宋臨川王義慶所作，與此義略同事稍異。

① 《全元詩》，册 48，第 224 頁。

父在圜區，女在父廬。女不得代父軀，願學緹縈作官奴。贖父死，父莫贖，泣呱呱。烏啼我廬夜嗚嗚，報官家，有赦書。父不辜，女反哺，如慈烏。《全元詩》，冊39，第227頁

宛轉行

胡奎

按，《樂府詩集·琴曲歌辭》有《宛轉歌》，元人《宛轉行》《宛轉詞》《宛轉曲》均當出於此，故予收録。又，胡奎《斗南老人集》置此詩於「古樂府」類。

宛轉復宛轉，一日千萬思。宛轉如琴上弦，宛轉如機上絲。機中別愁安可織，弦中別愁彈不得。關河迢迢隔遠天，歸路直如琴上弦。人間安得并州剪，剪斷琴弦與機絲，別情庶有窮盡時。宛轉復宛轉，宛轉如水中波。宛轉復宛轉，宛轉如機上梭。水波流恨去不返，機梭織愁可奈河。人生托交在知己，何論千里與萬里。長沙尚謫賈少年，東海誰招魯連子。豐城雙劍埋泥沙，斗間紫氣騰光華。當時張雷不識寶，千年綉澀生苔花。我歌宛轉行，使君傾耳聽。聖人在位黃河清，腰金佩玉皆俊英。莫戀山中紫芝好，丈夫立功當及早。《全元詩》，冊48，第136頁

宛轉行寄高徵君

胡　奎

宛轉復宛轉，日没還上天。宛轉復宛轉，月破還再圓。天道諒如此，人情當復然。與君雖未遇，何用嘆芳年。不見黄河水，朝朝入東海。東海有時枯，思君鎮相待。《全元詩》，册48，第137頁

宛轉詞

胡　奎

宛宛轉轉車下輪，紅紅緑緑百花春。紛紛汩汩馬蹄塵，寂寂寞寞閨中人。
宛宛轉轉機上絲，紅紅緑緑綉爲衣。紛紛汩汩胡蝶飛，寂寂寞寞人别離。
宛宛轉轉弦上音，紅紅緑緑隴西禽。紛紛汩汩愁人心，寂寂寞寞春閨深。《全元詩》，册48，第122頁

次韻繼學竹枝宛轉詞

袁桷

詩末小注曰：「約八月十五日抵京。」

長年久客學吴儂，應對嫦娥認妾容。聞道秋來三十日，雪花飄處似深冬。
聞郎腰瘦寄當歸，望盡天邊破鏡飛。昨夜燈花圓似粟，倚門不肯送郎衣。
宫羅疊雪撚金龍，郎去香奩手自封。還家貂裘綿百結，教妾今年兩度縫。
年年河鼓度天津，郎在灤陽見得真。今夕定知郎到日，桂華浮魄滿香輪。《全元詩》，册21，第327頁

前宛轉曲

馬祖常

紫檀出海南，削成琵琶槽。上有鴛鴦弦，彈曲聲嘈嘈。客問此何聲，新聲名絳桃。一奏桃始華，再奏花枝斜。笑靨頰暈粉，仙源飯蒸霞。度作新聲曲，春樹雙鶯逐。雙鶯逐，擲金梭，魚

藻蕩圓波。陌上行車帶結羅，絳桃年少光陰多。《全元詩》，册 29，第 394 頁

楊花宛轉曲

馬祖常

空中游絲已無賴，宛轉楊花猶百態。隨風撲帳拂香奩，度水點衣縈錦帶。輕薄顛狂風上下，燕子鶯兒各新嫁。釵頭燼墜玉蟲初，盆裏絲繅銀繭乍。欲落不落春沼平，無根無蔕作浮萍。纈波綉苔總成媚，人間最好是清明。清明艷陽三月天，帝里烟花匝酒船。石橋横直人家好，小海白魚跳碧藻。榆莢荷錢怨别離，不似楊花宛轉飛。楊花飛盡緑陰合，更看明年春雨時。《全元詩》，册 29，第 395 頁

同前

王沂

妾乘碧油車，郎乘青絲騎。相逢狹斜道，楊柳著花未。遲遲度紺幰，稍稍逐蘭珮。宛轉結深情，葳蕤含密意。游絲絆得陽春暉，乳燕銜將何處歸。翡翠輕裾承不著，寶環纖手捧還飛。合歡金縷結未已，馬啼聲斷鳴珂里。鳴珂芳草緑離離，楊花依舊逐游絲。游絲挂在空虚裏，莫

道春心無所似。《全元詩》，册33，第28頁

王敬伯歌

周南

舟泊通波亭，琴調離鸞聲。美人忽相見，感此琴中情。侍婢出箜篌，低回弦始更。扣金歌宛轉，意慘琴復清。贈以白玉爪，月落篷窗明。少年怪夢作，端由起心兵。《全元詩》，册42，第176—177頁

風入松

釋宗泐

金元好問有《聽姨女喬夫人鼓〈風入松〉》，則彼時《風入松》仍可入樂。明項元汴《蕉窗九録》曰：「琴爲書室中雅樂，不可一日不對清音，居士談古，若無古琴，新者亦須壁懸一床，無論能操，縱不善操，亦當有琴。淵明云：『但得琴中趣，何勞弦上音。』吾輩業琴不在記博，惟知琴趣，貴得其真。……《風入松》《御風行操》，致凉颸解愠。」①明胡震亨《唐音癸

① [明] 項元汴《蕉窗九録》，叢書集成初編，册1557，第47頁。

籤·樂通三》「琴曲」有僧皎然《風入松》，其題下小注曰：「操始嵇康。」①

高堂初宵山月明，長松飀飀奏清聲。清聲希微坐獨聽，援琴細意寫得成。調弦轉軫聲方起，忽覺松風生繞指。更深鬼哭巖前雲，夜半龍吟潭中水。一彈一奏聲緩促，有似松風時斷續。含商流徵清復哀，能使幽人聽不足。聽不足，琴忽罷，此時寂寂松無風，明月滿天涼露下。《全元詩》，册58，第372頁

① 《唐音癸籤》卷一四，第148頁。

卷二三一　元琴曲歌辭六

秋風

孫蕡

按，《樂府詩集·琴曲歌辭》有《秋風》，元詩題作《秋風》者甚衆，又有《秋風吟》《秋風行》等，或出於《秋風》，本卷止録與《樂府詩集·琴曲歌辭》《秋風》題旨近者。元劉秉忠《宋義甫彈秋風》曰：「高捲氈簾對明月，秋風一曲入琴彈。」①李齊賢《聽蹇道士彈秋風》亦曰：「我雖不能音，好琴莫如我。……迎我在虛室，爲我鳴絲桐。一鼓塵懷清，再鼓古意生。玉篆烟消人悄悄，整襟更作秋風調。」②則元時《秋風》仍可入樂。

秋風淅淅吹屏山，汴河之水聲潺潺。歸雲一似宦情薄，飛雁不將鄉信還。千峰澹對寂寞

---

① 《全元詩》，册3，第161頁。
② 《全元詩》，册33，第328頁。

景，孤客况棲羈旅間。且可狂歌對樽酒，未用慘戚懷江關。

秋風淅淅吹虹亭，汴河之柳猶青青。黄姑東渡會七夕，白帝西來朝百靈。初開琪樹已云落，遠别客愁今未醒。欲寫鄉書寄南雁，故園萬里天冥冥。《全元詩》，册 63，第 332 頁

秋風吟

王沂

征鴻歷歷明秋序，遠客翩翩適何許。馬頭黄葉落四五，回首青山欲飛舞。登高障袂望所思，思君不異瓊樹枝。江南王孫歸不歸，羅衣不奈西風吹。《全元詩》，册 33，第 32—33 頁

秋風行

舒頔

凉風起空闊，即漸吹寒聲。路遠衣裳單，良人久從征。妾身勤機杼，唯恐衣未成。短裁便鞍馬，密縫憂遠行。夫君昔辭家，王事迫期程。守邊十餘載，殺氣猶峥嶸。君以身狥國，妾亦死誓盟。志同心不改，庶保身後名。《全元詩》，册 43，第 263—264 頁

秋風歌

呂　浦

秋風起兮木葉下，美人別兮渺何許。燕城八月飛嚴霜，雁哀鳴兮度湘渚。秋風起兮吴雲飛，良人去兮胡不歸。挑燈夜夜弄機杼，霜花落杵鳴寒衣。江南鱸美蓴羹滑，冀北醍酥雪花白。兩地相思各一天，千里關山共明月。南登衡嶽峰，北望黄河水。河水發崑崙，一日一千里。滔滔汩汩無盡期，終然無復西歸理。紅顔年少時，艷奪枝上花。青春怨遲暮，兩鬢生霜華。忽忽流光若飛電，百年心事成蹉跎。勸君薄薄酒，聽我浩浩歌。人生適意即爲樂，何必碌碌悲天涯。秋風吹熟燕山禾，秋風吹白吴江波。秋風秋風兮奈老何，秋風秋風兮奈爾何。《全元詩》，册 49，第 305 頁

明月歌

王　旭

明月出兮東方，衆星淡兮無光。有白雲兮飛來，映河漢兮英英。英英兮何爲，備彩色兮成行。北風起兮雲退藏，蕙草歇兮天雨霜。嗟所思兮道悠長，心鬱鬱兮增煩傷。我樽既酌兮我琴

既張，獻酬無人兮知音渺茫。願明月兮相知，永千秋兮不忘。

明月皎兮中天，挽風露兮留連。有高樓兮美人，舞霓裳兮慕嬋娟。袖五色之雲兮，騎黄鵠之翩翩。招彼月中之人兮，曰何爲乎孤眠。仙人笑兮不答，倚桂樹兮超然。托蟾蜍以寄聲兮，願清光之永圓。

明月落兮西極，繁星燦兮如積。風瀟瀟兮四起，紛草木兮狼籍。玄鶴飢鳴兮，潜蛟凍泣。衆昏昏兮同夢，欲晤語兮安得。倘明月兮回光，尚佳人兮可覿。《全元詩》，册13，第32頁

明月歌送僧東游

柯九思

上人忤世祇好游，蹴踏空翠凌清秋。時人問之寂無語，明月在天惟點頭。吴山越嶠皆明月，桂影相隨渡東浙。煩師問訊吾故居，山近瓊臺瞰雙闕。《全元詩》，册36，第7頁

緑竹

胡　布

緑竹秋花啄野禽，鳳凰何處憩清陰。東山戀客蒼生老，南浦遺珠碧海深。計拙豈無投鼠

器，力窮空有望鰲心。青冥善養沖霄翮，快覩剛風擊捷音。《全元詩》，册 50，第 488—489 頁

宴芝雲堂古樂府分題得山人勸酒

顧　瑛

龍門山人，會稽外史。顔如紅桃花，貌若赤松子。秋風西來雲滿堂，天香散落芙蓉床。手持青蓮葉，酌我荔枝漿。荔枝漿，荷花露，緑陰主人在何處。算來三萬六千日，日日春風渾幾度。山人歌，山人舞，山人勸酒向我語。不見遼東丁令威，白鶴空歸華表柱。歸去來，在何時，青山樓閣相逶迤。碧桃四時花滿枝，花間玉笙鵝管吹。老仙遲子商山下，商山玉泉生紫芝。歸去來，毋遲遲。《全元詩》，册 49，第 62 頁

幽澗泉

張九思

山有人，琴高張。一作不成調，載作幽澗泉琅琅。堅冰破碎戛石齒，疏通便覺源流長。松風在上和不已，寡鶴梳翎凡鳥起。是中求得園綺心，羽翼一成亦可耻。琴高張，此何年。誰能繼絶調，君不見幽澗泉。《全元詩》，册 8，第 388 頁

霍將軍

張憲

熒惑守心星，鵂鶹叫庭樹。車騎聲憑陵，夢寐來相捕。赫赫奕奕豪，君觸君王怒。孱子不早誅，悍妻尤可惡。禍萌在驂乘，惡貫起投附。茂陵休上書，徙薪非不悟。何事麒麟樓，猶圖博陸侯。《全元詩》，册 57，第 6 頁

霍將軍篇

梁寅

霍將軍，甲第閎且雄。堂中賓客風生坐，門外車馬雲連空。俊彩馮子都，英姿范明友。紫綉袍加火浣衣，雕鞍玉閒黄金鏤。金吾上將常斂避，羽林郎官多擁後。一朝九重恩變嗔，封侯悉皆擯棄人。何不看取桃李花，終讓松柏寒猶春。《全元詩》，册 44，第 278 頁

精衛操并引

楊維楨

詩引曰：「按《述異記》，昔炎帝女溺死東海中，化爲精衛鳥，日銜西山木石以填東海，怨溺死也。余悲其志，爲作《精衛詞》，入琴操云。」按，《樂府詩集》無此題，然此詩見録於楊維楨《鐵崖古樂府》和《復古詩集》，前者有詩引云琴操，後者置之於「琴操」類，故予收録。《復古詩集》「琴操」類總序曰：「《琴操》爲退之獨步，子厚不敢作，遂作《鐃歌》。古之文人相服而不相忌者如此。後之詩人動以《琴操》自高，如鸞郎罷學華語，華不華，鸞不鸞，令人有可鄙者。余與永嘉李季和在吴下論古今人詩，季和酒酣，歌退之《羑里操》，舉酒屬予曰：『楊廉夫崛强，作漢魏人古樂府，亦能作昌黎伯《琴操》乎？』余激其挑，亟領曰：『請題。』季和遂命《精衛》而下，凡九題。余明日賦畢，又明日復補退之《履霜》《殘形》二操。季和讀之，拍几三叫，曰：『楊廉夫鐵龍精也。人欲和之，誰敢？誰敢？』至正辛巳秋九月，會稽楊維楨録以爲序。」①

---

① ［元］楊維楨《復古詩集》卷一，景印文淵閣四庫全書，册 1222，第 125 頁。

水在海，石在山，海水不縮石不刊。銜石向海安，口血離離海同乾。《全元詩》，册 39，第 4 頁

同前

胡　奎

按，胡奎《斗南老人集》置此詩於「古樂府」類。

石磊磊，海茫茫。白石不可爛，海塵何日黄，嗟哉精衛爾勿傷。昨日麻姑過東海，蓬萊弱水又生桑。《全元詩》，册 48，第 130 頁

精衛操和鐵崖韻

郭　翼

東海水雖大，精衛心不移，銜石填海有滿時。有滿時，海有底，吁嗟人心不如海。叶喜。

《全元詩》，册 45，第 430 頁

石婦操并引

楊維楨

詩引曰：「石婦，即望夫石也，在處有之。詩人悲其志與精衛同，不必問其主名也。予爲詞，補入琴操云。」按，《樂府詩集》無此題，然此詩見録於楊維楨《鐵崖古樂府》，又有詩引曰琴操，故予收録。楊維楨《復古詩集》「琴操」類亦録此詩，然詩及引均有異，兹録於下。《石婦操并引》見古樂府一卷，稍異。：「琬曰：石婦，即望夫石也，在處有之。補入琴操，悲其志與精衛同，不必問其主名也。山夫折山花，山頭朝石婦。行人幾時歸，東海山頭有時聚。行人歸，啼石柱，石婦岑岑化黄土。」①楊維楨又有《石婦》，與《石婦操》本事同，未審是否琴曲，兹録於此。詩云：「亭亭獨立傍溪濱，四傍無人水作鄰。苔髮不梳千古髻，翠眉空鎖萬年春。霜爲韶粉憑風傅，霞作臙脂仗日匀。莫道巖前無寶鏡，一輪明月色常新。」②

① 《復古詩集》卷一，景印文淵閣四庫全書，册1222，第126頁。
② 《全元詩》，册39，第266—267頁。

峨峨孤竹岡，上有石魯魯。山夫折山華，歲歲山頭歌石婦。行人幾時歸，東海山頭有時聚。行人歸，啼石柱，石婦岑岑化黄土。《全元詩》，册 39，第 4 頁

同前

胡　奎

按，胡奎《斗南老人集》置此詩於「古樂府」類。

山頭白石高數尺，人言貞婦化爲石。貞婦化石不回頭，俯視千年江水流。江水流，不可斷。行人歸，白石爛。《全元詩》，册 48，第 131 頁

石婦辭

陸　仁

鳥鳴孤竹岡，春花復班班。江水日東落，行人殊未還。妾孤處，妾之心，白於水。水白泥可渾，妾心潔且明。望夫不歸那忍生，精神忽通化爲石，千秋萬年岡上立。《全元詩》，册 47，第 113 頁

湘靈操并引

楊維楨

詩引曰：「《博物志》：『舜陟方死於蒼梧，二妃死於江湘之間，俗謂之湘君。湘旁有黄陵廟。』事雖不經，而楚詞於《九歌》有《湘君》《湘夫人》之辭，故余亦補入琴操云。」按，《樂府詩集》無此題，然此詩見録於楊維楨《鐵崖古樂府》，又有詩引云琴操，故予收録。

湘之水兮九支，湘之山兮九疑。皇一去兮何時歸，攀龍髯兮逐龍飛。生同宫，死同穴，招皇衣兮復皇轍。九疑水，九疑山，九疑轍迹在其間。望飛龍兮未來還。湘之泪兮成水，湘之石兮成班。《全元詩》，册 39，第 4 頁

同前

胡　奎

按，胡奎《斗南老人集》置此詩於「古樂府」類。

湘之水兮潺潺，湘之竹兮斑斑。湘之女兮緑雲間，望重華兮不復還。九嶷兮蒼蒼，青猨啼兮夜何長。折瓊芳兮寄遠，鼓瑶瑟兮心倀倀。

湘之水清泱泱，二妃夜泣青篔簹。斑斑清淚流不盡，五十哀弦瑶瑟泠。鷓鴣啼處數峰青，一夜月明悲洞庭。《全元詩》，册 48，第 130—131 頁

箕山操

楊維楨

按，此詩見録於楊維楨《鐵崖古樂府》及《復古詩集》，後者置於「琴操」類，故予收録。

箕之山兮可耕而樵叶囚，箕之水兮可飲而游。牽牛何來兮飲吾上流，彼以天下讓兮我以之逃叶投。世豈無堯兮應堯之求，吾與堯友兮不與堯憂。《全元詩》，册 39，第 5 頁

同前

胡　奎

按，胡奎《斗南老人集》置此詩於「古樂府」類。

箕之山兮潁之陽，箕之人兮濯滄浪。彼何人兮牽牛，吾洗耳兮徜徉。《全元詩》，册 48，第 130 頁

箕山爲許生作

李孝光

箕之陽兮其木飀飀，箕之冢兮白雲幽幽。彼世之人兮，孰能遺我以憂。雖欲從我，其路無由。朝有人兮，來飲其牛。《全元詩》，册 32，第 271—272 頁

漢水操

楊維楨

詩序曰：「琬曰：即《祓禊曲》也。王子年《拾遺記》曰：『周昭王溺於漢水，二女延娟、延娱從王，夾擁王身同没焉。故江漢人至上巳日禊集祠間，以爲風俗。』」按，《樂府詩集》無此題，然楊維楨《復古詩集》置之於「琴操」類，故予收録。

湘水離離，徒以斑我衣。漢水漪漪，可以禊我衣。翩然淩波夾龍飛，隨龍雲雨隨龍歸。彼望疑兮疑是非。《全元詩》，册 39，第 86 頁

介山操

楊維楨

詩序曰：「琬曰：《琴操》有《龍蛇歌》，以爲介子辭。先生嫌其辭有憾，爲演厥辭，庶介山君子之旨也。」按，《樂府詩集·琴曲歌辭》無此題，然有介子推《士失志操四首》，解題即引《琴集》曰：「《士失志操》，介子推所作也。一曰《龍蛇歌》。」①又引《史記》曰：「文公重耳奔狄，其後反國，賞從亡，未及介子推。子推欲隱，從者憐之，乃懸書宫門。文公出見之，曰：『此介子推也。』使人召之，亡入綿上山中。於是文公環綿上山而封之，以爲介推田，號曰介山是也。」②介子推事蓋爲此題所本。楊維楨《復古詩集》置此詩於「琴操」類，故予收録。

一龍失所，五蛇從之周天下叶户。四蛇完身，一蛇獨虧股。虧，作封，非。龍上天兮，蛇各有户。

---

① 《樂府詩集》卷五七，第 642 頁。
② 《樂府詩集》卷五七，第 642 頁。

一蛇無户，薄以焦火叶虎。吁嗟乎，四蛇從龍作甘雨，一蛇焦枯，無恨在下土。《全元詩》，册39，第86—87頁

崩城操

楊維楨

詩序曰：「琬曰：按崔豹云：『《杞梁妻》杞殖妻妹朝日之所作也。殖戰死，妻哭而城頹，遂投淄水死。其妹悲之，作歌，名《杞梁妻》。』僧貫休始以築長城義作辭，其辭亦精悍。宋吴邁遠輩不能及也。先生用是義補《崩城操》。」按，李白《白頭吟二首》其二有「城崩杞梁妻，誰道土無心」句，①或爲楊氏所本。楊維楨《復古詩集》置此詩於「琴操」類，故予收録。

白骨築長城，長城不可穴。十日哭長城，長城爲我裂。白骨斑斑食紅血。抱骨著心肚，白骨作人語。君不見淄之水喁喁，至今下有比骨魚。《全元詩》，册39，第87頁

---

①《樂府詩集》卷四一，第471頁。

同前

胡　奎

按，胡奎《斗南老人集》置此詩於「古樂府」類。

一哭長城崩，誰言土無情。卒今城下水，猶聞嗚咽聲。吾皇萬古基太平，婦女不哭城不傾。城不傾，四海寧。

以妾眼中泪，灑向城下土。城崩見夫骨，始知妾心苦。《全元詩》，册 48，第 132 頁

卷二三二　元琴曲歌辭七

前旌操

楊維楨

詩序曰：「琬曰：衛後母子壽，母欲殺前母子伋而立壽。使伋乘舟於河，將沉而殺之。壽知之，與伋同舟，不得沉。又使伋之齊，令盜見載旌者殺之。壽又竊旌前行，盜見，殺之。伋載壽尸還，亦死。」按，《樂府詩集》無此題，然楊維楨《復古詩集》置此詩於「琴操」類，故予收録。

爾乘舟兮河水濁且深，我同舟兮誓與爾同沉。母有命兮諫不我聽，示旌以盜兮我先以旌。衛有國兮國在兄，殺兄及我兮我不如無生。《全元詩》，册39，第87頁

桑中操

楊維楨

詩序曰：「琬曰：此《秋胡》題也。曹魏諸作不關本題，晉傅玄始詠秋婦過剛。先生此辭，特解玄議。」按，《樂府詩集》無此題，然楊維楨《復古詩集》置此詩於「琴操」類，故予收録。

秋夫君，娶妻五日即仕陳。五年歸來未拜親，桑中見美人。我出堂前認夫君，走赴沂水沉我身。秋夫君，令我嗔。婦可不義，親何可不仁。《全元詩》，册 39，第 87—88 頁

扊扅操

楊維楨

詩序曰：「琬曰：按《風俗通》，百里奚爲秦相，堂上樂作，所賃澣婦自言知音，因援琴而歌。問之，乃其故妻，遂還爲夫婦。」按，《樂府詩集·琴曲歌辭》有百里奚妻《琴歌三首》，

其一云：「百里奚，五羊皮。憶别時，烹伏雌，炊扊扅，今日富貴忘我爲！」①題旨與此詩同。楊維楨《復古詩集》置此詩於「琴操」類，故予收録。元人又有《扊扅歌》，當出於此，亦予收録。

百里奚，作秦相，不再妻。堂下澣婦歌扊扅。春黄黎，搤伏鷄。堂下鼓弦，堂上覆樽。百年夫婦失復親。秦穆君，賀相臣。夫旌義，婦旌仁。《全元詩》，册 39，第 88 頁

扊扅歌

胡 奎

按，胡奎《斗南老人集》置此詩於「古樂府」類。

停趙舞，罷秦聲，妾歌扊扅君試聽。五羖皮，西入秦。妾烹伏雌君遠行，君今富貴忘賤貧。燃蠟不如炊扊扅，炰鳳不如烹伏雌。太官之羊不如五羖皮，妾彈秦箏君不知。吁嗟乎，百

① 《樂府詩集》卷六〇，第 675 頁。

里奚。《全元詩》，册 48，第 129 頁

洞雲操

釋壽寧

按，《樂府詩集》無此題，然詩題有琴曲歌辭標記「操」，或爲元時琴曲，故予收録。

火流空兮折荆枝，塵漲天兮箏不可支。依我洞兮緑下垂，絙我緑綺兮操青霞。以爲辭華山兮，希夷吾與汝兮來歸。《全元詩》，册 51，第 511 頁

澂懷三疊有序

王　逢

詩序曰：「柘湖章仁正氏，敦善禮士。有琴一，其陰贊曰：淳風雖邈，正聲可招。澂懷而作，太古非遥。予嘗撥澂懷顔其樓居，前進士錢公思復記之，且屬予三疊辭，俾弦而歌云。辭曰……」按，《樂府詩集》無此題，然據詩序，當爲元時琴曲，故予收録。

伊美人兮好脩，表嘉名兮茲樓。謝璇題兮蘭橑，帶蔬畦兮稼疇。虹霓飲兮柘津，魚鱉安兮橫湫。山迢遰兮屏列，木翹秀兮幄周。琴一疊兮旭旦，神超然兮天游。惟高明兮樓棲，惟善良兮德躋。充璆琳兮圖史，遠壒囂兮輪蹄。酒介壽兮伯氏古愚，轂䋞直兮編黎。魚影行兮藻囦，鷄聲悄兮桃溪。琴再疊兮晝寂，豁然呈兮端倪。懷之澂兮樓矗，本漸義兮澹慾。烟千突兮彌繚，雨一成兮旁沃。開北海兮碩尊，送中散兮遐目。鼂何曳兮泥尾，馬胡跋兮塵足。諒勞生兮焉休，庸詠歌兮于勗。琴疊三兮斯夕，月入窗兮露肅。《全元詩》，册59，第277—278頁

懷哲操有序

王　逢

詩序曰：「懷哲，美賈誾教授，敬親愛弟也。惟敬愛也，不以禍亂窮羈少渝焉。搆堂名一樂。前朝儒公卿頌述備至。而《琴操》缺遺，故予補之云。」按，《樂府詩集》無此題，然據詩序，當爲元時琴曲，故予收録。

朝堂兮誦書，思君陳兮履絇。暮闈兮詠詩，思張仲兮履綦。天道兮人事，枘鑿兮齟齬。茲

樂兮蓋難，匪人兮天與。孝友哉先哲兮是懷，弦琅琅兮允諧，樂安得兮衆偕。《全元詩》，册 59，第 278 頁

徐勉之有琴曰風篁爲作風篁引

釋大訢

按，《樂府詩集》無此題，然據詩題，當爲元時琴曲，故予收録。

湘之波兮夕風，夕風兮龍吟在泓。韶之亂兮盈耳，接鈞天兮雲中。雲毵旃兮葆羽下，風肅肅兮雨瀧瀧，渺梧江兮涕無從。涕漬土兮爾竹維篁，鳳翩翩兮不顧其凰，不念先君兮勗萬邦。

《蒲室集》卷一，景印文淵閣四庫全書，册 1204，第 527—528 頁

招隱

周霆震

按，《樂府詩集》無此題，然宋朱熹有琴曲《招隱》，元人《招隱》，或擬此而來。元人又有《招隱辭》，當出《招隱》，亦予收録。

衰年際時艱，屏居謝輪蹄。學圃事雖晚，披荒漸成蹊。芟夷敢辭勞，常恐滋蔓迷。夜氣方油然，養生無端倪。雜蔬雨意緑，籬落新筍齊。攝衣晨理髪，好鳥當户啼。物情適自如，勝言契幽棲。干戈且未息，童稚憂提携。外美奚足多，澹泊恬朝虀。援琴思南風，濯纓鑑清溪。白雲乃吾友，延佇蒼山西。《全元詩》，册37，第5頁

招隱辭

鄭　玉

詩序曰：「吕亞珉爲程太史築室山中，余名以『招隱山房』，且爲之辭云。」

羌生長兮遐陬，與鹿豕兮爲儔。陸居兮渠渠之厦屋，水行兮泛泛之楊舟。朝采白雲兮遠岫，夜釣明月兮長洲。秔炊兮玉粲，秫釀兮蛆浮。起居兮得以自適，榮辱兮不足爲憂。嗟山中之樂兮，可卒歲而優游。繄朝市兮地大人稠，擾擾終日兮進取是謀。米珠薪桂兮價莫酧，僦居斗室兮縮蝸牛。得失縈身兮如醉，利害纏身兮如囚。嗟朝市之勞苦，曾何足以淹留！［元］鄭玉《師山遺文》卷四，景印文淵閣四庫全書，册1217，第91頁

招隱辭題何彦正文澗山房

劉永之

澗之水，黝以長，石齬齬兮山蒼蒼。丹霞爛兮結采章，波蕩潏兮昭回光。紫貝室兮桂爲梁，何以葺之褋杜蘅。有美人兮宛清揚，帶長劍兮美蓉裳。差好修兮文孔武，心思之兮不能忘。蹇夷猶兮水之漪，加皃雁兮以翠矢。酌兕觴兮美且旨，祝眉壽兮介繁祉。芳草歇兮歲已遒，君不顧兮心隱憂。紛濁世兮不可儔，歸來歸來兮無久留。《全元詩》，册 60，第 44 頁

題泣麟圖

陳　旅

詩序曰：「魯哀公十有四年春，西狩獲麟。公羊子曰：『孰狩之？薪采者也。孔子曰：「孰爲來哉？孰爲來哉？」反袂拭面，涕沾袍。』余覽圖而有感焉，乃援琴而鼓，其辭曰……」按，《樂府詩集・雜歌謡辭》有孔子《獲麟歌》，本事與此同。陳旅《安雅堂集》置此詩於「操」類，且據詩序，當爲元時琴曲，故予收録。

有麏而角，角而戴肉。時無明王，不若靈囿之麀鹿。魯之野，闃無人。彼采薪者，而遇夫麒麟。澤有兕，山有虎。馮陵食人，而使麟也，而獲於西野。《全元詩》，册 35，第 19—20 頁

題王彦龍藏三茅郎元隱墨蘭

成廷珪

按，《樂府詩集》無此題，然成廷珪《居竹軒詩集》置之於「操」類，當爲元時琴曲，故予收録。

登勾曲兮常良，攬薜帶兮筠裳。縶白駒兮空谷，葆九鳳兮扶桑。泛光風兮既零雨，水淺淺兮石楚楚。望夫君兮不來，悵清風兮日將暮。《全元詩》，册 35，第 365 頁

莘野操

袁　凱

按，《樂府詩集》無此題，然袁凱《海叟集》置之於「操」類，故予收録。

黍苗之芃芃兮，資雨露之功。終歲在畎畝兮，豐年之可望。堯舜去我兮，日遠而心傷。夏

王有道兮，吾於此而徜徉。《全元詩》，册 46，第 326 頁

傅巖操

袁　凱

按，《樂府詩集》無此題，然袁凱《海叟集》置之於「操」類，故予收録。

日之將出兮，余趨乎築之所。杵丁丁而不息兮，汗淫淫之如雨。日既入而始休兮，飯麄糲而不飽。於乎其命兮，余何辭乎此苦。《全元詩》，册 46，第 326 頁

陋巷操

袁　凱

按，《樂府詩集》無此題，然袁凱《海叟集》置之於「操」類，故予收録。

父之生我兮，斯爲人類。師之教我兮，庶斯名之無愧。簞有食兮瓢有飲，人惟我憂兮我樂滋甚。《全元詩》，册 46，第 327 頁

顔子琴操一首居陋巷作　王逢

按，《樂府詩集》無此題，然王逢《梧溪集》置之於「琴曲」類，故予收録。

陋居我居，孰隘湫兮。薄田我田，孰嗇收兮。我順我安，親同休兮。仲尼聖也，道孰侔兮。孰愈予身，從其游兮。《全元詩》册59，第24頁

渭濱操　袁凱

按，《樂府詩集·鼓吹曲辭》載傅玄《晉鼓吹曲·玄雲》有「周文獵渭濱，遂載吕望歸」句，①相和歌辭載傅玄《墻上難爲趨》有「渭濱漁釣翁，乃爲周所咨」句，②李白《梁甫吟》有

---

①《樂府詩集》卷一九，第239頁。

②《樂府詩集》卷四〇，第460頁。

「君不見朝歌屠叟辭棘津，八十西來釣渭濱。寧羞白髮照渌水，逢時吐氣思經綸。廣張三千六百鈞，風雅暗與文王親」句，①皆詠文王與太公風雲際會事，《渭濱操》蓋出於此。袁凱《海叟集》置此詩於「操」類，故予收録。

渭之岸盤盤兮，其流湯湯。我居其下兮，于今幾霜。朝飲其水兮，暮食其鯉與魴。我日斯邁兮，於余心以何傷。《全元詩》，册 46，第 327 頁

負米操

袁凱

按，《樂府詩集》無此題，然袁凱《海叟集》置之於「操」類，故予收録。

路之遥遥兮實百其里，以兒視之不逾尺只。道路豈不遠兮我親實餒，親之餒兮兒安得止。親食飽兮兒心安，兒勞悴兮親胡爲嘆。《全元詩》，册 46，第 327 頁

---

①《樂府詩集》卷四一，第 474 頁。

塗山操

胡　奎

按，《樂府詩集·雜歌謡辭》有《塗山歌》，解題引《吴越春秋》曰：「禹年三十未娶，行塗山，恐時暮失嗣，辭云：『吾之娶也，必有應也。』乃有白狐九尾造於禹，禹曰：『白者，吾之服也；九尾者，王之證也。』於是塗山之人歌之。禹因娶塗山，謂之女嬌。」①《塗山操》當出於此。胡奎《斗南老人集》置此詩於「古樂府」類，且爲「操」題，故予收録。元人又有《塗山篇》《塗山》等，均收入雜歌謡辭。

有白者狐，九尾差差。時哉時哉，應彼昌期。水土厎平，告功錫圭。坤德承乾，維王之基。

《全元詩》，册48，第130頁

---

① 《樂府詩集》卷八三，第885頁。

梅花引

周　巽

按，《樂府詩集》無此題，然周巽《性情集》置之於「擬古樂府」類，且爲「引」題，故予收録。

君不見西漢梅子真，精魂化作花中神。君不見開元宋廣平，辭語采得花中英。鐵石心腸賦偏麗，神仙風韻氣獨清。江南十月芳信早，萼緑花開照晴昊。玉樹皎如冰雪明，詩人吟到乾坤老。萬松嶺下月昏黄，忽憶故人天一方。折得繁花無使將，空山月落遥相望。霜寒野迥聞殘角，撩亂漫空香雪落。長嘯曾驚洞口猿，高吟欲借山頭鶴。幾回踏雪過溪橋，滿眼白雲寒欲飄。倚竹相看欹翠袖，歸來三日香不消。揚州歲晚花猶盛，聞説東皇消息近。笑問花神不肯應，爲君傾倒酬清興。我歌梅花引，勸飲君莫辭。大羹調以黄金鼎，旨酒酌以白玉卮。氣轉洪鈞在頃刻，挽回春意非君誰。《全元詩》，册 48，第 399 頁

同前

耶律鑄

唐柳宗元《龍城録》「趙師雄醉憩梅花下」條曰：「隋開皇中，趙師雄遷羅浮。一日天寒日暮，在醉醒間，因憩，僕車於松林間酒肆傍。舍見一女子，淡妝素服，出迓師雄。時已昏黑，殘雪對月，色微明，師雄喜之，與之語。但覺芳香襲人，語言極清麗，因與之扣酒家門，得數杯，相與飲。少頃，有一緑衣童來，笑歌戲舞，亦自可觀。頃醉寢，師雄亦懵然，但覺風寒相襲。久之，時東方已白，師雄起視，乃在大梅花樹下，上有翠羽，啾嘈相須，月落參橫，但惆悵而爾。」①蓋爲耶律鑄此詩所本。

淡妝素服映冰肌，香襲幽情暗有期。漏泄美人心下事，怕拈横玉倚風吹。《全元詩》，册 4，第 111 頁

①［唐］柳宗元《龍城録》卷上，尹占華、韓文琦校注《柳宗元集注》，中華書局，2013 年版，第 3419—3420 頁。

白雁操

陳　基

詩序曰：「梁君出獵，其臣公孫龔善其君之聽其言而作。」按，《樂府詩集》無此題，然陳基《夷白齋藁》置之於「樂府」類，且爲「操」題，故予收録。

有群白雁，王其弋諸。蠢彼行者，王其釋諸。匪伊是釋，惟王之德。王德伊何，曰齊景公。一言之善，上格帝衷。人獵得獸，於言何有。王獵得言，王千萬年。《全元詩》，册55，第175—176頁

鴻鵠操

陳　基

詩序曰：「晉平公浮於西河，感船人固桑好士之言而作。」按，《樂府詩集》無此題，然陳

基《夷白齋藁》置之於「樂府」類，且爲「操」題，故予收録。

鴻鵠于飛，以翮非毳。君子好士，宜別其類。鵠蜚衝天，其有以夫。美哉山河，守以士夫。孰謂彼夫，言有旨夫。《全元詩》，册 55，第 176 頁

雙燕辭

張　憲

按，《雙燕離》爲古琴曲，《樂府詩集・琴曲歌辭》有梁簡文帝、沈君攸、李白辭。明胡震亨《唐音癸籤・樂通三》「唐曲」有《雙燕離》，其題下小注曰：「《琴歷》：河間新歌，有其曲名。」①張憲《玉笥集》置此詩於「古樂府」類，故予收録。元人又有《雙燕吟》，當出於此，亦予收録。

雙燕復雙燕，雙飛綉户中。梅梁立春雨，桂殿別秋風。火焚柏梁臺，信斷烏衣國。羈雌憶

---

①《唐音癸籤》卷一三，第 148 頁。

孤雄，雙飛難再得。卵破巢既空，繫絲徒爾紅。曾如燕赤鳳，能入漢皇宫。《全元詩》，册 57，第 49 頁

雙燕吟

黄復圭

雙燕雙雙飛，更復雙雙棲。穿花掠水雙銜泥，檐前緝壘雙哺兒。春風一雙至，秋風一雙歸。念爾雙不得，故巢須獨依。莫學人妻，朝亡其夫暮嫁之。莫學人夫，暮亡其妻朝納妃。《全元詩》，册 51，第 67 頁

次韻倪元鎮雙燕吟

郯韶

雙燕雙燕復雙燕，年去年來幾相見。東風華落杏粱深，不比朝飛雉帶箭。主人長年不知還，夢隨蝴蝶千萬山。人生那似雙飛燕，去去來來粱棟間。《全元詩》，册 47，第 96 頁

琴操

張　憲

詩序曰：「干戈不息，殆且十年。余流連江湖間，幽憂憤奮。不見中興涯際，四方又無重耳小白之舉。思欲終老深山大澤中，且所不忍；將欲仗劍軍門，而可依者何在？作琴操十二，以寄意焉。俾能琴者尋聲而鼓之，余倚歌而和之，或者可以少泄於梗梗云。」按，《琴操》本書名，不以名篇，後世多以「琴操」泛稱琴曲。張憲《玉笥集》置此詩於「古樂府」類，蓋擬《琴操》所載諸題，故予收録。

瀍水東奔兮澗水攸同，禾黍離離兮薺麥蓬蓬。周召不作兮桓文告終，王目以公兮雅降爲風。嗚呼平既自夷兮，赧寧得不窮。

右閔周操

秋草兮芊芊，黄金臺兮夷爲淵。悵廣宇兮裂瓦，望離宫兮生烟。泪可盡兮目可穿，思昭王兮不可言。

右懷燕操

帝庭淵淵，玉京雄兮。憶我壯年，竊觀光兮。夔龍在朝，天下文明兮。既盛則衰，喻炎涼兮。耄期倦勤，禍亂之秋兮。通都大邑，天實荒之。織畚販繒，天實昌之。天自作孽，俾我不能生兮。

右觀光操

茫茫禹迹兮畫爲九州，侯伯牧守兮職貢是脩。女或不臣兮天討罔偷，夫胡今世兮敵國同舟。嗚呼哀哉兮吾誰與謀。

右禹迹操

聲裂裂兮揚沙騰飆，雲冥冥兮雷蒸怒潮。雨澤不降兮，倏虹滅而雹銷。不擊妖孽兮不潤枯焦，天威自褻兮怒曾不崇朝。

右風雷操

日薄西山兮沴氣交羅，魑魅造作兮狐狸嘯歌。方當陽於中天兮四海融和，忽出路以晦墜兮光景蹉跎。末虞淵兮浴咸池，乘六龍兮挾以馳。世無其人兮奈日何其。

右西日操

高山巍巍兮危峰際天，蟠據厚土兮根入重淵。草木不遂兮赭如血鮮。磽不可薪兮，瘠又不可以田。徒載祀典兮配嶽與川，不雨不雪兮民何望焉。

右高山操

渭水濔濔兮函谷嶙峋，我馬西逝兮意將涉秦。父母止我兮子宜愛身，子毋遽西兮秦其有人。

右涉秦操

漳之水，幽幽其色，望魏陵兮悽然心惻。美人化土兮銅駝荆棘，徘徊涕泗兮弔孟德。翦群雄兮建皇極，何中道兮變鬼蜮。爾後人兮鑒失得，毋披猖兮恃强力。甘惡名兮稱漢賊。

右望陵操

春江兮潺潺，目浩浩兮烟瀾。水浪浪以激石，日汩汩而含山。忽中流之白叟，楫芳桂兮舟木蘭。渺浮羽以輕舉，坦千里兮忘還。豈余心之不能，梗王室之未安。

右春江操

大田蕩蕩，時雨施之。東作既興，粗耰菑之。黍稌穰穰，歲計資之。嗟我驅馳，寒飢載途。豈不懷耕，歸守弊廬。民亦有言，田實禍余。

右懷耕操

屈吾指兮計吾壽，指白日兮怨清晝。惜芳年兮不吾幼，蟪蛄兮春秋，長無窮兮宇宙。

右惜逝操

被薜荔兮帶女蘿，乘赤豹兮變現多。手揶揄兮足趫跳，夜吹燈兮晝長嘯。爲鬼爲物兮我不知，察爾情狀兮識者誰。

右山鬼操

朔風起兮天地昏冥，寒氣結兮河水成冰，舟楫不行兮車騎憑陵。狐兮狐兮身且輕，狐猶疑兮側耳聽。

右狐兮操

我有巢兮手自爲之，朝朝暮暮兮飛銜樹枝。精神疲勞兮爰托我私，女何爲者兮心實崄巇。據我所兮使我朝不得食而暮無所歸，鳳凰莫訴兮余心孔悲。

右鳥失巢操

萬木號風兮振山阿，垂舌舐掌兮刀劍磨。豐狐狡兔兮女食自多，虎乃傷人兮奈女何。

右山君操

有犬狺狺兮相雄其聲，努目斫斫兮復獰其形。匪盜是求兮主心靡寧，牢可食兮竇可經。犬毋咋骨兮，污主人之庭。

右咋骨操

飛鳶兮徐徐，翔而集兮污渠。幸一飽兮腐鼠，遽仰嚇兮天衢。醴泉可飲兮竹實可茹，鳶毋鳳嫉兮鳳食有餘。

右嚇腐操

春江東流，懷我舊隱。萬岡層來，一溪橫引。碧漣漪以生瀾，緑衡從兮分畛。修竹映户，茂樹覆楯。枝纂纂兮秋實，林甡甡兮春筍。羹魴鯉兮梁有笱，厨雉兔兮鞲有隼。奕清晝兮文楸，鼓良宵兮玉軫。顧晏安兮是湛，忽垂凶兮荆蠢。抑天意之玉成，降孤臣以疾疢。復吾故兮允難，悵忘歸兮安忍。

右懷舊隱操　《全元詩》，册 57，第 61—64 頁

附載琴操五段

劉　壎

題注曰：「丙子秋思。」

風索索兮月輝輝，人聲四寂兮烏不飛。天一色兮夜何其，憑高悵望兮云誰之思。

東淛水兮南海，山川是兮市朝改。綺牕朱户兮草翳之，春風回首兮嗟伊人之何在。

易水流澌兮區脱縱横，寒氣早至兮霜露先零。彼鶴髮之憔悴兮，又髫稚之零丁。胡不歸來兮，緊曷堪乎陰凝。

江深兮波急，痛前事兮追駟馬而莫及。天乎何罪兮，黍離離而沾濕。胡不歸來兮，使我廢餐而掩泣。

我思美人兮悲斷腸，夜幽幽兮，□再覩乎白日之光。楚水寒兮楚山蒼，恨復恨兮與天而俱

長。《全元詩》，册9，第373頁

孔子琴操四首

王　逢

按，《樂府詩集·琴曲歌辭》有孔子《猗蘭操》《將歸操》《龜山操》，《孔子琴操四首》類此，王逢《梧溪集》置之於「琴曲」類，故予收録。

去魯作

汶泗交流兮，龜蒙相繆兮。鬱乎尼丘兮，禮樂賜自周兮。大夫好修兮，吾將返吾輈兮。

過匡作

文王徂兮，道在予兮。天蓋常時則渝兮，二三子毋徐徐兮，伊草露之濡兮。

去衛作

我行於衛，有淇湯湯。彼或知本，伊流則長。載儃載徊，禾黍芒芒。匪邶鄘予傷，武公其亡。

厄陳作

天地塞兮，日月食兮，君子厄兮。周公云遠，心不知所底極兮。《全元詩》，册 59，第 24 頁

吴季子琴操一首聘魯作

王　逢

按，《樂府詩集》無此題，然王逢《梧溪集》置之於「琴曲」類，故予收録。

白日晚兮浮雲滋，馬吾秣兮車吾脂。望岐周兮不見，念泰伯兮在兹。惟山有龜兮，惟水有沂。禮樂在魯兮，高深如斯。聖不我棄兮，吴其庶幾。《全元詩》，册 59，第 25 頁

和趙子固平章水仙二操

張　憲

按，《樂府詩集》無此題，然張憲《玉笥集》置之於「古樂府」類，且爲「操」題，故予收録。

蹇予步兮南浦，水落落兮石魯魯。望漢江兮心獨苦，擲珠結兮贈交甫。

右解佩操

整予駕兮洛食，水瀰瀰兮石泐泐。望成皋兮目無極，緪朱絲兮待曹植。

右鼓琴操　　《全元詩》，册 57，第 64—65 頁

賦松隱二操

張　憲

按，《樂府詩集》無此題，然張憲《玉笥集》置之於「古樂府」類，且爲「操」題，故予收録。

彼髯叟兮幽獨，避秦爵兮如避辱。甘霜雪兮在空谷，牽女蘿兮補茅屋。

右牽蘿操

彼髯叟兮幽貞，蹇吾形兮全吾壽齡。鬱歲寒兮青青，抱長鑱兮采茯苓。

右采苓操　　《全元詩》，册 57，第 65 頁

泰寓操

張憲

按,《樂府詩集》無此題,然張憲《玉笥集》置之於「古樂府」類,且爲「操」題,故予收録。

方寸微兮且大圜,形不鑿兮七竅全。天光發兮日月内旋,我在其中兮以樂吾天。《全元詩》,册57,第65頁

懷燕操

王逢

按,《樂府詩集》無此題,然王逢《梧溪集》置此詩於「琴曲」類,故予收録。張憲有同題詩,爲其《琴操》十二首之二,前已收録,故本卷單列王逢此題於後。

七國孰大兮金孰與多,燕最小兮金臺峨峨。地高天下兮桑田海波,昭王禮賢兮臺用不磨,於乎有志憂世兮它心謂何。《全元詩》,册59,第41頁

西日操

王　逢

按，《樂府詩集》無此題，然王逢《梧溪集》置此詩於「琴曲」類，故予收録。張憲有同題詩，爲其《琴操》十二首之六，前已收録，故本卷單列王逢此題於後。

日之遲兮四海蒼凉，日既中兮萬彙寵光，中不我臨兮西下不照我桑。白虹上虷兮妖氛肆揚，於乎援戈干天兮人誰魯陽。《全元詩》，册59，第41頁

望鄉操

王　逢

按，元人又有《望鄉歌》，當出於此，亦予收録。

春水兮滑柔，春林兮蓊稠。春莫不好兮我心則憂，徘徊顧瞻兮非先子所釣游，於乎人生不歸兮狐死之羞。《全元詩》，册59，第41頁

望鄉歌寄盧疏齋

陳義高

天漠漠兮夜茫茫，草蕭颯兮金風凉。白日淡兮霧慘，沙磧冷兮雲黄。有人兮獨立而惆悵，悲歌兮南望而思鄉。遡孤鴻之影滅兮，書不得而遠寄。驚兔走之伏莽兮，那思馳騁而發狂。上驅車于半坡，渺啞軋之餘響。認寒廬之幾點兮，浮炊爨之烟蒼。天將寒兮感物變，歲欲暮兮單衣裳。三載不浴兮，黧瘦質之塵垢。鬢根點雪兮，亂飛蓬之秋霜。心一去兮萬餘里，望不及兮雲飛揚。懷千載之向上兮，人已云遠。留萬古之遺恨兮，綿綿久長。高臺荒兮哀李陵，節旄落兮感蘇郎。蔡琰悲憤兮，兒呼母而失聲。公主悲歌兮，願爲鵠而騫翔。彼丈夫女子之不同兮，其情況則一耳。今我之念昔兮，誰後我而悲傷。舉天宇之開廓兮，去留野鶴之容易。垂我王之憫顧兮，總歸吾土而徜徉。如醉夢兮意撩亂，重悵望兮回中腸。悵望兮，苦歌思之沉鬱。抱琴兮，托遺調於宫商。《全元詩》，册 18，第 39 頁

滄浪操孺子鼓枻作

虞　堪

泛滄浪兮毋泊吾舟，通汗漫兮毋遏我游。彼湛湛兮既玄以黝，物擾擾兮其盍以修。水滔滔兮吾寧與休，孰知我兮不我爲儔，嘆自取兮從者惟由。《全元詩》，册 60，第 366—367 頁

釣魚操

虞　堪

瞰滄江而盤礴，閲浮雲之捲舒。物悠悠其永逝，吾何心而釣魚。《全元詩》，册 60，第 366 頁

卷二三四　元琴曲歌辭九

瞻雲操

虞　堪

維蒸之麓兮蔚乎滄滄，英雲下被兮吾親永藏。雨露沾濡兮焄蒿悽愴，嗟親之逝兮其何以往。瞻雲之興兮泛乎喬林，慨思吾親兮憂集於心。烏翩翩兮旦止，猿啾啾兮夜吟。灌鬱椒兮徹泉之下，泣松楸兮零於宿莽。憾吾生兮茹兹荼苦，抱終天兮終古。《全元詩》，册60，第366頁

古琴操并序

王　禕

按，王禕《王忠文集》置此詩於「操」類，故予收録。

春秋時，晉大夫有從事於外而不得養其母者，作《皇天操》。

皇天至仁，冒下土兮。林林總總，各獲其所兮。我獨何爲？不得以養其母兮。育我鞠我，

亦已太苦兮。養之弗時，我何爲者兮？自我徂征，離此膝下兮。有食孰以食，疾痛其孰摩撫兮。我之念母，心焉如縷兮。母之念子，亦豈寧處兮。皇天之毒我，其終我祜兮。

右皇天操，凡十韻。

戰國時，楚臣有忠其君而被竄逐者，作《江漢操》。

江漢滔滔，注于東只。豈惟江漢，百川朝宗只。臣之事君，所盡者忠只。臣忠之藎，見謂爲狂只。我君聖明，如日正中只。豈弗臣察，其或未遑只。抑臣實有罪，盍反諸躬只。自今以往，矢益竭衷只。臣雖身遠，臣心上通只。臣心之通，君終臣容只。謂臣不信，江漢其同只。

右江漢操，凡十一韻。　　［元］王禕《王忠文集》卷一四，景印文淵閣四庫全書，册1226，第302頁

越操二首并序

王　禕

詩序曰：「越人周君之居，有曰蓮花方丈者。鉅公駿人，既多爲之賦詠。吾友胡仲申氏，又用楚音作《越歌》二章以貽之。夫越之山水勝矣，秦望、雲門，姑置勿論，即郡城言之，卧龍之山，隱然中踞。其外則鑑湖之水，散而爲陂渠，雲樹烟波，與闤闠相暎帶，澌東諸郡，

莫或及之。故晉江左以還，衣冠之流於焉畢止。及宋南渡以後，鐘鼎之家，尤盛於兹。於是其流風遺響，今皆不可復見，而山光水色，今古不殊，攬者蓋不能無慨然之思矣。予聞卧龍一名種山，越大夫文種事越王勾踐，既滅吴成功，而勾踐賜之死，其墓在山上，故山以得名。鑑湖周回三百十里，唐玄宗嘗以一曲賜賀知章，知章棄官，徒步歸鄉里，爲道士有請故也。周君之居，前直種山，下俯鑑湖，其讀書寫畫之餘，最好鼓琴。予因爲《種山》《鑑湖》二操遺周君，仲申之歌，音韻幽遠，庶幾郢人之寡和者，故不敢復襲用其意云。」按，此詩即事而作，與《樂府詩集》所載周公《越裳操》不同。王褘《王忠文集》置之於「操」類，故予收録。

仇我者吴，覆我家邦。君之辱矣，臣死則當。臣敢愛也，以有宗祀。以身嘗吴，庶雪君耻。吴既沼矣，越則弗沼。豈臣之功，君實有道。功成之難，君不臣全。今君死臣，臣其敢冤。

右種山操

湖水悠悠，有澄其波。中洲何有，有蒲有荷。維荷有華，載静以芳。其葉洒洒，可以爲裳。維波之澄，實同我心。返我初服，以濯我纓。彼世之濁，孰止乎足。世不我知，反以我爲獨。

右鑑湖操　　《王忠文集》卷一四，景印文淵閣四庫全書，册1226，第303—304頁

來歸操并序

王禕

詩序曰：「士君子遭世亂離，其能保身而全名者鮮矣，此出處所爲難也。東漢之季，管幼安避地遼東二十年，及天下既定，乃始來歸晉。當義熙末，不能國矣，陶元亮用是托督郵之故以行，而《歸去來辭》作焉。嗚呼！二子豈所謂能保身而全名者耶？溧水劉君，有道之士也。往歲避兵，携家寓浙東，淪落久之，因爲縉雲郡博士。今干戈既戢，乃棄官奉母，復歸乎故鄉。迹其出處之迹，殆合乎二子矣。予竊嘉之，爲作《來歸操》，以述其志云。」按，《樂府詩集·雜曲歌辭》有張熾《歸去來引》，宋人亦多演繹陶淵明《歸去來兮辭》爲琴曲。王禕《王忠文集》置此詩於「操」類，故予收録。

溧之水，有魴有鮪。溧之土，有秫有杞。我胡不歸兮，以釣以耔。奉我老兮有母，撫我稚兮有子。我今其歸兮，于溧之涘。我思古人兮，處世之否。惟求其志兮，豈必乎仕。古人何爲兮，庶吾其企。來歸之樂兮，樂其有已。《王忠文集》卷一四，景印文淵閣四庫全書，册1226，第304頁

瓊響操并序

王禕

詩序曰：「瓊響者，古琴名，宋内府故物也。其腹題云：『慶曆五年，臣道士衛中正奉聖旨斲。崇寧四年，臣馬熙先奉聖旨重修。』宋既納土，是琴亦入貢於元。世祖皇帝用以賜其臣廉恒陽王，王歿而家廢，杭人徐氏以重購得之，今復歸於嘉興濮氏。金華王禕爲作《瓊響操》，因以貽濮氏，其辭曰……」按，《樂府詩集》無此題，王禕《王忠文集》置之於「操」類，故予收録。

鈞天奏兮帝所，玉交振兮思眑眑，其愁予托餘聲兮遺下土。帝有命兮淫哇，不得使爲伍。海天冥冥兮月在宇，感幽微兮鸞鳳舉，紛百靈兮屏營而來。扈至音兮焉窮，千齡兮萬古。《王忠文集》卷一四，景印文淵閣四庫全書，册 1226，第 304 頁

烏傷操并序

王禕

詩序曰：「般陽王德茂，葬其親嚴州烏龍山之陽，而築廬墓左以居焉。大夫士咸爲取《蓼莪》之義以賦詩，蓋嘉其能孝也。嗚呼！王君誠能孝者歟？昔吾烏傷，當秦時，有顏氏者壅其親而躬負土焉，群烏畢集，銜土以助之，烏吻皆傷也，因名縣『烏傷』。予其縣人，雖習知顏氏事，而行不能無愧，故聞德茂之能孝而心爲之惕然，爰作《烏傷操》，其辭曰……」

按，《樂府詩集》無此題，王禕《王忠文集》置之於「操」類，故予收録。

生我者天，天實罔極只。哀哀人子，曷報厥德只。既壤而樹，匪躬則劬只。有相維烏，其尾畢逋只。我親我喪，烏亦何與只。曾是銜土，吻血不顧只。烏豈有知，有以致之只。哀哀人子，如何弗思只。《王忠文集》卷一四，景印文淵閣四庫全書，册1226，第304—305頁

石泉操

林　弼

按，《樂府詩集》無此題，然林弼《林登州集》置之於「操」類，故予收録。

白石鑿鑿兮清泉泠泠，可洗吾耳兮可濯吾纓。援吾琴兮發希聲，玉琳瑯兮金琮琤。泉有魚兮龍出聽，嗟若人兮耳厭秦筝，石泉曲兮邈千古情。［元］林弼《林登州集》卷七，景印文淵閣四庫全書，册1227，第67頁

鳳求皇

任士林

鳳將將，求其皇。皇既遂，辭母傍。逐皇孔良，不與母同翔。鳳心長，海樹凉。《全元詩》，册16，第171頁

釣雪操

虞　集

按，《樂府詩集》無此題，然虞集《道園遺稿》置之於「操」類，故予收録。

鑿方池兮山之曲，仰喬松兮倚脩竹。四時來兮無不足，歲之寒兮天雨玉。雨玉兮滿庭，予何思兮折芳馨。魚潛淵兮亦在藻，言將求之以忘老。鰷鱨兮鰋鯉，有酒兮多旨。霏霏兮來思，上友兮君子。〔元〕虞集《道園遺稿》卷一，景印文淵閣四庫全書，册 1207，第 710 頁

烈女引

吴　萊

題注曰：「楚樊姬作。」吴萊《淵潁集》有「古琴操九引曲歌辭」類，收琴曲九首，本卷均予收録。「古琴操九引曲歌辭」總序曰：「始予少嘗學琴，學之數日，曾不能布指爪而辨徵角。甚矣哉，琴道之遠也！蓋予每思古人之去我者久，不可復見，徒欲想其遺聲遺韻，而庶幾或得其心術之所存、情緒之所托，終以不克而後止，是以常咏其辭。樂家諸書又或不載，

或有載者，多非其舊，且至有聲而無辭。甚矣哉，琴道之遠也！古者，琴有五曲、十二操、九引。五曲者，《鹿鳴》《伐檀》《騶虞》《鵲巢》《白駒》，本《詩》也。漢魏以降，惟《鹿鳴》一調僅存。十二操者，《將歸》《猗蘭》《龜山》《越裳》《拘幽》《岐山》《履霜》《雉朝飛》《别鵠》《殘形》《水仙》《襄陵》，古辭或存或亡，而存者類出後世之傅會。漢蔡中郎及唐韓吏部曾作《十操》《水仙》《襄陵》，且以其繫於樂工琴師，不復采用。故今特因《琴操》九引，復補其曲辭。是數曲者，頗本於婦人女子，仇讎羈旅，幽憂抑鬱之懷，君子猶得以少返於古。是則所謂琴道之遠者，誠有異於閭閻下里折楊黄華，聽之則嗑然而大笑者矣，夫何遠哉？遂從而具録其辭。」

瞻巫山兮崔嵬，又江水兮委夷。草木兮芬芳，鳥獸兮號悲。孟冬十月兮森然樹羽，野火霓揚兮祖裼暴虎。君王耽樂兮妾心獨苦，妾心獨苦兮無使罪予。嗟嗟兮國之無人，莽莽兮雲夢有洲。甘酒兮厲生，淫獸兮禍來。君王耽樂兮樂滂沛，安處深宫兮焉知外。嗟鹿與女兮自古戒之，君王亟歸兮匪妾之私。《吴萊集》卷九，第 143 頁

伯姬引

吴萊

題注曰：「魯紀伯姬作。」

北風兮喈喈，雨雪兮瀌瀌，我心兮殷憂。東海决决兮大邦爲仇，平原何有兮廣澤有樹。鴻鴈哀鳴兮麇鹿騰鶩，兵車轔轔兮在彼行路，疆事弗靖兮委儀章而謀去。我生而存兮日蹙我國，我死不瞑兮愳不血食。父母既没兮歸又不得，周公有鬼兮曷徼予福。我泛兮柏舟，蕩蕩兮中河。時歲不與兮可奈何，遭此鞫訩兮奈若何。《吴萊集》卷九，第143頁

箜篌引

吴萊

題注曰：「漢霍里子高妻麗玉作。」

浩浩兮洪河，有叟一人兮携壺赴波。我急爾止兮無檝迎汝，爾竟汝渡兮爾何所苦。龍伯兮

馮陵，鮫魚兮參差。戕風奔騰兮霧雨渺瀰，磨牙吮血兮制汝殭尸。爾死於渡兮奈何乎我，我亟從汝兮我死其可。毀容惡服兮志不可囬，埋魂隕骨兮委命黄泥。碣石嶄巖兮望不可測，精衛銜石兮曷海之塞。曷海之塞兮恨與之平，知我如此兮不如無生。《吴萊集》卷九，第144頁

琴引

吴　萊

題注曰：「秦屠門子作。」按，《樂府詩集》無此題，然吴萊《淵穎集》置之於「古琴操九引曲歌辭」類，故予收録。

山嵯峨兮我車之將，水泱漭兮莫之或梁。世而溷濁兮黑白不明，干戈日尋兮武夫顔行。天寒而燠兮厥有瓜瓞，士賤以拘兮不敢容悦。黔首之愚兮爾乃自愚，謂儒可僇兮儒則何辜。長纓兮縵胡，瞋目兮語難。堯舜遠而兮旦不復旦，豺虎咬人兮潔身去亂。商洛有山兮曄曄紫芝，嗟彼美人兮跂予望之。何世之不偶兮曰安其危而利其菑，天道至此兮我命之衰。《吴萊集》卷九，第145頁

同前

張　庸

琴以寫胸臆，興至時一援。如何伯牙氏，終身爲絶弦。張君之心異於是，豈待知音泛宫徵。逢人不作兒女顔，使我頓洗箏笛耳。七弦泠泠如走冰，凉風拂指松有聲。瑶池月明飛珮遠，越江石出流水清。水流無斷續，激石聲微促。須臾老鶴挾孤雲，千里萬里遥相逐。一聲轉調秋氣高，洞庭木落生波濤。餘音靡靡造還往，河漢無塵飛一毫。世無知音固可惜，人復絶弦竟何益。且將不盡萬古情，爲我更拂松間石。《全元詩》，册 54，第 101 頁

龍丘引

吴　萊

題注曰：「楚龍丘子作。」

春花兮亂開，秋葉兮滿堦。時不再來兮我憂用老，久行懷思兮我歸無所。鳥則有翼兮魚則有鬐，灊霍有岳兮江漢斯波。徘徊不進兮尼彼路岐，僕夫告病兮飢馬囓萁。我夢之歸兮吾鄉我

里，門闕依稀兮墟墓則邇。魂神惝怳兮一夕九徙，父母何在兮敢及妻子？天陰歲暮兮北風之寒，曰我無衣兮坐不能餐。我拊我膺兮摧我肺肝，閔天嗟嗟兮喟其增嘆。《吴萊集》卷九，第145頁

岱山操

陳　麟

詩序曰：「按，徐兆昺《四明談助》載：『《勾餘土音》「甬上琴操」有陳大令《岱山操》。』又云：『《詩話》，慈谿大令陳文昭名受麟，業於慈之大儒，寶峰趙氏楷以傳慈湖之學。方國珍軍入慶元，獨公不屈，國珍執而投之海，或諫而止，乃囚之岱山，終不屈而死。今《翁洲志》謂公避方氏於岱山者，謬。』」按，《全元詩》收陳麟詩九首，未録此首。清湯濬《岱山鎮志》卷二〇録此詩，作「元陳麟文昭」，李成晴《方志文獻所見〈全元詩〉已著録詩人佚作輯補》據此輯補。①《樂府詩集》無此題，然爲「操」題，故予收録。

昔年寶峰兮北面受教，晝而鳴琴兮夜則講道。聖學有真兮惟忠與孝，詎以城邑兮賁彼群

---

① 李成晴《方志文獻所見〈全元詩〉已著録詩人佚作輯補》，《貴州民族大學學報》2015年第4期。

盜。憤彼元帥兮喪其旌纛，空令下吏兮義憤慘慘。洋洋東海兮岱山其隩，追擬蘇卿兮困於雪窖。西瞻寶峰兮靈光有曜，不負吾師兮臨流長嘯。湯濬《岱山鎮志》卷二〇《藝文志》，活字本，1927年版，第1—2頁

李卿琵琶引有序

楊維楨

詩序曰：「朔人李卿以弦鼗遺器鳴於京師，嘗爲溉之學士賞識，賜以《清平樂》章。今年予逢卿吴下，凡貴豪觴予者，座無卿不樂。夜與客宴散，吕保檄卿且出溉之詩，求續遺音。興酣，遂呼侍姬江南春奏硯，爲賦《琵琶引》。」按，《樂府詩集》無此題，然此詩見録於楊維楨《鐵崖古樂府》，且爲「引」題，故予收録。

李卿李卿樂中仙，玉京侍宴三十年。自言弦聲絶人世，樂譜親向鈞天傳。今年東游到吴下，三尺檀龍爲予把。胸中自有天際意，眼中獨恨知音寡。一聲一聲如裂帛，再撥清冰拆。蠻娃作歌語突兀，李卿之音更明白。玉連瑣，鬱輪袍，吕家池榭彈清宵。花前快倒長生瓢，坐看青天移斗杓。鐵笛道人酒未醺，煩君展鐵撥，再軋鵾鷄筋。我聞仁廟十年春，駕前樂師張老淳。

賜箏岳柱金龍䶉，儀鳳少卿三品恩。張後復有李，國工須致身。酒酣奉硯呼南春，爲卿作歌驚鬼神。《全元詩》，册 39，第 19—20 頁

張猩猩胡琴引有序

楊維楨

詩序曰：「胡琴在南爲第二弦子，在北爲今名，亦古月琴之遺製也。教坊弟子工之者衆矣，而稱絶者尠。胡人張猩猩者，絶妙於是。時過余，索金剛瘿胡琴名，作南北弄。故爲製《胡琴引》。」按，《樂府詩集》無此題，然此詩見録於楊維楨《鐵崖古樂府》，且爲「引」題，故予收録。

張猩猩，嗜酒復嗜音。春雲小宫鸚鵡吟，猩猩帳底軋胡琴。一雙銀絲紫龍口，瀉下驪珠三百斗。劃焉火豆爆絶弦，尚覺鶯聲在楊柳。神弦夢入鬼工秋，湘山摇江江倒流。玉兔爲爾停月臼，飛魚爲爾躍神舟。西來天官坐㭨栳，羌絲啁啁聽者惱。張猩一曲獨當筵，乞與五花金線襖。春風殘絲二十年，江南相見落花天。道人春夢飛胡蝶，手弄金瓢即金剛瘿也合簧葉。張猩猩，手如雨，面如霞。勸爾更盡雙叵羅，白頭吴娥年少歌，金剛悲啼奈樂何。《全元詩》，册 39，第 20 頁

卷二三三五　元雜曲歌辭一

本卷以《樂府詩集·雜曲歌辭》同題爲收録之據，所録多出《全元詩》。

蛺蝶

馬　臻

元伊世珍《瑯嬛記》引《采蘭雜志》曰：「《蛺蝶》一名《春駒》。」①明陳繼儒《珍珠船》曰：「蛺蝶大者爲鳳子。」②清屈大均《廣東新語》曰：「蝴蝶大如蝙蝠者，名鳳車。其大如扇，四翅，好飛荔支上者，名鬼車，亦曰鬼蛺蝶。又有大如扇，純黑，爲橘蠹所化，名玄武蟬。此皆非仙種，與羅浮所産者迥别。予詩云：『蝴蝶元生蝴蝶洞，仙胎不必鮑姑衣。天教鳳

---

① [元] 伊世珍《瑯嬛記》卷上，四庫全書存目叢書，子部册 120，第 64 頁。
② [明] 陳繼儒《珍珠船》卷三，四庫全書存目叢書，子部册 148，第 527 頁。

子如箕大，不向梅花嶺外飛。』」①按，《樂府詩集・雜曲歌辭》有《蛺蝶行》，《蛺蝶》當出於此，亦予收録。

栩栩復翩翩，迎風勢不前。草根時點染，花處自留連。怕冷多尋日，争高欲上天。誰家騃兒女，相逐過橋邊。《全元詩》，册17，第17頁

桂之樹行

釋宗泐

按，元人又有《桂之樹》，當出於此，亦予收録。

桂之樹，桂生一何偏。兩株分立於庭前，西株顛頇東株妍。桂之樹，桂生一何矗。西株方來采其榮，東株又復無人顧。桂兮桂兮非汝憐，縱觀萬事無不然。武安堂上席方暖，魏其門前秋草芊。莫道榮枯長異勢，從來反覆無根蔕。高歌感激君不聽，請君試看庭前桂。《全元詩》，册

① [清] 屈大均《廣東新語》卷二四，續修四庫全書，册734，第761頁。

58，第 372 頁

桂之樹

陸　友

桂之樹，褰我衣。秋風昨夜起，游子送將歸。明年春水盛，鼓楫下江磯。《全元詩》，册 36，第 185—186 頁

秦女休行

楊維楨

秦氏有烈女，自名爲女休叶虚。左手執，白楊刀；右手把，烏龍殳。年十五，妻燕王，夫燕王，陷無辜。取仇西山上，殺人白晝衢。關吏不敢睚眦，司敗莫孰何叶乎。於乎，殺人者殺，創人者創，女休豈敢避法走藏，累嫂與兄，使縣吏解章。女休自歸罪，丞相列坐東南床。丞卿議罪，拘文法故常。牽曳東市頭，法刀利如霜。刀未下，金鷄銜赦出法場。百男盡短一女長，嗟嗟女休真女郎。丈夫堂堂，掩面事仇，女休睋之，如妾婦女娼。《全元詩》，册 39，第 101 頁

反當欲游南山行

胡布

日月不同經，山海且周移。理亂相踰越，萬世若通逵。文武帝天下，獨夫見陵夷。周公三吐哺，天下相同歸。大聖不獨斷，衆人盡所私。股肱信善善，賢愚類不違。各有王佐才，趨向審所之。《全元詩》，册 50，第 440 頁

擬當事君行

胡布

處貴不矜下德，由尊不及卑。此直難同彼枉，衆楚咻一齊。美惡但聞譽譏，譽譏君見宜。一誠俟事萬機，樸忠信不欺。《全元詩》，册 50，第 439 頁

反當車已駕行

胡布

具薄酒，冀敷厚情。主賓合德，絲管停聲。起舞奉萬壽，樂獻答千齡。勿愧暫驩宴，期念長

合并。《全元詩》，册 50，第 440 頁

驅車上東門

孫蕡

良辰集賓友，載酒登北邙。百草何離離，高墳被山岡。四野生悲風，夕日寒無光。狐狸穴空壙，樵子覓亡羊。人生寄一世，奄逝若朝霜。高堂與大宅，終作荆棘場。蓬萊隔弱水，仙説成荒唐。及時且行樂，勿用徒悲傷。《全元詩》，册 63，第 265 頁

步出上東門

仇遠

按，《樂府詩集》相和歌辭有《東門行》，雜曲歌辭有《駕車上東門》，此詩題名雖不全相合，然頗得古意，故予收録，置雜曲歌辭中。

步出上東門，肺肺東門柳。彼美窈窕女，嫁爲蕩子婦。中堂裁衣裳，刀尺常在手。之子未歸家，何以奉箕帚。爲君長相思，躑躅歲云久。思君頭易白，惜無百年壽。誰能學仙人，辟穀但

飲酒。《全元詩》,册 13,第 254 頁

出自薊北門行

張　憲

按,元人又有《出自薊門行》,當出於此,亦予收録。

出自薊北門,遥望瀚海隅。黄沙落寒雁,衰草號雄狐。河水血成冰,土冢碑當塗。乃知古戰場,本是賢王都。武皇昔按劍,一怒萬骨枯。半夜下兵符,六郡皆讙呼。將軍各上馬,百道追匈奴。羊馬滿大野,萬帳收穹廬。英英長平侯,六騾走單于。至今青史上,猶壯武剛車。《全元詩》,册 57,第 38 頁

出自薊門行

汪元亮

出自薊門行,行行望天北。何處愁殺人,黑風走沙石。華裾者誰子,意氣萬人敵。金鞍敾白馬,奮飛虎生翼。書生爾何爲,不草相如檄。徒有經濟心,壯年已斑白。《全元詩》,册 12,第 33 頁

薊門行

胡　奎

天上白雪飛，將軍朝獵圍。大野地椒短，草深狐兔肥。健兒先報捷，生縛樓蘭歸。《全元詩》，冊48，第136頁

同前

王　中

西風古塞外，落日薊門前。白草西連海，黄沙北際天。殘兵疲百戰，老將望南還。辛苦風霜下，孤忠不自宣。《全元詩》，冊65，第346頁

君子有所思行

胡　布

按，元人又有《君子有所思》《我今有所思》，當出於此，亦予收録。

嚴駕出燕冀，引領東都門。曾臺鱗雕甍，綉柱擎飛軒。八節考鐘鼓，列筵鼎食尊。歌舞徵齊趙，粉黛不給繁。泰安棄兵甲，搆艱十一存。尚倚仁洽久，宗祀幸未湮。匪直戒滿盈，諒由觀化原。豈惟堯舜治，歷年遂不泯。真儒可乏術，横天肆流奔。衛翼藉康哲，圖回獨煩陳。端念勞居逸，積思盡厥臣。百職監繇隸，宴安豈禍根。回天自有經，興復歸本元。將告衆多士，服德以昭愆。《全元詩》，册 50，第 440 頁

君子有所思三首

潘伯脩

海日蕭條雲雪岡，追鋒百里逐天狼。雲羅四面伏不動，金錯旌旗風簸揚。侍臣結束鴻雁行，玉階鳴鞘立翠黄。君子有所思，琱弓既韔姑置之。

天青海緑黄金闉，明星綉户弱柳違。陽春從中蕩八極，花迎劍珮黄鳥啼。萬方獻壽來侏韎，吉雲寶露摶桑西。君子有所思，羽觴重持姑置之。

黄衣灑掃明光宫，銀床玉井牽銅龍。風簾如烟不可極，水殿晚立秋芙蓉。美人吹笙明月中，曲臺央央蘭露紅。君子有所思，雲和欲御姑置之。《全元詩》，册 54，第 52 頁

同前

劉永之

君子有所思，乃在西山趾。昔聞有夷叔，采薇因餓死。雖有千載名，其身良苦矣。夭□都人子，托烟連戚里。秉笏朝兩宫，揚鞭過三市。車馬甚照耀，奴僕亦光侈。傍觀共嘆息，繁盛無與比。快意樂當年，安識仁與義。《全元詩》，册60，第8頁

我今有所思寄于山人

陳基

我今有所思，乃在越山陲。越山遥遥青入海，秦望特起上與浮雲齊。客有匡廬虚白子，昔如吴門歸會稽。口誦黄庭經，頭戴白接䍦。往來倏忽不可知，上下風雨騎虹蜺。仰參赤松子，俯接青牛師。左手揖盧敖，右手招安期。醉援北斗酌滄海，長嘯濯足，脱巾挂在扶桑枝。我嘗遇之玉山下，要我八極同游嬉。塵緣未割妻子累，一去不得相追隨。天台仙人馬子徵，陽明洞天曾見之。遺書遠報雪巢子，烟波萬里來無時。扁舟我欲東南歸，鑑湖之水清漣漪。授予玉匱書，茹子苗山芝，逍遥廣莫超希夷。翩然却笑賀狂客，爲誰白首居鴻禧。《全元詩》，册55，第205頁

傷歌行

胡布

百川逝水絶還流，夸父逐日不回頭。秋風鴻雁春風燕，河東織女西牽牛。湘君見竹還見泪，遠人歸來石當起。汨羅濯德君可回，憂天未崩杞人死。黄河奔流接太行，終不難行道里長。有窮之君雙斷臂，難返九日駐頹光。神仙可憑藥可久，不見秦皇并漢武。《全元詩》，册 50，第 441 頁

傷哉行

傅若金

傷哉何傷哉，出門聞天語，掩袂不敢哀。道傍行者但躑躅，使我寸腸爲之摧。嗚呼上天生下民，下民何多災。玉龍駕若木，奄忽復西回。吾聞女媧斷鰲立四極，胡不使之萬古不動長崔嵬。天高蒼蒼不可及，下民號之空仰泣。《全元詩》，册 45，第 38—39 頁

同前

孫　蕡

長夜何漫漫，秋氣悽已悲。浮雲掩明月，凉風吹我衣。曳履出房帷，鳴珮下重堦。俯觀霜露集，仰視星宿稀。倦鳥止復翔，百蟲鳴聲哀。飛翻念儔侶，呻吟知歲時。感兹時物變，惻怛傷我懷。誰能駐流光，息此心所思。《全元詩》，册 63，第 255 頁

悲歌行

黄　玠

按，元人又有《悲歌》，或出於此，亦予收録。

七月龍火正西流，卧看玉宇懸清秋。三辰旋轉不得息，萬事反覆良悠悠。川原盡爲虎豹穴，風雨常隔鳳麟洲。君不見愚夫憑河去不返，寡妻遺妾怨箜篌。《全元詩》，册 35，第 205 頁

悲歌

吴當

世亂人多暴，魂驚客屢過。采薇春事遠，席秸夜寒多。凉月侵蘿薜，清霜看芰荷。荒墟唯痛哭，野老亦悲歌。《全元詩》，册 40，第 149 頁

悲歌一首寄呈劉學齋相執王可矩張德昭二尚書周雪坡大監王本中經歷貢吉甫司業宇文子貞助教危太樸待制貢泰甫授經陳元禮孝廉列位

鄭元祐

天星曾照遂昌山，人家隱約木石巖巒間。貞元丞相有支裔，避地東入浙，甘與猨猱麋鹿老死不復還。五季閩王鄭光禄，至今拱木斬伐後尚爾青珊珊。使不念鄉井，俯仰應厚顔。其如貧病日零落，每企予望涕泣長潸潸。僑吴三十載，惟餘此心在。豈惟讀書老無成，但覺出門俱有礙。三兒兩病一凡劣，四體三完百崩敗。貸粟方炊薪水艱，僦屋屢遷家具壞。文章出售有誰收，書籍縱沽無可賣。此心獨存何所似，夜夜長虹發光怪。青雲故人禄萬鍾，不割少許裨飢窮。

忍令江南秋雨夜，頹垣腐草啼寒蛩。《全元詩》，册 36，第 310 頁

悲哉行

馬臻

悲哉白璧埋黄壤，富貴熏天一撫掌。當年吐氣結成雲，如今卧聽松風響。《全元詩》，册 17，第 133 頁

卷二三六 元雜曲歌辭二

妾薄命

張仲壽

按，元人又有《薄命妾》，當出於此，亦予收録。

妾家古道旁，自分同塵泥。感君重一顧，惠我羅襦衣。煌煌珠明璫，照耀生身輝。誓將堅秋霜，事君終不移。世情等浮雲，人事如弈棋。峨眉斂衆妒，蓬首招群嗤。中夜自展轉，笑顰俱不宜。君家十二樓，傾國羅前墀。戀軒固耿耿，縶籠終悽悽。還君舊秦事，歸理麻苧機。《全元詩》，册 16，第 9 頁

同前

楊維楨

妾薄命，妾薄命，當年破瓜顏色盛。阿䙴何壞家，筳號天莫雪。阿䙴寃仾眉，含羞不敢議。

風雨幾番寒食天，今年復明年，鴛鴦綉被長孤眠。君不見并州剪刀金粟尺，挂在深閨塵素壁。誓不與人縫嫁衣，閑看蜻蜓蛺蝶飛。《全元詩》，册 39，第 227 頁

同前

梁　寅

團團青天月，如燈照九州。不將草爲心，不假魚爲油。照山見樹石，照水見蛟虯。獨不照妾心，暗中中夜愁。《全元詩》，册 44，第 280 頁

同前

胡　奎

妾薄命，何足嗟。妾願如墻下草，不願學風中花。風花漂泊無定所，墻下草生長在家。《全元詩》，册 48，第 147 頁

同前

陳　基

妾本良家女，錢塘江上居。生來不出户，只學綉羅襦。父母偏愛惜，無異掌中珠。十八許鄰里，二十會葭莩。低頭奉箕箒，和顔事舅姑。誰知輕薄婿，零落在中途。結髮願偕老，寧不共馳驅。昔如梁上燕，托身君子廬。今如水上萍，飄泊任江湖。自嗟妾命薄，忍死亦須臾。生女爲人婦，願嫁得其夫。嫁夫一失所，不如棄路隅。《全元詩》，册 55，第 240 頁

同前

郭　鈺

孤鸞窺鏡剪情緣，泪血沾襟十五年。誰信舊時歌舞伴，相逢猶自妬嬋娟。《全元詩》，册 57，第 484 頁

同前

郭　奎

鳳求凰兮我所思，顧山鷄兮何與棲。蘭爲佩兮芙蓉姿，衷心懷兮誰可知。良人没兮遭流離，流離極兮忘令儀。側室陰兮春草萋，雲不歸兮魂欲迷。憶初遠兮父母，拜姑嫜兮容與。不諒兮今日，憤怨兮悽楚。覽塵鏡兮私自傷，嗟薄命兮將誰訴。《全元詩》，册 64，第 428 頁

同前

徐貴之

妾有五花錦，不堪裁舞衣。妾有雙鸞鏡，不堪畫蛾眉。遠山萬疊柳萬縷，山妬眉長柳妬舞。芳姿欲老不待年，無用人知何用憐。永懷千古事，薄命多如此。阿嬌長門怨青春，昭君馬上愁塞雲。自倚紅顔無錯迕，一生却是紅顔誤。黄葉山頭江水平，妾心澹泊如水清。月明夜夜照江水，如何不照妾心裏。《全元詩》，册 36，第 198 頁

同前

楊逢原

宋方回《跋楊逢原詩》曰：「楊君逢原以書生襲父職，任從軍於杭。從軍非其所好，予謂從軍之詩『杖藜携酒看芝山』，何不可者。比惠示古樂府四首：『薄雲漏日花溪雨，杖策香風散平楚。』《妾薄命》云：『穿妾嫁時衣，照妾嫁時鏡。妾貌蒲柳衰，妾心松柏勁。』《蒼鷹謡》云：『惜哉英物姿，飢亦附人飛。』《覽鏡面》云：『空照妾貌醜，不照妾心清。』唐人始有此作，年二十五，可畏也哉！」①按，方回云楊詩四首皆古樂府，本卷録《妾薄命》於此。「薄雲漏日花溪雨，杖策香風散平楚」二殘句失題，故筆者以《古樂府》名之，收入本卷《古樂府》題下。餘二首之題，《樂府詩集》未見，故收入新樂府辭。

穿妾嫁時衣，照妾嫁時鏡。妾貌蒲柳衰，妾心松柏勁。《全元文》卷二一七，第220頁

① 《全元文》卷二一七，第220頁。

擬妾薄命

李孝光

妾薄命，當告一作語誰，身年二八爲嬌兒。阿婆歲歲不嫁女，二十三十一作歲復一歲顔色衰。天公兩手摶日月，下燭萬一作百物無偏私。奈何醜女得好匹，一生長在黄金閨。美人如花不嫁人，父母既没諸孤一作兄癡一作疑。寄書東家小姑道，得嫁莫擇夫婿好。他人好惡那得知，失時不嫁令人老。《全元詩》，册 32，第 262—263 頁

薄命妾

張　憲

按，張憲《玉笥集》置此詩於「古樂府」類。明胡震亨《唐音癸籤·樂通二》「唐曲」亦有《薄命妾》，①故予收録。

① 《唐音癸籤》卷一三，第 144 頁。

少長深閨裏，面不識風吹。自爲薄情婦，懶塗紅玉脂。花軒背春睡，月榭惱秋思。不嫁張京兆，敢煩郎畫眉。《全元詩》，册57，第40頁

羽林行

楊　果

按，元人又有《羽林曲》，當出於此，故予收録。

銀鞍白馬鳴玉珂，風花三月臙脂坡。侍中女夫領軍子，萬金買斷青樓歌。少年羽林出名字，隨從武皇偏得意。當時事少游幸多，御馬御衣嘗得賜。年年春水復秋山，風毛雨血金蓮川。歸來宴賀滿宮醉，山呼摇動東南天。明昌泰和承平久，北人歲獻葡萄酒。一聲長嘯四海空，繁華事往空回首。懸瓠月落城上墻，天子死不爲降王。羽林零落衹君在，白頭辛苦趍路傍。腰無長劍手無槍，欲語前事涕滿裳。洛陽城下歲華暮，秋風秋氣傷金瘡。龍門流出伊河水，北望臨潢八千里。蔡州新起髑髏臺，只合當年抱君死。君家父兄健如虎，一旦倉皇變爲鼠。錦衣新貴見莫嗤，得時失時令人悲。《全元詩》，册2，第303—304頁

同前

迺賢

羽林將軍年十五，盤螭玉帶懸金虎。黄鷹白犬朝出游，翠管銀箏夜歌舞。珠衣綉帽花滿身，鳴騶斧鉞驚路人。東園擊毬夸意氣，西街走馬揚飛塵。湖南昨夜羽書急，詔趣將軍遠迎敵。寶刀鏽澀金甲寒，上馬彷徨苦無力。美人牽衣哭向天，將軍執别泪如泉。安得天河洗兵甲，坐令領海無塵烟。君不見關西老將多戰謀，數奇白髮不封侯。據鞍攫鑠尚可用，誰憐射虎南山頭。《全元詩》，册 48，第 55 頁

羽林曲

李孝光

按，李孝光《五峰集》置此詩於「古樂府」類。

公子被我白鼯裘，公子遺我明月珠。孤兒假父云姓劉，其官高於五諸侯，公子之恩何日酬。

《全元詩》，册 32，第 264 頁

羽林萬騎歌并引

王　惲

詩引曰："至元丙子歲立春後三日，醉入奉御宅。明日酒惡，隱几坐，殆不能爲懷。遂取《通鑑》，閱唐明皇帝清宫事迹，作古樂府一章，號曰《羽林萬騎歌》。書示表弟韓從益，且浮大白數四，覺酒氣拂拂從指間出去矣。其辭曰……"

韋娘鷄晨遵篡武，牝雛啄李求太女。履霜得冰忽深戒，禍始房陵帝私語。神龍殿前虹貫日，王氣龍池濯烟縷。羽林萬騎驍且雄，守捉内外生陰風。韉裁文豹虎衣炳，扼腕久弗諸韋容。潞州别駕眼横電，虬髯英姿真太宗。暗中結納許清禁，繼以幽求玄禮仙鳧忠。玄武門前聽二鼓，散亂天星隕如雨。平明一掃妖氛空，相王已是玄真主。東城瑞靄朝日鮮，五王甲第臨天淵。三郎歸來龍在沼，晴波翠灔終南烟。開元隆平此張本，烟火萬里春熙然。誰圖勇斷蛾眉劍，翻作環兒并轡鞭。畫家有《玉環并轡圖》。

《全元詩》，册 5，第 95 頁

胡姬年十五擬劉越石

張　憲

胡姬年十五，芍藥正含葩。何處相逢好，并州賣酒家。面開春月滿，眉抹遠山斜。一笑能相許，何須羅扇遮。《全元詩》，册57，第40—41頁

當壚曲擬梁簡文帝

張　憲

初八月上弦，十五月正圓。當壚設夜酒，客有黄金錢。懽濃易得曉，别遠動經年。相送大堤上，舉杯良可憐。《全元詩》，册57，第40頁

按，元人又有《文君當壚》，當出於此，亦予收録。

文君當罏

胡　奎

苦樂相從不厭貧，白頭甘守甕頭春。茂陵原上多姝子，未必新人勝故人。《全元詩》，册48，第308頁

美女篇

張　昱

燕趙有美女，紅蓮映緑荷。珮環彫夜玉，團扇畫春羅。流盼星光動，曳裾雲氣多。回車南陌上，誰不駐鳴珂。《全元詩》，册44，第7頁

同前

胡　奎

有女顏如花，生長越王家。浣紗白石上，何曾知館娃。高臺凌青天，朝歌暮復弦。宫人裁白苧，只知長少年。日月無停車，流光迅於電。春風吹落花，不到黄金殿。《全元詩》，册48，第132頁

白馬篇

劉因

按，元人又有《白馬生》《白馬誰家子》，當出於此，亦予收録。

白馬誰家子，翩翩秋隼飛。神中老蛟鳴，走擊秦會之。事去欲名留，自言臣姓施。二十從軍行，三十始來歸。矯首望八荒，功業無可爲。將身弭大患，報效或在兹。豈不知非分，常恐負所期。非干復讎怨，不爲酬恩思。偉哉八尺軀，瞻志世所希。惜此博浪氣，不遇黄石師。代天出威福，國柄誰當持。匹夫赫斯怒，時事亦堪悲。《全元詩》，册15，第18—19頁

同前

何中

冥冥子規林，蕭蕭洛陽路。白馬誰家兒，揚鞭西南去。去去知何爲，不辭還濘苦。陰陽速相禪，乾坤幾新故。丈夫慎馳騖，馬渚已艱步。悠悠獨鳥没，霧暗連村樹。《全元詩》，册20，第227頁

同前

胡　奎

房星夜墜秋河碧，夭矯雄姿龍八尺。何年飛下九重天，自□人間騎不得。置之天上白玉闌，長鳴直欲趨天關。瑶池碧桃千萬片，回風吹雪春斑斑。不學開元照夜白，西入褒斜走荆棘。願逐軒轅凌紫霞，遠游常在太清家。《全元詩》，册 48，第 133 頁

白馬生

楊維楨

白馬生，人之英，我昔與之夜讀素王斧鉞之刑經，恥與黄石談陰兵。挾策誓上天子廷，天子未報淮南相，君許與，一諾重泰山，一拔爲之輕。西來白馬玉鈎鷹，馬前虎士曼胡纓。露布朝馳黑洋寨，拔劍夜落紅旄精。紅旄精，值太白，亂臣賊子乘之以頷頷。東方方面天下隘，士女狗馬金穀白。東方大臣虧石畫，何不攤黄金，留上客。射書吴門圍，逆順語明白。不必募，朱屠兒，殺鄙救趙揮金槌。《全元詩》，册 39，第 230—231 頁

白馬誰家子

余闕

白馬誰家子，緑轡縵胡纓。腰間雙寶劍，璀璨雪花明。甫出金華省，還過五鳳城。君王賜顔色，七寶奉威聲。夜入瓊樓飲，金樽滿綉楹。燕姬陳屢舞，楚女奏鳴筝。慷慨顧賓從，英風四座生。一朝富貴盡，不如秋草榮。黔婁固貧賤，千載有餘名。《全元詩》，册 44，第 246 頁

遠游篇

范立

按，元人又有《遠遊行》，當出於此，亦予收録。

仙人手把金芙蓉，邀我上陟蓮花峰。兩眼注入滄溟東，浮雲遮斷扶桑宫。白日西飛恐成晚，架天五色横長虹。鳳皇儀羽備珍彩，欲集不集無梧桐。冥冥杳杳脱羅網，亦有數點南飛鴻。怒鯨崔嵬鼓鱗鬣，浪中瑣屑多沙蟲，從今唤起雲中龍。披虎豹，謁九重。舞干羽，息武功。泰和世上皆春風，是時勒名留鼎鐘。左招黄綺右赤松，長歌歸去來山中。《全元詩》，册 51，第 219 頁

遠游篇爲黄子邕賦

劉崧

聞君有遠游，請賦遠游篇。上陳道里遥，下感時序遷。茫茫九州外，歷歷秦漢前。山行豈無車，水泛亦有舡。豺虎忽縱横，蛟龍方糾纏。井邑化爲灰，墟里但荒烟。人生非鴻鵠，何以周八埏。君行忽踟蹰，惜此全盛年。寶劍珠玉匣，結駟青連錢。談辨三軍帳，笑歌五侯筵。會合鄙毛遂，功成羞魯連。落日臨廣陌，回風激繁弦。此别誠艱虞，忍爲離緒牽。不見里巷兒，封侯起關邊。毋爲北郭叟，白首事太玄。《全元詩》，册 61，第 12 頁

遠游行送張伯源

張庸

山人家住東海頭，人家遠近同瀛洲。山谷逶迤烟霧合，海波蕩漾星河流。我欲携家與鄰住，塵事牽人未能去。醉來往往夢中游，每與安期笑相遇。如此山川天下奇，山人出山將何爲。高堂白髮結愁思，三月新婚歌離别。囊無黄金謁權貴，身致青雲徒意氣。手中不挽二石弓，縱有奇才誰見容。如何欲掉三寸舌，朝過荆門莫適越。况今重貌不重言，堂下寧知有䝢蔑。山中

笋蕨春正肥，山人蚕去還早歸。君不見徐孺榻前生網絲，燕昭臺下空狐狸。《全元詩》，册54，第88頁

輕舉篇

胡布

弱齡秉清戒，齊心學上騰。羨門教服术，偓佺引拾璚。鍊氣常通液，補腦急還精。歷紀校功滿，一舉得身輕。寶駕乘流電，珠履躡繁星。憑虚倚閶闔，肆游寓紫京。木精友方朔，日華驗廣成。靈桃艷芝囿，璚蕊粲椒庭。樹剥玉文棗，枝懸金脊藤。黄眉覽六著，青瞳指五城。徒侶皆仙氣，服御盡長生。俯見泰山小，坐待黄河清。率土不足顧，六合豈難并。始異塵愚境，進卑世俗情。《全元詩》，册50，第448頁

仙人詞

胡奎

按，《樂府詩集·雜曲歌辭》有《仙人篇》，元人《仙人詞》《仙人謡》，當出於此，故予收録。

金鰲背上蕊珠宫，千歲桃花幾度紅。曾見茂陵松柏下，銅仙清泪落秋風。《全元詩》，册48，第118頁

仙人謡次達道鑒録韻爲一笑之戲

林弼

仙風吹雲散瓊香，玉輪軋露融素光。霓裳飛動金玲瑲，一聲驚起鸞鳳翔。芙蓉池上西風早，青鳥無音天窅窅。翠光濃入秋水寒，黛痕淺與春山老。千年蟠桃幾開落，三偷奈此小兒惡。綵絲未斷塵俗緣，黄金空鑄相思錯。君不見有虞帝子來瀟湘，洞庭水緑梧山蒼。泪痕有盡愁思長，向來斑竹多秋霜。《全元詩》，册63，第31—32頁

卷二二三七　元雜曲歌辭三

王喬

張　雨

按，《樂府詩集·雜曲歌辭》《仙人篇》解題曰：「《樂府广題》曰：『秦始皇三十六年，使博士爲《仙真人詩》，遊行天下，令樂人歌之。』曹植《仙人篇》曰：『仙人攬六著。』言人生如寄，當養羽翼，徘徊九天，以從韓終、王喬於天衢也。齊陸瑜又有《仙人覽六著》篇，蓋出於此。」①《王喬》或出於此。又，宋鄭樵《通志二十略·樂略一》「神仙二十二曲」亦有《王喬歌》，②故予收録。

吹笙古仙人，政要玉棺埋。借問雙飛舄，何時離縣齋。《全元詩》，册 31，第 323 頁

① 《樂府詩集》卷六四，第 704 頁。

② 《通志二十略》，第 921 頁。

神仙曲

曹文晦

按，《樂府詩集·雜曲歌辭》有《神仙篇》，元人《神仙曲》當出於此，故予收録。

黄金可致長生藥，祖龍已跨蓬萊鶴。飛廉傳得不死方，茂陵已作白雲鄉。古來王喬赤松子，不識於今在何許。人生有死理固然，雖古聖人不免焉。神仙之説既無據，緑鬢朱顔安足恃。花前有酒且高歌，百年歡樂能幾何。《全元詩》，册 37，第 406 頁

飛龍篇

梁寅

西登空峒，如觀五城。雲霞垂彩，日月互明。玄鶴繞樹，青鹿長生。翹慕軒皇，問道廣成。至人不私，靈符親授。熟爾心田，室爾情竇。駕風乘霓，八表騰驟。人寰糠粃，長樂玄囿。《全元詩》，册 44，第 277 頁

鬥鷄行

楊維楨

按，《樂府詩集·雜曲歌辭》有《鬥鷄篇》，元人《鬥鷄行》當出於此，故予收録。

兩雄勇鋭夸匹敵，老距當場利如戟。毷氉毰毸蝟刺張，怒咽磈礧嗔睛碧。劍心一動碎花冠，口血相污膠綵翼。何當罷鬥作啼聲，埭上梨花春露滴。《全元詩》，册39，第62頁

驅車篇

袁華

題注曰：「送瞿惠夫鎮江學録。」

驅車聲轔轔，駕言適朱方。揚旌羽旂翠，櫜弓菔在房。褰帷覽河山，飛蓋度康莊。行矣闡文化，天子正當陽。《全元詩》，册57，第270頁

長安篇

孫蕡

按，《樂府詩集·雜曲歌辭》有《西長安行》《長安有狹斜行》《長安道》，或爲《長安篇》所本。孫蕡《西菴集》置此詩於「樂府」類，元人無作《西長安行》者，故本卷置此題於《西長安行》處。

長安形勝地，京華富才雄。北開左馮翊，南列右扶風。漢道方全盛，象魏何穹窿。逶迤長樂坂，壯麗未央宫。游俠多少年，妖姿秀華容。凌雲飛甲第，照日輝文窗。行樂正及時，綺羅綉葱蘢。珠葉摇蟬鬢，銀鞍被玉驄。千花色炫爛，萬柳景昭融。擊鞠都門外，鬥鷄馳道東。青樓啓夕月，瑶箏沸春空。良時逝不留，流運會有終。且極娱心意，無爲虚景光。《全元詩》，册 63，第 256 頁

吴趨曲

李孝光

按，《樂府詩集·雜曲歌辭》有《吴趨行》，元人《吴趨曲》當出於此，故予收録。李孝光《五峰集》置此詩於「古樂府」類。題注曰：「送薩天錫。」明李日華《李日華詩話》曰：「吴音輕柔，歌則窈窕洞徹，沉沉綿綿，切於感慕，故樂府有《吴趨行》《吴音子》，又曰《吴歌》，皆以音擅於天下，他郡雖習之，不及也。」①

四座并清聽，有客歌狹邪。狹邪不可聽，聽我爲爾歌吴趨。美人珠袚貂諸于，美人寶釵有九雛，美人投我明月珠。《全元詩》，册 32，第 263 頁

① 《明詩話全編》，册 6，第 6406 頁。

北風行

張翥

按，元人又有《北風歌》《北風辭》，當出於此，亦予收録。

長河風急波浪惡，青天晝黄塵漠漠。瓠瀘渡中舟盡泊，官船搘帆與水争。牽馬毛寒趟不行，秃樹挂戛枯蓬驚。夜深風定浪聲死，窗光倒摇天在水。前伴相呼隨雁起，帽絮不暖衣生稜。老貿不語愁河冰，上閘下閘應屢凌。篙師指直失增減，明星欲明霜似糁，館陶城南鼓紞紞。《全元詩》，册34，第122頁

北風歌送王君實并寄憲副順子昌

薩都剌

北風日日吹浮雲，西南一星光射門。出門見客筲口坐，打馬送君收泪吞。筲口秖自知，吞泪竟何益。木葉下玄霜，日日北風急。北風吹淺淮南波，坐見白日浮雲多。九關虎豹卧不動，奈爾狐狸燕雀何。《全元詩》，册30，第223頁

北風辭送余舜容之京

烏斯道

按，烏斯道《春草齋集》置此詩於「樂府」類。

北風其涼，吹子之衣裳。我有古琴爲子彈，慨慷群爵飛舞雲低昂。猗蘭在畹天雨霜，天門九重兮虎豹在旁，子之去兮道路長。北風其凄，吹子之裳衣。我有參差爲子寫，所思乾坤莽莽烟雨霏。商鼎剥落售有誰，軒車頡頏兮富貴是依，子之去兮慎所之。《全元詩》，册 60，第 261 頁

苦熱行

胡　助

按，元人又有《苦熱嘆》《苦熱吟》，當出於此，亦予收録。元詩以《苦熱》爲題者衆多，題旨均與《樂府》《苦熱行》異，故不收録。

去年六月苦淫雨，日夕蕭蕭不知暑。今年亢旱連六月，烈燄飛埃人病暍。誰道朔方冰雪多，年來無奈炎蒸何。火雲停午驕閃閃，燕馬亦作吴牛喘。安得甘霖萬物蘇，扁舟南歸浮五湖。《全元詩》，册29，第28頁

同前

黄玠

十日不雨草木焦，一月不雨川原竭。酷吏作威何可當，大地流熺赤於血。嗟我有情空自傷，會擒女魃出神潢。手挽懸河作甘澍，坐使大地生清涼。《全元詩》，册35，第195頁

同前二首

舒頔

驕陽氣炎炎勢赫赫，六合熏蒸苦煎迫。歲邁逢時危，謫此江上宅。天空夜無風，老汗浸簟席。起來蹋月行，長嘆復喘逆。欲度遼海無津梁，欲奮雲霄鎩羽翮。吁嗟乎蒼天，夫何使我至此極。舊聞陰山六月生雪蛆，廟堂伴食分御厨。安得大鑾置座隅，清涼亦足甯厥軀。不然借我千間之凌室，更着四方風洗滌，遂令天下炎歊皆絶迹。《全元詩》，册43，第362—363頁

驕陽何太驕，六合烘如窯。千里百里禾稼焦，汗漿氣喘民嗷嗷。我欲東入海，海闊舟楫愁波濤。又欲西走岷峨山路去中國，棧道何迢迢。南方度桂水，衡嵩雲暗啼猿猱，又有豺狼虎豹日夕相咆哮。陰山在其北，六月飛雪平屋高。乳酪挏馬不救癡腹枵，炎蒸赫赫人無處逃。君不見西家熏天醉明月，東家肉屏嚼寒雪。風車捲屋燭明滅，不識人間許多熱。《全元詩》，册 43，第 365 頁

同前

胡　奎

江南五六月，無地尋清涼。東家少年不怕暑，玉盌冰花調蔗漿。平頭奴子面如玉，紈扇驅風入脩竹。安知躍馬走紅塵，畏途炎蒸愁殺人。《全元詩》，册 48，第 134—135 頁

同前

周　巽

祝融南征馭赤龍，鶉火飛燄當前鋒。渴烏吸盡蓬萊水，妖虹挂在芙蓉峰。田疇枯槁泉欲竭，沙石銷鑠金爲鎔。重惜民憂魚鼎沸，得非帝遣龍門封。雲蒸谷口澤未降，虎嘯巖前風不從。六合如在洪爐裏，不知何處堪潛蹤。嗚呼山林晦迹無地容，安得天風駕我游鴻濛。《全元詩》，册

48，第 405 頁

次韻楮仲明苦熱行

周　權

燭龍銜火飛南陸，萬疊雲峰天地窄。鯨波沸海泣陽侯，涸盡泉源爍金石。人間何處逃隆暑，細葛如裘汗如雨。蒼生墮此深甑中，救暍何時命如縷。我欲太華峰頭酌瓊液，醉卧青瑶嘯松月。明星邀我玉井旁，共折芙蓉弄香雪。扶摇直上九萬里，高挹盧敖太空裏。手攀斗柄睨塵寰，濯足銀河弄秋水。《全元詩》，册 30，第 55 頁

苦熱行效長吉體

吴　會

赤帝龍車遲不鞭，赬輪如血當中天。天上火山下湯泉，蒸肌迸汗連珠圓。渴喉呀呀嘘紫烟，一絲挂體千鈞懸。小鬟香粉生綃薄，蕉扇蔗漿清暑眠。《全元詩》，册 57，第 166 頁

苦熱嘆四十六韻

王　惲

題注曰：「效昌黎體。」

祝融駕火虬，頓轡周八裔。戰酣西北乾，回薄餘暮熾。朱光沸虞淵，大地蒸一氣。蒼茫夜色濕，酗鬱玄象醉。今年六月中，荼毒逾往歲。金晶才始狀，熛怒勢此銳。炎官張火傘，屏翳揚赤幟。四合歊陳來，一鼓赫離治。天潢影半涸，星鳥芒欲彗。吟風樹葉噤，塌翮林鳥墜。并兼坎兑權，不使天地閉。王城十萬家，燻灼迫一勢。乾坤墮熾甕，逸德駭天吏。掩關人事絶，藏伏敢口議。寒裳起中夜，通夕不容寐。捫背赭汗流，窺井湯泉沸。松間有困鶴，無夢到清唳。墻根有腐草，螢化光晢晢。穿簾入我室，照眼驚火齊。陰蟾遁老魄，火鼠騁黠智。夜深過我前，跳躑翻飲器。屋古又足蝎，伺螫尤謹避。簟紋燎炎輝，側脅能少憩。舉動體愞熟，歔欷氣短細。抱冰眠或可，揮翣何所濟。二年客京師，身幸置散地。雖無束帶勞，唯老覺加倍。彷徨不知曙，種髮沐而被。四序本平分，偏盛誰所致。火攻出下策，不已熸萬類。嗟此一世人，暍死將何厲。此生匪金石，流鑠吁可畏。内熱復自焚，衰槁將立至。燥惟以静勝，事須以義制。冰山詎可依，煬竈非所媚。遐想崑崚巔，庭觀何偉麗。巍然五千仞，日月光隱蔽。回環十二樓，空明澹無際。水晶作柱礎，群玉絢軒陛。天風掠枕席，月露濕環帔。瑶臺擁灝靈，萬舞發清吹。真仙事朝元，鸞鳳互驂翳。閬風接玄圃，追陪憶游戲。何年墮塵緣，坐想無由詣。安得萬里風，振此垂天翅。脱落區中囚，高舉尋吾契。《全元詩》，册 5，第 19—20 頁

苦熱嘆

舒　頔

矮屋久坐如甑焚，西南赫赫流火雲。金石欲鑠百草死，田疇禾槁龜坼分。陰山雪花六月大如掌，路遠莫致徒耳聞。又説西方亦有清凉國，冰山嵯峨寒氣侵毛骨。龍沙萬里戰三軍，深入不毛鳥飛没。安得匹馬從之游，遠避炎歊氣軒豁。《全元詩》，册 43，第 370 頁

苦熱吟

董壽民

火龍舊威不受鞚，灼煤天地無遺空。陂池湯沸土山焦，紈扇無功絺綌重。朝飡既苦蒼蠅緐，夕寢莫奈飛蚊閧。解衣脱巾汗如流，石枕竹床不成夢。世上應有富貴兒，林亭風榭半仙洞。

金盆注水龍鱗寒，玉案堆冰酪漿凍。寧知田家作苦勞，矮屋如斗牖如甕。吴牛喘氣犬吐舌，十病九瞩愁耕種。炎歊未必長炎歊，忽見早晚涼飆動。四時代謝若循環，鴻燕春秋迭相送。癡兒侍久寂無言，笑指月明差可共。夜闌露坐蔽松扉，一樽獨愛荷花供。《全元詩》，册 22，第 29—30 頁

春日行

李道坦

東風入樹吹流鶯，曉窗隔霧花冥冥。美人窗間動曉思，鶯聲枕上提春心。塵中日出花滿城，城南春深楊柳青。王孫不歸消息斷，深閨無人春草生。草生猶有時，王孫何日歸。斜陽照流水，萬里長相思。東園三月花爛開，西鄰胡蝶雙飛來。明朝蝶去春無主，閉門花落愁如雨。《全元詩》，册 24，第 179—180 頁

同前

郭奎

春風爾來何無情，忽然吹我華髮生。淮南三月花滿城，金尊海錯羅雕楹。美人對坐彈鳴箏，酒酣起奏升天行。當年歡樂不復得，白日爲照心未平。心未平，發長嘯。我曹豈是閭閻兒，

齊東魯連頗同調。《全元詩》，册 64，第 426 頁

明月篇

胡　奎

按，元人又有《明月行》，或出於此，亦予收録。

湛湛復盈盈，當秋徹夜清。直疑天有塹，却訝水無聲。隱約箕邊起，依微斗外横。氣浮華蓋動，光映泰階平。東去遥通海，西流澹挂城。擬乘蓮一葉，萬里泝空明。《全元詩》，册 48，第 173 頁

明月行寄傅嘉父

吴　萊

上天有明月，來自滄海東，鑾潮夜捲馮夷宫。海門一綫驚欲射，江面樓臺聳千尺。冰岸雪崖屹不動，水犀組練皆勍敵。越人善泅技已癢，明月光中吾得賞。飛來白鶴咅清角，跳出長魚漢疏網。北風吹起蘆花秋，笑撫錢王鐵箭頭。襆衣枕斧此何處，烏鵲無枝空繞樹。《全元詩》，册 40，第 76 頁

前有一尊酒

劉永之

前有一尊酒，斟酌雅平生。十五富篇翰，二十厠群英。三十遠行游，四十翻無成。歸來衡門下，百日不開扃。蠨蛸網西户，灌木翳東榮。鄉人笑迂拙，過客稱狂生。有時登高丘，舒嘯自陶情。白日忽西逝，滄溟但東傾。逍遥守屯賊，保己終遐齡。《全元詩》，册 60，第 6 頁

前有尊酒二首送朱秀才之慈谿

張天英

小窗一夜梅花開，天風拂拂從東來。仙人乘風忽相遇，飄然便欲歸蓬萊。且盡花前一尊酒，玉簫瑶瑟重相摧。與君俱爲異鄉客，請君當歌共銜杯。共銜杯，惜君别，明日西陵浪如雪。聽唱吴趨曲，送君慈谿去。春風二三月，十日慈谿路。有酒且相歡，毋令白日暮。昔時我到天台山，山中二女花如顔。邀我碧桃花裏醉，乃知此地非人間。去君家，亦不遠，願寄一書謝

劉阮。《全元詩》，册47，第144頁

分得前有一樽酒送朱長元赴膠州同知

顧瑛

前有一鐏酒，酒痕清若空。金波忽蕩漾，酒面度微風。酌酒持勸君，爲言贈離別。明日到膠州，還見樽中月。丈夫多慷慨，不爲兒女憐。但令潮有信，應見月同圓。桂棹木蘭舟，行行渡淮水。君恩如水流，客行殊未已。《全元詩》，册49，第56頁

結客少年場行

胡布

射獵陰山下，經過狹邪口。俱邀信陵客，共酌新豐酒。不韋膠漆契，郭解死生友。共念雪國讎，漫睇蒙塵垢。剪草除草根，殺人恥人後。所貴豪俠義，不辭骨肉朽。縱死秦王劍，何負將軍首。《全元詩》，册50，第453頁

同前

潘伯脩

黄金千，白璧雙。東燕市，秦舞陽。西咸京，張辟疆。舞陽言死即死耳，執策驅之類犬羊。辟疆仕智持兩端，爲虎而翼加之冠。漢廷諸老失措手，大節爲之久不完。英雄俯仰傷今古，成敗論人何足數。我今絶交謝少年，西山拂石卧秋烟。丈夫未遇亦徒爾，澠池奮翼龍鸞騫。由來萬事付天道，爲蛇爲龍身已老，結屋青厓傍猿鳥。《全元詩》，册 54，第 48 頁

結客少年場

劉崧

結客少年場，少年本同調。肝膽各自懸，持之以相照。我有百錬劍，五花驄。不敢自愛惜，拔劍贈馬期相從。幢幢車馬都門道，花發鳥啼風日好。顔朱鬢緑艷青春，第一成名須在早。銅盤登壇歃血時，白日青天聞苦詞。男兒賭命報知己，莫遣衰老徒傷悲。手持一樽酒，自唱馬上歌。目光稜稜髮上指，年少無成將奈何。《全元詩》，册 61，第 2 頁

少年子二首

釋行海

紫陌香塵逐馬蹄，玉簫聲裏看花開。綠衣鸚鵡胭脂嘴，一百金錢買得來。《全元詩》，冊4，第381頁

馬頭垂柳復垂楊，日暖游絲滿洛陽。賤把黃金買歌笑，不知流水去茫茫。《全元詩》，冊4，第384頁

少年行

耶律鑄

燕燕鶯鶯滿鳳城，好花時節更關情。自從雙鯉消沈後，惆悵春流越淺清。《全元詩》，冊4，第134頁

同前

周權

蒼頭已鞚青驄馬，醉嗔擲折珊瑚鞭。萬花飛雪不肯去，狂歌縱酒春風前。

南園桃花落紅雨，西亭楊柳飛白絮。吴姬壓酒十三弦，欲把黄金買春住。冰紈生色輕於雪，嘈嘈兩耳笙歌熱。暮歸醉索美人扶，畫闌香蹋荷花月。《全元詩》，册 30，第 50—51 頁

同前

曹文晦

少年不識愁何物，南陌東郊恣游佚。衰老情懷懶出門，坐對青山逐終日。向時意氣寧愁老，今日方知少年好。北邙多見白楊風，三山豈有長生草。君不見西山日，又不見西風樹。晚霞作態不多時，病葉衰紅將委地。回頭爲語少年人，有酒莫負花間春。《全元詩》，册 37，第 404 頁

同前

張昱

看取木槿花，朝榮夕已萎。芳容有凋謝，胙澤何所施。壽命如可長，仙人今何之。高堂有歌舞，及此少年時。《全元詩》，册 44，第 3 頁

同前

傅若金

長衢若平川，輕車馳流波。上有都人子，明肌艶朝霞。芳塵揚遠風，白日耀舞羅。少年輕薄兒，調笑相經過。狎坐酌美酒，日莫酣且歌。千金罄一笑，豪右焉能加。時俗夸朱顔，美女悦春華。春華豈不好，遲暮當如何。《全元詩》，册45，第6頁

同前

胡奎

越羅春衫綉鳳凰，黄金壓轡青絲繮。張緒風流騁年少，走馬章臺游獵場。門鷄五坊白日晚，夜宿倡樓不知返。白日西飛海倒流，紅顔少年春復秋。白馬紫游繮，行過洛陽道。不顧落花飛，只道青春好。日日青樓醉，章臺蹋月歸。秋風昨夜起，又試越羅衣。《全元詩》，册48，第135頁

同前

劉仁本

城中美少年，十萬當腰纏。朝擁紅姬醉，莫入花市眠。青春事游俠，白日行神仙。豪奢侈靡競夸詫，千金之裘五花馬。明珠的皪珊瑚赭，錦囊翠被薰蘭麝。生來富貴無與倫，豈知耕稼識艱辛。一朝世變起風塵，少年嬌脆無容身。城外惡少年，膂力如虎健。令人出胯下，麤豪逞精悍。舞刀持槍乘世亂，掉臂橫行遮里閈。剽掠人貲爲已券，昔無擔石今百萬。結黨樹群肆欺誕，矚室憑陵何所憚。一朝黄霧肅清飆，大官正法施王條。隳突追呼行叫囂，少年浪迹無遁逃。鉗鎚束縛首爲梟，鞭流腥血尸市朝。我作歌，歌年少，毋爲美夸毋惡暴。我作歌，歌少年，夜讀古書朝力田。作善降祥天則然，生當亂世終得全。《全元詩》，册 49，第 193 頁

同前

郭鈺

西家少年茅屋裏，床擁牛衣瓶貯米。一朝販鹽多白銀，妻學宫妝兒學跪。甕頭新酒鵝兒黄，無時殺猪宴鄰里。酒邊自嘆還自矜，眼前華屋連雲起。指似中男眉目强，早教讀書結豪貴。

黃金直可睹公卿，莫遣終身在泥滓。東家老儒笑無計，一窮到骨門長閉。百年榮悴那得知，世情直付東流水。《全元詩》，册 57，第 521 頁

同前

劉崧

乍出建章宮，還過酒肆中。聽歌留寶劍，數雁試雕弓。烟草一片緑，風花千點紅。馬驕嘶不住，直驟渭城東。《全元詩》，册 61，第 2—3 頁

清溪張歸雲不嗜酒肉工詩安貧所作少年行因次其韻

周權

五陵年少風流客，花間開宴春壺碧。豹胎熊掌羅玳筵，犀筯逡巡萬錢值。綺羅吹香圍肉屏，棖棖銀甲喧瑶箏。高燒紅蠟作長夜，白日過眼如流星。可憐氣岸如山阜，雨散雲飄不能久。繁華富貴總如夢，昨日朱顔今白首。争如芝田野老衣懸鶉，飢擷芝朮餐芳辛。新詩日富不厭貧，謂有堯舜爲吾君。少無佚樂老無戚，尺澤自可潛幽鱗。誰知清溪有鶴不可馴，白雲浩蕩青林春。《全元詩》，册 30，第 55 頁

長安少年行

釋宗泐

日晚新豐醉酒回，玉鞭敲鐙萬人開。緑槐馳道横穿過，不管金吾導騎來。鬥鷄贏得海東青，臂向東街覓弟兄。白馬翩翩相逐去，灞陵原上曉雲平。腰下青蛇鞘裏鳴，一身長爲報讎輕。今朝莫共空街語，京兆新聞廣漢名。《全元詩》，册 58，第 376—377 頁

少年曲

何孟舒

龜甲屏寒緑華曉，象口香消凉夢繞。翠禽流聲入錦幬，牽醒湘南千里愁。怯寒新御青霓裘，軍裝武妓爲洗頭。醉纈射花紅綱浮，青到城東五鳳樓。《全元詩》，册 58，第 332—333 頁

輕薄篇

陳　肅

華駒細犢小香車，城南陌上問倡家。倡家窈窕可憐妾，石榴裙裾飛蛺蝶。零陵酒熟正宜嘗，嬌歌一曲雙斷腸。斂笑含顰背花燭，眼意拂君君暫宿。《全元詩》，册49，第278頁

俠客行

陳　基

按，元人又有《俠客詞》《俠客吴歌》，當出於此，亦予收録。

俠客雙鹿盧，鵜膏淬銛鍔。試舞出嚴城，群寇膽盡落。《全元詩》，册55，第266頁

同前

釋宗泐

平生重然諾，意氣横素秋。拔劍悲風吼，上馬行報仇。報仇向何處，堂堂九衢路。突上秦

王庭，直入韓相府。回身視劍鍔，血漬霜華薄。敢持一片心，爲君摧五嶽。五嶽即可摧，此心終不灰。恥没兒女手，完質歸泉臺。《全元詩》，册 58，第 372 頁

古俠客行

吴 萊

長安天闕制九州，河北列鎮類諸侯。私劍縱横常滿路，錦袍結束耀珠韝。初月三更動千里，紅綫女郎勝男子。金合書名斗柄高，綉幃被髪心神死。使臣單騎急叩城，唇齒兩河休用兵。帳前盗賊在鄰道，牌外旌旗無硬營。浩歌置酒紅綫去，夜叉飛天渺何處。昔日驕鶯曉雨花，今朝脱兔秋風樹。當筵一笑却生塵，累賜千金豈顧身。磨勒踏垣獒犬伏，水精縋海蟄龍嗔。世上出没幾紅綫，纖夫細兒徒股戰。不盡英雄草澤間，教人恨殺虬鬚傳。《全元詩》，册 40，第 80 頁

俠客詞

楊維楨

未許同交死，全身報國仇。太阿飛出匣，欲取賈充頭。《全元詩》，册 39，第 70 頁

游子吟

陳　謙

母愛兒，比瑶草，百花枝頭春浩浩。結緑縣黎總非寶，朝居目前暮懷抱，頃刻相違作憂惱。兒兮勸爾無出游，忍令母心日夜憂。紉衣一針一度鈎，針綫不比心綢繆。兒嬉鬥草拈春縷，緑縟青葱不堪數。楚人只解歌王孫，萋萋乃有子母恩。徂徠松，淇園竹，人生長生勝他木，千年萬年春草緑。右《游子吟》一首。按古樂府有《游子吟》。《游子吟》，貞曜蓋擬古而作。彦清要予賦《春草軒詩》，以實前序引中語，輒爲題此，而不敢易舊題云。作序後三年七月二十日。謙書。《全元詩》，册36，第67頁

同前

袁　凱

游子行萬里，母心亦如之。陸行有虎豹，水行有蛟螭。盜賊凌寡弱，霧露乘寒飢。誰云高堂安，中有萬險危。寄言里中子，親在勿遠離。《全元詩》，册46，第330頁

壯士吟題郝奉使所書手卷

王　惲

按,《樂府詩集·雜曲歌辭》有《壯士篇》《壯士吟》《壯士行》,元人又有《壯士歌》,當出於此,亦予收録。

使節駐淮海,人望兩好熙。宋人足變詐,覩望占成虧。不知破武事,中伏混一機。壯士死則已,不死將有爲。宋琚凛風概,天馬不受羈。拘隔一館間,激之見連鷄。事久變乃生,勢去心恫疑。奄奄十六年,慘悴甘湘纍。内鬩既首鼠,外侮宜紛披。盛氣屈使降,壯心終不移。睍柱欲碎首,忍見王人微。松巖操愈厲,草緑秋更萋。蕭爽隱霧豹,脱略觸藩羝。老賊主一殺,幽憤將何施。庭芝一援手,所惜良不貲。兵交使其間,天理或可期。子卿才屬國,所報亦以卑。至今郎山冢,突兀空蟠螭。兩行清汝帖,只有老天知。《全元詩》,册5,第63頁

壯士行

胡奎

千金寶刀百金馬，稱是人間驍勇者。射虎曾過南山前，斬蛟復入長橋下。何不生出玉門關，爲君談笑斬樓蘭。漢家得此英雄將，塞上琵琶怨莫彈。《全元詩》，册 48，第 135 頁

同前

張憲

相如全璧目眦裂，劍指秦王衣濺血。衣濺血，不比儀秦争口舌。右壯士行　《全元詩》，册 57，第 54 頁

按，此詩爲張憲《和睦州雜詩十四首》其十二。

同前

張　憲

按，此詩爲張憲《和睦州雜詩十四首》其十三。

秦王雄飛六王伏，六王戰敗疆土蹙。英雄獨有朱屠兒，袖隱金椎入函谷。圈中飢虎思人肉，屠兒入圈虎閉目。右壯士行　《全元詩》，册57，第54頁

壯士歌

周　巽

君不見荆軻辭易水，飛蓋過秦宫。一去不復還，白日貫長虹。又不見樊噲入鴻門，瞋目髪衝冠。立飲斗巵酒，狂言敵膽寒。秦王絶袖環柱走，沛公間行脱虎口。兩雄事異壯心同，擁盾何慚持匕首。近代羽林如虎貔，黄金瑣甲元武旂。三石琱弓百發中，千鈞寶鼎獨力移。時危此輩盡奔散，如噲如軻知是誰。落日高臺大風起，安得守邊皆猛士。力挽天河洗戰塵，功名圖畫麒麟裏。《全元詩》，册48，第401頁

同前

王逢

明月皎皎白玉盤，大星煌煌黄金丸。壯士解甲投馬鞍，蒺藜草深衣夜寒，劍頭飲血何時乾。

《全元詩》，册 59，第 136 頁

次韻壯士歌

張憲

春來塞草青，秋來塞草黄。草黄馬肥弓力勁，邊聲徹夜交鋒芒。鋒芒直上燭霄漢，壯士目炬與之相短長。王師十年厭追逐，朱粲黄巢食人肉。天津誰弔杲卿痛，秦庭孰舉包胥哭。壯士怒翻海，百川皆可西。巍巍鸞鳳闕，肯使鴟鴞棲。漫漫長夜久未旦，一聲啼白須雄鷄。君不見淮陰胯夫餓不死，一劍成名有如此。斬蛇未覩隆準公，沐猴寧數重瞳子。《全元詩》，册 57，第 57—58 頁

卷二二三九　元雜曲歌辭五

浩歌一章

張　憲

少小耻讀書，袒裸習槍棓。雄心不自禁，氣壓楚諸項。怒提彭城師，能使睢水絳。四十未得禄，蔬食伏陋巷。始悟平生狂，適增木然戇。憂來發浩歌，忿激聲不降。精誠上感天，貫日生白虹。《全元詩》，册 57，第 90—91 頁

麗人行

楊維楨

題注曰：「題玉山所藏周昉畫卷。」

楊白花飛愁殺人，美人如華不勝春。錦韉馱起雙鳳縷，黄門挾飛五花雲。白日雷霆夾城道，樂游園裏春正好。就中小姊最嬌强，雌雄雙飛觀者惱。瑶池鬥草碧雲移，草青草歇春不知。

黃裙有恨隨春水，椒房青蠅何處起。君不見翠羽颸颸帳一空，東方蝃蝀纏紫宮。蝃蝀，一作蠕蝀。《全元詩》，册 39，第 12—13 頁

續麗人行

胡天游

題注曰：「次韻。」

春江水緑春草長，暖風晴麥摇翠光。江頭女兒踏春陽，宫鞋蹀躞雙鴛鴦。濃蛾掃翠夸時妝，青梅如豆懸釵梁。含羞避客依垂楊，緑條花貌相掩映。羅裙颯颯風逞香，我欲臨流攬其裳。贈君江南充耳之明璫，願君回盻流波雙。餞君東風南浦之離章，微詞謔浪空彷徨。彤霞無影散玉頰，飄然竟學孤鸞翔。亦知佳人禮自防，豈比濮上桑間姜。行雲一去杳莫覩，癡心空斷相思腸。《全元詩》，册 54，第 348 頁

東飛伯勞西飛燕題飛花亭

陳樵

東飛伯勞西飛燕，花光絮影從風轉。蜂黄蜨粉照靈葩，不散明珠衹散花。沾衣墮袂花如水，羽人化蜨隨花去。與人不顧笑春紅，春閨一昔生芙蓉。一作吴蕉未省生春風。骨齊熊耳君知否，花艷春暉不經久。羽衣一拂千萬春，春華墮蕊齊崑崙。《全元詩》，册 28，第 375 頁

空城雀

周巽

空城雀，喧啾無樹棲城角。雄飛雌哺黄口雛，群遶荒蕪無粟啄。何不飛去山林樂，城頭日落號烏鳶。城下荆棘霏寒烟，朝昏飲啄不充腹，礫礫悲鳴誰汝憐。自嘆空城非所止，猶勝身罹網羅裹。君不見郊原四面皆網羅，無地潛踪將奈何。安得仁恩及微物，雨露生成囿泰和。《全元詩》，册 48，第 398—399 頁

同前

張憲

嗷嗷空城雀，一飽啄餘場。不比珍奇鳥，自矜毛羽光。翹首仰喂飼，巧語如笙簧。幽棲樊籠裏，黄口不得將。《全元詩》，册57，第39頁

同前

戴良

汝雀汝雀亦何爲，有身不向他處飛，却入空城長苦飢。空城四面盡焦土，滿地青蒿幸無主。飛來飛去啄蒿實，既無矰兮復無罟。豈不見官倉有鼠食官米，所食縱多寧損幾。一朝倉吏來捕爾，爾罪莫逃終磔死。《全元詩》，册58，第51頁

同前

釋宗泐

啾啾空城雀，戀戀空城曲。朝旁空城飛，莫向空城宿。草窠乳子成，埻土翻身浴。不隨鳳

凰游，不畏鷹鸇逐。野田豈無黍，太倉豈無粟。食粟遭網羅，食黍傷箭鏃。丁寧黄口雛，飲水懷止足。歲晚雖苦飢，全軀保微族。《全元詩》，册 58，第 371—372 頁

同前

劉崧

空城雀，鳴且飛。一朝驅入羅網去，雲天有路何時歸。空城雀，飛且止。林棲有匹巢有子，分飛不知後生死。空城雀，遭網羅。塌翼垂頭憔悴多，不能高飛將奈何。《全元詩》，册 61，第 3—4 頁

車遥遥

楊烈

車遥遥，若流水。前車去無踪，後車來不已。白日無閒人，黄塵没馬耳。空投一寸膠，不到黄河底。《全元詩》，册 24，第 257 頁

同前

梁寅

車遥遥，江上路。知君心與江水東，水可停流車不駐。出門望風沙，碧雲在天涯。少年萬里志，那思早還家。落花紛紛沾綺疏，春來春去傷離居。丈夫官慕執金吾，敢云富貴非良圖。托身自誤不自怨，惟願羊腸九折無摧車。《全元詩》，册44，第276頁

同前

胡奎

鴉啼金井東方白，起送關山遠行客。前車軋軋後車催，莫問東西與南北。天上日月無停輪，有泪不灑車中塵。黄塵如海車如水，出門遥遥千萬里。相思日夜聽車聲，歸時還待鴉啼起。車遥遥，上青天。門前路，直如弦。茫茫名利途，誰斲車輪圓。安得兩輪生四角，朝朝相見心即樂。《全元詩》，册48，第152—153頁

同前

周巽

車遥遥，去何之。馬蕭蕭，鳴深悲。路遶關山千萬里，望君不見長相思。黄塵蔽日征鴻斷，肝腸似割空留戀。霜雪墮指冰斷鬚，未寄衣裘泪如綫。長途豺虎方縱横，魂驚膽落傷中情。傷中情，向誰訴，百歲光陰暗中度。車遥遥，何處去。《全元詩》，册48，第402—403頁

同前

張憲

車遥遥，推向何處去。勸君勿輕行，前途有泥淤。勸君君不留，鋭意作遠游。前有伏路者，勇力能挾輈。挾君輈，劫君財。夕陽衰草暴君骸，君魂有靈招不來。《全元詩》，册57，第42頁

同前

劉永之

車遥遥，行漸遠，男兒徇名不計返。前年客邯鄲，去年出秦關。今年驅車復入燕，燕城巍巍

十二門，龍樓鳳閣起中間。大道通衢容九軌，狹斜歧路相鈎連。壯哉佳麗地，王氣若浮烟。四海爲一家，天下方晏然。列侯皆藉先人業，丞相偏蒙太后憐。兄弟幾人乘畫轂，父子七葉珥貂蟬。貴者自復貴，賤者自復賤。劇辛樂毅徒爲爾，奇謀異畫不得薦。朔風吹沙欺黑貂，拔劍憤嘆起晨朝。上林三月花正滿，帳飲東都攀柳條。金尊酒盡客言別，揚鞭復駕車遥遥。車遥遥，向何許，千里行行至單父。因從魯諸生，橫經析今古。束帶纓儒冠，折節耽文事。十載芸窗自讀書，人言詞賦似相如。高車大馬消散盡，寂寞衡門駕鹿車。《全元詩》，册60，第41頁

同前

吴嵩

車遥遥，舟迢迢，斷送行人幾暮潮。車馳道路不停軌，舟挾風波難住橈。家中雖貧常在目，每恨舟車苦相促。但行一日兩日程，生死與君非骨肉。瞿唐水深蜀山高，檣傾轅折不憚勞。何當萬里隨君去，得似篙師與車馭。《全元詩》，册65，第125頁

車遥遥送人之京

胡　奎

車遥遥，雲路長。車輪不生角，馬蹄安得方。英英冠玉車中郎，欲行不行官道傍。我轅西行無鳥道，我轍北上無羊腸。平明起拂車上霜，金鷄叫日升榑桑。避塵有巾雨有蓋，無疾無驅鎮相待。《全元詩》，册 48，第 153 頁

擬車遥遥送蘇彦綱奉母歸汴

盧　昭

車遥遥，幾千里，朝發吴頭夕楚尾。車中美人誰家子，雲駢聯翩去無已。驅車復驅車，可使車無軏。車無軏不行，母無子何之。臨岐商歌奉巵酒，牽郎之車壽郎母。酸風北來雨雪寒，願郎歲暮當知還。車遥遥，歸汴州。投爾車下牽，懸爾車上軥。莫學從前事長游，母之念兮朝夕不能休。《全元詩》，册 50，第 59 頁

同前二首

楊維楨

自君之出矣，燕去復燕歸。思君如荔帶，日日抱君衣。

自君之出矣，草青復草黄。思君如魚鑰，日日守君房。《全元詩》，册 39，第 76 頁

同前三首

郭　翼

自君之出矣，花開又花謝。思君如日月，耿耿晝復夜。

自君之出矣，徒守零落耳。思君如車輪，輾轉愁不已。

自君之出矣，琴瑟何曾御。思君如落葉，蕭瑟悲秋暮。《全元詩》，册 45，第 446 頁

同前

胡　奎

自君之出矣，我琴不曾彈。弦中哀與樂，只在轉指間。

自君之出矣，蛾眉向誰畫。思君如明鏡，挂在東窗下。
自君之出矣，夜夜卜燈花。思君如車輪，何時碾到家。
自君之出矣，一望一回頭。思君如轆轤，展轉何時休。《全元詩》，册 48，第 146 頁

同前四首

胡布

自君之出矣，鸞鏡黯無光。不嫌紅粉污，持底試新妝。
自君之出矣，不是怨空閨。勛庸久未立，封章那可齊。
君勞王事日，妾事舅姑心。别離千萬年，恩情生死深。
憶别翻成夢，愁寒預寄衣。穿衣見妾面，得信似君歸。《全元詩》，册 50，第 502 頁

同前二首

秦約

自君之出矣，膏沐洞房中。出門若有語，蝃蝀在天東。
自君之出矣，汲水得鱒魴。金刀不敢剖，持以奉姑嫜。《全元詩》，册 57，第 235 頁

同前三章

謝　肅

自君之出矣，五見桃李花。思君如蛺蝶，舞影常交加。久別自傷意，遠圖寧戀家。皇姑髮已白，妾解供珍鮭。

自君之出矣，機杼長織素。何言衆緒微，積尺難盈度。親裁衣服成，遠寄關山去。願君常被體，□□□□□。

自君之出矣，對鏡情何極。還將寶匣藏，恐□□□□。□□□□□，詎對孤影惻。持此待君歸，照心非照色。《全元詩》，册 63，第 381—382 頁

同前

葉　朱

自君之出矣，萬里恒相思。想君思我處，如我思君時。

自君之出矣，寶奩珠網多。憔悴懶開鏡，對鏡顰雙蛾。《全元詩》，册 65，第 394 頁

卷二四〇　元雜曲歌辭六

長相思

耶律鑄

燕子不來花著雨，鶯聲巧作烟花主。滿庭重疊緑苔斑，斜倚欄干臂鸚鵡。清渭東流劍閣深，不知消息到如今。相思前路幾回首，一夜月明千里心。《全元詩》，册4，第31頁

同前

周　權

高堂炯菱花，鑑貌不鑑心。何以寫貞素，調彼緑綺琴。初成別鶴操，再作離鸞吟。悵然邈佳期，桃李青春深。《全元詩》，册30，第5頁

同前

袁士元

長相思，長相思，故人去後來何時。臨别含悽不能語，夕陽回首情依依。雲帆一去烟水遠，風塵萬里音書稀。歸來小齋清晝寂，唯見君詩留素壁。有時魂夢夜相尋，夢醒空悲梁月白。吁嗟余生豈無友，友其德者今其誰。驕者夸詐柔者隨，辟者不直佞者欺。紛紛市道交，歲寒誰與期。惟君毓秀出中原，故家奕葉皆皋夔。祥麟威鳳不常有，卓犖自是人中奇。粹乎其容春可掬，淵乎其量世莫窺。天生德性美如玉，温然而潤生光輝。我聞十五已志學，讀書三冬不下帷。髣髴二十多鋭氣，揮毫落紙皆妍辭。錢塘八月領鄉薦，經窮比興分毫釐。文衡忽迷日五色，掉頭不復踐場屋。學書善譯國語字，煉丹妙得仙家術。西湖勝概圖畫開，呼朋載酒湖上來。長堤看盡蘇公柳，短簡詠絶逋仙梅。丞相南來覽才俊，僧省要歸作同印。戍瓜未熟入樞垣，機務便宜頻顧問。篋中疊損斑斕衣，孤懷日夜思庭闈。黄閣苦留不可得，官印便解金纍纍。渡江歸來三相宅，喜見阿親頭未白。新承帝命陟元戎，誰復更捧毛義檄。撫青松，坐白石，洒掃秋堂作書室。春風里巷忽相過，一見懽然兩相得。結交彼此兩忘年，把臂綢繆話平昔。我家更在鄞水西，深村古木茅檐齊。相尋幾度不憚遠，馬蹄滑滑沾春泥。公孫故態清如許，酷愛吟詩如老杜。

長篇短章時寫懷，憂國此心良獨苦。藹然忠義發言辭，信乃胸中多抱負。一字推敲苟未安，直遣書童走風雨。明年招我訓阿兒，隔墻燈火聲吾伊。高堂奉懽有餘日，出入更約同襟期。甬東之東廿里餘，别有一湖開畫圖。蕩舟春波并山去，邀我浩歌相與娱。相與娱，歌之爲何如。千金子，萬金湖，地靈人傑古所無。船頭高挂酒一壺，船中與我同觀書。山可鋤，水可漁，明日與君同卜居。白雲深處結茅廬，浮雲富貴非吾徒。此時不必邀名譽，我歌曲未終，月出東山東。洗盞邀更酌，挂席從長風。此樂不再得，此意復誰識。由兹三載間，交懽日復日。愈久愈不衰，同懽亦同戚。一朝椿庭俄有疾，愀然告我面無色。藥窗三月不解衣，夜拜七星胝滿膝。窮醫竭禱不復膳，枕塊席苦終夜泣。食焉而縻，衣焉而衰。喪祭别有祖風在，尚使我輩撙節古。制從時宜百責叢，一身朝夕唯論思。扶桑出郊必問禁，孝感解使時官慈。憐君十載多悲懽，歷觀制行難追攀。嗟今之人豈復有，疑君自在顔閔間。顧我閉門久却掃，見君高情絶傾倒。人生契合信有緣，但恨相逢苦不早。况今顔髮吾未衰，相望各在天一涯。那似昌黎與東野，雲龍上下相逐飛。《全元詩》，册 45，第 277—279 頁

同前

胡奎

長相思，千萬里。相思如車下輪，相思如江中水。江中之水朝暮流，車下之輪何日休。胡不斫車輪，塞江水。車不能行水不流，世上相思何時已。長相思，路遥遥。相思如大江水，相思如楊柳條。楊柳條長尚可剪，大江水流不可斷。長相思，深復深。平原莫綉五色綫，子期莫鑄雙南金。人生知己古亦少，相思之心向誰道。長相思，江悠悠，洞庭木落三湘秋。夢中不識别時路，九嶷雲黯蒼梧樹。翠華南去不復還，雙娥灑泪愁空山。五十哀弦雛鳳語，鷓鴣啼處斑斑雨。長相思，思轉深。請以白玉璞，琢出相思心。三湘之水東入海，相思之心終不改。三年不見郎，萬里夢他鄉。江水直到海，寸心如許長。《全元詩》，册 48，第 104 頁

同前

周巽

長相思，惜芳顔。郢樹雲深不可攀，三峽猿啼夕照間。瞿塘江寒水初落，巨石奔流多險艱，

百丈牽江行水灣。望斷征鴻過衡嶽，夢隨行雨來巫山。霜凋黄葉鳴絡緯，夜長不眠泪潸潸。長相思，何時還。《全元詩》，册 48，第 405 頁

同前三首

胡　布

長相思，久離别，此身雖遠情還徹。一寸心，千愁結。羌笛怨邊秋，離人倚樓月。鯉書歸封斷，雁錦回文滅。

長相思，久離别，單于臺上伊州月。玉帳寒，金鉦徹。三年故國人，百里陰山雪。暮雨塞塵黄，哀笳隴雲咽。

長相思，望歸難，羅幃斷夢幾時還。欹月枕，掩雲鬟。紅樓春尚淺，翠被曉猶寒。滴堦朝雨絶，泪眼不曾乾。《全元詩》，册 50，第 431—432 頁

同前

黄　肅

望歡城南頭，覽取别時路。路邊有深井，井上有雙樹。樹有東西枝，枝葉盡相附。去年東

枝榮，今年西枝悴。年年望樹枝，樹發行人歸。《全元詩》，册 52，第 181—182 頁

同前　　郭鈺

長相思，相思者誰？自從送上馬，夜夜愁空幃。曉窺玉鏡雙蛾眉，怨君却是憐君時。湖水浸秋藕花白，傷心落日鴛鴦飛。爲君種取女蘿草，寒藤長過青松枝。爲君護取珊瑚枕，啼痕滅盡生網絲。人生有情甘白首，何乃不得長相隨。瀟瀟風雨，喔喔鷄鳴。相思者誰，夢寐見之。《全元詩》，册 57，第 499 頁

同前　　劉崧

長相思，乃在青天之外，碧海之湄。我欲見之望不極，側身太息涕漣洏。昔與君别者，驅車臨路岐。車塵向南起，回風吹滅之。君行遥遥，邈不可持。含悲蓄憤，鬱其累累。瞻彼出月，弦望有時。乃靡朝夕，如渴如飢。落葉飄飖寧返枝，東流之水無還期。重華一去萬里絶，湘江秋竹何離離。寧爲《懊惱曲》，莫奏《長相思》。思長意遠君不知，妾心所陳多苦辭。《全元詩》，册 61，第 5 頁

同前

孫　蕡

洞庭清秋灝氣多，金盤彩月摇碧波。湘靈朱絲奏雲和，九疑木落風娑娑。長相思，渺何極。湘山雲斷湘水深，汨竹年年雨花碧。《全元詩》，册63，第247頁

同前

郭　奎

長相思，小山下。蘼蕪秋深没行路，王孫年年歸不去。江南木落天色寒，鴻雁滄波連日暮。我思昔兮金佩環，美人座上花如顔。紫芝叢桂紛兩間，下有流水清潺湲。吹笙鼓瑟心長閒，别來歲久鬢髮斑。青雲猿鶴不可以企及，魂飛夢往愁鄉關。長相思，何時還。《全元詩》，册64，第425頁

同前

張　壚

長相思，在朔方，綉簾風動桂花香。深閨愁絶白日長，蜀琴懶奏雙鴛鴦。良人赴敵臨戰場，

塞草白骨如秋霜。天長夜静魂夢苦，太行山高結羊腸。長相思，妾心傷。《全元詩》，册 66，第 42 頁

和東軒見寄長相思一首

釋宗泐

長相思，何終極？有美人兮淮之側。攀援桂枝歌小山，盛服峨冠好顔色。昔年遺我雙龍刀，紫錦作襓縣素壁。中夜寒光貫斗牛，但恐屋頭飛辟歷。朝朝見物不見人，欲往從之脚無力。長相思，何終極？《全元詩》，册 58，第 415 頁

千里思

趙　雍

顔如花，膚如雪，秋水雙眸面如月。千里相思不相見，當時却恨輕離别。美人美人顰蛾眉，緑窗寂寂春風微。巫山夢斷君何處，化作朝雲縹緲飛。《全元詩》，册 36，第 150 頁

同前

胡　奎

五里復十里，一日不見心縈紆。何況千里別，十年五年不得書。君如天上雲，我如水中泥。雲在青霄泥在水，相思千里不相知。《全元詩》，册 48，第 105 頁

行路難

王　旭

泰山無石海無珠，沈沈古井生珊瑚。碧雲埋空白日暮，美人邈在西山隅。手中萬古軒轅瑟，一唱三嘆咸韶俱。調高曲古知音少，哀哉不及齊門竽。《全元詩》，册 13，第 24 頁

同前

釋希陵

日月高懸天闕裏，何曾照着幽泉底。不見靈均伍子胥，忠臣翻作銜冤鬼。自昔拙人遭譖讒，多因疏樹簸唇齒。片舌鉗如巨闕鋒，寸心險似瞿塘水。行路難，行路難，羊腸九盤那可攀，

只愁平地生巑岏。《全元詩》，册 13，第 342 頁

同前

釋道惠

正道亦行難，羊羌半步間。心藏千丈井，面隔萬重山。航海不爲險，梯天未是難。古今賢達士，誰出事非關。《全元詩》，册 20，第 398—399 頁

同前二首

王士熙

請君莫縱珊瑚鞭，山高泥滑馬不前。請君莫駕木蘭船，長江大浪高觸天。瞿塘之口鐵鎖絡，石棧縈紆木排閣。朝朝日日有人行，歇棹停驂驚險惡。飢虎坐嘯哀猿啼，林深霧重風又凄。罥衣絆足竹刺短，潛形射影沙蟲低。昨夜雲月暗，今朝烟霧迷。青天蕩蕩紅日遠，王孫游兮草萋萋。行路難，歸去來。振衣滌塵轉淮海，故山之雲莫相猜。行路難，古猶今。翻手覆手由人心，江空月落長短吟。

轔轔之車渡黄河，泛泛之舟江上波。漢使叱馭九折坂，將軍横旗下牂牁。君不見長安大道

人如蟻，漏盡鐘鳴行不已。又不見吴江八月人戲潮，赤脚蹴踏潮愈高。男兒有志在四方，憂思坎軻纏風霜。不及江南富豪兒，一生足不下中堂。烹龍膏，荐麟髓，千金一笑如花美。忽然對面九疑峰，送君千里復萬里。生鐵無光劍花紫，薄霜碎碎月在水。鷄鳴函谷雲縱横，志士長歌中夜起。《全元詩》，册 21，第 4—5 頁

同前五首

袁桷

桑乾嶺上十八盤，赫日東出紅團團。回頭平田樹如髮，北去沙石何彌漫。青帘高低知客倦，勸汝一杯下前坂。馬蹄護鐵聲琮琤，帖石朱欄列危棧。度嶺林昏泊官驛，冰涌虚泥踰五尺。馬行猶知泥淺深，重車没踝路莫尋。

松林巨木官采搜，千斧斫根膏液流。翠旄離披仆巨壑，百谷震動狐狼愁。大車以載牛馬喘，歷塹凌深不能挽。車頭挂帟齊聲呼，一步一移日將晚。經春踰夏來京都，雕梁綉柱天人居。錦茵花磚淺深護，歲久不知行路苦。

昔聞萬回僧，空中轉足如飛鷹。又聞麥八百，側徑回旋去無迹。牙牌校尉夸快行，急裝一日來京城。人言脛中有肉燕，籋雲躡電那能名。古云行路難，今作等閑看。君不見明王坐朝疲

心思，日行天下人不知。

金谷園頭土如酥，瓊花琪樹凝流蘇。文鴦毾㲪藻影動，飛鳳團𥗮雲光腴。紫絲步障三十里，百和生香交旖旎。美人羅襪不動塵，匝匝金蓮隨步起。須臾急騎圍四隅，瞬息突兀生寒蕪。緑珠危樓百尺墜，行路之難却成易。

弊裘蒙茸蘇季子，兩足重趼行不已。一朝佩印何纍纍，列鼎腥羶夸國士。班生遠出玉門關，被甲夜度隨黄間。飛沙擊面燕頷失，晚望落日思生還。書生守株燈火勤，終歲不通南北鄰。一朝安車入關内，老不能言願求退。《全元詩》，册 21，第 336—337 頁

同前

王錬師

水險險巫峽，陸險險太行。二險未爲險，心險不可當。殘桃戀君恩，二桃殺三士。美惡嘆無常，咫尺千萬里。行路難，古亦有，銘其背，緘其口，世上雨雲翻覆手。《全元詩》，册 24，第 94 頁

同前

陳　樵

褰帷取流蘇，流蘇不解連環解。離情別思出君懷，教人枉結流蘇帶。作書報天孫，河翻浪動七香車。折伊蘭兮捐艾蕭，伊蘭化作榛中草。美盼何須比目魚，六翮安用頻伽鳥。文鴛宛頸奈枝連，不如見月生羽翰。《全元詩》，册 28，第 326 頁

同前

曹文晦

行路難，游説難。前車既已覆，後車心亦寒。宣尼欲歷聘，竟厄陳蔡間。儀秦騁雄辯，黑貂幾摧殘。王陽不能驅九折，酈生禍起三寸舌。千古無人弔章亥，一言豈盡賢쨄蔑。行路難，游説難。我將焚車深反關，不復更思山上山。口中舌在毋瀾翻，從渠相見嘲冥顔。《全元詩》，册 37，第 406 頁

同前

張昱

鴻雁及秋來，玄鳥先社去。俱生亭毒内，羽翼乃不遇。翔者不知水，泳者不知山。世事每如此，人生行路難。《全元詩》，册44，第2頁

同前

馬玉麟

行路難，千萬里。巉巖太行山，百折交河水。河深水冷愁早渡，山高石側難跬步。斷岡峻坂互欹傾，鳥道羊腸復回顧。東西輪軸忽相撑，大牛小牛死横路。行路難，獨辛酸。平沙飛雪來桑乾，天寒游子衣裳單。朔風吹人膚欲裂，野暝無人轉愁絶。秦家長城一萬里，草痕尚帶當時血。行路難，泪如洗，蜀道崎嶇不容軌。天梯嶃巖墮孤猿，石棧陰森泣山鬼。猰㺄磨牙走豺虎，短狐含沙雜蛇虺。行路難，如登天，向來黑髮今皤然。屠龍技拙志已矣，行馬膝折蹄仍穿。盍歸來，勿盤桓，何人識我憔悴顔。到家上堂拜父母，閨門抱膝猶長嘆。《全元詩》，册44，第463頁

同前十二首

郭　翼

贈君蒲萄之芳醇，璚瑰玉佩之鏘鳴。昆吾鹿盧之寶劍，空桑龍門之瑟琴。紅顔暉暉不長盛，流光欺人忽西沈。朝愁不能驅，暮愁不可處。願君和樂兮欣欣，聽我再歌行路吟。不見陸機華亭上，寥寥鶴唳詎可聞。中區何陋隘，乘雲汗漫瑶之圃。爰從王母訪井公，復約元君謁東父。靈桃花開銀露臺，玉文棗熟青琳宇。我願于焉此中息，錫以遐年永終古。

君不見草木榮復凋，青青摧折風霜朝。人生寓一世，何異石火飛流猋。貴賤壽夭千百殊，死者前後孰可逃。當年稱意即可樂，烹羊炰羔召同僚。莫令閒慮損汝神，未老面黧毛髮焦。岡頭松柏多高墳，聲譽俱逐塵壤消。令人及此意沈菀，上堂鼓瑟歌詩謡。

門前十字街，車輪馬脚不可遮。馳名逐勢死不畏，赤手生拔鯨魚牙。得之未足爲身榮，敗者顛倒紛若麻。嗟予無能守命分，樂取意適不願奢。諸君惘惘胡不思，來日苦少去日多。丈夫蓋棺事始定，何用無益長怨嗟。

秦女卷衣咸陽宫，蘭烟桂霰茱萸芳。泥金爛爛輝五采，新衣新賜蘇合房。朝擁群仙行，羲和御車駕飛龍。暮從天女游，月中吹笙鳳鳴空。君恩恐移今已衰，羞將泪滴紅芙蓉。寧作蓬池并翼鳥，飛飛到死成匹雙。

離離西園草，翩翩胡蝶飛。憶昔與君昏媾時，年華容色兩相宜。死生謂我不棄置，中心不合勢必離。還君金鏄畫搔頭，不忍與人結相思。

今日復明日，年年月月從此積。一年三百又六旬，强半夜消五十刻。予年四十貧不仕，戚戚何日展顏色。看花抑鬱與誰語，對酒彷徉不能喫。諷誦書詩百家言，脣腐舌秃齒齯齯。眼中靡曼盡年少，靦然面目予不識。不知主之何者神，彼此薄厚胡不均。人言人有願，願至天必成。兒子長大力田穡，有酒樂我平生心。

蹙蹙靡所騁，出自城北門。顧瞻荒丘中，鬱鬱蹲石麟。石闕字漫漫，不知何代貴者墳。形骸已滅魑魅迹，物化盡爲狐兔塵。吁嗟漢家陵闕荒無主，青山落日秦川下。猶聞樗里有智人，天子之宫夾其墓。今日休論智與愚，昔人意氣復何如。願借飄飖丹鳳舃，與子鍊形入雲墟。

庭前芳樹花參差，歲歲争新滿舊枝。開白開紅接芳葉，撩亂二月三月時。昔日美人顏似花，看花暮去朝復來。紅夾羅襦泣香露，青天白日春風吹。而今零落少顏色，見花惋惋含悲思。百年何人得長好，嘆息謂君君不知。

長安豪俠無所憂，紅雲百尺起高樓。簾櫳玳織象爲席，麗服綺食擬王侯。黄金買妾弄姣彈，銀鞍走馬逐貴游。不知仁義何辨爲孔墨，不知事業何重爲伊周。他人叩叩無一言，魁然坐待歲月遒。天意茫茫何可道，夷叔餓死顏回夭。君不見落葉辭故枝，南東北西從風吹。君不見薤露何易晞，人死一去無還期。君子此時坐憂老，不知日月疾若馳。富貴在天那在我，争者招尤速其禍。且從陳遵投轄飲，適喚王戎如意舞。月兹日夕竟歡樂，昔人愛酒苦不足。達生委命皆有然，君獨胡爲自拘束。

君不見，信陵君，仁而下士有名聲。步從毛薛游，盡禮于侯嬴。食客無慮三千人，何況大國一個臣，東閣虚席生埃塵。縱使蘇秦生乎太平世，閉口結舌難列陳。

陌頭采桑悲好春，秋風落葉愁殺人。豈獨推移感時序，念君客游恒苦辛。鴻雁秋高斷邊色，蠨蛸露寒流網塵。豈無膏沐可爲容，愛而不見心孔痗。憂來不覺沾裳衣，援琴未鳴聲已悲。怨妾縈縈而獨處，羞見合歡雙鳥棲。

君不見流水汩汩去不還，日月攬攬曾無閒。人生長苦死催促，富貴早來開我顏。飲酒飲不多，直愛美人揚美歌。即今受樂亦已晚，過眼百年能幾何。《全元詩》，册 45，第 440—442 頁

同前

釋妙聲

天地無有邊，日月茫無涯。人於其間號最靈，胡乃不學坐自乖。飢食費稷黍，衣被絲與麻。

古今一事皆不省，何異木石插齒牙。生者還復然，死者其奈何。萬萬千千盡如此，令我起坐久嘆嗟。《全元詩》，册 47，第 54 頁

同前

迺賢

題注曰：「至正己丑夏，右相朵兒只公拜國王，就國遼東，是日左相贊公亦左遷，因感而作。」

行路難，難行路，黄榆蕭蕭白楊莫。槍竿嶺上積雪高，龍門峽裏秋濤怒。嵯峨虎豹當大關，蒼崖壁立登天難。千車朝從赤日發，萬馬夜向西風還。鑒湖酒船苦不蚤，遼東白鶴歸華表。夜雨空階碧草深，落花滿院行人少。世情翻覆如秋雲，誓天歃血徒紛紛。洛陽争迎蘇季子，淮陰誰識韓將軍。行路難，難行路，白頭總被功名誤。南樓昨夜歌舞人，丹旌曉出東門去。子午谷，終南山，青松草屋相對閑。拂衣高歌上絶頂，請看人間行路難。《全元詩》，册 48，第 36 頁

同前

胡奎

出門登山無太行，出門涉水無瞿唐。太行羊腸九折坂，誰道車輪去不返。瞿唐虎鬚千丈淵，誰道此中能覆船。惟有人心不可測，當面波瀾與荊棘。我欲剪荊棘，平波瀾，出門莫歌行路難。《全元詩》，册 48，第 152 頁

同前

文質

行路難，歷九土，猛虎當途狼在隝。滿目莽蒼荆菅深，獵者誰爲施弶弩。行路難，渡江河，其中豈無蛟與鼉。行舟往往看風色，如山大浪揚驚波。水陸之險尚可平，人心對面干戈横。浮雲變態在倏忽，陰矢設毒無猜驚。君不見，史伯魚，處世以直誠非愚。西邊鵲噪東啼烏，行路難，堪嗟吁。《全元詩》，册 50，第 49—50 頁

同前四首

胡布

膝上青桐枝，朱絲琅琅金作徽。傾君三雅爵，鼓我九奏泠風辭。拂君蒼龍切玉之雄劍，解我紫鳳承珠之寶犀。繫取夸父西追之白日，照以太乙夜光之青藜。紅顏不留白日暮，凡愚上智俱塵土。衆人劫劫眼前榮，黔婁取足身後名。眼前身後知何用，但見纍纍北邙冢。

染玉易改色，中心宛然守故白。何言煢煢傷踧踖，素懷因今念疇昔。拊劍以浩歌，繁星朗朗當天河。繁星豈無光，不似明月何掉頭。咄嗟心轗軻，誰能聲折膺天謁。還君白馬雙玉璧，殫決河流良太息。

鐵網滿江海，珊瑚網易求。文犀一照水，萬里將横流。君不見紂寶金玉棄善人，死衣寶玉自焚身。唐堯三尺土，階上八元八凱承華勛。殘嬴赫起六國吞，魯連耻之去若雲。沛上吕翁得佳婿，平良以之心使臂。入關但遺收圖書，善人相延四百歲。失人難，得人易。寶玉富國家，何曾延萬世。石崇金谷園，財多葬無地。誰能滅至寶，善人行當起。

苗生萬穗千穗成，野草無種日交榮。藉令野草可食實，田不耰鋤牛不耕。東鄰有子業儒術，仁義檢身動合律。衣不蔽體登年飢，才耻周時世見欺。不似西家出無賴，十八行凶當義師。義師一旦遭驅逐，身率醜惡横路岐。至今家富丁力壯，自矜年少五男兒。羸餘肯濟東鄰子，書生財輕重羞耻。明朝人去空茆茨，行雲無方不可止。閭閻傳笑何班班，富貴豈同貧士顔。草花苗實異根蔕，苗當實時草自殷。君看跖蹻負浮美，何似仲尼陳蔡間。《全元詩》，册50，第435—436頁

同前

陳　高

禽鳥各有巢，我行獨無家。蔓草野多露，渺渺天之涯。親識不在旁，四顧長咨嗟。豈無家鄉念，鼎革政交加。豈無骨肉情，節義乃所嘉。白日照青天，此身庶無瑕。陽林翳柔條，幽蹊破芳葩。方春各自媚，争妍競繁華。佇立愈傷感，憂心復如麻。凄凄日將夕，迢迢路尚賒。悲風颯然至，滿目驚塵沙。《全元詩》，册56，第246頁

同前

張　憲

行路難，前有黄河之水，後有太行之山。車聲宛轉羊腸坂，馬足蹭蹬人頭關。白日叫虎豹，

腥風啼狗犴。拔劍顧四野，使我摧心肝。東歸既無家，西去何時還。行路難，重咨嗟。乞食淮陰市，報仇博浪沙。一劍不養身，千金徒破家，古來末際皆紛拏。行路難，多歧路。馬援不受井蛙囚，范增已被重瞳誤。良禽擇木乃下棲，不用漂流嘆遲暮。《全元詩》，册 57，第 33 頁

同前

劉永之

涉水多蛟龍，跋山多猛虎。荒城荆棘上參天，大澤脩蛇横草莽，百里黯慘無人烟。驅車傎行陷泥滓，前車軸拆後車來，行人不覺旁人哀。眼前道路已如此，何况太行高崔嵬。爲君歌路難，請君試一聽。位高金多豈足貴，擊鐘鼎食何足榮。東溝水流西溝涸，昨日花開今日落。世事榮枯反覆手，七尺之軀安所托。古來賢達人，與時同卷舒。龐公鹿門隱，馬生鄉曲居。款段聊乘下澤車，何用終朝出畏途。《全元詩》，册 60，第 43 頁

同前

孫蕡

龍門西接崑崙丘，中有一帶黄河流。風雷噴薄不可以利涉，鬼浪吐雪龍爲愁。我行欲濟無

方舟，長吟澤畔成久留。暮天摇落對羈客，白石楚楚青楓秋。行路難，歲將夕。靈槎八月秋風生，安得乘之泝空碧。《全元詩》，冊 63，第 248 頁

同前

章伯亮

奉君七寶鳳凰之綉柱，五色騏驎之錦裳。王母九霞觴中之酒，秦女萬縷爐中之香。去年紅花今年開，昨日紅顔今日老。一生三萬六千日，歡日願多愁日少。對吴歌，看楚舞，歌舞匆匆變今古。歸去來，莫行路。《全元詩》，冊 65，第 90 頁

卷二四一　元雜曲歌辭七

行路難書所見

張　庸

昨朝殺虎潘家園，今朝殺虎蘆浦團。獵人羽箭銅牙弩，連朝殺虎來送官。送官歸去日夕將，沙路紛紛皆虎迹。四山哮吼刮腥風，手驚弩墮那能射。君不見一虎死百虎生，行路難路難行。《全元詩》，册 54，第 106 頁

古行路難

孫　蕡

君不見翟公昔時作廷尉，蟬聯賓客填門至。披縫掖，曳長裾，夕振鳴珂晝停騎。峨冠博帶稱往古，吐氣揚眉論當世。交態云如金石堅，朋情肯數芝蘭契。當時意氣何豪雄，炙手可熱噓生風。日晏聯鑣登紫閣，平明騎馬出銅龍。只道浮華長若此，誰云生死不相從。一朝官罷成索寞，門外庭前可羅雀。寂寂蓬居向午開，蕭蕭木葉驚秋落。古來此道今可悲，須知榮悴亦無時。

花前且盡一壺酒，世事悠悠儂不知。《全元詩》，册 63，第 247—248 頁

同前

張　崇

君不見古來行路難，只有荆卿報燕丹。感君恩厚爲君死，自知故國一去無生還。秋風易水無今古，中有恩情别時語。武陽飲酒荆卿歌，壯士相看面如土。泰山嵽嵲秦關高，奮身西上騰驚猱。盡傾肝膽許知己，性命不啻輕鴻毛。秦圖再拜王心喜，圖窮匕首明秋水。劫王復地計全非，何處秦雲哭燕鬼。當時一語思匡國，精神動天虹貫日。狂謀肇禍鬼不祀，大業帝嬴天與力。虎鬚堪編尾堪履，倒捲天河恨難洗。臣身塗炭君莫論，萬死報君期世世。行路難，君當聞，丈夫莫忘沾人恩。殺身徇名信絶倫，可憐孤負樊將軍。《全元詩》，册 65，第 329 頁

古别離

張立仁

生别真别離，死别魂可接。問君何能知，夢寐固不隔。死别則相□，生别死未得。萬里有征人，九泉無戰國。《全元詩》，册 24，第 169 頁

同前

周 權

天河限東西，經歲別女牛。社燕辭歸鴻，亦背春與秋。人生苦離別，別多白人頭。十年阻江漢，音問何沉浮。豈惟腸九回，輪轉日萬周。君看江頭水，東去無回流。君看山上雲，來往任悠悠。《全元詩》，册30，第5頁

同前

張 昱

陽關古別離，對面折楊柳。旋踵委道傍，焉得長在手。丈夫四方志，竭力車馬走。慷慨平生懷，不在然諾後。傾貲鑄寶劍，性命同所有。去去勿復陳，黄金印如斗。《全元詩》，册44，第3頁

古別離曲

洪希文

與郎新別離，問郎來何時。似嫌別時早，莫恨歸來遲。《全元詩》，册31，第186頁

古離别

劉崧

天蒼蒼，地靡靡，東西相距幾萬里。日月來往朝夕間，游子一去何當還。羅衣血泪紅班班，芳塵掩鏡愁朱顔。昔時送别長安道，幾見春風蕩芳草。金鞍錦韉不可期，紫燕黄鸝坐中老。知君自有心，賤妾空自憐。一束錦字書，何能到君邊。海中珊瑚泥底藕，不見青天終不朽。《全元詩》，册61，第4頁

生别離

張憲

有鳥有鳥桓之山，一乳四雛長羽翰。一朝棄母絶四海，母啼不絶聲悲酸。聲悲酸，摧心肝。生别離，死别難。南鄰健兒戍渤海，東家壯子征函關。賣田買寶刀，賣牛裝馬鞍。父母墮苦泪，弟妹增離顔。呱呱子乳獨，慘慘妻啼單。出關道路遠，匹馬鏖戰難。百見月魄死，十度霜華寒。霜華寒，月魄死，悠悠歲月何時已。主將不尚謀，士卒欲誰倚。英雄務割據，盗賊何由弭。白骨積成山，仆地如螻蟻。普天事征戰，荷戈動逾紀。烽火入中原，千村不一存。初聞父母訃，繼傳

家鄉焚。有喪不敢奔，有苦誰與論。生別離，聞者猶銷魂。死別離，痛極聲復吞。人生慎勿輕從軍，桓山鳥啼聞不聞。《全元詩》，冊57，第58頁

遠別離

劉秉忠

霜落催寒鴻雁稀，倚樓人定怨歸遲。笛聲喚起山頭月，飛上青天照別離。《全元詩》，冊3，第191頁

同前

黄鎮成

遠別離，百里奚，西戎已伯君當歸。人生莫忘貧賤知，至今令人思扊扅。遠別離，秋胡妻，五年不見容顔非。學成無患富貴遲，吾寧采桑待君歸。《全元詩》，冊35，第115頁

同前

張天英

桓山禽，遠别離。養女羽翼長，歲暮將安之。路難不顧返，横絶四海湄。昔年鳳死百鳥集，白日哭弔聲悽悲。賢聖聞之泪亦墮，古人胡顔掩虆梩。别離苦，天夢夢。孤墳萬里，冠帶蒿蓬。一劍挂樹，哀鳴求雄。寧辭父母體，化爲西飛鴻。呼天泣以血，月墮青城空。山頭還見月東出，何時見我泉下翁，吁嗟乎蒼穹。《全元詩》，册 47，第 152 頁

同前

胡奎

遠别離，天有參商之二星。東西相隔數萬里，中有一帶天河横。天河水流直到海，織女牽牛兩相待。早知離别如參商，不用靈鵲爲河梁。寧爲參商不相識，庶免鬱鬱愁中腸。河可填，海可塞，别離之恨無終極。《全元詩》，册 48，第 151—152 頁

同前

周巽

朔風起，鴻雁來。遥傳蘇武訊，直過李陵臺。萬里關山和月度，幾行書字拂雲開。群飛遠浦鳧鷖亂，陣落平沙鷗鷺猜。自是隨陽向南去，非關避雪待春回。數聲驚起閨中怨，夫在邊頭何日見。水長天遠若爲情，月下停砧泪如綫。《全元詩》，册 48，第 403 頁

久别離

胡奎

近别三日尚思家，久别萬里令人嗟。他鄉春色豈不好，那如故園桃杏花。故園桃杏去時種，花落花開誰與共。桃杏今年已過墻，良人何事不思鄉。久别離，愁斷腸。《全元詩》，册 48，第 151 頁

久别離送柳韶之西安

張天英

久别離，長相思。溪頭楊柳樹，十見黄金枝。枝長花飛如白雪，心期暗結東風知。東風吹

花化爲萍，一夜浮游滿溪水。溪水到天池，萍亦因之幾千里。何時萍實成，與子乘舟泛蓬瀛。《全元詩》，册 47，第 156 頁

别離曲

陳孚

杏花紅壓紗牕雨，畫欄孤禽弄嬌語。翠綃曉帳雙蛾愁，泪濕菱花怨歌舞。龍香記昔調哀弦，一絲指撥春風前。羅衾未煖驪駒發，柳條折盡長亭寒。燕釵分恨藏塵玉，夢斷雲深楚江緑。舞鸞折翅錦字空，魚目晴波接紅燭。江南賈客千黄金，停鞭欲换天涯心。從教門外苔痕老，綉鞋不過屏山陰。《全元詩》，册 18，第 416 頁

卷二四二　元雜曲歌辭八

擬行行重行行

滕安上

行行重行行，溪邊草離離。是時新雨霽，浩碧無津涯。中州有佳人，音問兩不知。我欲駕風濤，恨無青竹枝。舟行恨波緩，泝流愈云遠。思君重思君，詎作乘興返。感彼芙蓉衰，嘆此歲已晚。君家有雕胡，爲我炊一飯。《全元詩》，册 11，第 3 頁

西洲曲

張丁

送郎下西洲，畏儂不回顧。恨煞浪頭風，轉向烟中樹。烟樹冷茫茫，風來吹斷腸。贈我雙環鐲，不如置道傍。《全元詩》，册 62，第 446 頁

荆州歌

梁　寅

夔州六舸下揚州，如雷疊鼓春江頭，花開滿城不少留。瞿塘風波似翻海，朝朝出望爲郎愁。《全元詩》，册44，第276頁

長干行

李孝光

秋風從西來，吹我庭前樹。聞歡在揚州，却向姑蘇去一作住。估客離長干，教儂寄書處一作去。《全元詩》，册32，第262頁

杞梁妻

楊維楨

極苦復極苦，放聲一長哀。青天爲之雨，長城爲之摧。爲招淄水魂，共上青陵臺。《全元詩》，册39，第10頁

杞良妻

胡　奎

一哭長城裂，再哭長城崩。長城窟中水，夜夜聞啼聲。哀哀雙泪血，灑向城上月。長城若不傾，何由見夫骨。《全元詩》，册 48，第 146 頁

焦仲卿妻

楊維楨

生爲仲卿婦，死與仲卿齊。廬江同樹鳥，不過别枝啼。《全元詩》，册 39，第 78 頁

焦仲婦

楊維楨

詩序曰：「舊序言仲廬江小吏，漢安時人。古辭凡千七言，予嫌其辭過冗而情不倫，復述此辭。」

劉氏有好女，十三能織素。十五能箜篌，十六通書數，十七爲焦氏婦。得意焦氏夫，失意焦氏姑。阿母謂阿仲，汝去爾婦，爾婦自專不受驅。東鄰有女如羅敷，吾與汝娶，如水與魚。阿仲孝母復愛妾，愛妾愛必割，母命不可違，斯須仲去婦，無七辜。爲吾謝外姆，破鏡毋再合，斷弦當再續平聲。婦感仲區區，誓天日，不再家叶姑。君如盤石，妾如葦蒲，葦蒲繞石石不車。但苦親父亡，父亡有暴兄叶。暴若豺與狼。迫我再事人，不得留母堂。脱我舊絲履，重作嫁衣裳。腰襪綉華袜，耳著明月襠。團扇畫雙鸞，箜篌彈鳳皇。蓋若市門，使我掩面不得藏。昨日縣令媒，云有弟三郎。今日府君媒，云有弟五郎。金鞍玉腦馬，青雀白鵠舫平聲。雜彩三百端，賫錢三萬鏹平聲。仲婦不得，懼違我暴兄叶。寧違暴兄死，不違焦仲使意傷。矢爲焦家一姓婦，不爲他婦食二家水漿。開户四無人，投身赴滄浪。焦仲聞之裂肝腸，挂身一在枯枝桑。兩家合葬廬水傍，暴姑悍兄泪浪浪。《全元詩》，册 39，第 102—103 頁

焦仲卿婦辭

胡　奎

黄鵠上青天，雌雄相頡頏。妾年十四五，學綉金鴛鴦。父母養妾在洞房，寸步何曾出中堂。嫁作廬江焦氏婦，低眉不離老姑傍。春月浴吴蠶，秋風織流黄。烹魚朝具饌，秉燭夜縫裳。不

知姑何意，命妾别廬江。梧桐不復生，鳳凰不得雙。郎心如石不可轉，妾如蒲葦不可斷。妾家有暴兄，一旦來相迎。玉驄金絡馬，軋軋車輪聲。遣妾移所天，出門無少停。暴兄安能知妾情，妾今無故來歸寧。女子足不踐二庭，廬江之水清泠泠。吁嗟乎焦仲卿。《全元詩》，册 48，第 261 頁

邯鄲才人嫁爲厮養卒婦

胡布

隱妾擅花容，三千眷女紅。寵游名共輦，被榮曾冠宫。年將舊色改，夢與故恩空。一自經塵土，百死念微躬。破壁蛩吟夜，枯樹鳥呼風。貴榮少不逮，賤辱老相從。苟全父母體，况慚婦寺忠。《全元詩》，册 50，第 457 頁

擬邯鄲才人嫁爲厮養卒婦

張憲

妾家叢臺下，自小善鳴箏。十五面如月，不離保姆行。敵塵西北來，盗據邯鄲城。驅民出戰鬥，十户九爲兵。五載不解甲，千里尸縱横。司徒朔方至，賊勢始不撑。官軍下井陘，良家盡焚劫。掠爲厮養婦，哀怨何時徹。《全元詩》，册 57，第 39 頁

楊白花

李　冶

帝家迷樓春晝長，紫笙吹破百花香。蒲萄凝碧琥珀光，燕語鶯啼空斷腸。枕帷紅泪灑瀟湘，玉鏡臺前添午妝。茜羅綬帶雙鴛鴦，胡蝶趁雪上釵梁，千里萬里雲茫茫。《全元詩》，册 2，第 265 頁

同前

曹文晦

楊白花，風吹度江去。舟人爲問去何之，不似深宫卧紅霧。宫庭向陽花亂開，只愁五更風雨摧。春心已逐東流水，寄謝舟人勿多語。《全元詩》，册 37，第 406 頁

同前

貢師泰

元楊維楨《玩齋集序》曰：「我朝古文殊未邁韓、柳、歐、曾、蘇、王，而詩則過之。郝、元初變，未拔於宋；范、楊再變，未幾於唐。至延祐、泰定之際，虞、揭、馬、宋諸公者作，然後

極其所摯，下顧大曆與元祐，上踰六朝而薄風雅。吁，亦盛矣。繼馬、宋而起者，世惟稱陳、李、二張。而宛陵貢公，則又馳騁虞、揭、馬、宋諸公之間，未知孰軒而孰輊也？公以余爲通家弟兄，每令評其所著，如『東南有佳人』、『嶰谷有美竹』，深得比興。……《楊白花》《吳中曲》，有古樂府遺音，《國子》《黄河》，可補本朝缺製。」①

楊白花，無定止。昨日宫中飛，今朝渡江水。江水茫茫千萬里，綿輕雪薄春旖旎。把臂踏歌歌未已，石頭城邊風亂起。楊白花，無定止。《全元詩》，册 40，第 259 頁

同前

梁　寅

楊柳花可憐，白雪飛暮春。文囪翠牖日方永，楊花樸樸空愁人。縈簾復度幕，度幕復縈簾。向夕春風起，愁人愁轉添。願倩春風一吹去，點郎綉衣暫回顧。《全元詩》，册 44，第 280—281 頁

---

①《全元文》卷一三三六，第 493 頁。

同前

袁　凱

楊白花，飛入深宫裏，宛轉房櫳間。誰能復禁爾，胡爲高飛渡江水。江水在天涯，楊花去不歸。安得楊花作楊樹，種向深宫飛不去。《全元詩》，册 46，第 330 頁

同前

周　巽

楊白花，白於雪，漫空撩亂飛瓊屑。有美人兮將别，攬柔條兮初折。絮紛紛兮舞離筵，酌緑酒兮鳴朱弦，感中情兮惜芳年。迎章臺兮舞袖，繞隋堤兮吟鞭。去金河兮幾千里，攬愁緒兮綿綿。思夫君兮不息，望雲鶴兮翩翩。《全元詩》，册 48，第 405 頁

同前

汪廣洋

楊白花，爾何白，蕩漾春心易南北。美人深宫愁捧心，擊碎珊瑚爲誰惜。大江東流烟霧深，

欲往從之思如織。《全元詩》，冊56，第144頁

同前

張憲

楊白花，何輕薄。隨風渡江去，飛向誰家落。江南風雨春先老，陌上悠揚爲誰好。永巷春歸夢不成，綠池一夜浮萍生。《全元詩》，冊57，第42頁

同前

馬治

楊白花，飄飄向何處。江水長天不見人，誰道深宮解飛去。飛去宮深奈爾何，沉沉春樹暮啼鴉。恨難言，楊白花。《全元詩》，冊62，第85頁

同前

孫蕡

楊白花，花離離。隨風化萍草，蕩漾無還期。仙桃醉日氍毹暖，荔枝漿凍黃金盌。連臂歌

殘翠華館，愁來玉環低款款。春宵長，春宵短。《全元詩》，册 63，第 254 頁

同前

楊常

楊白花，冉冉落誰家。楊花凝風吹欲起，思遶江南幾千里。宫烟冥冥宫燕啼，楊花無情飛不歸。空庭晝長春色淺，黄河水深人去遠。《全元詩》，册 65，第 369 頁

楊白華

韓性

孟陽二三月，楊花蕩春色。東風負情儂，吹花度南陌。瓜洲渡頭草萋萋，犢車夢遠烏莫啼。烏啼向南□星靨，夜合屏風泪千點。《全元詩》，册 21，第 39 頁

楊白華詞

徐履方

楊白華，飄零楚江曲。江頭日莫春草齊，目短心遥泪相續。飛飛乳燕歸不歸，庭樹西風換

新緑。《全元詩》，册 65，第 326 頁

于闐采花

潘伯脩

緑玉荷邊玉葉花，青娥素足蹈金沙。春風萬里吹不到，東望神州含紫霞。摘花不插登寶車，笑指神仙是我家。昭陽宫闕九天上，百花如烟迎錦軿。手中無所持，持此獻君王。芙蓉紫翠花不實，古仙名作鬱金香。金枝彩雲裹，根飲玉河水。不煩塵土較顔色，君不見風中雪中行萬里。《全元詩》，册 54，第 48 頁

秦女卷衣曲

徐履方

按，《樂府詩集・雜曲歌辭》有《秦王卷衣》，《秦女卷衣曲》當出於此，故予收録。

莫光續朝光，朝莫卷衣裳。朝朝莫莫如年長，長年不久留紅芳。卷衣裳，衣裳中有雙鴛鴦。含情拂鴛鴦，不敢熱中腸。上方寶鏡湛秋水，解后對之肝膽張，當時不照邯鄲娼。《全元詩》，册 65，

愛妾换馬

胡布

明郎瑛《七修類稿》「愛妾换馬」條曰：「愛妾换馬事見《異聞録》，云：酒徒鮑生以妓易外弟韋生紫叱撥，彼此吟詠。三更，忽有長鬚者賦曰：『彼美人兮如瓊之英，此良馬兮負駿之名，將有求于逐日，顧何惜乎傾城？香暖深閨，未厭桃夭之色；風清廣陌，曾憐噴玉之聲。人以務其容，馬乃稱其德，既各從其所好，諒何求而不克。長跪而别，姿容休耀其金鈿；右牽而來，光彩頓生於玉勒。』紫衣者曰：『步及庭砌，立當軒墀，望新恩懼非吾偶也，戀舊主疑借人乘之。香散緑驄，竟已忘于一發；汗流紅頰，愛無異於凝脂。』長鬚又曰：『是知事有興廢，用有取捨，彼以絶代之容爲鮮矣，此以軼群之足爲貴者。買笑之恩既盡，有類夢焉；據鞍之力尚存，猶希進也。』唐人張祜又有詩曰：『粉閣香銷華厩空，忍將行雨换追風。休憐柳葉雙眉緑，却愛桃花兩耳紅。侍宴永辭春色裏，趁朝休立漏聲中。恩勞未盡情先盡，暗泣長嘶兩意同。』人因詩賦之美，知其事而不知其出處也。予意《異聞録》乃唐陳翰所編，《古樂府》中已有梁簡文《愛妾换馬》辭，注又曰：『古辭，淮南王作。』則知非唐事矣。恐無此事，如樂府《升天行》《西烏夜飛》等曲，借喻明之者。唐人好奇，遂假借其事，逞己才以賦之。不然，長髯、紫衣，怪誕幽顯之説何其駭異哉。後人又不考而吟詠焉，訛以傳訛也。《異聞録》且無木刻，今見他集，其事又不全也，予特録其全詩并辯所以。若南唐相嚴續、給事中唐鎬，較呼盧而以愛妾易通天犀帶，實有之者，至今傳爲笑柄。」①明錢希言《戲瑕》曰：「梁簡文樂府有《愛妾换馬》，《樂府解題》曰：『《愛妾换馬》，舊説淮南王所作，疑淮南王即漢劉安也，古辭今不傳。』後閱《獨異志》載魏任城王曹彰，性倜儻，偶逢駿馬，愛之，其主所惜也。彰曰：『余有美妾可换，惟君所選。』馬主因指一妓，彰遂换之。馬號曰白鶻，後因獵獻於文帝，此於淮南之説理較長矣。乃宋人詩話，却指鮑生以四弦换韋生紫叱撥爲愛妾换馬是開成後事也，何其謬歟！簡文樂府結語有『真成恨不已，願得路傍兒』，蓋應劭《風俗通》引古諺云『殺君馬者路傍兒』，言傍人譽馬，乘者盡力馳死也。而唐人張祜詩結語翻案最佳『恩勞未盡情先盡，暗泣嘶風兩意同』，可謂脱胎换骨。」②按，元人又有《美妾换馬》，當出於此，亦予收録。

① 《七修類稿》卷二五，第 266—267 頁。
② 《戲瑕》卷一，續修四庫全書，册 1143，第 542 頁。

私恩徒累志，國難或危身。方缺閨中念，將收塞上勛。千金猶市骨，一笑豈回春。不矜蛾比月，願得騎乘雲。寶釧銷羈絡，雕鞍飾鏤銀。壯夫要汗血，少女拂啼痕。誰云惜窈窕，當取畫麒麟。《全元詩》，册 50，第 459 頁

同前

劉崧

請以白玉質，換君青雲驄。豈不重顔色，所悲道路窮。朝馳月窟西，夕憩崑崙東。一去關塞遠，寧惜閨帷空。美人聞馬嘶，含涕出房櫳。愛移丈夫性，德稱慚冶容。素絲妾所理，薄奉羈與籠。願因承光景，流盼鞍轡中。君行倘未已，千里仍相從。《全元詩》，册 61，第 289 頁

美妾换馬

胡奎

掩泪整花鈿，當階卸錦韉。徒夸珠絡臂，不及玉連錢。一笑千金直，長鳴萬里天。明妃青冢草，遺恨寄嬋娟。《全元詩》，册 48，第 167—168 頁

同前

胡 奎

妾重千金軀，君愛千里足。共憐逸足疾如飛，誰念貞妾美如玉。妾今出門去，無復侍華堂。寸心何以報，願作青絲繮。《全元詩》，册48，第280頁

卷二四三　元雜曲歌辭九

冉冉孤生竹

孫蕡

青樓何高高，顯敞臨道傍。美人娱永夜，皓齒發清倡。玉顔羞掩媚，妙曲婉成章。含宫亦泛羽，忽復轉徵商。行雲駐遠漢，飛塵動虹梁。識曲世所稀，遺音空飄揚。歌竟夜寥闃，悠悠哀思長。《全元詩》，册 63，第 264 頁

薄暮動弦歌

周巽

斜日照東壁，樂音紛滿堂。翠蛾啓皓齒，玉指彈清商。花前起舞青霓裳，弦將白雪聲遶梁。秋風洞庭叫鴻雁，春日高臺鳴鳳凰。晝刻苦短更漏長，寶篆香消銀燭光。君不見承恩飛燕來昭陽，天留一鑑吁可傷。《全元詩》，册 48，第 400—401 頁

羽觴飛上苑

周巽

春風二三月，綺席列瓊巵。鶯啼上林苑，花覆太液池。酒令行觴飛羽急，樂歌轉曲流聲遲。玉醴香中春瀲灩，金波影裏翠參差。冰弦觸指雁初度，風笛啓脣鸞乍吹。宫錦淋漓羅袖濕，蛾眉起舞雙玉妃。君不見長楊日落天仗去，清夜銅仙空泪垂。《全元詩》，册 48，第 400 頁

武溪深

釋宗泐

滔滔武溪，載廣載深。我今欲濟兮，畏此毒淫。武溪滔滔，飛鳶跕跕。我不先濟兮，士不敢涉。既濟既涉，我師孔武。蠢爾有蠻，服我王度。《全元詩》，册 58，第 377 頁

妾安所居

胡奎

賤妾安所居，所居在中堂。女子不出門，肯離慈母傍。十三學織素，綉得金鴛鴦。十五嫁

夫壻，佩以雙明璫。一朝復一朝，芙蓉照秋鏡。自倚顔如花，不識郎心性。嫁鷄逐鷄飛，郎情與妾違。願爲松柏樹，長附女蘿衣。

賤妾安所居，所居在空閨。女子不出門，顔色無人知。一朝嫁夫壻，未幾生别離。流水逝不返，浮雲無定姿。妾居非無所，妾心良獨苦。願如松上蘿，不離樹根土。《全元詩》，册 48，第 146—147 頁

古意二首

王義山

按，宋人金人皆有雜曲歌辭《古意》，元人同題之作，亦予收録。

少年紅顔女，敷芬對芳樹。盈盈淡艷妝，清歌雜妙舞。凝睇倚高樓，桐絲試一譜。世間知音稀，誰識姱節素。清貞守幽閨，不作凡子婦。容華委西山，良人兮何暮。空床思悠悠，明月正當户。

東籬采秋菊，秋菊清且香。采之欲寄誰，聊以寓感傷。感傷何所思，故人天一方。故人日以遠，思君豈能忘。瞻望兮弗及，西山傾夕陽。黄昏人倚樓，一聲笛何長。《全元詩》，册 3，第 113 頁

同前

耶律鑄

黄鵠巢高林，鼉鼊穴深淵。且各得棲宿，人獨胡不然。釋耕於壠上，妻子耘其前。人笑苦畎晦，何以遺子孫。聊以一二答，不可求備論。人皆遺以危，我獨遺以安。春風吹布袖，雲滿鹿門山。《全元詩》，册 4，第 19 頁

同前

郝經

行行重回首，日落天風高。擊黎歌正月，曳屣吟離騷。何當御六龍，醉蹴三山鰲。一劍絶坤維，灝海無波濤。《全元詩》，册 4，第 173 頁

同前

胡祗遹

俗儒束名教，促縮如寒黿。奚知樂道趣，强勉軒鬚眉。短褐不掩脛，破甑不療飢。朝誦夷

齊言，暮取顔氏師。妻子雖嗷嗷，敢履非義機。不見竊國侯，壽考厭輕肥。《全元詩》，册 7，第 2 頁

同前

釋盤古

世情若暴流，傷嗟易盈涸。適與良景逢，百念灰酬酢。兀坐幽興長，正味深淡泊。朱顔日凋頽，四時蛇赴壑。月明無古今，梅花自開落。

白鳥歸青山，幽然意自閑。鳥飛忽不見，山在浮雲間。《全元詩》，册 8，第 342 頁

同前四首

釋　英

青松如妾心，好花如妾面。好花有時衰，松死節不變。

憶郎去不歸，淚向東風落。不恨郎恩輕，自恨妾命薄。《全元詩》，册 18，第 2 頁

嗟嗟誰家女，汲泉來古井。綆短不可深，俯首吊孤影。

嗟嗟誰家女，窗下事機織。青蠅適何來，一點黑不白。《全元詩》，册 18，第 10 頁

同前二首

朱晞顔

妾有古明鏡，光彩分妍媸。君面雖可照，君心未必知。

妾心如鏡背，蒼翠磨不滅。君心似鏡心，妍醜隨人設。《全元詩》，册 18，第 342 頁

同前

王士熙

彈琴罷離聲，置酒喜合并。奉君藍田之玉卮，凉州蒲萄新釀成。君醉不肯飲，月華爲誰明。

羅襦起舞錦茵動，花落簾前驚乳鳳。五更上馬雲滿天，馬蹄却厭鳴珂重。不向章臺學鬥鷄，爲通姓名入金閨。銅壺滴滴宫漏晚，鴛鴦飛來池水滿。《全元詩》，册 21，第 5 頁

同前三首

劉　詵

古風日以喪，交道遂以圮。昔時素心人，忽若匪知己。朝直蓬萊宫，暮宿光禄邸。聯騎多

季劇，填門集金史。疑嗔著天下，名德爲垢粃。古言西施貴，衆色失桃李。不見秦張儀，卷舌讓蘇子。

南方有佳人，天質辭紅妝。素手映輕雪，明璫照羅裳。二月千花開，笑語春風香。盈盈水晶簾，丹雲貫疏房。自倚絶世姿，鬒鬟不能霜。秋葉鳴西樓，城烏啼夜凉。高節良自固，諒不悲年芳。

昨日苦大燠，酬以今日寒。天道極必反，人事盛必刓。剛柔有迭施，消長乘兩端。彼美者誰子？一生困辛酸。日晏食未炊，冬月衣不完。著書垂白髮，門草秋漫漫。天道何由詰，俯仰良自嘆。《全元詩》，册22，第218頁

同前十首

張養浩

我夢上寥廓，宫殿深綺雲。上有龍鳳飛，下有虎豹蹲。茫茫四圍水，玉鏡無纖痕。坐覺宫殿摇，縹緲驚心魂。欲下客相挽，酌我青霞樽。前後鳴雲韶，左右歌天孫。四座儼冠佩，光爛扶桑暾。囑我到塵世，膠口慎勿論。劃然隕穹崔，雪屋燈微昏。

驅車上崔嵬，進寸還退尺。極知太行險，政爾未遑息。我僕既已痡，我馬亦傷策。魂斷猩

鼯聲，心掉虎狼迹。欲回惜前功，將往孰引汲。林端風雨交，谷口雲霧塞。惟應徐徐行，庶免胥顛躋。由正莫務捷，其到或可必。前路方巉巖，仰視天井窄。憂端從中來，比山却平易。

有客遠征戍，乃在朔漠陰。怙恃既云失，友于亦俱沈。獨存寡弱妻，冰蘗持寸心。極知形影孤，不忍忘遺簪。夜織侵昊月，晨爨掃墜林。有時睇曾穹，悠悠恨彌襟。人生果奚恃，道義扶古今。窮微豈爲累，他日知良金。

薄言采蘭芷，將以貽遠人。遠人天一方，相望邈參辰。蘭芷秋欲萎，步繞蒼烟津。終朝不盈掬，戚戚懷苦辛。徒令翡翠禽，驚逝不我親。禽逝可再至，人别會何晨。惻愴訴無所，商飆動白蘋。

鵷鸞千仞翔，所下惟德輝。非竹實不食，非梧桐不棲。竹實豈恒有，梧桐亦云稀。所以高世士，抱飢守巖扉。寥寥經濟懷，不忍輕發揮。朝飲西江流，暮采南山薇。千駟豈難致，不義秋毫微。寄言時之人，慎勿賤布衣。

好鳥止庭樹，晛睆揚嘉音。再三未云已，慰我山澤深。緩飆襲野服，起步林之陰。仰視離離天，悠然動孤吟。倏爾鳥驚逝，寧知出無心。

任公坐松頂，垂釣横海鰲。芥視三神山，咫尺萬里濤。鰲魚至難必，但見雲天高。豈無鱣與鮪，吾餌不汝挑。寧期毫髪功，要使斯世膏。此志果終定，遲速終相遭。

我欲適鄒魯，歲晏道阻脩。奎文遥相望，五彩爛不收。孔林無曲柯，洙泗恒安流。春風吹舞雩，童輩方詠游。彼樂乃如許，我志獨未酬。徘徊暮雲邊，心往形迹留。何當生羽翰，因之閲濟州。

美人余所珍，眷焉靡從致。之人爲美何，玉體性蘭蕙。熙熙如陽春，着物惟自遂。動静語默間，恨有無限意。我欲相徵逐，咫尺霄壤異。何時覿清揚，滌此塵鄙氣。

我有書一函，字不類人世。雲擁蛟龍翔，風飄鳳鸞逝。寶藏將百齡，時時露奇氣。上令星斗殷，下益山海翠。非不欲出之，將恐反爲罪。歲晏何所歸，自樂諒無媿。《全元詩》，册 25，第 2—4 頁

同前

程端禮

東林有棲鳥，中夜棲復起。磔磔繞樹飛，悲鳴不能已。羈孤寡儔匹，枝寒不可止。幽人發寤嘆，起步東軒址。大鵬飛南溟，摶風九萬里。斥鷃無所適，翱翔蓬蒿裏。爲大既云樂，小者亦自喜。爾於衆鳥中，棲棲迺如此。

南山有佳木，枝葉何蕤蕤。客問此何木，云是杞與梓。問種此何爲，棟梁專所擬。問種幾

何時，百年殆不止。客子嘆以愀，吾謀豈及此。春種秋已穫，口腹且不理。人生不可期，百年詎能俟。

儀鳳何濟濟，棲息在梧竹。置之鷄鶩群，肯與同飲啄。所性自不同，匪因事乖激。從兹鳴高岡，銜圖集帝側。《全元詩》，册 25，第 310 頁

同前四首

王　結

幽人捐筋力，自斸十畝荒。手持蟠桃核，種之南山陽。一年萌蘖生，三年枝幹長。迤邐三十年，美實期見嘗。客從都邑來，衣馬多輝光。舜華欲分贈，朝露含幽香。笑我太遠計，悠悠何所望。

穹宇孰綱維，率土同照臨。端拱游穆清，重明燭幽深。寬裕諒天覆，發育惟天心。仁義奠民極，陽開復闔陰。天人永相符，至理無古今。應兮係所感，善敗常相尋。駕言適郊原，四牡行騤騤。鴻雁號空陂，鷹隼集北林。長歌漫嗚嗚，殷憂亦欽欽。后夔威鳳來，如玉式如金。渾渾開塵編，渺渺驅煩襟。

猖狂無鹽醜，自獻投齊君。綽約東家施，俯首羞效顰。蹇修稱良妁，采采華其身。千金不

一諾，未易充下陳。庭下春華敷，門前秋草新。幽蘭生深林，含香徒自珍。憂心良悄悄，薄幸空紛紛。願言金玉操，歲晚無緇磷。

同前

黄　溍

青青霜中柏，鬱鬱千歲姿。雙烏何處來，構巢最高枝。拮据巢已成，啞啞哺其兒。飛翔上林間，勁羽明朝曦。烏子負靈名，見異忽噪之。一朝啄腥腐，宛若城頭鴟。梧桐何萋萋，竹實亦離離。遲彼威鳳來，愴恨增傷悲。《全元詩》，册 28，第 56—58 頁

荆人初得玉，趼足辭巖阿。持獻萬乘君，君門正嵯峨。誰其尸國工，謬以石見訶。迷邦誠不忍，欺君反同科。臣口不自明，臣心終靡它。抱璞重再拜，呼天泪滂沱。泪盡血可續，玉在良已多。是事古則然，嗚呼今奈何。《全元詩》，册 28，第 189 頁

同前四首

胡　助

聖世白麟見，明庭丹鳳游。仁風被草木，春陽煦巖幽。氣應自足致，光輝非所求。如何變

哀泣，一息三千秋。山梁貴翔集，百鳥方啾啾。

伯樂固知馬，子期固知琴。價重留一盼，所貴在賞音。逸足老伏櫪，雅操回人心。驪黃匪求外，寧作爨下沈。抱才感知遇，一軌同古今。

蒼蒼松與柏，清陰庇夏涼。烟凝兔絲碧，露滋茯苓香。高枝巢老鶴，密葉棲鳳凰。固知抱貞節，不競桃李陽。大哉棟梁具，歲晚凌風霜。

翩翩山中雲，溜溜澗下泉。無心出幽谷，明鑑澄深淵。一朝炎風來，人世苦憂煎。雲去成甘澤，泉流潤槁田。豈曰事閒適，端能致豐年。《全元詩》，册29，第17—18頁

同前

馬祖常

秋羅畫雙蝶，涼練透紅綃。鬱紆翠襞積，騰拏鳳盤翹。公子高宴入，水閣芙蓉搖。來禽丹砂紅，石蜜春冰消。歡情光景洽，壯意風雲飄。所期國士知，豈謂虞人招。《全元詩》，册29，第285頁

同前

李　存

題注曰：「時官軍西征二年，未利，有感而作。」

秋風一雁過，彎弓登西樓。臂弱弓不滿，天高雁難求。吁嗟流沙外，風雨何時休。三夜頻夢君，焉知沉與浮。况聞霍嫖姚，已拜萬户侯。《全元詩》，册 31，第 2 頁

同前

洪希文

妾昔未嫁時，深閨藏娥眉。黄金拄北斗，一覿不可期。世情無定見，鷄鵠分貴賤。珍重明月珠，不學璞三獻。香葵割傷根，甘井汲先渾。誓結同心言，薄俗難具論。《全元詩》，册 31，第 121 頁

同前

張　雨

吴綾光纚纚，織文鯨掉尾。美人不敢裁，恐觸波濤起。《全元詩》，册 31，第 323—324 頁

同前四首

岑安卿

亭亭千歲松，起自一寸植。苟無斤斧患，壽可比金石。青青園中草，一雨回故色。清霜忽飄零，凋悴在頃刻。

寶刀不斷水，綫溜可穿石。君看城門軌，要非兩馬力。爲學不苦心，虚談政何益。偉哉大禹功，猶思寸陰惜。

濬冲執牙籌，武子蓄金埒。積鏹不能施，名穢身亦滅。富貴何足云，道義自可悦。偃蹇彭澤腰，不爲五斗折。

江河東入海，天漢恒西流。感此不息機，宴安匪良謀。農夫務耘植，爲學奥義求。青春厭老大，還可回施不。《全元詩》，册 33，第 189—190 頁

同前二首

吴 炳

天河溶潏浮鴛鴦，彩雲盤飛戲鳳凰。不學朱檻雕籠鸚鵡鎖白日，不學紅花碧草翠羽棲炎方。東家女兒西家郎，聽歌一曲且停觴。玉顔朝好莫醜惡，海枯石爛愁人腸。

去年張帆黄鶴磯，贈郎連環期早歸。今年躍馬盧龍塞，贈郎寶鞭須自愛。朝愁舞，莫愁歌。花藉草，春光多。玉燕東來雁北去，寄書浮沉將奈何。《全元詩》，册 37，第 84 頁

卷二四四　元雜曲歌辭一〇

古意

朱德潤

無鹽生齊東，短髮没雙臼。有容不謾飾，有志不輕就。終日在閨闈，麻枲不紈綉。一朝黄金聘，去作齊王后。自謂出世材，寧知天下醜。黄金豈不貴，更問齊王意。聘德不聘容，王心肯同美。恩禮雖云厚，或恐中道棄。苟無雙翟車，寧死不求配。

莫學秦羅敷，悲歌陌上桑。懷春奔士誘，年壯已空房。莫學霍里妻，冶容當春愁。良人遠行邁，徒聞怨箜篌。孟光起不願，舉案執眉齊。妾請自求配，願作梁鴻妻。古人重内則，自求恐非禮。匪斧難伐柯，妾心不得已。蕩子恐薄幸，貴人或多忘。願因良媒結，請寘白璧雙。《全元詩》，册37，第129頁

同前

李　裕

美人汲深井，夜久井泉冷。獨向明月中，徘徊顧秋影。《全元詩》，册37，第192頁

同前

陸居仁

采蓮多芳草，種豆雜艾蒿。馬齒似蕙根，魚腸渾鉛刀。舉世方好竽，錦瑟將誰操。已矣屠龍技，終身徒自勞。

王孫玉抵鵲，公子金抵蛙。夜光投暗室，騄耳困鹽車。燕石錦十襲，楚璞刑再加。哲哉待賈翁，懷寶無嘆嗟。《全元詩》，册40，第208頁

同前二首

貢師泰

功名果何爲，輕重天下士。得之入雲霄，不得墮泥滓。朝列三公行，莫與匹夫比。榮辱既

由人，富貴非在己。胡爲竟迷途，白首憂不止。縱有蓋世勛，僅遺一紙史。往者尚如斯，後來亦徒爾。迺知巢許流，高蹈良有以。《全元詩》，册40，第234頁

同前八首

釋大圭

美人如瓊英，被服閒以嘉。獨居芳年晏，媒氏絶行車。當户理清瑟，曲終復咨嗟。山有蘭蕙草，水有芙蓉華。盈盈絶代色，日夕念無家。

朔風生夜寒，孤妾羅帷間。晨興開妝閣，流泪復潺湲。流光損華色，佳人滿邯鄲。娟娟有新悦，君子不思還。願君異明鏡，照心毋照顔。

良人出不歸，孤妾在中閨。夢中或從行，覺來但空棲。驩燕一乖闊，顔色日慘悽。愁將清鏡照，獨掩春妝啼。方聞鶗鴂語，日夜鳴莎雞。恐君盛年去，妾身賤如泥。中心冀君亮，終始願不携。

月出照我牖，獨聞林鳥鳴。機中織文錦，殷憂竟何成。持此悦誰目，良人千里征。别離今幾日，碧草生閒庭。何當一來歸，泣涕言斯情。

亭亭雲中鶴，自昔爲仙侶。仙人寄之書，飛來不吾與。我欲凌青霞，頗知塵世苦。杳杳莫嗣音，三山在何許。

大星何落落，小星亦離離。須臾素月出，群景遥相暉。念我嘉友朋，携手同所歸。盱矣道路長，悵然不可期。

山阿有香草，采采不可掬。願言遺同心，日夕行空谷。遠道阻關河，懷人在心目。芳菲幸未闌，聊以身佩服。

白雲空中起，一雨群物滋。浮生在世間，徒費食與衣。古人雖已死，清輝照無期。豈復同碌碌，寂寞黄泉歸。《全元詩》，册41，第342—343頁

同前五首

葉顒

我本山中人，不爲世網牽。寓情猿鶴間，寄興鷗鷺邊。掃花浄石徑，烹茶汲溪泉。神游三洞雲，耳洗千尺淵。兩手弄明月，雙脚踏紫烟。胡爲塵埃中，脱屣未斷緣。動有飢渴憂，幸無勢利纏。何當駕天風，飛上青峰巔。聳身天地外，凝心混沌先。俯首謝人世，一笑千千年。

堂堂七尺軀，處此人間世。秋月與春花，讌賞長游戲。杯酒屢勸酬，拚飲寧辭醉。焉能百

年中，遽作千載計。俯仰天地寬，久客不知愧。安得生羽翰，嘯入烟霞去。從兹億萬古，瀟洒風塵外。

夷齊偕盗跖，耳目略相類。樗櫟雜椅桐，枝葉良不異。薫蕕稍有殊，妍醜從此始。鳧短鶴翎長，諒不殊此理。得失了莫齊，一笑天地裏。《全元詩》，册 42，第 16—17 頁

濁醪有佳趣，不結醒者歡。素琴有奇指，不爲俗耳彈。真樂存妙理，流水環高山。知味諒不多，知音良獨難。《全元詩》，册 42，第 65 頁

江漢遨游女，吹簫伴月明。曲終人又去，聲斷意還驚。雲盡湘潭暮，潮回浙水平。英雄今昔事，日落遠峰青。《全元詩》，册 42，第 74 頁

同前

姚璉

君如青松枝，妾似碧蘿葉。投分曠野中，東風使交結。松枝盤虬自可憐，蘿葉垂絲何光鮮。松蘿交結歷霜雪，枝葉未必同天年。君欲同心共生死，不如明年化作西湖波裏雙頭蓮。《全元詩》，册 42，第 276—277 頁

同前

舒頔

種樹莫近園，樹大蔬不長。栽花莫近山，花開無人賞。花木既擇地，交結豈鹵莽。嗟我生不辰，齷齪嬰世網。不如樹與花，陽春自駘蕩。傷哉復傷哉，目送孤雲往。《全元詩》，册 43，第 307 頁

同前二首

張昱

白露積瑶堦，明月生羅幃。流光劇奔電，霄霏閟空闈。黄金奉桑間，毋乃禮義虧。安得廉耻士，再詠關雎詩。《全元詩》，册 44，第 2 頁

頭上鳳凰釵，是郎手中物。床上鴛鴦被，是妾手自織。將釵與衾寄郎去，願郎長見長相憶。

《全元詩》，册 44，第 91 頁

同前

馬玉麟

陽岡有梧桐，鳳凰鳴高枝。長養藉雨露，况乃歷歲時。虞廷須琴瑟，雕琢在工師。泠泠冰絲弦，粲粲黄金徽。一彈春雷奮，再鼓蛟龍飛。調古意轉深，三復成獨吟。齊門不可造，耿耿懷知音。

天驥有龍骨，來從渥洼津。沙場餘百戰，馳騁無比倫。將軍已戰死，有功難具陳。歸來苜蓿場，俛仰悲寒雲。太行服鹽車，駑駘堪同群。尾湛胕亦潰，膝折蹄仍伸。英雄且黄土，何用哀酸辛。《全元詩》，册 44，第 453 頁

同前

傅若金

人言道路遠，直傍天涯去。頭上忽見天，近於江南路。

牽牛一水隔，織女經年會。咫尺闕相聞，何况千山外。《全元詩》，册 45，第 140 頁

同前二十首

袁　凱

八紘何茫茫，千里復萬里。六馬方驕悍，踸踔終未已。東臨碣石岸，西涉流沙水。炎洲氣輝赫，幽谷水迤瀰。白日墮崦嵫，倉惶將何止。王良本賤工，善御徒云爾。焉能縶其足，伏櫪噉蒭豉。

翩翩爲學士，冠帶自成群。朝去暮來歸，終歲常辛勤。盈盈發春葩，煒煒競芳辰。飄風倏然來，零落成埃塵。黄鵠游四海，日暮集崑崙。願言息爾駕，還居守蓬門。

團團明月珠，墮此濁水中。光彩雖未泯，淪没豈有窮。拔山固神力，舉鼎亦無雙。徒有千尋綆，挽之竟何從。顔生不遠復，斯爲蓋世雄。

楚人好魚目，越人薦明珠。一日三至門，主人行徐徐。相見纔一言，薄送下前除。洛陽蘇季子，黄金滿後車。鄒軻誦堯舜，白首走道途。

蓐食出門去，慘慘踐嚴霜。問子將何之，千里赴洛陽。洛陽有劇孟，任俠世稱强。我願從之游，氣勢相頡頏。路逢二三子，被服儒衣裳。少長各有禮，講誦麋鹿場。中心忽愛慕，與彼遂相忘。

中夜治舟楫，越海遠游遨。游遨將何爲，萬寶聚巖坳。珊瑚七尺餘，珠樹羅蓬蒿。持之向中國，可以金張豪。出門忽不樂，欲進心恒慅。但恐蛟龍怒，骨月淪波濤。人生亦有命，聖賢莫能逃。遺穗倘可拾，言歸卧林皋。

秦師困邯鄲，趙氏旦夕危。魯連山中來，排難在重圍。折衝不復言，辭金忽焉歸。清風映東海，千載以爲奇。我思鄒孟氏，處世一何宜。被髮雖可救，閉户終可爲。斯言足明訓，賢獨未之思。

茫茫古人中，我愛原子思。食粟豈云飽，衣裘豈應時。憔悴衡門下，彈琴唱逸詩。大夫適何來，駟馬行騑騑。入門即長嘆，念子病何危。貧病固不同，發言忽若斯。誰爲同門生，白首不見知。

莊周善著書，汪洋不可禁。時時詆仲尼，何况賜與參。南金鑄芻狗，隋珠彈微禽。自昔多横議，言高罪彌深。

李斯游洛陽，名遂身亦危。一人具五刑，於古豈有之。呼兒語黄犬，相顧涕交頤。斯時夏黄公，商山方采芝。

段生方踰垣，泄柳方閉門。二子豈獨善，蓋亦避世喧。種粟在南野，種葵在東園。日夕飯一盤，萬鍾何加焉。周孔有遺書，學士有遺言。吟詠荒園裏，聊以終歲年。

朝坐高堂上，白飯鯉魚羹。暮歸高堂上，華燭送清觥。況有四海人，相愛如弟兄。彈琴析疑義，歡樂各言情。以兹度一世，聊重不爲輕。不學狂圖子，空山望長生。

登高望八荒，未見不死人。徒看後來冢，纍纍傷我神。伯僑與安期，於今亦不存。如何學仙侣，服食正紛紜。獨美顔氏子，陋巷以爲仁。

陶潛不願仕，既仕亦爲貧。遥遥去鄉曲，當時已酸辛。衣冠對俗吏，自卯直至申。終日惟一飡，濁醪豈沾唇。歸來荒園裏，此志乃復伸。清風坐北窗，鷄黍會四鄰。茫茫宇宙中，我思見其人。

白日生東海，倏忽墮崦嵫。皓月方滿盈，斯須亦已虧。淮陰有奇功，赫赫在一時。焉知束縛去，還爲兒女欺。天道每如此，人事安足悲。獨羨鴟夷子，輕舟去江湄。

迢迢青雲上，自昔爲亨衢。亨衢豈無極，下視乃泥塗。商君變法時，寧知裂其軀。貴賤更迭來，榮辱在須臾。願爲雙白鷗，游戲江與湖。

關中論功策，相國稱發蹤。一朝請苑地，廷尉忽相逢。免冠且徒跣，局促如兒童。陸生雖豎儒，進退頗從容。

文皇好直言，容受無留停。鄭公在當時，頗得諫諍名。一稱田舍翁，千載傷我情。嬰鱗固爲難，回天亦非輕。先人有薄田，歸與長沮耕。

幽谷有貧士，白髮被兩肩。人事既乖互，年運亦迍邅。敝屣久不縫，短褐夙已穿。讀書雖聞道，好酒況無錢。常遭富人笑，豈有貴人憐。我聞齊景公，千駟亦徒然。夷齊餓西山，後世稱聖賢。

十五志爲學，四海訪鉅儒。低回梁宋郊，浩蕩齊魯區。庶從父老問，得親交游徒。惜哉戎馬起，中道乃趦趄。歸來卧荒園，白首成下愚。《全元詩》，册46，第340—341頁

按，前八首胡奎《斗南老人集》置於「古樂府」類。

同前十二首

胡　奎

煌煌明月珠，乃在碧海南。下沈無底谷，百仞誰能探。昔在軒轅世，象罔索龍潭。少昊徵鳳瑞，隋侯感蛇銜。安知至珍物，翻爲薏苡讒。蛟人賣綃去，勿用泪潸潸。

青青巖畔柏，冉冉淇上竹。娟娟閨中女，粲粲麗春服。翩翩若驚鴻，盈盈洛川曲。昔如出壑冰，今如在山玉。蹇修期不來，空幃成獨宿。

積雪生暮寒，幽禽在空谷。夜來忽驚飛，翩翩度疏竹。擁衣坐方床，呼兒秉明燭。念彼遠

游人，何由慰衷曲。

明月流中天，列宿相低昂。盈盈河東女，寒機織流黃。靈鵲期不來，欲度愁無梁。睆彼牽牛星，東西兩相望。

陌頭桑葉稀，桑間戴勝飛。盈盈東家女，染絲上春機。手把黃金剪，裁爲游子衣。可憐天上月，中夜照羅幃。

幽蘭在空谷，無人知其芳。好風時過之，清芬襲我裳。薄言掇其英，置之君子堂。君子好修潔，佩之比珩璜。葹薋妒其美，寂寞委秋霜。托根苟得所，棄置庸何傷。

客從南海來，遺我徑寸珠。夜光奪明月，明月恐不如。珍藏三十載，思照魏王車。王車不待照，魚目空相笑。持以照人心，千秋保貞曜。

我有龍門桐，斲爲緑綺琴。一彈別鶴操，再理孤鸞音。中含太古意，調高思彌深。此曲知者寡，山空月沈沈。《全元詩》，册48，第84頁

皎皎連城璧，乃在巨璞中。無人辨其真，甘與燕石同。所以卞和氏，抱泣秋山空。《全元詩》，册48，第98頁

皎皎蟠龍鏡，娟娟秋月暉。粲粲東窗女，盈盈桃李姿。婉婉惜芳年，脉脉處香閨。昔如璞中玉，今如琴上絲。玉質恒自愛，琴心終不移。

郎如川上水，妾似水中天。流水何曾定，青天不離川。妾手不停織，郎車不停輪。長憐機上絲，長寄車中人。《全元詩》，册 48，第 159 頁

同前

盧　昭

良人去悠悠，出川還入洛。不省道里遠，但愁風水惡。胡爲不懷歸，日夜苦棲泊。道遠終致之，車輪不生角。楚楚白紵衣，去時與郎着。勿遺塵土緇，塵緇徒澣濯。妾言諒無訛，生死將有托。金多詎云貴，飲水祇自樂。《全元詩》，册 50，第 57 頁

同前

胡　布

妾身當何許，君來相爾汝。煩憂在胸懷，轉厭聞笑語。妾面芙容紅，妾心蓮菂苦。蓮菂苦心盡，芙容守紅死。不學鴛鴦棲，亦化蝴蝶舞。《全元詩》，册 50，第 363 頁

同前

張達

驪龍頷下珠，光彩奪明月。所適盡惛懞，孤忱向誰雪。《全元詩》，册 50，第 533 頁

同前

沈貞

題注曰：「七言。」

美人贈我洛浦珠，何以報之雙璚琚。置珠袖中三歲餘，時出一玩長嗟吁。東烏西兔流居諸，安得見之如芙蕖。執子之手攬子袪，坐同床兮出同車，聊以慰我心渠渠。願言鬱塞無從舒，緘之欲寄長江魚。《全元詩》，册 51，第 27—28 頁

卷二四五　元雜曲歌辭一一

古意三章

張仲深

美人擷秋華，英英照秋水。人好華亦好，光輝兩鮮美。臨風悵離居，願言寄君子。蜚蜚天上鴻，圉圉水中鯉。浮湛兩茫茫，心懷澹無似。石間見明月，貞心諒如此。

西鄰有處子，蛾眉妬陽春。見月不敢窺，見華不敢顰。吉徵未云卜，秉心守天真。永保心不渝，但恐色易淪。它時事君子，白頭宜相親。

蠢蠢八育蠶，颯颯二葉桑。桑飛蠶亦老，婦女絲在箱。天寒響機杼，歲暮供衣裳。物晚終有成，遠爲君子將。但願君子心，遲莫毋相忘。《全元詩》，册 52，第 1—2 頁

同前

黄仲實

憶昔君去時，手種桃李花。花開令人喜，花落令人嗟。早知歸期阻，胡不種桑麻。采桑

供蠶虳，一月絲上車。麻熟得紡績，兼旬白成紗。製爲裳與衣，寄君滄海涯。《全元詩》，册52，第224頁

同前

潘伯脩

空中望海水，日暮動微瀾。神州何偪仄，半落烟霞間。少小戲嵩華，南魚落星灣。七澤一朝枯，我亦非朱顔。道逢兩白鵠，欲下崑崙山。寫書寄西母，早遣君王還。《全元詩》，册54，第53頁

同前

陳基

折柳繫離舟，柳短舟難繫。賴有枝上花，風吹送君去。《全元詩》，册55，第278頁

同前

陳高

秋風天宇高，狡鶻氣方鋭。白日逐飛禽，肆意飽吞噬。如何鸞鳳姿，饑鳴向林際。爲惡反

得食，焉能苦磨礪。《全元詩》，册56，第253—254頁

同前

劉　履

娟娟若耶女，蕩舟芙蓉浦。被服何鮮新，楊歌妙如縷。折花未盈袖，飄香已遠度。秋風激波濤，中路逢險阻。舟楫安可歸，遲回延江渚。不惜舟楫遲，但恐羅裳污。端坐整鞶帶，含情四愁顧。風波日已深，夫君在何處。《全元詩》，册58，第19頁

同前

虞　堪

秉燭夜何長，芳筵惜春煖。鶯花已鶯曙，東風雜弦管。還念戰場人，冰花鐵衣滿。《全元詩》，册60，第327頁

同前二十二首

劉崧

按，前三首劉崧《槎翁詩集》置於「樂府」類。

上馬拂春衣，金鞭獨自揮。蛾眉鏡中好，但恨不能飛。
傳語通州估，南船甚日還。黄金知易得，留取鑄紅顔。
夫壻泛淮船，閨門一步前。如何中夜夢，却在大江邊。《全元詩》，册61，第207頁
閒倚白玉床，低頭看深井。銅瓶且莫下，亂我晨妝影。
團團手中扇，日日長相見。誰遣秋風來，芙蓉滿凉殿。
駐馬挽金鞭，爲君彈四弦。洛陽官道直，莫過酒樓前。
送客荷花浦，放船楊柳津。唱歌不歸去，愁殺渡頭人。《全元詩》，册61，第212頁
仙女不照鏡，愁來看深井。井底那得風，摇波亂人影。《全元詩》，册61，第213頁
佳人擲青梅，戲打黄鶯雛。鶯雛忽驚走，花落滿平湖。
閒隨玉蝴蝶，步出花前去。不知春草生，忘却南園路。

朝看箔上蠶，暮絡車上絲。結束須成疋，纏綿自有時。《全元詩》，册61，第213頁

昨日通州估，還家已十年。忽聞鹽價好，又駕贛州船。《全元詩》，册61，第482頁

臨街莫種棗，近水須種柳。柳長當爲薪，棗熟無人守。

君家東門裏，妾住東門外。少小共知名，終然不相會。

數日潮頭小，南船信不通。夜來月有暈，今日定回風。《全元詩》，册61，第484頁

一樹小桃花，生來覆山井。開盡不知春，可憐鏡中影。

手圈楊柳枝，出門送君去。柔腸暗相結，宛轉無盡處。

銀椀蘭膏滿，分燈炷兩𬊈。終然共光彩，莫認不同心。

解我黄金錯，酬君白玉鈎。未明曲中意，秖賣一生愁。

春蠶吐素絲，作繭來十日。一意向纏綿，早晚得成匹。《全元詩》，册61，第487頁

懊恨春别時，花開滿大堤。出門消息斷，那聽紫騮嘶。

平湖荷葉生，田田欲無空。不見水中魚，但見荷葉動。《全元詩》，册61，第488頁

同前二首

王禕

手織紋羅始落機，便將裁剪作郎衣。衣成却惜與郎著，著時恐帶酒痕歸。

一片如水青銅鏡，懶教拂拭任昏沉。只爲妾顔憔悴甚，照時分曉易傷心。《全元詩》，册 62，第 218 頁

同前

方行

青松百千尺，亭亭蔽浮雲。下有螻蟻穴，上有烏鵲群。兔絲附其枝，茯苓蔭其根。盤踞托厚地，實維造化神。玄冬霜霰繁，積雪埋崑崙。萬卉皆凍死，此物獨孤存。我將比蟠木，坐閲三千春。《全元詩》，册 62，第 473 頁

同前

孫　蕡

山礬花落春風起，吹妾芳情渡湘水。夢中蝴蝶相交飛，門前鵲聲郎馬歸。梧桐初落金井床，斷蛩聲裏月如霜。沉沉玉漏清秋夜，妾顏如花恐愁謝。《全元詩》，册 63，第 257 頁

同前四首

吴敬庭

我志在林壑，而與世沈浮。是非復非是，此語真謬悠。所願適其適，富貴何足求。有酒同醉醒，商歌動清秋。得意已忘辨，白雲散岩幽。

斜陽在遠樹，微風動高荷。蕭蕭湖亭上，今夕凉已多。遇此素心人，清言洗煩痾。樽酒相與歡，竟坐酣且歌。揮手謝塵世，不樂復如何。

夏日苦炎熱，但願一夕凉。及此秋氣深，蟋蟀鳴近床。物情亦知時，催製公子裳。户牖當綢繆，歲晏饒風霜。感此發學儆，終然惜流光。

陰陽有代謝，寒暑相推移。人生百年内，行樂當及時。昨日猶朱顔，今日生白髭。所以遺世事，飲酒不復辭。寄傲南牕下，千載真吾師。《全元詩》，册65，第8頁

同前

吴嵩

美人插新花，恨不逐時好。花亦解自憐，紅顔易成老。《全元詩》，册65，第126頁

贈陝西李廉使古意二首

盧摯

威鳳覽德輝，來自丹穴山。孤鶴慕文采，飛從浙江干。鳳飲必醴泉，啄食惟琅玕。簫韶奏虞庭，鳳儀五雲間。朝陽忽西馳，梧竹隨凋殘。孤鶴黯秋影，雁鶩相與還。長鳴九皋恨，月落天風寒。

娟娟秦關月，偏照崧山雲。山雲自無心，而能遠淄塵。崧雲初未閒，下有幽棲人。噎噎風雨交，悠悠去來頻。時時宿檐端，姿態如相親。悲鳴動遥夜，天衢屏游氛。秦關謾修阻，月輝皓無垠。願言奮西飛，奈此由東鄰。《全元詩》，册10，第48頁

歲己酉春正月十有一日吾友張君漢臣下世家貧不能葬鄉鄰辦喪事諸君皆有誄章且邀余同賦每一忖思輒神情錯亂秉筆復罷今忽四旬矣欲絶不言無以表其哀因作古意四篇雖比興之不足觀者足知予志之所在則進知吾漢臣也無疑

段克己

高樓浮薄雲，知是何人宅。賣諸輕薄兒，身爲五侯客。日暮門鷄回，車騎何翕赫。鼻息吹虹蜺，行路皆跛蹐。豈知黔婁生，儲粟無擔石。衣衾不掩尸，送我城東陌。寥寥百世下，誰分夷與跖。

北方有黄鵠，飽義氣勇烈。天寒辭故巢，思欲近丹穴。吁嗟翅翎短，雲海路隔絶。鳳凰不相待，孤憤無由洩。耻與鴟鳶群，朝夕肆饕餮。一步兩叫號，心摧口流血。側頭向蒼昊，永與羈雌決。人皆尚鴟鳶，反謂黄鵠劣。世無乘瓢翁，軒輊定誰説。猿鶴與沙蟲，泯泯同一轍。悲來結中腸，欲辨且三咽。

藝蘭當清秋，生育胡不早。西風發微香，能得幾時好。飛霜半夜來，滅没先百草。真宰獨何心，吞聲不復道。

驅車上太行，中道車軸折。停車卧轅下，骨斷筋力拆。撫膺呼蒼天，淫淫涕如雪。古往與今來，此憾何時絶。《全元詩》，册2，第274頁

聰仲晦古意廿一首愛而和之仍次其韻

姚　樞

聖聖繼天極，授受惟一中。宣尼集大成，玉振條理終。盡性無思勉，中道何從容。乾坤有全德，尚資參贊功。

韋編日三絶，孳孳何所嗜。人道合天心，天人本無二。盈虚消息幾，進退存亡事。何當擬虚玄，百世老輔嗣。

觀人莫觀貌，相馬不相肉。群經無釋辭，熟讀意自足。易道微九師，春秋散公穀。古今有成言，此論非余獨。

人皆與時行，吾斯未能信。士子有當憂，憂在不如舜。至哉伊洛傳，爲發前聖藴。先儒固所師，未暇窮詁訓。

高明懸萬象，經緯成縱横。君子動静機，一以踪天行。後來英偉士，概舉名書生。胡爲事無用，篆刻風物情。

天命日流行，維仁亦無息。君子以自强，兹言致其力。求仁固多方，寸心惟自克。四勿猶勇兵，摧枯破敵國。

任重不易勝，無爲鼎折足。小利害成事，不達緣欲速。閉户豈遺世，入仕非干禄。出處貴適時，違時招自辱。

洙泗浸微没，繼世承末流。誰能泝淵源，跬步還自留。安宅久曠居，正路奚弗由。知津定何人，接淅吾將求。

夷齊顧名節，不食餓首陽。尚父應天討，奮時清渭傍。心迹異天壤，日月同輝光。道義有如此，人惟重行藏。

切問復近思，乾行求艮止。人道無他焉，仁義而已耳。原始可要終，知生乃明死。倀倀失路人，何當與聞此。

志士慕功業，富貴鴻毛輕。仁人懷道義，不爲功業縈。富貴詎可求，功業從自生。狂狷奚所取，無由見中行。

大舜與人同，人心本無惡。未達爲善資，凡民曾不若。臨深莫爲高，見是方知錯。出門有餘師，芻蕘未應薄。

中孚自有喜，無妄從生災。達人弭憂樂，世俗生嫌猜。短翼登雲衢，鵷雛棲草萊。要知庸玉汝，天亦惜良才。

富貴惟潤屋，德藝能潤身。蓬門信寒寂，道勝生陽春。顔淵百世士，原思千載人。先賢嘗有此，吾輩甘常貧。

得鹿未足喜，喪馬勿用逐。初萌得失心，方寸成百曲。纖人恣物情，熊掌又魚肉。曾推萬禍原，古今從一欲。

美人有碩德，輝光映儒林。躬耕以爲食，生民以爲心。螭蟠久存蟄，巖棲念沛霖。憂時恒若疾，不爲風雨淫。

有士氣凌雲，孤松挺高節。壯懷入酣歌，歌長擊壺缺。鬢髮日以秋，肝腸老於鐵。從知養浩然，此意潛消歇。

四海一紅爐，焦心待時雨。群生日熬熬，無從求樂土。百拜籲蒼天，籲天天未許。亨嘉會有期，此非容力取。

拔茅連其茹，激濁揚其清。雲山興大厦，諒非一木成。嶷嶷萬斛舟，水積舟乃行。群材惟柱石，國勢何用傾。

曠世少知音，爲誰歌白雪。風雲重三顧，捐軀輕嘔血。考槃在澗阿，永矢心如鐵。千秋見鍾期，朱弦難遽絶。

天道有定常，推行無少忒。人心復何爲，遷變莫能測。古人貴全交，所貴在恒德。黃金百煉餘，不改當時色。甲寅春二月廿有七日，書於吐蕃滿底城東北二百里荒山行帳中，爲子益懇求故也。敬齋姚樞識。《全元詩》，册 3，第 16—19 頁

次韻吕學正古意二首

袁桷

初筵秩嘉賓，容氣清且明。至饗不在酒，尊罍粲東榮。傷哉崇飲徒，偏宕四坐驚。中有獨醒士，靦然愧非輕。持觴懼濡口，孤吹幽凰鳴。永飢詎遺禮，俎實期充庭。

苦心嗜昌陽，古澗香莫識。之人遠持贈，藉以五色石。密節懷黝章，寒暑端莫易。三咽回中腸，起止良得力。舉世希姸英，椒蘭政紛職。慎勿强嗜之，蒯泉澡其德。《全元詩》，册 21，第 120 頁

古意二首寄示金陵第五兒

唐元

水際淘黃金，金或在於山。荷钁苦掘井，求之沙礫間。力盡金未出，愴怳坐長嘆。大禹收

九牧，鑄鼎知神奸。冰競以自持，銖積良不難。寄言同袍子，辛苦勸加餐。

昔在卞和氏，獻璞干楚王。舉國乏良工，委棄道路旁。明庭執萬玉，圭璧燁有光。此玉同出石，知璞非不詳。守道貴不移，刖足庸何傷。願無混珷玞，静竢詎能量。《全元詩》，册 23，第 209 頁

卷二四六　元雜曲歌辭一二

古意寄金陵能仁長老逸日休

釋魯山

山空落日晚，天低暮雲遠。青溪九曲長，目力苦愁短。海闊無來雁，歲事倏云晏。江湖秋影寒，努力加餐飯。《全元詩》，册30，第423頁

古意呈夏政齋權府

洪希文

夏丈富文術，武庫森韜略。文武出天資，結髮習象勺。問程已知津，携家猶土著。客戍又再期，翩翩載琴鶴。猥誦病競吟，自慚才鹵薄。主將倘見收，猶堪助横槊。《全元詩》，册31，134頁

古意懷仲章貢侍御二首

黄清老

娉婷二八女，絶色妙難畫。新妝薄鉛華，照影修竹下。盛年事夫婿，錦玉耀精舍。雖非伯鸞妻，惓然惜春夜。琴餘月當軒，默默依風榭。寄語東家兒，紅顔莫輕嫁。

梧桐生高岡，雲氣涵空清。南枝挂孤月，上有蒼鸞鳴。大匠揮玉斧，渾然合天成。置之白玉堂，被之弦歌聲。一彈松風來，再鼓溪月明。子期人已往，青山爲誰情。《全元詩》，册 36，第 169 頁

古意一首答曹德昭

倪瓚

齊王好竽客鼓瑟，操瑟何以干齊門。古人結交多豪傑，況爾封君之子孫。王國陳詩終大雅，楚俗尚鬼悲招魂。相思日暮不可見，鴻飛冥冥目力昏。《全元詩》，册 43，第 70 頁

用古意答陳子常二首

吴臯

美人在天末，綽約瑶華姿。青鸞采雲裏，傳情欲憑誰。惠而能好我，柔札遠見遺。芳晨願相接，莫待凝冰澌。望望更延竚，徒劇此心悲。

步出城南隅，青樓敞虚牖。不見如花人，所餘惟老醜。問之盡俘虜，無復資舒憂。不意罹變遷，奈此淹留久。當年恃才貌，何處委衰朽。未能忘素心，因之謝親友。《全元詩》，册44，第382—383頁

古意二首答陳子常

吴臯

蓬蒿棲獨鶴，困此凌雲姿。羽翮日摧頹，顑頷當告誰。烟塵徧六合，雲路忽若遺。于時盛炎燠，斯須變寒澌。當隨鴻鵠翔，毋俾燕雀悲。

衆女妬蛾眉，深閣掩重牖。臨妝抱明鏡，孰與辨妍醜。心焉誠忉忉，撫景懷悠悠。浮雲翳陽景，焉能永終久。容華耀冰雪，豈得便衰朽。筠松撫寒香，貞質契三友。《全元詩》，册44，第384頁

戊寅十二月十九值先君誕日不勝思慕瀝哀賦古意二首

汪克寬

白髮八十餘，綵衣日爲娱。耕田奉菽水，朝夕問何如。云何雪霜懵，喬木俄摧枯。慟哭心膂裂，殞絶欲與俱。聲如九泉聞，泪如九河傾。死也不復知，生當若爲情。朔風落木盡，雲寒天地昏。趨庭闃寥寂，謦欬不可聞。去年爲親壽，殷勤奉金樽。焉知日入速，倏忽川流奔。遺書篋笥中，手澤新如存。蒲伏拜几前，泪血池水渾。《全元詩》，册45，第166頁

溽暑作古意六首

陳　謨

題注曰：「并六句。」

濕雲涵薄霧，日光如鏡塵。楊花吹滿床，燕雛嬌近人。雙雙白練帶，銜得櫻桃新。

微薰似清暑，復慢幽人肌。泉聲翠帷隔，花艷玉瓶滋。誰緘雙青梅，題作無情辭。

溶溶雨沼波，宿來得新魚。但看萍無踪，始悟魚安居。莫照釵頭花，釵落驚雙鳧。

翦下菖蒲葉，換却流蘇帶。雖微纂組工，自是清净態。晝簾景遲遲，琱盤香靄靄。困多病不如，塵生風自捲。蕉心先雨開，菱花後時翦。宿有錦字書，教兒枕頭展。枇杷香在手，將餧隴頭鸚。嬌鳴久不食，振羽謝多情。從今無浪言，浪言郎君驚。《全元詩》，册45，第334—335頁

古意絶句

劉來復

風輪旋地軸，日馭轉天車。浩劫同歸盡，無勞問歲華。
大音含古調，妙指寄無弦。一曲知誰聽，松風落澗泉。
生世不聞道，百年空白頭。何當掃塵海，八極縱虚游。
騷靈不可見，楚些竟誰聞。欲采蘋花去，滄洲隔暮雲。《全元詩》，册60，第93頁

古意一首送轅

李曄

渥洼有良馬，倜儻飛龍如。遺種落人間，觀者立踟蹰。被以黄金鞍，絡以明月珠。雖非急

難才，人謂汗血駒。勉餐雲中草，養爾八尺軀。勿隨駑駘後，騄駬思并驅。長楸試天步，真龍服鹽車。孫陽儻爾逢，拭目超雲衢。《全元詩》，册56，第3頁

飲酒

郝經

按，明胡震亨《唐音癸籤·樂通二》「唐曲」有《飲酒》，①元人同題擬作，均予收録。

順適皆坦途，忘幾信所之。天地與化遷，焉能獨違時。酒中有深趣，真樂良在兹。痛飲忘形骸，物我兩不疑。每笑蘇學士，漫把空杯持。

謝安曠達士，携妓游東山。蒼生如我何，勸我真狂言。樽中酒常有，縱飲當窮年。此樂醉者知，難爲醒者傳。

道在杯杓中，有物都無情。一醉還天藏，豈將飲爲名。嗟嗟屬羈人，勞勞失此生。自著徽墨纏，仍因寵辱驚。枯腸歸高岡，渴死竟何成。

---

①《唐音癸籤》卷一三，第136頁。

武帝燒黃金，玉殿紫烟飛。終下輪臺詔，創然徒傷悲。侈心與物競，詣絶無所依。血氣有壯瘁，困憊終還歸。醉鄉萬事和，悠悠無盛衰。有酒當共飲，獻酬莫相違。

好酒無惡客，合席語喧喧。銜杯相爾汝，共醻何黨偏。秋月流金樽，春風頹玉山。便作無懷民，坐使唐虞還。酒盡任去留，醉眠都無言。

詩因酒更多，真境發精英。爛熳醉後言，舉是醒時情。百川飲長鯨，千觚都一傾。我亦如劉伶，終當以酒鳴。百年都幾何，不飲安用生。

上春東風和，百卉呈媚姿。家家社甕熟，相唤插花枝。此時酒無算，盡發胸中奇。醉人卧花間，陶然亡云爲。不飲彼何得，祇自强拘羈。

西風黃葉落，處處菊花開。霜螯味滿殼，持杯亦開懷。正當劇飲時，惟恐與時乖。快意傾灩灩，無復念棲棲。金英既狼籍，人亦醉如泥。我順物安忤，兀兀靡不諧。悠然反化初，世路都沈迷。駕言入醉鄉，麴車不可回。

夜醉曉來醒，日出東南隅。嗟嗟早行人，百里已半途。我秖孰爲容，彼亦孰爲驅。飲酒有運數，生平酒常餘。賜田總種秫，終傍淵明居。

屈子重違天，陶公乃達道。遥遥隙中駒，放杯身已老。欺爲畫餅欺，遂使腸枯槁。君看桃花顔，得酒色更好。榮名身後事，美酒樽中寶。一飲便成仙，御風凌八表。

我愛李太白，醉眼高一時。把杯問明月，揮灑多文辭。吾生嗜杯酒，感寓實在兹。常向醉中醒，更飲不復疑。載讀止酒詩，陶公亦吾欺。安得泛酒海，弄月恣所之。

壺中别一天，飲之造真境。有夢渾未覺，獨醉勝獨醒。忘物神乃會，放懷道即領。巨壑當藏舟，括囊勿脱穎。爲告不飲人，此理天日炳。

好事邀我飲，布席我已至。散談坐生風，引滿即徑醉。快意無町畦，縱衡不比次。忘情釋重負，適己乃爲貴。世上多虚名，樽中有真味。

種柳復藝菊，即是陶潛宅。眼中總杯杓，門外無轍迹。朝飲仲尼千，夕醉季路百。不用五斗解，豈計東方白。熙然識此生，獨醒真可惜。

五年一龕燈，面壁初治經。仇酒恐廢學，中歲卒無成。晚悟杯酒樂，苦節因自更。軍府酒若海，浩蕩波門庭。十年醉如醒，遂以善飲鳴。陶然合天和，萬古達者情。

繫舟范丹墓，黄流駕長風。玉川與金波祀城二酒館名，萬甕傾月中。鯤鱷亦沾醉，興與江河通。醉鄉總直道，世路曲如弓。

遍飲天下酒，風味我自得。南江與北嶺，淄澠不能惑。兩海納一樽，巨量吞四塞。胸次含春元，須洞和萬國。熟醉即無言，百世歸一默。

我本醉鄉人，弓旌招我仕。自此樽俎疏，漠然忽喪己。醒治夸了了，枯槁成内耻。况復拘厄途，不得歸田里。十年猶不字，鬖鬖踰一紀。日事雖有酒，多病輒自止。强飲終無歡，忘力徒自恃。

醒眼舉作僞，醉時見天真。模糊渾沌初，大朴還其淳。山中酒初熟，烈烈風味新。一飲平天淵，再飲一齊秦。人物在眉睫，慘淡飛埃塵。矻矻含瓦石，哀哉爲誰勤。遂古有達者，祇與杯酒親。陶潛豈乞食，有酒即問津。門首佳客至，快漉頭上巾。君看飲酒詩，始知真醉人。《全元詩》，册4，第220—223頁

同前

何　失

野人早起懶梳頭，遥見青帘一日休。席破貪書曾廢食，鷄鳴趨利得無羞。况兼老病將爲鬼，那更居浮强作囚。但願尊罍容我了，烏鳶螻蟻任渠謀。《全元詩》，册14，第54頁

同前

丁　復

北闕諸公貴，東門幾客還。瞥來缸面酒，携坐屋頭山。《全元詩》，册27，第397頁

同前六首

馬祖常

進仕當盛明，自謂非時才。狂斐學文字，無聖爲我裁。二者俱寡合，終令智士咍。斯旦已陽春，對我聊持杯。祖母在堂上，小孫方稚孩。俯仰見五世，吾生豈悠哉。

簡編有重訛，折衷無權衡。黎庶有重困，救藥無持平。昔者賢聖出，屯蹇躓其身。躓身不躓道，龍蛇果能神。棄置姑飲酒，陶然會天真。萬物各遂性，雜沓向我陳。

祖母九十七，堂上受封恩。小孫初一月，哇哇弧矢門。吾生豈不遂，知足心不煩。在昔田里中，學書不窺園。鄰舍或招飲，怒不與之言。矜持稱廉隅，過往太守軒。今兹遇明聖，經幄寄討論。啓沃資皇明，古道因以存。時日得賜酒，獨酌還厭喧。

考妣早棄我，得禄不逮親。幸兹有祖母，九十康强身。我情終不樂，日思我親仁。襁抱免水火，少長俾知論。出入鄒魯俗，用變宿習因。植松在淮山，稼民爲齊民。興念輒涕泣，有酒亦逡巡。

昔我七世上，養馬洮河西。六世徙天山，日日聞鼓鼙。金室狩河表，我祖先群黎。詩書百年澤，濡翼豈梁鵜。嘗觀漢建國，再世有日磾。後來興唐臣，胤裔多羌氏。春秋聖人法，諸侯亂冠笄。夷禮即夷之，毫髮各有稽。吾生賴陶化，孔堦力攀躋。敷文佐時運，爛爛應壁奎。嗟哉寡諧合，蒼髪禿不齊。觴至即飲釂，猶恐逢呵詆。衆人以儒進，我不限吏資。入官養交譽，惟恐不合時。含笑作雅詠，遭駡亦詭隨。出入踐華要，諉諉成其私。積堦漸崇貴，剽獵章句辭。鼓頰說古今，證據稱云爲。斯世豈可誣，小夫甘自欺。興言發喟嘆，飲者終不知。《全元詩》，册 29，第 289—290 頁

同前

黄河清

楚客悲顥氣，晉賢嗟二毛。我生三十五，病髪如秋蒿。西風從何來，散作青林濤。始自挹蕭爽，終焉遂淒號。乃知黄落期，貞脆同所遭。茲晨復不樂，如此尊中醪。

竹籬四五尺，花樹三兩株。破屋八九間，時蔬數畝餘。興來信鋤理，不復知何如。蔬長日可擷，花房寒不敷。川上日云夕，呼酒聊自娱。《全元詩》，册 30，第 390 頁

同前

程文

昨日騎馬出，馬驚傷我足。蹇步不成行，筋脉困攣束。道逢蓬萊士，飲我尊中緑。謂此有神功，何用知非福。

人皆勸我酒，我豈待人勸。但恐囊無錢，常留酒家券。凉州三百斛，永寧書萬卷。醉酒不醉經，年光速如箭。

我性不飲酒，人皆笑我癡。不知我飲酒，沈醉無醒時。春風桃李園，好鳥鳴花枝。逢時不飲酒，不飲將何爲。《全元詩》，册35，第267—268頁

同前

吴萊

昔我不解飲，病來持一觥。觥亦已醉，二豎敢相攖。忽然秋毫大，况乃泰華輕。豈其陰陽足，妄使龍虎爭。冰蠶冰爲山，火鼠火烘城。一元本同氣，萬物却異情。機關有大運，禀受通群氓。轉移苟不定，顛倒尚何營。百年定幾時，愁賦空餘聲。跰蹮起自鑒，面目吁可驚。試攀

松樹枝，復攬芝草莖。但當盡此酒，不在學長生。《全元詩》，册40，第22頁

同前

葉顒

斗酒能澆萬古情，尊前談笑破愁城。縱饒磊塊横胸臆，杯勺之間悉可平。《全元詩》，册42，第92頁

同前

鄧雅

淵明好飲酒，重觴即忘天。李白性所同，自稱酒中仙。我素不解飲，飲少亦陶然。酒能助詩興，一斗成百篇。我飲僅數杯，我吟亦數聯。誰知醉中吟，其樂不可言。《全元詩》，册54，第242頁

同前

戴良

在昔童丱時，得年輒自喜。謂當羽翮成，青冥將立致。去去曾幾何，已覺非初意。每思前日事，翻恨莫重遇。盛衰迭相尋，壯極老會至。曩也嘆時遲，今焉惜年逝。人生已如此，有酒且

須醉。《全元詩》，册 58，第 31 頁

同前

殷奎

薄薄市沽酒，陶然得天真。長安二三月，亦復可憐春。山鳥勸提壺，山花能笑人。朝來黑頭公，暮歸黄土墳。漢家舊陵闕，無樹照斜曛。雨荒西内殿，草没上東門。今日不强飲，古人誰復存。《全元詩》，册 64，第 85 頁

和飲酒二十首

劉因

尊罍上玄酒，此意誰得之。人道何所本，乃在羲皇時。頗愛陶淵明，寓情常在兹。子倡我爲和，樂矣夫何疑。有問所樂何，欲贈不可持。

醉翁意自樂，非酒亦非山。頹然氣冲適，酒功差可言。謂此不在酒，得飽忘豐年。君知太和味，方得酒中傳。

阮生本嗜狂，欺世仍不情。酒中苟有道，當與世同名。何爲戒兒子，不作大先生。良心於

此發，慨想令人驚。士生道喪後，美才多無成。

草木望子成，豈憂霜露飛。禽鳥忘身勞，但恐飢雛悲。生意塞兩間，乾坤果何依。我既生其中，此理須同歸。喜見兒女長，不慮歲月衰。雖爲曠士羞，理在庶無違。

山人有静癖，苦厭一瓢喧。奈何衆竅號，萬木隨風偏。我常涉千里，險易由關山。今古一長途，遇險焉得還。哀歌嘆安歸，夷皓無此言。我安適歸，謂《伯夷歌》。吾將何歸，謂《四皓歌》。此司馬遷、皇甫謐所作，非知夷、皓之心者。

茫茫開闢初，我祖竟誰是。於今萬萬古，家居幾成毁。往者既已然，未來亦必爾。何以寫我心，哀泉鳴緑綺。

生備萬人氣，乃號人中英。以此推衆類，可見美惡情。陰陽偶小故多，陽奇屹無傾。誰將春雷具，散作秋蟲鳴。既知治長少，莫嘆才虚生。

凝冰得火力，鬱鬱陽春姿。寧滅不肯寒，陽火如松枝。詩家有醇醪，釀此松中奇。一飲盡千山，枯株彼何爲。所以東坡翁，偃蹇不可羈。

黄河萬古濁，猛勢三峰開。客持一寸膠，澄清動高懷。飛駕探崑崙，尚恐志易乖。囑我乘浮槎，徑往天池棲。就引明河清，爲洗崑崙泥。相看泪如雨，千年苦難諧。何當御元化，擺落人世迷。下覽濁與清，瞬息千百回。

十年小學師，一屋荒城隅。飢寒吾自可，畜養無一途。亦愧縣吏勞，催徵費馳驅。平生禦窮氣，沮喪恐無餘。長歌以自振，貧賤固易居。貧賤易居，貴盛難爲。乃嵇叔夜詩。

士窮失常業，治生誰有道。身閑心自勞，齒壯髮先老。客從東方來，温言慰枯槁。生事仰去聲小園，分我瓜菜好。指授種藝方，如獲連城寶。佗年買溪田，共住青林表。

此身與世味，悦若不同時。惟餘雲山供，有來不徑辭。時當持詩往，報復禮在兹。有客向我言，於道未無疑。不爲物所役，乃受烟霞欺。聞此忽自失，一笑姑置之。

執價韓伯休，混迹在人境。百錢嚴君平，閱世心獨醒。我無騰化術，凌虚振衣領。又無辟穀方，終年酌清潁。會須學嚴韓，遺風相焕炳。

吾宗幾中表，訪我時一至。自吾居此庵，才得同兩醉。逆數百年間，相會能幾次。每會不盡歡，親情安足貴。所歡在親情，杯水亦多味。

器飲代窪尊，巢居化安宅。凡今佚樂恩，孰非聖神迹。况彼耕戰徒，勤力有千百。乞我一身閑，坐看山雲白。内省吾何功，停觴時自惜。

四時有代謝，寒暑皆常經。一氣有交感，美惡皆天成。天既使之然，人力難變更。區區扶陽心，伐鼓達天庭。乾坤固未壞，杞人已哀鳴。雖知無所濟，安敢遂忘情。

諸生聚觀史，掩卷慕高風。几如遠游仙，獨居無事中。盛衰閲無常，倚伏誰能通。天方卯高鳥，地已産良弓。

人生皆樂事，憂患誰當得。人皆生盛時，衰世將盡惑。水性但知下，安能擇通塞。不見紇干雀，貪生如樂國。古今同此天，相看無顯默。

人生喪亂世，無君欲誰仕。滄海一横流，飄蕩豈由己。弱肉强之食，敢以凌暴耻。優游今安居，驩然接鄰里。曲直有官刑，高下有人紀。貧羸誰我欺，田廬安所止。舉酒賀生民，帝力真可恃。

人君天下師，垂衣貴清真。羲皇立民極，坐見風俗淳。有德豈無位，萬古湯盤新。師道嗟獨行，此風自周秦。獨行尚云可，誰以儒自塵。有名即有對，况乃一行勤。聖人人道爾，豈止儒當親。儒雖百行一，致遠非迷津。矧伊末世下，空有儒冠巾。何當正斯名，遥酹千載人。《全元詩》，册 15，第 30—33 頁

按，此詩爲《樂平劉復初隱居四詠》其三，題作《飲酒》。

同前

張　翥

釀法傳將道士家，春醪一味采松花。常時野坐開新甕，幾度山行載後車。忤客有誰焚醉日，學仙何處飲流霞。明朝又覓南鄰伴，還汲清泉洗石窪。《全元詩》，册 34，第 107 頁

徐容齋參政王安野治書更倡迭和飲酒止酒各極其趣次韻

程鉅夫

按，原詩有二首，今僅録《飲酒》一首。

推蓬誦公詩，窺豹乍披霧。信知醉鄉後，一一克自樹。向來胸嵬磊，澆灌不停駐。至今傳衣記，燈燈續前炷。時因太和湯，繰出繭絲句。從教馬爲牛，而況作與畀。至人全於天，此是酒中趣。吾家伊川翁，言行極稽慮。當時半醺意，所得各有處。欲辨言已忘，公眠我姑去。

右飲酒爲安野公賦　《全元詩》，册 15，第 203 頁

和元遺山飲酒五首

劉敏中

古人不得見，歲月坐已深。引領西山雲，濁酒聊獨斟。悲壯入歌嘯，踟躇漫登臨。登臨不

稱意，悠悠傷我心。

昂昂謫仙人，長揖見季真。握手千日飲，風況踰清淳。酣歌寄高興，醉筆萬古神。爲問狂泉國，何如醉鄉民。

俗物敗人意，世務消靈根。有酒不解飲，餘争安所論。泛舟金陵下，長嘯臨蘇門。清風與明月，爲我聞斯言。

風埃浩昏暗，寒暑更推移。於心有不厭，誰能坐忘機。願以夙夜勤，永念行露晞。樽酒有深趣，帝鄉不可期。

出門無所之，對酒頗自適。况有佳友人，會意忘語默。榮辱非所料，勿謂猶惡濕。盍讀離騷經，痛飲窮朝夕。《全元詩》，册 11，第 362—363 頁

和詹生飲酒二篇

釋大圭

百慮中已灰，何獨未忘酒。君言酒可念，飲此益我壽。渾然一真性，毫僞寧復有。醉中意尤長，家人視諸友。

詹子真國士，博學乃多能。堂室有廉隅，後來復誰升。張生獨高義，古學已川增。日沽酒

家保，來問作詩朋。相知久逾密，餘子方背憎。獨醒有不免，熟醉良可憑。一言事剛制，群狐聽春冰。《全元詩》，册 41，第 341—342 頁

和再飲酒二首

釋大圭

詩序曰：「余既和詹生飲酒詩，數日，生載歌詩，不謂余和，而心欲余和之。余知生久，重違生意，乃强和生云。」

澆醨世已甚，之子但醇醇。儺書南郭下，獨抱希世珍。所願非聲利，有懷在清真。日夕故人至，持觴時茹新。

斷飲果何謂，開飲詎云宜。淵然一方寸，忻厭共滑之。伊人固殊俗，於道有天資。已忘忻與厭，酒至無固辭。《全元詩》，册 41，第 342 頁

和後飲酒五首

劉敏中

讀書破萬卷，古人糟粕餘。偉乎豪傑士，動與元化俱。處心衆物表，豈繫榮與枯。更變無滯留，所寓皆蓬壺。矯矯揚子雲，未可陋一區。床頭有美酒，殷勤犒妻孥。我今一徑醉，窮達誰獨無。

手持瑶草枝，腹充蟠桃實。浩蕩烟霞中，超遥不土國。此説誠渺茫，學仙竟奚適。君知酒中趣，其樂庸可詰。不見東坡翁，方得好飲力。兀然閲塵寰，永飽天地德。

屈平九歌辭，張衡四愁詩。長鳴千載上，耿介誠難爲。願我無羽翼，思與鴻鵠期。不如王無功，醉鄉樂忘歸。

飲酒豈不惡，百失所自歸。飲酒誠太佳，百憂所從醫。釋氏苦煉性，仙家勤采芝。我於伯倫頌，一言有餘師。磊磈變酣暢，慷慨爲歌詩。二豪何爲者，切切矜當時。

瑶琴撫緑綺，寶劍脱龍泉。金杯瀉明月，錯落争華鮮。當年不行樂，白首何有焉。惟此痛飲地，乃有壺中天。看朱坐成碧，陶然復頹然。不見古之人，惟稱飲者賢。《全元詩》，册 11，第 363—364 頁

飲酒詩示婿時伯庸四首

張昱

連日春風暖，面容爲之鮮。仰看樹上花，萼萼亦復然。中有和鳴鳥，羽翼相向肩。胡能不命觴，酌此花鳥前。飲之豈不醉，所貴乃其天。頹乎麴蘖間，南床得佳眠。如何靖節翁，乃賦止酒篇。

青陽時至矣，萱草滿堂階。柔葉刷翠羽，對之憂思裁。室中無長物，所蓄唯酒杯。客至即與飲，既醉從先回。平生曠達懷，何曾計尊罍。得錢即付酒，酒盡錢復來。百年能幾何，笑口時自開。

光陰劇奔電，金石難與期。仙人浮丘公，此日竟何之。看取古聖賢，丘冢亦纍纍。死而不朽者，六經豈余欺。酒中有妙趣，俗士不可醫。及時不作樂，事過徒傷悲。年華駟馬車，日夜勞驅馳。

既老憐餘生，放情在麴蘖。每到花開時，一飲輒累月。何曾校尊罍，酒量盈與竭。二儀籧蒢舍，百年羈旅客。劉伶乃放達，注意頌酒德。不見昨日花，今朝謝顔色。賢愚俱有歸，修短隨造物。《全元詩》，册 44，第 11 頁

思公子寄馬希遠

陸　仁

明彭大翼《山堂肆考》曰：「《思公子》：樂府歌，取《楚詞》『思公子兮徒離憂』意。」①

蟋蟀兮在户，菊始花兮婀娜。擘芳兮延佇，思公子兮江之左。荃橈兮桂旍，江流兮泌清。絙朱弦兮横琴，荼甘如薺兮楚酒馨。宛迤兮婁水，蘼蕪黄兮夕雨。婁之上兮有園與廬，思公子兮歸乎樂只。《全元詩》，册 47，第 114 頁

金樂歌

耶律鑄

百花氣色雖千變，萬劫光陰只一般。金樂既和行樂在，我將天地結心懽。《全元詩》，册 4，第 143 頁

---

①《山堂肆考》卷一六一，景印文淵閣四庫全書，册 977，第 268 頁。

樂未央

胡　奎

天臨丹鳳闕，日上翠雲裘。社稷安如堵，君王百不憂。鵲鳴宫掖曙，鷄唱禁城秋。白玉裝車軸，黄金絡馬頭。鈞天聆廣樂，丹扆儼垂旒。此樂真無極，洪恩被九州。《全元詩》，册48，第173—174頁

效樂未央體詠梅二首

周　巽

六花出，一陽生。催凍木，吐寒英。棲遲谷巖裏，凛如聖之清。冰注魄，雪霏香。發春意，冠年芳。元氣所融結，花中之素王。《全元詩》，册48，第405—406頁

發白馬

張　憲

朝發白馬津，暮及陳留縣。兵事急星火，驛程疾雷電。左挾弓，右擊箭。獨飛一騎報軍書，

百里王城馳急變。丞相鎮静材，清談白羽扇。天子蔽九重，張樂絳霄殿。内朝三日不得朝，咫尺天威無路見。三十萬衆解甲降，錦綉封疆成廣薦。明日腥風敵騎來，背城借一誰堪戰。孽幸竊魯弓，奸諛賫紀甗。銜璧牽羊事已非，束手藩臣忘入援。收泪踏邊塵，含悲别宫院。回首東南漢月高，淅瀝風沙破顔面。白草黄雲望莫窮，西樓尚隔湯成淀。木葉山前下馬時，青衣始悟降王賤。使者來，君不見。《全元詩》，册57，第37頁

濟黄河

耶律鑄

題注曰：「河西有金粟城，西夏所築。河西岸與金之東勝相直。對境河東，即唐東受降城地也。」

雷滚洪流激怒濤，何時清澈鑑秋毫。冰夷應訝無持贈，莫認精誠是寸膠。迴馳聲勢出崑崙，據盡人間要路津。快著靈濤天上去，就傾銀漢洗兵塵。《全元詩》，册4，第93頁

結襪子二首并序

耶律鑄

詩序曰：「《帝王世紀》曰：『文王伐崇侯虎，至五鳳墟。襪係解，顧左右無可使者，乃俯而結之。武王至商郊牧野誓衆，左仗黄鉞，右秉白旄，王襪解，莫肯與王結，王乃釋旄鉞，俯而結之。』《漢書》：『王生襪解，張釋之跪而結之。』唐李白《結襪子辭》大抵言感恩之重，而以命相許也。郭茂倩編次《樂府詩集》所序如此。『燕南壯士吴門豪，筑中置鉛魚隱刀。感君恩重許君命，泰山一擲輕鴻毛。』太白《結襪子辭》也，可謂絶唱。然則高漸離、專諸之任，君子不取。詳味題意，紬繹史氏，感恩許命，則太公其人也。太公八十《孔叢子》太公八十而遇文王，諸書所載皆不同而遇文王，武王十三年《史記》作十一年牧野之戰，太公年近九十，時諸侯兵會者車四千乘，紂之兵七十萬。太公與百夫致師，武王馳之，紂衆崩畔，是其感恩許命之效也，故作《前結襪子》。壬子歲夏，聖上在潛，僕受再生之恩，自上即真，西北諸藩弄兵不已，因作《後結襪子》以寫愚懇。非敢傳諸作者，庶可示之子姪而已。」按，耶律鑄《雙溪醉隱集》置此詩於「樂府」類。

前結襪子

五鳳聲騰白日光，牧野昏荒慘無色。精誠感激致師人，叱咤雷霆覺天窄。

後結襪子

未應一吐明月珠，便欲延光萬千載。請吞梟獍剪鯨鯢，直蹴崑崙過西海。《全元詩》，册4，第14頁

同前并引

楊維楨

詩引曰：「古樂府有《結襪子》，大抵言感恩重而以命相許也。太白擬之亦然。余以《結襪子》屬張釋之。釋之天下稱賢，故予爲是詞，補入樂府云。」

漢家九陛飛秋霜，公卿會立朝明堂。王生何人談老黃，廷辱廷尉理不當。廷尉跪結襪，有如壯夫出胯下，面無慙色神洋洋。君不見黃石公進張良，夏侯章低孟嘗，長者之名從此彰。《全

元詩》，册 39，第 7 頁

同前

梁　寅

侃侃張廷尉，正言驚縉紳。結襪重王生，謙恭忘怒嗔。嗟彼一庸士，何能佐經綸。徒沾下士名，焉分琳與瑉。所以魯連子，辭金寧賤貧。高論服卿相，奚論情相親。《全元詩》，册 44，第 279—280 頁

沐浴子

耶律鑄

按，耶律鑄《雙溪醉隱集》置此詩於「樂府」類。

濯纓與濯足，應欲任其真。沐芳及浴蘭，應務潔其身。難洗耳中事，易洗心上塵。世間原自有，常是洗心人。一作祇當憐洗耳，不似洗心人。《全元詩》，册 4，第 19 頁

同前

胡　奎

沐髮惡蒙塵，振衣貴自潔。何以清我心，長空有明月。《全元詩》，册48，第147頁

伍子胥

孫　蕡

漢趙曄《吴越春秋》曰：「鄭定公與子產誅殺太子建。建有子名勝，伍員與勝奔吴。到昭關，關吏欲執之，伍員因詐曰：『上所以索我者，美珠也。今我已亡矣，將去取之。』關吏因舍之。與勝行去，追者在後，幾不得脱。至江，江中有漁父乘船從下方溯水而上。子胥呼之，謂曰：『漁父渡我！』如是者再。漁父欲渡之，適會旁有人窺之，因而歌曰：『日月昭昭乎侵已馳，與子期乎蘆之漪。』子胥即止蘆之漪。漁父又歌曰：『日已夕兮予心憂悲，月已馳兮何不渡爲？事寖急兮當奈何？』子胥入船，漁父知其意也，乃渡之千潯之津。子胥既渡，漁父乃視之，有其飢色，乃謂曰：『子俟我此樹下，爲子取餉。』漁父去後，子胥疑之，乃潛身於深葦之中。有頃，父來，持麥飯、鮑魚羹、盎漿，求之樹下，不見，因歌而呼之，曰：

『蘆中人，蘆中人，豈非窮士乎？』如是至再，子胥乃出蘆中而應。漁父曰：『吾見子有飢色，爲子取餉，子何嫌哉？』子胥曰：『性命屬天，今屬丈人，豈敢有嫌哉？』二人飲食畢，欲去，胥乃解百金之劍，以與漁者：『此吾前君之劍，上有七星北斗，價直百金，以此相答。』漁父曰：『吾聞楚王之命：得伍胥者，賜粟五萬石，爵執圭。豈圖取百金之劍乎？』遂辭不受，謂子胥曰：『子急去，勿留！且爲楚所得。』子胥曰：『請丈人姓字。』漁父曰：『今日凶凶，兩賊相逢，吾所謂渡楚賊也。兩賊相得，得形于默，何用姓字爲？子爲蘆中人，吾爲漁丈人，富貴莫相忘也。』子胥曰：『諾。』既去，誡漁父曰：『掩子之盎漿，無令其露。』漁父諾。子胥行數步，顧視漁者，已覆船自沉於江水之中矣。」①按，元人又有《子胥謝漁父》，當出於此，亦予收録。

忠言極諫起君猜，嚭宰讒行劍賜來。從此强吴隨作沼，果然麋鹿走高臺。《全元詩》，册63，第361頁

---

①［漢］趙曄撰，張覺校注《吴越春秋校注》卷三，岳麓書社，2006年版，第40頁。

子胥謝漁父 胡天游

江有水湯湯，我將濟兮無梁。窮途事迫兮心皇皇，微丈夫兮孰舟孰航。丈人之德兮非劍何償，胡爲不顧兮迺鼓枻乎滄浪。噫！銜恩誓報兮，之死靡忘。《全元詩》，册54，第347頁

三臺 郝經

飲馬清漳曲，看山上三臺。爾來一千年，平地猶崔嵬。當時兩京荒，鄴下王業開。竊國深規模，根基重栽培。藻幹壓太行，半空丹碧堆。冰井極高寒，金虎何雄哉。銅雀中天飛，酖毒澆鬼魁。兆已成鼎足，浪戰端可哀。諱死著死欺，涕泣效嬰孩。分香儘遺臭，臭腐不肯埋。笑殺歌舞人，兩耳生青苔。舜禹纔二世，漢武尤雄猜。公卿皆負土，殿閣磨瓊瑰。忍死待仲達，癡騃真堪咍。誰知篡國臺，即是亡國胎。美人爲黄土，西陵等寒灰。把酒憶思王，山影青滿杯。高詠朔風詩，日夕鴻雁來。《全元詩》，册4，第175頁

三臺詞二首

釋宗泐

年去年來易老，華開花落相催。便是封侯萬户，何如盡意三臺。采藥樓船久去，傳書青鳥不來。海水何時清淺，蟠桃幾樹花開。《全元詩》，册58，第376頁

前突厥三臺

耶律鑄

按，耶律鑄《雙溪醉隱集》置此詩於「樂府」類。

騂騎生馬射鵰兒，恰似征西小月氏。笑説漢家將野戰，得非是我受降時。雁門關北分降地，馬邑山南已拜一作拜戰旗。盡道漢家無顧籍，錦帆終不有回期。《全元詩》，册4，第15頁

後突厥三臺

耶律鑄

按，耶律鑄《雙溪醉隱集》置此詩於「樂府」類。

陣雲寒壓渭橋低，四野驚雷殷鼓鼙。約定引還雲騎去，一時争噴北風嘶。突厥凡征戰，惡馬噴、馬嘶，以爲將敗之徵。

貔虎揚威指顧間，先聲已碎玉門關。向來香火情何在，已説元戎逼鐵山。《全元詩》，册4，第15頁

築城曲

耶律鑄

按，耶律鑄《雙溪醉隱集》置此詩於「樂府」類。元人又有《築城謡》《築城歌》《築城嘆》《築城行》《築城》，當出於此，亦予收録。

一行杵後一行錐，只是嫌虚恨役遲。誰謂築城堅不得，堅城豈在隱去聲金椎。《全元詩》，册 4，第 15 頁

同前

釋大圭

築城築城胡爲哉，使君日夜憂賊來。賊來猶隔三百里，長驅南下無一跬。吏胥督役星火催，萬杵哀哀亘雲起。賊來不來城且成，城下人語連哭聲。官言有錢雇汝築，錢出自我無聊生。收取人心養民力，萬一猶能當盜賊。不然共守城者誰，解體一朝救何得。吾聞金湯生禍樞，爲國不在城有無。君不見泉州閉門不納宋，天子當時有城乃如此。《全元詩》，册 41，第 353 頁

卷二四八　元雜曲歌辭一四

古築城曲二解

葉　朱

按，宋鄭樵《通志二十略·樂略一》「征戍十五曲」有《古築城曲》。①

長城三十萬人夫，版築罷勞骨已枯。萬里嘗憂絶地脉，丁夫命絶亦知無。

城周萬里勢嵯峨，董役功成奈虜何。還是管城爲計巧，至今文字策勛多。《全元詩》，册65，第393頁

築城謡

王　禕

朝築城，暮築城，築城欲高高輒崩。江南五月盛霖雨，隨崩隨築人人苦。大家築城多賣田，

① 《通志二十略》，第913頁。

小家賣産來助錢。朝築一寸暮一尺，盡是齊民膏血積。争道城高可防賊，民力已窮何所益。君不見陛下盛德猶如天，四海一家千萬年。金湯之固非所恃，何乃坐令民力敝。《全元詩》，册 62，第 221 頁

築城歌

胡 奎

隋有鹽官城，漢無鹽官城。唐有鹽官城，宋無鹽官城。荒城蕪没知何代，唯有東流水長在。蓬萊清淺半桑田，精衛年年塞東海。前年無城禦邊烽，去年無城機杼空。今年長城高百尺，誰其主者陳元龍。重門鐵鎖黄金鑰，刁斗無聲夜停柝。七星挂城明月低，萬户千門慘清角。何當四海車書同，蒼生樂育康衢中。明年開城看歌舞，城南城北春花紅。《全元詩》，册 48，第 228 頁

富田築城歌二首

劉 崧

盡起東鄉人，築城富田去。官軍有老小，徙向城中住。

朝爲山中墳，暮作城下窟。可憐築城夫，見石不見骨。《全元詩》，册 61，第 482—483 頁

築城嘆

李持義

吏民一何勞，築城亦何高。崇墉列戰格，戈戟嚴周遭。畚鍤紛喧豗，版築無停操。天寒手足皴，鞭撻聞呼號。吁嗟秦城築，萬世仝鐵牢。一朝戍卒叫，黔首猶奔濤。但願天子聖，謀臣皆伊皋。道德爲封疆，臣妾無逋逃。泰山以爲城，黄河以爲濠。銷兵鑄農器，底須屬韃櫜。《全元詩》，册 52，第 450 頁

同前

劉崧

君不見吉安城中十萬户，往年築城極辛苦。城加百尺環兩濠，日日程量深與高。官長有號令，畚鍤各自操。纍然夫丁，不敢告勞。一朝樓船江上來，大開城門引旌旄。城之石，高磝磝。濠之水，何滔滔。今日之日，爲誰險牢。愧爾飢雀，飛鳴嗷嗷。《全元詩》，册 61，第 385 頁

海昌築城行

謝　肅

海昌城，城海滸，屹爲錢塘之北户。行人但觀形勢雄，焉識居民徭役苦。吾聞役民初，省檄連夜下。謂非築高城，無以保寧宇。爾民不敢康，服勞向官府。東城樹羽旗，西城伐鼛鼓。千夫鑿山石，萬夫捄海土。日未出已登埤，日既入猶削屨。築得周遭百雉完，臨平山木半爲杵。天公有眼不下顧，隳爾新城旬日雨。城隳亦何害，王事終靡盬。城官，來校工，勤在賞，慢工怒。程期既畢民按堵，浙河之西城似虎。城外妖狐應慄股，城中編氓誰敢侮。君不見王師昔南來，奮擊如霆雷，高墉絶壘俱擘開。乃知設險不足倚，以德爲藩堅莫摧。嗚呼海昌之城城新作，落日重門聞擊柝。《全元詩》，册 63，第 396 頁

築城

吴景奎

按，宋鄭樵《通志二十略·樂略一》「征戍十五曲」有《築城》。①

城復于隍四十年，荆吴忽爾舉烽烟。雄藩已設金湯固，惟㽺還如鐵甕堅。十萬役夫操畚鍤，三層埤堄列戈鋋。引錐蒸土民勞止，但願皇圖際幅員。《全元詩》，册36，第413頁

大道曲

耶律鑄

按，耶律鑄《雙溪醉隱集》置此詩於「樂府」類。

春風吹綉陌，花滿帝鄉樹。絲柳裊芳烟，細用黄金縷。分明須盡是，引蕩人心處。車馬往

---

① 《通志二十略》，第913頁。

來塵，盡結成紅霧。樓上琵琶聲，倚歌臨大路。鄭重且一作只休教，放得春回去。《全元詩》，册4，第18頁

同前二首

胡奎

將軍紫羅襦，燕坐城南陌。手撥紫檀槽，市中人不識。《全元詩》，册48，第108頁

鳥鼠不足登鼎俎，羅網不能致龍虎。所以曠達人，甘心托卑污。乘田委吏豈足數，聖人當之安所主。潔世隕天全，傷清非律度。堯舜百代事，規規有常程。夷齊以義去，後代死沽名。伊尹三往來，效者失其誠。老聃伏柱史，切切避虚聲。子房全去就，去就魯連輕。欲食當思耕，欲衣樹蠶桑。逞舌畫雄略，假仁仁義亡。鯤鵬鎩翮蔽三光，鷦鷯深處一枝藏。竹花結實鳳凰至，卿雲五采明朝陽。經天緯地論賢聖，王喬矯手略不聽。呼吸元氣御日月，天地有窮道難盡。捲者不復舒，志尚焉可并。萬世迭更變，億兆各順令。《全元詩》，册50，第447頁

采荷調并序

耶律鑄

詩序曰：「泛舟方湖，見其荷盤布濩，露珠凌亂。有歌蔡蕭閒『翡翠盤高走夜光』詠蓮樂府侑酒，遂以荷杯相屬。偶憶江從簡《采荷調》，擬賦此。《樂府廣題》曰：梁太尉從事中郎江從簡爲《采荷調》曰：『欲持荷作柱，荷弱不勝梁。欲持荷作鏡，荷暗本無光。』以刺何敬容，敬容時爲宰相。覽之不覺嗟賞，愛其巧麗。」按，耶律鑄《雙溪醉隱集》置此詩於「樂府」類。

荷盤承露珠，何時成夜光。荷蓋承日華，何地得清凉。雖曰是荷衣，且難作霓裳。雖曰是荷杯，長難酌酒漿。欲以荷爲鈿，不可飾時妝。欲以荷爲錢，不可博明璫。擬荷如寶鏡，不能照膽知肝腸。擬荷如紈扇，不能鮮潔如雪霜。其莖有輕絲，難織錦流黄。其氣有微馨，難劑水沉香。有名無實不足取，似是而非良可傷。流螢將擬流火烏，亦與姬發呈休祥。《全元詩》，册 4，第 17—18 頁

疏齋先生賦湖陰曲書以爲贈予遂賦一首

汪　珍

一虎穴中卧，六龍江上飛。蛇矛半折柝聲斷，晝夢驚怪日遶圍。鼓聲逢逢天四黑，五騎爬沙行不及。道旁遺矢冷于冰，天上寶鞭人未識。江風夜捲湖陰水，明日腥氛當一洗。荒亭千古寄興亡，目斷蒼烟濕衰葦。《全元詩》，册 20，第 318 頁

起夜來

耶律鑄

按，耶律鑄《雙溪醉隱集》置此詩於「樂府」類。元人又有《夜起來》，當出於此，亦予收録。

是處笙歌席，一一凝塵埃。羞掩合歡帳，獨燭夜明苔。徙倚步中庭，候蟲一何哀。滿天秋色裏，雁過黄金臺。所願隨清風，明月入君懷。中心有勞結，期以向時開。頹想就珍簟，還出繞蘭階。美人來幾時，知人起夜來。《全元詩》，册 4，第 17 頁

夜起來

郭翼

秋生臨水殿，月過望仙臺。歌吹無聊賴，愁吟夜起來。《全元詩》，册45，第457頁

獨不見

楊烈

窈窕一佳人，鉛華浄如練。臨風弄錦瑟，其音哀且怨。南鄰去乘鸞，北里效飛燕。小院花落深，閒庭芳草遍。日暮掩朱扉，如何獨不見。《全元詩》，册24，第257頁

携手曲

李孝光

携手復携手，送出建業城。男兒不在家，又作萬里行。《全元詩》，册32，第265頁

同前

胡　奎

携手復携手，携手杏花前。白玉裝車軸，黄金鑄馬鞭。容華易消歇，流光若逝川。寄言貴游子，歡娱當少年。《全元詩》，册 48，第 113 頁

邯鄲行

傅若金

邯鄲城頭下白日，邯鄲市上風蕭瑟。故壘空餘鳥雀悲，荒垣只見狐狸出。何王墳墓對山阿，尚憶諸侯争戰多。趙客歸來重毛遂，秦軍老去畏廉頗。黄塵白草宫前道，鬼火如鐙夜相照。公子秋來不見歌，美人月下那聞笑。當時冠蓋激浮雲，撾鐘考鼓宴青春。只今惟有郵亭樹，還送年年行路人。《全元詩》，册 38，第 45 頁

邯鄲道

楊維楨

按,《樂府詩集·雜曲歌辭》有梁武帝《邯鄲歌》,云:「回顧灞陵上,北指邯鄲道。」①元人《邯鄲道》或出於此,故予收録。

忽見邯鄲道,千秋萬歲哀。君王金不惜,應築望鄉臺。《全元詩》,册 39,第 77 頁

大垂手

胡布

翠袖雲初捲,金蓮步欲欹。雪纖回鳳態,酒暈暖蛾眉。逐吹微淹氣,臨箏誤拂絲。金谷休教晚,春風惜少時。《全元詩》,册 50,第 474 頁

① 《樂府詩集》卷七六,第 806 頁。

小垂手

胡奎

朗月生瑶海，華星度絳河。美人小垂手，廣袖舞傞傞。歌闌明燭短，舞罷落花多。平旦臨鸞鏡，脩眉抹翠蛾。《全元詩》，册 48，第 147 頁

同前

胡布

寶釵輕按節，犀筯半諧聲。腰斜低舞燕，喉趁小春鶯。杏粉塗黄潤，桃臉畫眉清。若弄參差玉，疑降許飛璚。《全元詩》，册 50，第 474—475 頁

夜夜曲

李孝光

黄雀不離棘，鴻毛不離雲。可憐天上月，夜夜照見君。《全元詩》，册 32，第 265 頁

同前

郭　翼

蕙花空帳不生春，香壁泥紅墮網塵。微步姗姗燈影裏，金屏夜降李夫人。《全元詩》，册 45，第 446 頁

同前

胡　奎

夜夜望明月，初若蛾眉彎。夜夜望明月，今如白玉盤。玉盤有時缺，蛾眉愁萬結。月照閨中人，如何有離別。《全元詩》，册 48，第 109—110 頁

同前

李仲南

玉窗結怨歌幽獨，弦絶鸞膠幾時續。銅龍漏促春夜長，冷雨酸風亂心曲。閒薰翠被鬱金香，拂拭綉枕屏山緑。飛飛乳燕歸不歸，寂寞流蘇帳前燭。《全元詩》，册 65，第 255 頁

秋夜長

釋希陵

秋蟲嘖嘖寒莎底，城頭秋月白如水。二十五點秋夜長，點點滴斷離人腸。萬里一身風露涼，家家秋砧搗衣忙。《全元詩》，冊23，第341頁

同前

揭傒斯

秋夜長，秋夜長，夜未央。明月瞰我牖，清風薄我床，夜長夜長誰與當。秋夜長，秋夜長，夜未曙。投我以百憂，煎我以百慮，夜長夜長誰與度。秋夜長，秋夜長，夜何長，人自傷。《全元詩》，冊27，第304頁

同前

胡助

秋夜長，月微茫，七月已似十月涼。風傳禁折車馬靜，沙際氈廬燈火光。夢回酒醒衾絮薄，

不知此身在灤陽。群雁飛鳴向南去，問君何時還故鄉。《全元詩》，册29，第30頁

同前

胡　奎

秋夜長，秋月光，月色照見羅衣裳。美人盈盈立秋霜，瓊樓玉宇遥相望。明河迢迢鵲無梁，天高海闊思茫茫。思茫茫，秋夜長。《全元詩》，册48，第151頁

同前

朱希晦

秋夜長，不成寐，床前月光白如紙。歌窈窕，懷清泠，夜中怪底荒鷄鳴。倒裳起舞感慨作，乾坤無處無戈兵。空山孤鶴更清唳，憂懷欲寫茫無際。坐看黄葉墜我前，零露溥溥下庭砌。明星爛爛銀漢横，銅壺滴滴刻漏長。事殊興極聽轉悄，夜如何其渠未央。秋夜長，長如此，年來誰識征夫苦。忍抛兒女戍邊城，婦事姑嫜應門户。嗟爾群棲鳥，繞樹徒驚飛。豈知孤鳳凰，集彼朝陽枝。可以舞簫韶，銜瑞圖，一四海，混八區。鳳兮鳳兮覽德輝，鳳兮鳳兮覽德輝。《全元詩》，册50，第42頁

同前

劉崧

月出烏啼城上頭，閨中美人含遠愁。銀河迢迢當北樓，褰帷弄影揚清謳。月光如水地上流，珠箔微茫懸兩鈎。羅衣半捲凉颼颼，起坐數盡寒更籌。更籌數盡明不發，明日鏡中生白髮。

《全元詩》，册 61，第 5 頁

賦得秋夜長送方叔高

傅若金

題注曰：「叔高，名積，九江人。」

秋夜長，長如歲。長如歲，尚可夜凉薄人不能寐。群雁各南翔，一鳧尚北飛。團團素明月，流光照我衣。當歌正激烈，慷慨送將歸。丈夫成名微亦足，焉能終夜悲刺促。秋月皎皎夜何長，念君客游思故鄉。當壚美人惜年芳，遥夜起舞歌清商。歌清商，送急管。爲君酌美酒，請君勿辭滿夜長。迢迢漏未終，離思比之何時斷。離思長，夜猶短。《全元詩》，册 45，第 32 頁

卷二四九　元雜曲歌辭一五

秋夜長柬玉山

釋祖柏

秋夜長,秋夜長,青燈半炧,玉漏未央。雲葉颺影,露華凝光。老樹驚鵲,枯莎怨螿。幽人對景炯不寐,西風一疊神凄凉。我欲渡河無梁,我欲濟津無杭。攀鱗附翼媿凡骨,化金點石無仙方。腰金秉象兮我貌弗揚,剸蛟縛虎兮我機弗張,有弓無由挂扶桑。夜光明月孰辨昔鄒子,黄河太華誰是今歐陽。天寬地大若無礙,無處可着詩人狂。西風再疊兮,形無爾傷。黄鵠可跨兮,蒼虯可驤。南箕可簸兮,北斗可漿。所不可以智力而致者,惟命之常。何聖賢亦不能免于厄兮,或毁于臧,或畏于匡。然大人虎變,有不可得而測者。豈非尋常之中而有築巖之傅,釣磻之吕,卧廬之亮,納履之良者耶?西風三疊兮聲始洋洋,黄金滿地山花香。呼童重洗琥珀觴,籬菊已露螯已霜。樂天知命兮吾亦從此逝矣,相與忘形乎無何有之鄉也。歌欲斷,夜將半。拔劍起舞無人伴,却對嫦娥影凌亂。君不見芙蓉曉夢萬花酣,有人却恨春宵短。《全元詩》,册32,第136頁

和希堯姪秋夜長韻

何景福

千林深夜響宫商，聽徹幽齋夜更長。露下鶴軒螢火濕，天低牛渚雁聲凉。搗衣月暗更三鼓，挑錦燈明字幾行。夢覺鄰機猶曉織，凄其絺綌嘆無裳。《全元詩》，册41，第437頁

古秋夜長晴雨二首

何中

壁帶懸素琴，衝牙起瑶林。月寒文甃百虫語，簾外桂花香雪深。綉茵暗輟雙龍枕，紋笥密收團鳳錦。西鄰少婦笑齊眉，寶帳芙蓉携醉歸。獨自佳期長是誤，瑲霜欲下雁驚飛。

雪浪流碧虚，雨花散前除。西風紅葉石欄曲，盡并寒聲歸綺疏。回文讀罷雙蛾斂，城上啼烏稀漏點。東家嬌小乍迎郎，沉水銀篝殘晚妝。燈裏鏡臺閑自照，紅顔相似夜偏長。《全元詩》，册20，第276頁

擬古秋夜長

張昱

雲中鴻雁過，門前朔風起。梧桐葉落金井頭，月照烏啼天似水。誰家機上織回文，夜聽啼烏如不聞。明朝爲遣安西使，細意緘題持贈君。《全元詩》，册44，第91頁

秋夜曲

趙孟頫

按，元人又有《秋夜吟》《秋夜詞》，當出於此，亦予收録。

雨聲滴夜清漏長，朱簾金幕浮新凉。閨中美人動裁剪，故羅衣袂生秋香。東鄰剥棗西鄰穫，旅館無人念飄泊。餘不潦盡涵清輝，夫容壓堤怨不歸，墻根草緑陰蛾飛。蒲萄架空墮毀玉，遥夜露寒生體粟。暗蛩棲草鳴不平，無絲經緯空勞促。夢魂苦短道苦長，萬山深處非吾鄉。玉蟲摇缸螢入屋，去雁來魚應可卜，醒眼熒熒愁萬斛。《全元詩》，册17，第223頁

同前

釋　英

西風不起凝空碧，霜花霏霏炯秋色。層霄輾上玉一輪，竹影參差光欲滴。洞房深寂湘簟寒，夢回孤枕疏漏傳。雁聲低度旻天遠，素壁青燈瑶穗斷。隔雲聽徹五更鐘，鴛鴦屏冷初日紅。《全元詩》，册 18，第 2 頁

同前

傅若金

草木摇落雁南飛，文窗皎潔承月輝。凄風入房露沾衣，紅顔含彩垂佩幃。簪金鳴玉揚舞衣，蘭釭謝耀照君闈，遠行胡爲未言歸。《全元詩》，册 45，第 41 頁

同前

郭　翼

玉階月夜千愁色，秋水秋波振草凉。烏桕風高吹肺肺，紅蕖露冷墜房房。《全元詩》，册 45，第 458 頁

同前二首

衛仁近

誰家女兒青結螺，花前雙歌舞婆娑。湘簾在鈎明月多，奈此迢迢涼夜何。銀河流光夜初靜，姮娥娟娟度鸞影。綺疏美人醉方醒，倚闌吹簫更漏永。《全元詩》，册 50，第 104 頁

同前

趙半閒

寒禽認故枝，遶枝猶依依。涼螢亦知秋，飛來傍床帷。幽閨刀尺冷，游子何當歸。脩途苦不易，庶無寒與飢。及此清夜長，爲君製裳衣。《全元詩》，册 65，第 12 頁

次韻禮院孟子周僉院秋夜曲二疊

虞集

按，《全元詩》未見著録，虞集《道園學古録》置此詩於「樂府」類，故予收録。

天闊秋高初夜長，浮塵銷盡霧蒼茫。澄澄孤月轉危墻，金井有聲惟墜露。玉階無色乍疑霜，不聞人語只吟螿。

風力清嚴掃暮烟，纖塵不礙月嬋娟。太虛那得有中邊，大地山河空復影。九霄宫闕舊無傳，幾承劍氣一飄然。《道園學古録》卷四，景印文淵閣四庫全書，册1207，第59頁

秋夜吟

胡奎

按，胡奎《斗南老人集》置此詩於「古樂府」類。

玉盤墮地天如水，露重流螢飛不起。頭白老烏城上啼，七星斜挂城樓西。行人起視河漢

低，門前蕭蕭班馬嘶。十八衛娘羞畫眉，笑指鐙花占遠歸。秋夜長，漏聲緩，館娃宮中愁日短。十圍畫燭照吴臺，花落半天紅纂纂。綵雲凝歌吹不斷，蹋月雙回小龍管。鴉啼金井東方明，寶鴨烟籠綺疏煖。《全元詩》，册 48，第 140 頁

同前

吕　浦

有客悲秋雙鬢華，西風特地吹烏紗。手激潺湲弄明月，月明水静無泥沙。懷哉當年謫仙子，痛飲不怕杯中蛇。仰天問月幾時有，金貂换酒歌棲鴉。騎鯨一去不復反，山頭老桂年年花。留得文章光焰在，千丈萬丈凌丹霞。人生今古共流水，安得醉帽長攲斜。《全元詩》，册 49，第 302 頁

同前

葉　蘭

蘭燈吐花綴金粟，深屋嬌娘列燕玉。歡催白日飲清宵，醉撥銀筝度新曲。冰壺壓水秋遲遲，豎儒翻書雙眼眵。酸風如箭射絺綌，促織唧唧鳴聲悲。《全元詩》，册 63，第 163 頁

秋夜詞

劉崧

按，劉崧《槎翁詩集》置此詩於「樂府」類。

林烏夜啼金井西，蟋蟀在户聲相齊。中天無雲白露下，漸見梧桐青葉低。幽閨此時愁獨曉，蘭燈雙照蛾眉小。歌聲恐逐同風高，掩抑冰弦破清悄。弦中語語心自傷，低頭却看明月光。羅衣一夜惜顔色，庭草明日沾秋霜。甘心霜下草，祇在堦庭好。不作白楊花，飛飛洛陽道。《全元詩》，册61，第5頁

夜坐吟

張憲

蜻蜓頭落燈花黑，瓦面寒蟾弄霜色。玉壺水動漏聲乾，夜冷蓮籌三十刻。蓬頭兒子凍磨墨，欲拾羈懷尋不得。起看庭樹響風箏，斗杓墮地天盤側。《全元詩》，册57，第36頁

同前

郭奎

江風蕭蕭吹古樹，關月蒼茫海生霧。北斗漸落明河微，城頭烏啼天欲曙。客子不寐憂無衣，東征三年猶未歸。蟋蟀在户歲將暮，洞庭霜白芙蓉稀。男兒生當百戰死，不執金吾即佽匕。閉門勿用長夜歌，騏驥終能致千里。《全元詩》，册64，第426—427頁

效隱居擬古樂府寒夜怨

張雨

夜寒生，群獸驚。寂兮寥兮棲遁情，陰宮漫漫落葉平，岡頭霜月弄微明。寒漏澀，寒弦緊。愁腸結，愁語盡。人生異木石，思來誰能忍。《全元詩》，册31，第353頁

寒夜曲

胡奎

按，《樂府詩集・雜曲歌辭》有《寒夜吟》，元人《寒夜曲》或出於此。胡奎《斗南老人集》

置此詩於「古樂府」類，故予收録。

絳河凍合白如霜，北斗挂樹大蒼蒼。美人裁衣金剪冷，夢入梨雲吹不醒。玉關迢迢南燕飛，燈花喜報行人歸。行人不歸花自落，月滿城頭夜吹角。玉河回天凍光白，流雲作冰飛不得。銅龍嘶寒漏聲澀，七星離離挂城北。美人羅襪妒鉛霜，蘭烟喚香歸洞房。何人一笛關山月，吹落梅花滿城雪。銅龍嘶寒漏聲澀，夜半氍毹霜氣入。凍蠟凝膏不作花，地鑪火煖麒麟泣。酸風射入如箭急，燕律吹春竟何及。平明起視三足烏，紅盆刷羽冰花濕。《全元詩》，册 48，第 110 頁

寒夜曲懷二子

胡奎

城頭烏啼寒夜長，北斗挂樹天蒼蒼。展轉不寐意傍徨，我思二子如鳳凰。大兒讀書不下堂，小兒寫字能成行。我欲挾子翱且翔，手揮鳴弦發清商。側身西望千仞岡，令人懷思不能忘。

《全元詩》，册 48，第 110 頁

獨處愁

胡　奎

脉脉背孤鐙，迢迢數長漏。下階不見人，空帷月如晝。《全元詩》，册48，第138頁

定情篇

李　裕

宋鄭樵《通志二十略·樂略一》「行樂十八曲」有《定情篇》，其題下小注曰：「漢繁欽所作。言婦人不能自相悦媚，乃解衣服玩好致之，用叙綢繆之志，若臂環致拳拳，指環致勤勤，耳珠致區區，香囊致和和，跳脱致契闊，佩玉結恩情。自以爲至矣，而期於山隅、山陽、山西、山北，終而不答，乃自傷悔。」①

① 《通志二十略》，第914頁。

願作雲臺鏡，團圓誓不虧。朝朝綺窗裏，相對畫蛾眉。《全元詩》，册 37，第 192 頁

春江曲

胡奎

清江水深蒲葉短，野鳧雙浴春波煖。吴宫女兒白苧歌，一曲春風吹不斷。《全元詩》，册 48，第 107 頁

同前

釋宗泐

春江沉沉春水滿，柳條拂水蒲芽短。鴛鴦睡美不畏人，日色遲遲素沙暖。《全元詩》，册 58，第 374 頁

春江曲送唐閔之入閩

郯韶

二月春草青，三月春水肥。楊柳蕩洲渚，蝴蝶作團飛。美人向何處，望望隔烟霧。迢遞越

王城，青山海中樹。海水高入天，上與銀河連。相思瘴雲合，目送南飛鳶。《全元詩》，册47，第110頁

江上曲

胡　奎

春江水深蒲葉短，雙鳧交頸晴沙暖。青裙女兒木蘭舟，白苧歌回花滿頭。郎乘木蘭舟，説道長干去。長干好女兒，留郎再三住。郎留豈不好，妾思令人老。郎心生蒺藜，不如女蘿草。妾有一掬泪，灑向大江流。願爲西北風，吹轉郎船頭。蒲葉何短短，潮來江水滿。豈無金錯刀，割水水不斷。山下蘼蕪草，江邊杜若花。采芳思寄遠，游子隔天涯。《全元詩》，册48，第107頁

同前

王　褘

木蘭船繫門前樹，阿郎今朝棹船去。去時爲問幾時歸，約道歸時日須暮。江上風水不可期，日暮不知歸不歸。《全元詩》，册62，第226—227頁

江皋曲

胡奎

日暮清江上，臨流采白蘋。微波將遠意，寄與弄珠人。《全元詩》，册 48，第 107 頁

楊花曲

袁桷

按，元人又有《楊花詞》，當出於此，亦予收録。

上都楊柳瘦且堅，葉葉不展圓如錢。年年飛花作端午，遠客乍見心茫然。上都飄雪不知數，此花與雪相旋舞。黄鸝聲絶孤雁鳴，萬騎千車互來去。手攀短條心欲絶，宛轉成毬恨初結。寒風飛蓬捲車輪，點點相亞隨明滅。南鄰蕩子衣夜單，曉望出日如黄綿。辛勤掇拾不敢棄，願刮氍毛同作氈。《全元詩》，册 21，第 324 頁

同前

薩都剌

燕京女兒十六七，顔如花紅眼如漆。蘭香滿路馬如飛，窄袖短鞭嬌滴滴。春風淡蕩摇春心，銀箏銀燭高堂深。綉裳不暖錦鴛夢，紫簾紅霧天沉沉。芳華誰惜去如水，春困着人倦梳洗。夜來小雨潤天街，滿院楊花飛不起。《全元詩》，册30，第210頁

同前

宋褧

宫鶯百囀花房委，燕子日長三月尾。玳瑁鈎簾後閣空，殘絲拂度銀塘水。白袷春衫俠少年，旌旗別恨相縈牽。盧家小娘不閉户，低回交舞粧臺前。輭風吹香嬌脉脉，西園塢徑東園陌。雲踪雨迹杳難憑，青年誤殺金釵客。《全元詩》，册37，第224頁

五月楊花效南朝體

徐仲孺

按，《樂府詩集·雜曲歌辭》有南朝宋湯惠休《楊花曲》，蓋爲此詩所本，故予收録。

溪居驚物序，輕花夏委綿。零亂朱榴苑，飄飖翠稻田。逐吹近團扇，迎薰綴鳴弦。愁飛灞岸景，恨散章臺年。晚姿非早玩，自向幽人研。《全元詩》，册8，第392頁

楊花詞

張　憲

按，張憲《玉笥集》置此詩於「古樂府」類。

東風吹春春不醒，桃花杏花空娉婷。萬絲翦緑暗如霧，千里相思長短亭。亭前女兒十六七，手挽柔條背春日。六街馬蹄踏黄塵，雪花漫天愁殺人。《全元詩》，册57，第37頁

卷二五〇　元雜曲歌辭一六

桃花曲

劉秉忠

按，元人又有《桃花詞》，或出於此，亦予收録。

紅錦濯來一片新，武陵溪上照青春。世間都唱桃花曲，誰是桃花洞裏人。《全元詩》，册3，第189頁

同前

陳琳

桃樹去時栽，桃花今始開。花開已結實，郎去尤未回。種花莫種桃，桃花最情薄。纔向東風開，又逐東風落。《全元詩》，册52，第359頁

桃花畫眉曲

虞　堪

春禽踏南枝，新柳拂蛾眉。東風一何淺，花間聲宛轉。君不見秋烏一夜啼金井，裁衣念遠剪刀冷。便是蘇家窈窕娘，愁到離鸞亦斷腸。《全元詩》，册 60，第 327 頁

三月桃花詞

耶律鑄

春盡山桃花滿枝，怨春休道北來遲。人人争醉春時節，政是江南腸斷時。《全元詩》，册 4，第 113—114 頁

映水曲

胡　奎

江水澄澄照玉容，恰如明鏡拭青銅。今朝試抹雙眉黛，不覺銀釵落水中。《全元詩》，册 48，第 331 頁

登樓曲

胡奎

今夜憑高望，青天月色多。入窗風露冷，開户看星河。《全元詩》，册48，第112頁

越城曲

胡奎

嘗膽不知苦，捧心徒自顰。年年江水碧，愁殺浣紗人。《全元詩》，册48，第108頁

迎客曲

胡奎

陳綺席，進華觴，主人臨軒客上堂。綺席陳，瑶觴進，清歌緩舞情無盡。《全元詩》，册48，第112頁

芙蓉花一首三解

張　憲

按，張憲《玉笥集》置此詩於「古樂府」類。

芙蓉花，大如杯。露爲醴，玉作臺。勸客飲，客勿推。

芙蓉花，嬌殺人。紅爲袖，緑爲裙。舞回風，歌停雲。勸客飲，客須醺。

芙蓉花，何娉婷。舞嬌堂上燕，歌響花間鶯。子高未合卺，曼卿先寄聲。人間永夜秋風冷，莫説韓娥絲竹亭。《全元詩》，册57，第51頁

樹中草

胡　布

微根拔下土，賦質寄高枝。懋洽陽和德，恩榮雨露私。承條交緑潤，并色奪青輝。繁陰分雪積，强榦障炎威。風摇知雀過，葉落畏鴉飛。被蒙翳護情，矯抗中立姿。願宏千歲久，結托百年期。厚德良有懷，深根死不移。《全元詩》，册50，第363頁

春游曲和傅子通韻

錢惟善

蛾眉曉壓黛雲冷，蟻波緑泛秋蛇影。千金難買能賦人，轆轤升沉舊宫井。青絲不梳慵蚤起，十二螺鬟翠相倚。鸚鵡解言天上愁，紅雨香漂御溝水。羲車急急催飛光，杯中淺深愁短長。東鄰誰唱斷腸曲，游絲落絮春茫茫。《全元詩》，册 41，第 28 頁

湖中春游曲

馬臻

堂堂復堂堂，畫鷁誰家郎。綉旌鴛頸冷，膳府鸞刀光。傾椒注桂邀流芳，楚腰絡索聞懸璫。笠篌急響如相惱，岸頭折盡忘憂草。黄金慣積自媒身，隨肩滿席惟嗔老。牙籤萬軸齒不拈，孟客何賓迹如掃。柳綿撲撲乘風吹，花翎小鳥啼訴誰。玉郎沉醉晚未醒，春光去矣猶不知。《全元詩》，册 17，第 4 頁

餘干學録徐君名桂蟾號月齋龍游人善文詞善談方外之學春晚來山中談七日乃别今重到玄妙寄樂府一闋賦此爲别

徐瑞

題注曰：「丁酉。」按，《樂府詩集·雜曲歌辭》有《樂府》一題，所録均題爲《樂府》之作。元詩既有題爲《樂府》《古樂府》者，又有題爲《小樂府》者，復有組詩總題爲《古樂府》然各首既有古題又有新題者。今綜核雜曲歌辭及新樂府辭之準的，可繩以下列諸條：凡題爲《樂府》《古樂府》者，收入本卷；《小樂府》爲元人小令之别稱，故凡題爲《小樂府》之齊言詩作，收入新樂府辭；組詩總題爲《古樂府》然各首既有古題又有新題者，古題據《樂府詩集》已有題名分歸各卷，新題收入新樂府辭。

博雅南州士，風流小隱仙。横經越水夢，會弁鵠湖緣。蕩蕩乾坤理，明明日月懸。鈎深發奇藴，觀象洞真詮。不謂宗盟合，能令古道還。肯來留七日，遽别半期年。流水高山趣，陽春白雪篇。朗吟驚玉立，抱玩美珠連。史憶彈馮鋏，兼懷訪戴舡。續貂吾豈敢，韞匵爾宜專。老驥思騰櫪，潛鱗樂在淵。邯鄲正炊黍，黄石有遺編。撫己懷難盡，忘言意已傳。會同速風馭，去采

華山蓮。《全元詩》，册16，第390頁

題鮮于伯機拱北樓樂府

袁桷

氣涌如山壓海潮，高樓明月更吹簫。從兹徑直虛皇筆，春蚓秋蛇擅市朝。《全元詩》，册21，第275頁

桃花雨樂府一章寄翼之

吾衍

秦源春夢陽臺晚，風散驚紅作秋苑。閒陰碧樹摇暖雲，茸苔羅水香氛氲。蝶飛不濕烟錦路，吴娥怨蹬鸞階步。參差海羽雙燕來，依微石舞瀟湘回。《全元詩》，册22，第209頁

聞夜來過春夢樓贈小芙蓉樂府恨不得從游戲呈二十八字

郯韶

金鵲香銷月上遲，玉人扶醉寫新詞。勝游不記歸來夜，春夢樓前倚馬時。《全元詩》，册47，第

題羅氏五老圖樂府三解

戴良

按，戴良《九靈山房集》置此詩於「樂府」類。

五石隕東海，鍾秀五老人。五石隕東海，鍾秀五老人。厖眉鶴髮，槁項癯身。韜光養晦，葆精毓神。年既孔高，福亦隨臻。歌以言之，鍾秀五老人。

家居五磊山，人與山俱壽。家居五磊山，人與山俱壽。伯也居前，叔兮在後。上孤楚老，下鄙燕竇。如星之列，如嶽之秀。歌以言之，人與山俱壽。

睢陽圖五老，乃萃羅氏門。睢陽圖五老，乃萃羅氏門。昔聯鄉梓，今則同根。昔在朋僚，今作弟昆。匪善曷致，匪義奚敦。歌以言之，乃萃羅氏門。《全元詩》，册58，第88頁

樂府二章送吴景良

昂　吉

吴門柳東風，歲歲離人手。千人萬人於此别，長條短條那忍折。送君更折青柳枝，莫學柳花如雪飛。思君歸來與君期，但願柳色如君衣。

采采葉上蓮，吴姬蕩槳雲滿船。紅妝避人隔花笑，一生自倚如花妍。低頭更采葉上蓮，錦雲繞指香風傳。殷勤裁縫作蓮幕，爲君高挂黄堂邊，待君日日來周旋。《全元詩》，册58，第341—342頁

車中作古樂府

尹廷高

車歷轆，車歷轆，驢牛逐逐雙轉轂。可憐喘汗更鞭朴，行到深更鞭轉速。老夫平生苦暈眩，兩手扶頭身蹙縮。停車少憩日又出，束楛營炊道旁屋。牛疲馬跛筋力絶，世上利名心未足，前車未去後車續。車歷轆，車歷轆，老夫柳下眠正熟。鈴丁當，鈴丁當，大車小車擺作行。問渠梱載有何物，云是官滿非經商。蟠螭金函五色毯，鈿螺椅子象牙床。美人嬌嬌如海棠，面簾半染塵土黄。迎門軟脚鬧親舊，提擎駱駝封肥羊，人生富貴歸故鄉。鈴丁當，鈴丁當，老夫北行書滿

箱。《全元詩》，册 14，第 46 頁

古樂府

馬祖常

天上雲片誰剪裁，空中雨絲誰織來。蒺藜秋沙田鼠肥，貧家女婦寒無衣。女婦無衣何足道，征夫戍邊更枯槁。朔雪埋山鐵甲澀，頭髮離離短如草。《全元詩》，册 29，第 386—387 頁

同前

周權

妾有嫁時鏡，皎皎無纖滓。照妾芳華年，塗澤如花美。郎行向天涯，歲月忽逾紀。空閨生遠愁，妾容爲誰理。妾容匪金石，寧復昔時比。重拂故匣看，炯炯光不已。人情重顔色，反目如覆水。願郎待妾心，明與鏡相似。

娟娟天上月，乃有盈與虧。區區世間人，寧無别與離。月虧尚有盈，君别無回期。月朒重可待，君信不可持。灼灼紅槿花，落落青松枝。單居無與儔，貞白徒自知。人生良鮮懽，乃復長相違。托婚昔未久，幸無兒女悲。妾心有姑嫜，君忘倚門思。川長舟可逝，路遠車可馳。人情

不如月，素光流妾幃。《全元詩》，册 30，第 7 頁

同前三首

黄清老

君好錦綉段，妾好明月珠。錦綉可爲服，服美令人愚。不如珠夜光，可以照讀書。

君好春芍藥，妾好夏池蓮。芍藥多艷色，春風迷少年。不如蓮有實，可以壽君筵。

綿綿江上草，鬱鬱庭中柯。人生不相知，有如東逝波。食杏猶苦酸，食梅當若何。衣褐猶苦寒，衣葛寒更多。豈無千載友，肯聽漁樵歌。《全元詩》，册 36，第 168 頁

同前

胡　奎

妾有青銅鏡，置君白玉臺。無鹽與西子，都入此中來。

郎采芙蓉花，儂采芙蓉葉。葉緑比郎衣，花紅似儂頰。《全元詩》，册 48，第 159 頁

同前

楊逢原

按，收録依據見楊逢原《妾薄命》解題。

薄雲漏日花溪雨，杖策香風散平楚。《全元文》卷二一七，第220頁

郟之垌古樂府有序

歐陽玄

詩序曰：「至正壬午，皇帝有敕：賜故和寧忠憲王勛德碑，命翰林學士玄爲文。碑立郟門近郊，戴螭履龜，龜有異瑞，首如繪，足如玉。搢紳賦詩紀異，玄作《郟之垌》一首。」

郟之垌，穹碑銘。銘維何，誄和寧。維和寧，勛揚庭。臣玄詞，帝者荓。倕琢石，石效靈。靈何居，傴句形。顒之文，旋瀅濴。絡鼻口，達厥顛。疋之晳，色晶熒。馬鄀武，騍腹駉。嗟彼蔡，象應靈。國守器，列前廷。王之忠，格高冥。珉之瑞，天使令。發幽光，炳丹青。王有子，承

德馨。決大疑，陳大經。疇五福，詒千齡。作傴句，竇龜名。《全元詩》，册 31，第 249 頁

友人擬古樂府因題十絶句

黄清老

早晚臨妝鏡，秋容怯玉鈿。君心如日月，照妾似初年。
采苻歸來午，花梢日轉廊。緑陰凉似水，不用洗紅妝。
生愛東鄰女，蛾眉畫不如。近來機杼廢，臨得右軍書。
漫道從軍樂，風霜只獨居。三年遼水上，不得一行書。
海上扶桑景，清光日見君。祗愁風雨夜，西北有浮雲。
今夜中秋月，含情獨上樓。辰星三兩點，偏照玉簾鈎。
自見南樓月，頻頻夢楚州。無端今夜雨，祗作小山秋。
露井疏桐晚，風亭碧藕秋。捲簾山月上，水宿見雙鷗。
堂上春花老，流泉日繞山。願爲雙白鶴，雲路載君還。
天子西巡狩，彤弓錫虎臣。樓蘭何日斬，看汝畫麒麟。《全元詩》，册 36，第 178—179 頁

古樂府江水一百里送海道千户殷仲實

殷　奎

江水一百里，潮生江欲平。離情付潮水，相送到吴城。
江水一百里，行行復采蓮。蓮根共連葉，不礙使君船。
江水一百里，蒲帆阿那移。相思若流水，那復有窮時。《全元詩》，册 64，第 124 頁

江水一百里送瞿慧夫三首

盧　昭

江水一百里，客歸春亦歸。南國雙蛺蝶，直是繞人衣。
江水一百里，春帆五兩輕。遮莫潮來未，須教醉裏行。
江水一百里，江流曲似環。殷勤問江水，幾日送君還。《全元詩》，册 50，第 58 頁

江水辭二章

郭　翼

江水一百里，送君君去時。丁寧桃葉渡，莫唱渡江辭。

江水一百里，江流七十盤。初三弦上月，相憶照灣環。《全元詩》，册 45，第 444 頁

高句麗

胡　杕

東人之領如蝤蠐，落日唱曲過大堤。一曲一傾天下耳，四海齊和高句麗。玉轡雕鞍大宛馬，醉歸繫在垂陽下。深院薔薇春正濃，華燈正照黄金斝。《全元詩》，册 24，第 294 頁

同前

張　憲

魚鱉走朱蒙，夫余王氣終。金花紫羅帽，長袖舞遼東。《全元詩》，册 57，第 51 頁

迎送佛曲

釋宗泐

按，釋宗泐《全室外集》置此詩於「樂府」類，且其與《法壽樂歌》義屬同類，故予收録，置於其後。《全元詩》各首分置，無總題，詩題爲筆者所加。

善世曲迎佛

體虚疑兮真常，妙應化兮無方。啓崇筵兮日吉辰良，禮孔修兮盻躬齋莊。目眷眷兮遥望，感必通兮在誠叶祥。紫磨軀兮白玉毫光，駕雲車兮旌幡侍傍。眷閻浮兮斯格，仰盛容兮洋洋。

昭信曲獻香幣

維此妙香，五分普薰。筐篚斯實，有玄有纁。物微禮具，敬奉慈尊。庶祈鑒只，展我殷勤。

延慈曲初獻供

泥連先饋，純陁後供。進兹肴膳，間奏鼓鐘。皿器斯潔，黍稷惟豐。無遠勿届，至誠廼通。

法喜曲亞獻供

仁風廣被，春日載熙。天人共仰，顯幽靡遺。豈惟華竺，覃有島夷。因齋以頌，於禮攸宜。

禪悦曲三獻供

禮誠在敬，三獻靡加。釋尊燕喜，樂奏無譁。明徵瑞應，昭著光華。冥幽溥濟，蒙被禎嘉。

徧應曲徹豆

飶馨既歆，籩豆尚列。始終匪懈，肅雍以徹。禮文有序，樂舞有節。洋洋在上，無意弗達。

妙濟曲送佛

赫其臨兮優游，俄復去兮難留。八部從兮如毛音謀，儼先後兮靈輈。凝睇兮夷猶，冀慈雲兮遐周。

善成曲望燎

瞻燎于西，祥焰騰空。惟饌與帛，遄達靈宫。仰慈于玄，祀禮有終。企而眷之，大地真風。

獻幣

禮有至重，無踰法施。浩乎鉅海，孰知其際。欲致微衷，敬奉兹幣。以報以祈，式嚴祀事。

獻茶

有茁者茗，於彼先春。泉甘日潔，薦此芳新。味相本空，識合根塵。不腆其物，所獻惟寅。

讚佛上

下兜率兮悲智融，迹垂化兮誕王宫。金園幽兮寶樹重，浴聖體兮香泉濛。角衆伎兮伊誰同，世所習兮殫精通。覩四相兮心忡忡，夜逾城兮登雪峰。一麻食兮苦行工，群魔却兮波旬降。廓妙悟兮星曈曈，托修證兮成厥功。應世間兮月行空，燭群幽兮開衆蒙。海之鉅兮罔不容，道無上兮稱大雄。

讚佛中

成覺道兮坐寶蓮，金容赫兮螺髻旋。威德聖兮福慧全，三身具兮萬行圓。演一音兮龍象筵，應群機兮施化權。由褋花兮至鹿園，大小乘兮假蹄筌。彼諸子兮必應愆，運大車兮等無偏。屬王臣兮法流傳，末拈花兮妙無言。三百會兮五十年，度弟子兮陳如先。量虚空兮知其邊，讚功德兮何由宣。

讚佛下

猗正體兮住靈山，順世間兮處泥洹。雙林白兮浩漫漫，天人憂兮發長嘆。香樓成兮架寶棺，火光煜兮設利繁。應軀謝兮聲教存，崇遺範兮集法言。法周流兮亘五天，後千祀兮來真丹。道無爲兮妙莫論，顯幽利兮神明完。資世治兮輔化源，善以勸兮惡以悛。佩聖謨兮矢弗諼，願永劫兮垂無垠。

歌福應

大哉覺皇乘，悲願以度人。視群生如赤子，運廣大之慈仁。降福垂祐，若時之春。有萌必達，其生蓁蓁。今日何日，漸溉膏澤。愉樂且恂，尚克均于。衆庶匪獨，萃於一身。《全元詩》，册58，第380—383頁

步虚詞二首

丘處機

元何約《井真人道行碑》曰：「逮至正戊子二月初八日，忽有白雀三翼舞於庭下，公擊節而歌曰：『白雀白雀世所希，來從何所相參飛，不須龜筮以見機，吾將與汝偕徂歸。』須臾，其雀西舉。是夜，集童子并冠者六七人，奏清樂，歌《步虚詞》。更將四鼓，但覺天風灑然，清香靄然，公就榻曲肱而化。遲明，仙鶴百餘摩雲而至，□遶移時，一鶴戛然長鳴而北翥，官吏都氓瞻拭者莫不驚訝。」①知《步虚詞》元時入樂。

---

①《全元文》卷一一三七，第410頁。

曠蕩修真教，飄颻出世門。先師開户牖，歸馬動乾坤。陋室回仙觀，高名軋帝閽。雲朋霞友會，朝禮太虚尊。

寶炷成雲篆，華燈簇夜光。星河初焕爛，鍾磬乍悠颺。醮主承嘉會，虔心禱上蒼。諸仙來顧盻，接引下虚皇。《全元詩》，册 1，第 28—29 頁

同前

馬臻

逸轡太景阿，蕭蕭導玄鈞。虚節合萬奏，高會冥五神。陰陽鼓靈風，一炁無不均。淡然眄至寂，大道無疏親。適路非有待，上仙齊飛輪。哀哉貴終道，塵波淪肉人。丘垤祕濁骨，大夜難希晨。靈明喪愆穢，纏綣來去因。何不散爾想，復此空中真。虚舟縱風柁，放浪無涯津。期劫倏忽周，真空浩無垠。卓然吾獨存，會當哂靈椿。《全元詩》，册 17，第 12 頁

同前

韓性

飄飄仙子駕，落落翠羽軒。回輪越層阿，俯眺飛玄門。神公衛脩途，絳宫五氣奔。丹虹

耀奇葩，靈津灌其根。七真偃瓊房，華景開重昏。長歌無期劫，稽首天中尊。《全元詩》，册 21，第 61 頁

同前

虞集

步虛長松下，流響白雲間。華星列爟火，明月懸珮環。肅然降靈氣，穆若愉妙顔。竹宫淡清夜，望拜久乃還。

稽首望太霞，離羅間層霄。絪緼結冲氣，要眇出空謡。前參干景精，後引務猷收。攝衣上白鶴，招摇事晨朝。

朱光出東海，高臺近赫曦。六龍獻陽燧，九鳳保金支。鍊丹軒轅鼎，濯景崑崙池。拜賜冰玉佩，玄洲共遨嬉。

學仙淮南王，問道劉更生。三年鍊神丹，九載淩上清。日月作環珮，雲霓爲旆旌。回首召司命，靈雨灑蓬瀛。《全元詩》，册 26，第 23 頁

同前

胡奎

五氣合大梵，三花凝素雲。冲妙混真樸，玄化蕩無垠。靈飆遵絳節，稽首虚皇君。歘歌瓊臺上，飄飄鸞鶴群。

寥寥蔚藍天，曜靈開龍陽。黄老維我神，玄精貫中央。氤氲九天炁，晃朗七星芒。游燕玉京府，逍遥紫極房。

九炁合大梵，鴻濛啓神霄。上拔三素雲，靈宫鬱岧嶤。群真翊羽蓋，絳節凌回飆。粲粲霏玉葩，琅琅歌洞謡。凝神息萬慮，遐齡比松喬。稽首無爲化，永言贊昌朝。

玉虚運玄化，曜靈升大羅。三景開天根，碧落浮空歌。仰瞻彌羅館，紫雲覆峨峨。縹緲金芙蓉，御以麒麟車。九光分異采，萬彙含冲和。皈命希夷門，超然凌太霞。

皇朝闡真教，慧風覃八埏。琅函啓靈篆，玉文簡玄玄。授以丹霞衣，回翔玉清天。三精飛爽靈，五色凝非烟。黄老維我神，專氣長綿綿。逍遥無極君，歸真合自然。

浩劫開隆運，鴻靈秉化機。雲章結丹篆，空洞啓玄微。九鳳翼羽蓋，八龍衛金扉。授以赤玉文，丹霞爲之衣。

迢迢白玉京，上通蔚藍天。煌煌黍米珠，五色浮空懸。包括無極際，虚明洞玄玄。可望不可即，怳惚象帝先。得此以爲寶，逍遥以長年。萬化同逆旅，百年等浮漚。何不學神仙，汗漫與天游。餐以暘谷霞，濯以星漢流。左手招安期，右手揖浮丘。傲睨八紘内，逍遥以忘憂。東窗緑玉樹，鋭葉何離離。春秋八千歲，蟪蛄安得知。至人有玄術，靈泉漱華池。專氣有真一，超然入無爲。會當保貞素，黄髮以爲期。《全元詩》，册48，第64—65頁

同前

吴會

詩序曰：「洪武十有二年春三月，龍虎山上清宫溥度醮成。提點方壺公嚴恪祇事，時雨既霽，道被顯幽，格天化物，玄功懋哉。公以書抵江右吴某，叙言其勤，且徵詩焉。因爲《步虚詞》四章，歌以頌之。」

青陽開季月，玄老祠餘春。靈宇迎群帝，福庭驅百神。惠風先蕩穢，零雨繼清塵。朗朗碧函啓，菲菲芳席陳。爰弘拯度教，以廣發生仁。

齋肅俟明旦，昧朝熙曙昜。花殿轉淑景，竹宫澄耿光。燈華焕星爛，金奏和風颺。合詠仰迎導，鞠恭嚴對揚。洞然秉中素，穆若愉上皇。

風雲際良會，雨露惻思忱。旻昊鑑哀籲，冥都感幽吟。朱符行涣汗，玉簡起淪沉。河廣彩橋渡，天垂寶蓋臨。超遥樂真化，欣幸諧夙心。

玄德洽溥度，蕃鼇被群生。豐年載屢兆，壽域斯咸亨。默運貫幽顯，神操位清寧。無爲固罔測，有道諶難名。子房翊炎漢，軒轅洛廣成。《全元詩》，册 57，第 159—160 頁

同前七章

魏　初

元魏初《重修寶鷄祐德觀記》曰：「安西王相中奉大夫李公與道人袁志安有一日之雅，因請公主修其住持寶鷄之祐德觀。公報疏云：『不謂羽衣之師德，眡爲香火之主人。』又云：『人無兄弟，胡不佽焉？良哀其心之獨苦；我有田疇，永爲好也，薄助其力之不周。』用是袁公遣其弟子張志全來謁初曰：『志安木石野拙，學道未成，一椽一茅，分亦足矣。曩因先師以河山形勝，卜祐德之廢垣，令志安輩披荆棘、拾瓦礫，歲甍月楹。未有成，遂承參知政事中奉君不以山野鄙薄，過爲提挈。倚賴屏庇，今得三清、四聖、混元、靈官等殿，暨雲

堂、厨庫、方丈、三門之屬，改復舊觀。感戴盛意，不可不爲記述，以示永久，敢以文請。』初謂神仙不役於物，而名山洞天非神仙不可居。宰相不遺於物，雖衣褐寬博而宰相在所邮。寶鷄，古名縣也。左秦右蜀，襟山帶河，自姬、嬴以降，故實可考，其爲仙人之窟宅蓋無疑。然干戈焚蕩之餘，榛莽悽愴，狐狸所居，豺狼所號，非天誘其衷，假手於賢相君，未易及此。相君，朝廷屏翰，王室柱石，生民之休戚、社稷之安危繫焉。乃能不屑於是，則其心耻一物之不獲其所可知已。兹宜書。志安，潼川人。性冲澹，與人欵曲謙謹。其師張守衡，紫微全陽普度真人周公之所自出也。初，周公承教丹陽，居邠州玉峰，徒衆以千數，而守衡爲高弟。守衡雲衿霞佩，翛然有塵外之想。住鳳翔之長春凡四十有五年，是用秦隴知名，朝廷賜號曰『崇玄無欲大師』。師知志安可托付以大事，因以祐德俾之。今興建如此，可謂能成其先志者也。志全，本邑人。喜讀書，風骨不凡，經略雪溪劉公甚愛重之。乃摭其意，作《步虚詞》七章。」

壞垣野粉零枯香，石欄老雨皺秋黄，山川良是成荒凉。
仙人駕鶴來翱翔，隴頭耕瓦見羽陽，碧鷄金馬何茫茫。
相公經綸無遐忘，偶奇奇偶圓而方，慨然以是爲主張。

郢斤岷礎呈奇祥，銅龍鐵鳳摇輝光，神仙官府千洞房。山人自分過所當，彌羅丹華誰比將？一心惟有祈穹蒼。相公眉壽天與昌，明年平蜀歸朝堂，盡措民物如成康。渭流西來今湯湯，厚福與之孰短長？厚福與之孰短長？《全元文》卷二六六，第472—473頁

效吕洞賓步虚詞三首

張弘範

紫微朝罷下天關，穩跨青鸞落世間。兩袖春風何處去，洞庭東畔有三山。

踏遍塵寰天外天，興亡萬劫入幽玄。儘教鷄曉鐘催夜，一點虚名日月先。

俯視王侯一介輕，愚聾人世可憐生。陰陽縱有難拘束，惟恨人間落姓名。《全元詩》，册9，第193頁

天師留公返真空洞步虚詞十章以導游

袁桷

巍巍道祖居，層構凌丹臺。手持赤龍書，八景剛風開。感彼下土人，積劫何崔嵬。傴伏永

壽命，夸誕魂益哀。愀然彌不寧，招我雲孫回。白鶴俯前導，青童戒俱來。

嵯峨金碧闕，神魚伏深淵。呼吸空洞炁，子夜朝諸天。頃刻風雨集，咫尺星斗懸。長嘯千仞溪，寥寥生紫烟。飛符戒神魚，歲久助汝仙。

玄圃饒奇觀，陽葩霧霏霏。玉壺湛清冰，瑶琴銷金徽。混沌合空洞，絶此見象機。松風代揮麈，縹緲白縠衣。興移暘烏逝，節弭川虹飛。棋局儼未終，白日何熹微。蓬萊廼故山，爲我一來歸。真風詎永隔，神光澹依依。

崑崙鎮鰲極，鬱儀交結璘。故歲非我歲，寧復論秋春。稽首三天師，彌綸返真淳。精思彼嘉生，雲施均萬民。至感發自然，不著亦不嗔。運世有通塞，六龍無停輪。洞章激微吟，長樂自在身。蟬蜕迺清浄，迹絶虚中塵。

挹秀䴏醴泉，蘭殺鼎初調，絳旂開景光，下招徹紫霄。連蜷静夷猶，感彼父老邀。司命二十年，守素澹不雕。蜿蜒澍周原，贔屭尸江潮。瓊章遏清詠，丹輿導逍遥。視之不得見，白雲在山椒。

南嶽雲輪囷，英英生紫華。靈旍澹無踪，來集玉斧家。玄螭有遺迹，望斗紛騰拏。鞭撻隨三光，服食制五霞。上經永授之，火鈴從飛車。

嶄巖陽平闕，古松化爲人。千歲永不飢，食之朝帝真。中有一寸玉，寒光敵金銀。上結三元炁，下援七祖神。舉世尊禮之，静念通至仁。

留城平蕪連，雲深樹泬寥。磅礴經濟心，永劫常不凋。河車孕長命，方瞳生本條。瑩如珊瑚枝，粲若翡翠翹。諸天咸唱恭，贊我玉晨朝。人間倘再至，玄化助神堯。

仙巖鬱寥寥，石倉貯餘糧。云有狡獪子，用物能陸梁。山花聳寶髻，雲蘿曳青裳。永念斷真妄，帝令深且長。境化道炁增，變滅始真常。參差應虚牝，群峰屹相望。月落杳然去，泉鳴玉琮琤。

朱棗何纂纂，碧桃何團團。感賞千古心，生世常苦煎。玄翁敞珍館，金母和紫鉛。三咽生羽翰，空飛集諸天。真炁常流灌，眇眇復綿綿。桑田海波滿，彈指三千年。《全元詩》，册 21，第 105—106 頁

看雲步虚詞壽吴宗師十首

胡　助

南極光華世壽昌，羽衣滿袖是天香。蓬萊殿上神仙客，長見紅雲擁玉皇。

青霄萬里出瓊英，神運無方孰可名。魯觀朝來書瑞應，一陽生處即長生。

冥冥雲漢鶴飛高，密勿真藏豈用勞。燕坐空同千百歲，丹霞萬樹熟蟠桃。

真人羽化有還丹，寓意看雲閑更閑。舒卷從時皆道妙，寧分天上與人間。

萬象陰陽一氣分，要從静處見天君。太虛同體無凝滯，始識吾身是白雲。

動静無端長又消，妙觀元化共逍遥。文章準易傳千古，唯有青城一老樵。

手招歸鶴同棲處，目送飛鴻見起時。幾度塵寰作霖雨，閑心衹有老天知。

山林歸夢是耶非，海棗如瓜别有期。看盡浮空千萬態，不知倚杖立多時。

一片閑雲孰與儔，長空湛碧自周游。星移物换人間世，倒影寒潭萬古秋。

雲錦溪山紫翠圍，仙宫縹緲護玄扉。林梢片片飛來濕，知是從龍行雨歸。《全元詩》，册 29，第 110—111 頁

挽三十八代天師步虚詞十首

胡　助

宗風重振廣微君，叱咤雲雷走百神。精爽在天功在世，前身觀妙即今身。

静肅淵居答聖仁，明成邃宇奉元君。飄飄仙馭今何許，龍虎山高空白雲。

雨風雷電起青霄，妖分殲夷海沴消。自有神功侔禹鑿，底須强弩射胥潮。

濯熱誰翻馬上瓶，稿苗千里變青青。淮南黔首何多幸，迎送雲軺屢乞靈。

清净無爲默贊堯，京畿亢旱不能驕。瑶華瑞應天顔喜，金盌瓊漿下九霄。西沙投券鶴群翔，水際輝輝耿夜光。填海曾聞鬼神泣，潮流深處復耕桑。三朝異數人無并，一品留封祖有光。疇昔山林吹縞帶，翩然翳鳳廣寒鄉。華林玄圃擅高閒，何許人來問大還。竹石雲龍俱道妙，幾多遺落在人間。纂纂圖書垂萬籤，玄玄功行滿三千。玉棺飛出身光蜕，寶籙延生世永傳。道館仙宫山水秋，雲車飆馭候清游。神靈炳炳兼忠孝，合是人天第一流。《全元詩》，册29，第129—130頁

登九天閣製步虚詞

胡奎

龍漢還蕩蕩，瓊宫鬱峨峨。九炁結靈篆，千月印明河。穆穆渝妙容，飄飄登大羅。仙人緑雲中，縹緲回空歌。逍遥永無極，暘谷駐羲和。

玉虚啓真境，寶閣凌丹穹。曜靈洞八窗，空響振回風。絳節飄飄下，玄房曲密通。中有古仙人，黄公與赤松。飛霞爲之佩，下上隨雲龍。《全元詩》，册48，第65頁

步虛辭爲鶴林周玄初作

顧瑛

琳館啓初席，璇璣麗圓明。紫虛執法者，美哉瑶階英。身被絳霞服，手握流金鈴。威儀肅仙班，稽首延群真。願言迂鶴馭，下鑒曾孫誠。超彼長夜魂，逍遥過蓬瀛。

右延真

步虛仙壇上，法曲度羽衣。神鍾和玉筑，靈音流紫薇。峨峨白玉京，五城啓重扉。帝駕九龍輦，猛馬紛四馳。擲火曜八景，電掣丹霞暉。肅若皇靈降，簾捲唱班齊。

右迎真

天家有騏驥，振迅超游龍。朝豕青田芝，莫宿蓬山松。飛章拜金闕，白檢朱書封。冥心昭孔格，借以三十雙。長身籋浮靄，圓吭唳層空。遲遨不離群，兩兩青鸞從。

右借鶴

香烟騰碧落，鬱勃爲景雲。雲中運居巢，六翮開車輪。青童導孔節，朱兵衛龍旌。嘯歌答空羽，縹緲塵世聞。離羅塵中人，矯首接靈芬。朗日照昆碧，再拜魏元君。

右謝鶴

《全元詩》，册 49，第 121 頁

步虚詞贈湯煉師

釋宗泐

風送仙香度玉墀，朝天歸路月明時。忽逢子晉雲中下，借得龍笙鶴背吹。《全元詩》，册58，第444頁

步虚詞五首贈上清方壺子

釋來復

窈窕玄牝門，上通蔚藍天。虚寥邈無垠，一氣同周旋。至人煉精魄，浩刦窮化元。朝餐碧海霞，夕飲瑶池泉。高視混茫間，聚散如浮烟。自非蜕骨毛，安得諧飛仙。

虚游步玄紀，空歌入鴻濛。折花東渤澥，采藥西崆峒。逍遥古仙人，似是浮丘公。振衣欻來迎，手把金芙蓉。授以紫瓊章，去影躡星虹。悵然不可期，六合生靈風。

稽首禮太微，靈臺洞虚敞。華星耀朱冠，流虹麗金榜。笑陪紫陽君，吹簫九天上。飛車駕蒼虯，騰飆共來往。餐以五色桃，酌以青霞釀。千載握帝符，崑崙寄玄賞。

弱水不可涉，閬風何崔嵬。煌煌五芝穀，爛爛三花臺。中有紫霞仙，紅頰凝春醅。手握天

地户，麾斥陵九陔。赤霄跨箕尾，白日鞭風雷。期將從之游，長嘯歸蓬萊。

玄樞不停運，萬化紛變滅。丹砂豈無靈，緑函秘真訣。長揖安期生，掃花弄明月。粲粲兩玉童，金盤進紅雪。吐景凌滄洲，霏香靄瓊闕。服之生羽翰，高翔振寥泬。《全元詩》，册60，第83頁

步虚擬詞贈紫陽蕭煉師

劉崧

璿宫霽景澄，彤墀緑雲上。星聯黄姑渚，露下仙人掌。金文乍葳蕤，羽翿亦森爽。翠林閃霞光，丹壑流清響。冥觀群動根，大化何漭漭。飛步凌紫清，玄幽契遐想。《全元詩》，册61，第10頁

卷二五二　元近代曲辭一

本卷以《樂府詩集・近代曲辭》同題爲收録之據，所録多出《全元詩》，亦及《竹枝詞》。

玉華鹽三首并序

耶律鑄

詩序曰：「《樂府雜記》載：隋薛道衡《昔昔鹽》一首，又曰《析析鹽》。唐趙嘏《廣昔昔鹽》爲二十章。《樂苑》以爲羽調曲。《樂府詩集》又有無名氏《昔昔鹽》一首。《朝野僉載》：龍朔已來，人唱歌名《突厥鹽》。《容齋》載：《玄怪録》籧篨三娘工唱《阿鵲鹽》，又《黄帝鹽》、《白鴿鹽》、《神雀鹽》、《滿座鹽》、《歸國鹽》。唐詩：『媚賴吴娘唱是鹽』，『更奏新聲刮骨鹽』。然則，歌詩謂之鹽者，如吟、行、曲、引之類也。因獨醉園對雪，作《玉華鹽》三曲云。」按，《樂府詩集》無此題，據詩序，此題出《昔昔鹽》，且耶律鑄《雙溪醉隱集》置此詩於「樂府」類，故予收録。然元人無作《昔昔鹽》者，故置此題于《昔昔鹽》處。

玉華仙詠玉華鹽，愛玉華鹽分外甜。但是梨花春在處，不消重設却寒簾。梨花春，見吉甫詩「長恒沽此酒。」樂天詩：「青旗沽酒趁梨花。」時俗號爲梨花春。吉甫詩中所載，非樂天所詠梨花春也。

玉妃隱映水精簾，相與天花舞畫檐。玉潔冰清誠可愛，不因仍更有人嫌。韓昌黎《雪詩》：「白帝盛羽衛，從以萬玉妃。」

瑞雪香融注玉蟾，羨誰家醉捲珠簾。風流柳絮因風起，只謝娘宜唱是鹽。白霤有雪香酒。玉蟾，盞名，見《逢原記》。《全元詩》，册4，第18—19頁

水溢芙蓉沼

周巽

雨過芳池滿，芙蓉照緑波。雙鴛香裏浴，孤鳳鏡中過。獨步承恩重，多情奈妬何。采花休采菂，心苦感懷多。《全元詩》，册48，第428頁

織錦竇家妻

周巽

璇璣初織錦，寄與竇將軍。思報七襄日，裁成五色雲。帛書斷歸信，綺字綴回文。灑盡行

行泪，何時一見君。《全元詩》，册 48，第 428 頁

風月守空閨

周　巽

驚風開綉幕，新月照羅幃。玉樹鳴清籟，珠簾捲素輝。砧聲敲杵急，燈燼落花微。今夜思君夢，應隨黄鵠飛。《全元詩》，册 48，第 428 頁

恒斂千金笑

周　巽

蛾眉常恐妬，斂笑出妝臺。貌好曾承寵，恩深翻見猜。自憐金屋貯，不見翠華來。飛閣香塵滿，青鸞去不回。《全元詩》，册 48，第 428—429 頁

倦寢聽晨鷄

周　巽

妾睡何曾着，俄聞唱曉鷄。有懷思遠道，自分守中閨。近户明星爛，空梁落月低。常時驚

妾夢，多是四更啼。《全元詩》，册48，第429頁

暗牖懸蛛網

周巽

綺閣凝塵網，縱横綴瑣扉。愁牽千縷亂，恨結一絲微。當户蠨蛸墜，穿簾熠燿飛。如何解愁緒，窗下理金徽。《全元詩》，册48，第429頁

空梁落燕泥

周巽

空梁巢紫燕，長日落香泥。點污琴書滿，飛來簾幕低。雙歸尋舊壘，對舞向中閨。塵迹無人掃，黄昏深院迷。《全元詩》，册48，第429—430頁

前年過代北

周巽

聞渡桑乾磧，前年出塞時。馬行邊雪遠，雁過嶺雲遲。寒恐貂裘敝，時將鴛枕攲。關山消

息斷，日日望歸期。《全元詩》，册 48，第 430 頁

堂堂

張　翥

宋錢易《南部新書》曰：「至永隆元年，太常丞李嗣真善審音律，能知興衰。云：『近者樂府有《堂堂》之曲，再言之者，唐祚再興之兆也。』」①元人又有《堂堂歌》，當出於此，亦予收録。

朝爲堂堂吟，暮爲堂堂謳。堂堂徒爾奇，堂堂徒爾憂。不見膏與蘭，煎熘祇自休。勿以不遇故，棄捐經與史。勿以勢利故，棄捐廉與耻。勿以行役故，棄捐山與水。謂夜未遽央，已復明星明。仰視何煌煌，白露忽沾裳。懷人攪余心，何以勿永傷。江北亦爲客，江南亦爲客。爲客多偪仄，何以安所適。上有君與親，下有妻與息。在山則種榆，在隰則種蒲。馬牛必維婁，舟航必繻袽。富貴富貴友，貧賤貧賤徒。歲月來者多，江湖逝者遠。所得不可逝，所期不可返。幸此世累輕，歸去衡門偃。《全元詩》，册 34，第 120 頁

① ［宋］錢易撰，黄壽成點校《南部新書》己，中華書局，2002 年版，第 90 頁。

堂堂歌

黄玠

君不見車如流水馬如龍，大道長驅耳生風。床頭黄金借顔色，快意正在一日中。又不見車如鷄棲馬如狗，側足旁趨面生垢。投人不遇剌欲漫，失意寧論百年後。裊脛自短鶴自長，顛倒萬事未可量。西來江水東流去，白日竟是爲誰傷。且當開尊酌美酒，起舞頓足歌堂堂。《全元詩》，册 35，第 202—203 頁

涼州曲

胡奎

按，《樂府詩集·近代曲辭》有《涼州》《涼州詞》，元人《涼州曲》《涼州行》當出於此，故予收録。

曾聞一斗酒，换得涼州牧。寄語遠征人，莫唱涼州曲。《全元詩》，册 48，第 108 頁

同前

汪廣洋

琵琶初調古凉州，萬壑風泉指下流。好是開元無事日，玉宸宫裏按新秋。《全元詩》，册56，第215頁

凉州行

戴　良

凉州城頭聞打鼓，凉州城北盡胡虜。羽書昨夜到西京，敵兵已犯凉州城。凉州兵氣若雲黑，百萬人家皆已没。漢軍西出笛聲哀，胡騎聞之去復來。年年此地成邊土，竟與胡人相間處。胡人有婦能漢音，漢女亦解調胡琴。調胡琴，按胡譜。夫壻從軍半生死，美人踏筵尚歌舞。君不見古來邊頭多戰傷，生男豈如生女强。《全元詩》，册58，第52頁

破陣樂

王禕

惟皇膺寶曆，受天命以興。赫赫揚神武，隆隆震天聲。秉黄鉞白旄，四征討不庭。蠢彼梟獍徒，屯蜂蟻營營。蕭斧伐朝菌，一揮不留行。大憝既已夷，乾坤永清寧。《全元詩》，册62，第225頁

婆羅門六首

耶律鑄

詩序曰：「有索賦《婆羅門辭》者，時西北諸王弄邊，余方閲《西域傳》，因爲賦此。『回樂峰前沙似雪，受降城外月如霜。不知何處吹蘆管，一夜征人盡望鄉』，唐《婆羅門辭》也。《樂苑》曰：『《婆羅門》，商調曲。開元中，西涼府節度楊敬述進。』《會要》曰：『天寶十三載，改《婆羅門》爲《霓裳羽衣》。』」清張德瀛《詞徵》曰：「《婆羅門》，胡曲，屬太簇商調。宋時隊舞，亦名《婆羅門舞》。詞調《婆羅門引》，宋詞或於上增『望月』二字。陽羨萬氏云：『望月二字是詞題，非牌名也。』删上二字。徐誠庵謂唐教坊曲有《望月婆羅門引》，萬氏删原題，非也。今考隋大業中，遣常駿等使其國，赤土王遣婆羅門鳩摩羅以舶三十艘，吹螺擊

鼓以迓常駿。迄唐開元中，西涼府節度楊敬述始進《婆羅門曲》。一名西涼調，一名凄涼調，一名子母調，一名高宫調。《唐會要》謂天寶十三載，改《婆羅門》爲《霓裳羽衣》，鑿鑿可證。《教坊記》之説，未可爲據。至《樂府雅詞》《陽春白雪》載楊如晦《婆羅門引》，亦無『望月』二字。元段復之《遯齋樂府》，《望月婆羅門引》注云：『以《望月婆羅門引》歌之，酒酣擊節，將有墮開元之泪者。』以訛傳訛，沿誤久矣。」①明吴琉《三才廣志》曰：「胡曲調，樂有歌，歌有曲，曲有調。胡宫調，胡名婆陁力調，又名道調，婆羅門曰阿修羅聲也。商調，胡名大乞食調，又名越調，又名雙調，婆羅門曰帝釋聲也。角調，胡名涉折調，又名阿謀調，婆羅門曰大辯天聲也。徵調，胡多名婆臘調，婆羅門曰那羅延天聲也。羽調，胡名般涉調，又名平調移風，婆羅門曰梵天聲也。變宫調，胡名阿謀調也。」②按，耶律鑄《雙溪醉隱集》置此詩於「樂府」類。

熱海氣蒸爲喜雨，凍城寒結就愁陰。中心甚欲期真宰，教使人知造物心。安西都護境内有熱海，

① 《詞徵》，《詞話叢編》，第 4091—4092 頁。

② ［明］吴琉《三才廣志》卷九五三，續修四庫全書，册 1230，上海古籍出版社，2002 年版，第 563—564 頁。

去熱海四十里有凍城。《唐新史》同。

青嶺亘如頳碧落，赤河長似浸紅霞。是天柱折天傾處，龍戰重淵尚攫拿。安西都護境内，有青嶺與赤河。《唐新史》同。

雪海迤延窮地界，雪山迢遞際天涯。但爲日月光臨處，終一曾偏照一家。雪海，在安西都護境，《唐新史》同。雪山，在其東鄙。

黄草泊圍青草甸，白楊河繞緑楊堤。依然名是參天道，誰使唯聞戰馬嘶。北庭都護境内，有白楊及黄草泊，《唐新史》同。國朝所設驛傳，東臨三韓，西抵濛汜。黄草泊、白楊河皆正驛路也。

弓月山風長似箭，燭龍軍火亂如星。祇除盡挽天河水，可洗兵塵戰地腥。北庭都護府有瀚海軍，本燭龍軍也。府境有弓月城、弓月山，是謂弓月道，出兵路也。唐梁建方嘗爲弓月道總管。

黑水且誰爲翠水，白山原自是冰山。得非烟客乘龍火，爲煽洪爐到世間。天山軍在西州交河郡，夏絶無雨，其熱甚于炎方。《唐舊史》：北庭都護府，自永徽至天寶，管瀚海、天山、伊吾三軍。天山，一名白山，以其四時冰雪不消，因以名之。《唐新史》：北庭都護府境内，有黑水及黑水守捉。

《全元詩》，册4，第15—16頁

山鷓鴣詞

胡　奎

按，《樂府詩集·近代曲辭》有《山鷓鴣》《鷓鴣詞》，元人《山鷓鴣詞》《鷓鴣》，當出於此，故予收録。明胡震亨《唐音癸籤》曰：「《山鷓鴣》，《韻語陽秋》：李白有聽此曲詩：『清風動窗竹，越鳥起相呼。』蓋其曲效鷓鴣之聲爲之。」①清屈大均《廣東新語》曰：「鷓鴣，隨陽越雉也。天寒則口矜。暖則對啼，啼必連轉數音。其飛必向日，日在南故常向南。而多云但南不北。雖復東西回翔，而命翮之始必先南翥。其志懷南，故謂之南客。飛數必隨月，正月一飛而止，十二月則十二飛而止。山中人輒以其飛而計月，人問何月矣，則云鷓鴣幾飛矣。早暮有霜露則不飛，飛必銜木葉以自蔽，霜露微沾其背，聲爲之啞，故性絶畏霜露。一雄常挾數雌，各占一嶺，相呼相應以爲娱。有侵其地者則鬥，獵以囮誘之，鷓鴣聞囮聲，以爲據其丘阜也，亟歸與鬥，遂陷墮網中。其性好潔，以糯竿粘之亦可得。畜久馴稚親人，然不鳴。鳴必在萬山叢薄中。鳴多自呼，其曰『行不得也哥哥』，聲尤凄切，聞者多爲墮泪。古詩云：『山鷓鴣，爾本故鄉鳥。不辭巢，不别群，何苦聲聲啼到曉。』噫！亦古之羈人思婦所變者歟。」②

① 《唐音癸籤》卷一三，第 136 頁。
② ［清］屈大均《廣東新語》卷二〇，續修四庫全書，册 734，上海古籍出版社，2002 年版，第 449 頁。

勸郎莫過洞庭湖，湘妃廟前啼鷓鴣。可恨九嶷山隔斷，翠華無處問蒼梧。江上有山復有山，鷓鴣啼處雨斑斑。一聲兩聲行不得，南船北船朝暮還。《全元詩》，册48，第116頁

鷓鴣

楊弘道

鷓鴣鷓鴣生炎方，有耳未嘗聞北翔。鷓鴣鷓鴣何形色，北人見之應不識。前朝鼓吹名鷓鴣，上稽下考不見書。而今歌舞聞見熟，試爲後生陳厥初。東京有臺高百尺，北望驚吁半天赤。塞垣關楗夜不扃，河南河北無堅壁。鷓鴣飛入酸棗門，青衣行酒都民泣。長淮東注連海潮，終南山氣參青霄。大田多稼際沙漠，幽州宫闕何嶕嶢。金天洪覆需雲潤，内自封畿外方鎮。霜葉烟花秋復春，妙選細腰踏綉茵。優絲伶竹彈吹闋，主人起舞娱嘉賓。玉帶右佩朱絲繩，牌如方響縣金銀。低頭俯身卷左膝，通袖臂摇前拜畢。露臺畫鼓靈鼉鳴，長管如臂噴宫聲。初如秋天横一鶚，次如沙汀雁將落。紅袖分行齊拍手，婆娑又似風中柳。鷓鴣有節四换頭，每一换時常少休。次四本是契丹體，前襟倏閃靴尖踢。或如趨進或如却，或如酬酢或如揖。或如掠鬢把鏡看，或如逐獸張弓射。蹁躚蹩躠更多端，染翰未必形容殫。主人再拜歡聲沸，酌酒勸賓賓盡醉。

僚屬對起相後先，襟裾凌亂争回旋。鶺鴒爲樂猶古樂，大定明昌事如昨。風時雨若屢豐年，五十年來人亦樂。勿言鄭衛亂雅歌，人樂歲豐如樂何。朱門兵衛森彌望，門外聞之若天上。隗臺梁苑烟塵昏，百年人事車輪翻。倡家蠅營教小妓，態度纖妍渾變異。吹笛擊鼓闤闠中，千百聚觀雜壯稚。昔時華屋罄濃歡，今日樂堋爲賤藝。白頭遺士偶來看，不覺傷心涕沾袂。《全元詩》，册1，第142—143頁

清平調三首

周巽

武皇開宴影娥池，侍宴阿嬌新寵時。金屋春深扶醉起，鸞鳴花底日遲遲。

簾外宫娥舞袖來，霓旌雙引出蓬萊。一泓仙掌金莖露，分賜群臣七寶杯。

兩院東風飄紫霞，天香飛落上林花。恩疏不見龍輿過，望斷長門日又斜。《全元詩》，册48，第406頁

續清平調三首

潘伯脩

春風五月度龍沙，簾捲金窗擁暮霞。黄杏紅梨渾謝了，可憐開到牡丹花。

露拂臙脂白玉盤，幾重金屋護朝寒。春風造次回天巧，芍藥枝頭過牡丹。

蛺蝶娟娟上綉羅，彩雲易散奈春何。無人起向瑶堦月，只恐今宵露水多。《全元詩》，册54，第49頁

陌上花梁元帝妃每歲春月渡江歸寧帝作書報妃曰陌上花開可緩緩歸矣後人遂作樂府名陌上花因擬賦之

胡天游

按，胡天游《傲軒吟稿》置此詩於「古樂府」類。

陌上花，開滿陌，金屋美人歸未得。流蘇綉帳掩香塵，目斷君王片雲隔。九重宴罷移宫燭，歌管聲殘更漏促。自臨寶榻拂鸞箋，細字斜行寫心曲。陌上花，開滿枝，掌中美人知不知。翠

眉蟬鬢今何似，趁取花時緩緩歸。書中未盡叮嚀意，更遣青鸞口傳語。陌上花，年年好，掌中人，年年老。春光爛漫不歸來，轉眼殘紅滿芳草。一封書，千萬囑，油壁車，黄金犢。花邊待，花底宿，緩緩歸，莫愆期。《全元詩》，册 54，第 347 頁

陌上花

釋　英

按，宋蘇軾有《陌上花》，曾唱入《清平調》，《樂府詩集·近代曲辭》有李白《清平調三首》，故宋代卷亦置《陌上花》於近代曲辭。元人《陌上花》蓋本於此，亦置近代曲辭《清平調》後。

江南三月芳菲菲，雜花生樹鶯亂飛。美人一去幾斜輝，城郭空在人民非。山河滿目草離離，留得歌聲落翠微，猶自叮嚀緩緩歸。《全元詩》，册 18，第 2 頁

同前

胡尊生

陌上花，臨春暉，臨安女兒吴王妃。吴王沉醉香風圍，金泥爲寫緩緩歸。陌頭夜雨花成泥，年年草長花開時，吴王宫妃招不來。

陌上花，嬌欲語，吴王妃，臨安女。封書寄與緩緩歸，陌頭花好能幾時。錢塘之門幾易主，嬌紅猶似吴妃舞。吴妃一去招不來，花開花落無窮期。《全元詩》，册65，第22頁

卷二五三　元近代曲辭二

千秋節

陶　安

按，《樂府詩集・近代曲辭》有《千秋樂》，宋鄭樵《通志二十略・樂略一》「唐七朝五十五曲」有《千秋節》，故予收録。

龍集甲辰秋九月，天公壽旦更光輝。四方海岳交相慶，諸國君臣次第歸。創業情同魚水好，誓師勇奮虎貔威。桐城拜舞心逾切，遥望金門忍久違。《全元詩》，册 56，第 455—456 頁

雨霖鈴

胡　奎

雨霖鈴，鈴聲雜雨隨車行。鳥道西來與天平，不聞華清環佩聲。白髮梨園吹觱篥，望京樓上空相憶。惟有張徽識此情，御前曾教雨霖鈴。《全元詩》，册 48，第 153 頁

余自閩中北還舟行過常秀間臥聽櫂歌殊有愜余心者每一句發端以聲和之者三扣其辭語敷淺而鄙俚曾不若和聲之驩亮也因變而作十二闋且道其傳送艱苦之狀亦劉連州竹枝之意云

王　惲

露華冷浥蒼山碧，江水平鋪素練光。半夜棹歌相應起，發揮無用詫鳴榔。

今秋湖濼兩相通，差遣雖頻力易攻。度險却防連夜發，泝流還怕打頭風。

兩浙人稠不易安，少罹凶慊即流遷。今年苦惱蘇常地，易子營生不計錢。

睡思朦朧苦未休，棹歌催發五更頭。兩盂悶飯無鹽菜，雨雨風風一葉舟。

朝來回棹喜空船，坐唱吴歌踏兩舷。淘米墩頭風浪起，最防吹入太湖烟。

中産攢來六七家，終年執役在浮槎。今年水潦田苗盡，少米争前乞使華。

水色山光不易吟，却教欸乃發幽深。舂陵不作吴兒事，道是雲山韶濩音。

毘江灘石苦經過，音節聽來噪木和。不似吴儂音韻美，遺聲全是竹枝歌。

夢驚篷底臥秋江，一句纔終和者雙。任使再歌聽未已，不知寒日上船窗。

幹當江南有許多，往還冠蓋似攛梭。因兹力役無朝暮，欸乃翻成懊惱歌。

路長江闊霧烟埋，盡日長征帶夜開。記得往年從宦日，被差冠蓋有時來。
迢迢江上亂峰青，路轉山回遠作程。來使共稱星火急，不容停待晚潮生。《全元詩》，册5，第517—518頁

竹枝十首和繼學韻

許有壬

居庸泉石勝槩多，桑乾北去漸沙陀。龍門鈎帶水百折，一日驅車幾渡河。
草軟沙平無長泥，踏歌飲别雁行齊。海青輕騎圓牌去，金犢香車翠袖啼。
紅黄簇簇野花匀，千騎勝驤不動塵。圓帳風凉來月牖，方帷日影蔭文茵。
邊民總總傒來蘇，瞻望祥飆動祝姑。透空何處一聲笛，渾似春風聞鷓鴣。
健步兒郎似藺雲，鈴衣紅帕照青春。一時脚力君休惜，先到金階定賜銀。
草色迎秋便弄黄，青山盡處暮雲長。秋風關塞迢迢路，望斷美人天一方。
野蔌堆盤見蕨芽，珍羞眩眼有天花。宛人自賣葡萄酒，夏客能烹枸杞茶。
使者南來馬似龍，一馳三百未高春。却笑牛車鳴大鐸，道途狹處莫相逢。
有懷常擬賦閒居，有筆當思頌二疏。濯手清灤時一笑，少年曾寫萬年書。

大安閣是廣寒宫，尺五青天八面風。閣中敢進竹枝曲，萬歲千秋文軌同。《全元詩》，册34，第427頁

僧綱贊公和尚以疾得告而歸善權舊隱横山老樵謝蘭效劉賓客竹枝二首爲臨别贈

謝應芳

維摩床上遺文移，治績垂成竟解龜。僧史有如班馬筆，絶勝州里去思碑。

滆浦飛花送客行，善卷耆舊出山迎。問渠那得真消息，摩頂松枝喜鵲聲。《全元詩》，册38，第181頁

博谿舟中賦竹枝二首

胡奎

東谿月出西谿陰，谿上蕩舟谿水深。郎今唱歌向何處，白鳥灣頭高樹林。

白鳥灣頭高樹林，十年相約到如今。攏船不怕風波急，儂有竹篙知淺深。《全元詩》，册48，第124頁

思家五首竹枝體

汪夢斗

六旬餘父身長健，九十重親髮不華。高堂無人供滫瀡，如何游子不思家。
淮陰母家田未買，汾曲先廬屋已斜。人生墓宅頗關念，如何游子不思家。
婦挼草汁浴蠶子，婢炙松明治枲麻。東阡西陌要耕麥，如何游子不思家。
兒多廢學自澆花，女近事人今抱牙。兒女長成憂失教，如何游子不思家。
荷净軒前水浮鴨，翠眉亭下柳藏鴉。亦要丁寧春照管，如何游子不思家。《全元詩》，册7，第205—206頁

題梅效竹枝體

胡奎

儂家向南雪一株，春後春前常見渠。瘦影從教比郎瘦，孤山終不似儂孤。《全元詩》，册48，第126頁

過沙湖賦竹枝詩

呂誠

白沙湖頭月色新，白沙湖裏水如銀。可是吴宫雙玉管，聽得一聲愁殺人。《全元詩》，册60，第493頁

浦口竹枝

袁凱

浦口荷花生紫烟，花時日日醉沙邊。更將荷葉包魚蟹，老死江南不怨天。《全元詩》，册46，第396頁

月湖竹枝四首題四明俞及之竹嶼卷

廼賢

按，《歷代竹枝詞》亦有收録，附記曰：「《宋金元明詩·御選元詩》卷六收入第一、三、四

首，署名『果囉羅納延』。《元詩選》卷六署名『納新』。」①文淵閣四庫全書本署名「納延」②。

絲絲楊柳染鵝黄，桃花亂開臨水傍。隔岸誰家好樓閣，燕子一雙飛過墻。

五月荷花紅滿湖，團團荷葉緑雲扶。女郎把釣水邊立，折得柳條穿白魚。

水仙廟前秋水清，芙蓉洲上新雨晴。畫船撑着莫近岸，一夜唱歌看月明。

梅花一樹大橋邊，白髮老翁來繫船。明朝捕魚愁雪落，半夜推篷起看天。《全元詩》，册 48，第 10 頁

西湖竹枝

孫　固

青篷紙蓋小花橈，外湖還向裏湖摇。人心好似西湖水，隔斷中間有六橋。《全元詩》，册 52，第 403 頁

---

①《歷代竹枝詞》，册 1，第 56 頁。

②［元］迺賢《金台集》卷一，景印文淵閣四庫全書，册 1215，台灣商務印書館，1986 年版，第 270—271 頁。

當湖竹枝十首

沈懋嘉

題注曰：「考見題詠。」

鵡湖春色

何郎曾説漢陽城，鸚鵡名傳舊緑汀。問郎可似東湖上，小小春沙好踏青。

案山曉翠

濛濛曉翠濕鞋弓，天晴來上案山峰。從頭一望珠樓好，港口條條戲九龍。

三寺兩鐘

撑船采菱歌懊儂，深深菱蕩翠烟濃。日斜風起人歸去，三寺聲聲打暮鐘。

六橋晴市

鮮船都在水西湖，三尺黄魚似絳繒。陣陣腥風朝市散，紅旗影裏買春冰。

東田社鼓

夫插新秧婦踏車，秋收一半入官家。村村鼓社東田晚，籬脚開殘野菊花。

西浦魚罾

十里清波湖面長，魚床蟹斷水風凉。瞢騰醉倒漁歌子，自挂蓑衣曬夕陽。

南村書屋

張家堆上屋層層，聞説當年萬卷稱。扇扇碧紗窗影亂，爲郎深夜剪書燈。

北原牧笛

世事無端去似梭，東城西市看忙多。不若牧兒北原上，夕陽林外唱山歌。

霍氏行祠

花街東畔是儂家，閑看迎神晚放衙。拂拂紅旗春賽罷，霍王祠下采藤花。

魯公古墓

家家寒食各紛紛，留得輕風上綉裙。滿地紙錢人不掃，草花紅過魯家墳。《歷代竹枝詞》，册1，第126—128頁

竹枝歌

成廷珪

道士莊前秋事多，東家西家收晚禾。船頭把酒對明月，打聽夜場人唱歌。

喬麥花開如白烟，并催農事了霜前。晚禾未割豆先熟，雙髻女兒齊下田。《全元詩》，册35，第464頁

同前

馬祖常

題注曰：「京城南粟侯玩芳亭仲淵子方同賞牡丹。」①按，《全元詩》亦收此詩，題作《南城二首》，題注曰：「詩題，《國朝文類》卷四作《竹枝歌京城南粟侯玩芳亭與仲淵子方同賞牡丹》」。② 本卷從《歷代竹枝詞》。

城南牡丹一百本，翰林學士走馬來。渡水楊花逐飛燕，翦衣雪影覆春臺。

粟侯宅中花一園，客來飲酒費金錢。明朝碧樹春城合，恨不江東問酒船。《歷代竹枝詞》，冊1，第43頁

---

①《歷代竹枝詞》，冊1，第43頁。

②《全元詩》，冊29，第362頁。

同前十八首

宋褧

前三首題注曰：「洞庭舟中賦。時至治二年二月。」其四其五題注曰：「自遵化縣還京途中作，至治三年春。」其五詩末小注曰：「虹橋在通州河東三十里。」其六至其八題注曰：「送余德輝還池州。」其九至其一二題注曰：「送安慶教授朱仁卿。」其一二詩末小注曰：「泰定二年秋，予過郡，幕府李廷玉留宴于秋江亭，明日始發。李今仍爲郡寓公。」其一三至其一八題注曰：「自温州抵處州途中作。」

正月二月不曾晴，虉蕪洲邊春水生。黄陵女兒年紀小，學唱竹枝三四聲。

菜花一尺籬門開，粟留聲斷斑鳩來。舍南青苗没人插，郎在黔中何日回。

東山日赤雲氣昏，河姑勸我莫出門。持筐采得桑葉滿，直到阻雨溪南村。

五里河邊修禊時，犢車載得細君歸。河邊柳色迎草色，山雲結雨行人稀。

野春平碧生暖烟，虹去聲橋南畔沙漫天，潞陽河上見酒旆，直下復有釣魚船。

春城客子酒著顔，迢迢秋浦是鄉關。江雲海月棹歌去，南尋李白何日還。

沙渚青青芳草茁，梅根潮落蒲芽發。江頭少婦卜金錢，行人歸來有華髮。

江東酒船可拍浮，江東女兒嬌且羞。況復春江花月夜，吴儂還向個中留。

城南城北雪不消，城門道東無柳條。我儂相別無可贈，學取楚語作歌謡。

淮河岸邊春草生，淮河舟中客子行。春江花月櫂歌發，吴儂伴我過清明。

南是長江北是淮，中間獨坐吟高齋。有書不報朝貴客，有夢不憶長安街。

往年泛舟揚使旌，七月八月江水清。秋江亭上好風月，莫怪我儂忘寄聲。

江南十月如春暉，不知北土霜霰霏。攬嶼亭前橙薦酒，瑶□嶺上汗沾衣。

容城洞口朝雨霾，江心寺下早潮回。永嘉山水自好在，永嘉過客不重來。

此去京城五千里，川途修阻萬山峨。好山好水且消遣，欲説離愁將奈何。

思遠樓前罷登眺，華蓋峰下好吟哦。東甌舟子趁潮去，棹謳不似竹枝歌。

山頭小雨雲如衣，山下白烟是□炊。永嘉上流無驛路，永嘉舟中宜賦詩。

石如鵝卵水如玉，安溪戈□清有餘。我儂舟中多樂事，坐□看□□□□。

《全元詩》，册 37，第 221—222 頁

同前二首

楊維楨

按，《全元詩》于楊維楨名下未録此二首，而以「湖西日脚欲没山」爲其一，合另兩首録于釋文信名下，題作《西湖竹枝詞》。其二曰：「湖上采菱憐濕衣，泥中取藕偶得歸。怪殺鴛鴦不獨宿，却嫌鸂鶒傍人飛。」其三：「蹙金麒麟雙髻丫，白銀作甲彈琵琶。何曾辛苦事蠶織，水口紅船長是家。」①本卷據《歷代竹枝詞》於楊維楨名下録此二首。《全元詩》有元人王逢《次韻信道元長老菱溪草堂見寄之作有後序》，其後序曰：「道元，少與茅山道士張伯雨、前進士會稽楊廉夫齊名。嘗有《西湖竹枝詞》云：『湖西日脚欲没山，湖東新月牙梳彎。南北兩峰船裏看，却比阿儂雙髻鬟。』至今爲絶唱。或者病其浮薄，廉夫謂曰：『金沙灘頭，菩薩亦隨世作戲。』或者釋焉。誠、演二公，與道元同字，皆博學負重名。而道元戾契度世，僅住小山林而已。今年八十餘，托友生錢岐，以詩見寄，且囑曰：幸致敬席帽翁，予

① 《全元詩》，册 50，第 117—118 頁。

不久天柱家山去也。於乎，台雁山、天柱，豈特道元林龕在耶。」①清翁方綱《石洲詩話》曰：「廉夫自負五言小樂府在七言絶句之上，然七言《竹枝》諸篇，當與小樂府俱爲絶唱。劉夢得以後，罕有倫比。而《竹枝》尤妙。」②

□□□□□金闕，不肯將身嫁大官。只嫁漁家年少子，賣魚買酒日相歡。

湖西日脚欲没山，湖東新月牙梳灣。南北兩峰湖裹看，恰似阿儂雙髻鬟。《歷代竹枝詞》，册1，第65頁

同前十首

周　巽

灩澦堆前十二灘，灘聲破膽落奔湍。巴人緩步牽江去，楚客齊歌行路難。

百丈牽江江岸長，生愁險處是瞿塘。猿啼三聲齊墮泪，路轉九回空斷腸。

蜀江水落石槎牙，南船幾日到三巴。雲遶巫山不成雨，霜凋錦樹勝如霞。

---

①《全元詩》，册59，第398—399頁。

②[清]翁方綱《石洲詩話》卷五，叢書集成初編，册2597，中華書局，1985年版，第90頁。

霜葉如花滿眼飄，巴童歌駐木蘭橈。水來峽口灘方急，船到夔州路更遥。
夔州日落聽啼烏，亂石空圍八陣圖。傍渚行行訪遺迹，武侯奇才天下無。
巫山秀色碧崔嵬，客子行舟望楚臺。行雲行雨幾朝暮，不見臺前神女來。
疊嶂連雲氣勢高，江心巨石吼洪濤。怪底終年行路者，艱危如此不辭勞。
錦江一道送春來，梅花落盡桃花開。無奈客程歸未得，樹頭樹尾鳥聲哀。
杜宇催歸不暫休，宦情羈思兩悠悠。相如此日題橋去，空遺文君吟白頭。
江流錦水百花香，落日微吟近草堂。少陵心苦愁難著，望帝魂消思不忘。《全元詩》，册 48，第 444—445 頁

同前

高德壽

蘭溪雪消江水來，蘭溪日落舟人催。問郎今夜海南去，烟波萬里何時回。《全元詩》，册 65，第 182 頁

同前

貢仲弼

蒼梧丹鳳不可招，蒼梧帝子恨迢迢。蒼梧山可作平地，竹上泪痕何日消。
有酒不飲甘獨醒，有言不諒著騷經。五月五日葬魚腹，空教擊鼓似雷霆。
楚王入秦可憐渠，秦關一閉恨何如。西至咸陽歸不得，方知忠直舊三閭。
鴻門玉碎殺秦嬰，白虵中斷漢龍興。烏江何面江東去，却向黄泉見范增。《全元詩》，册66，第47頁

和蕭克有主簿沅州竹枝歌七首

劉　詵

人生結交莫如月，人生行路莫嫌熱。熱當三伏易變秋，月能萬里長隨客。

沅人健飯無盤蔬，沅土多熱無鷄蘇。官船自有龍鳳茗，試寫松風斑鷓鴣。

沅陽江石生波濤，南風吹起十丈高。勸君上灘牢把柁，須要一篙勝一篙。

一州一州木有枝，一江一江水可炊。北人奈事不怕險，南人多情易思歸。

十月天寒買團蒲，五月天熱水可沽。窮通隨時不可强，當貴有命何悲無。

山州多江水如烟，篙師不耕船如田。江流避石還易去，船行著篙還易牽。

黠胥取利如斧樵，苛法銷骨如膏燒。官規難減賓布税，縣政莫急蠻人徭。《全元詩》，册22，第386頁

次韻竹枝歌答袁伯長四首

虞集

按，前三首《歷代竹枝詞》亦録，題作《竹枝詞》。元楊維楨《西湖竹枝詞》虞集小傳曰：「虞集，字伯生，蜀人。官至翰林侍讀學士，文章爲本朝宗工。論者謂：唐文至韓愈而極，宋文至歐陽修而極，元文極于先生也。詩兼衆體。古歌詩數首出於天才，後雖有作者，不可尚已。《竹枝》雖不爲西湖而賦，而其音節興喻，可以爲《竹枝》之則云。」①末首詩序曰：「伯長歌《竹枝》以促歸棹，且言僕故鄉與《竹枝》古調相近，約同賦，以發它日千里命駕之意，因用其韻。」

沙禽東去避網羅，蕩舟相逐如遠何。越山青青越女白，從此勞人魂夢多。

春江風濤苦欲歸，東盡滄溟南斗低。明年白日百花盡，憶爾琴中烏夜啼。

燕姬當壚玉雪清，簫中吹得鳳凰聲。不及晴江轉柂鼓，洗盞船頭沙鳥鳴。《全元詩》，册 26，第 168 頁

① 《歷代竹枝詞》，册 1，第 36—37 頁。

江水江花無盡期，安得同舟及此時。燕山春雁更北去，南人休唱鷓鴣詞。《全元詩》，册 26，第 304 頁

竹枝歌奉陪諸公送舊而歸暮聞短歌江上其竹枝之遺響乎因成四章

虞　集

江上婆婆作大招，行人見者爲魂銷。使君若愛桐江住，莫道上江無暮潮。
銅雀臺中朝暮思，褰帷作伎望君來。江頭只是須臾別，何處多情更有詩。
憶奉君歡伎未成，不承恩澤儘留情。凝思却恐傷明德，不敢人前哭失聲。
使君魂魄已飄風，那復恩情更及儂。自是人心難冷暖，不辭江水濺衣紅。《全元詩》，册 26，第 305 頁

聞竹枝歌因效其聲

倪　瓚

按，《歷代竹枝詞》亦録，題作《聞竹枝歌因效其聲二首》，詩末小注曰：「姚榮公嘗有詩

云：『開元寺裏嘗同宿，笠澤湖邊每共過。誰説江南君去後，更無人聽《竹枝歌》。』①

鈿山湖影接松江，橘葉青青柿葉黄。要寫新詩寄音信，西風斷雁不成行。

江流不住楚山青，船到潯陽幾日程。不忍寄將雙泪去，門前潮落又潮生。《全元詩》，册43，第154頁

雅宜山舊名娜如山蓋虞道園所更然未若娜如之名近古也施君宜之先隴在其處索余賦詩因爲竹枝歌二首遺之以復其舊

倪　瓚

按，《歷代竹枝詞》亦録，題作《雅宜山詩》，詩序曰：「雅宜山舊名娜如山，蓋虞道園所命名，然未若娜如之名近古也。施君宜之先隴在其處，索余賦詩，因爲《竹枝歌》二首遺之，以復其舊焉。」②

---

①《歷代竹枝詞》，册1，第87頁。

②《歷代竹枝詞》，册1，第87頁。

娜如山頭松柏青，闔閭城外短長亭。來山未久入城去，駐馬回看雲錦屏。
娜如山頭日欲西，采香徑裏竹鷄嗁。南朝千古繁華地，麋鹿蒿萊望眼迷。《全元詩》，册43，第155頁

竹枝歌江上看花作

袁　凱

吴淞江上好春風，水上花枝處處同。得似鴛鴦與鸂鶒，時時來往錦雲中。
水上花枝日日開，行人頭白不能來。請看門外東流水，流向滄溟更不回。
江水東流更不回，行人白髮苦相催。只恐明朝風雨惡，夜深燒燭亦須來。
千株雲錦照江沙，沙上青旗賣酒家。莫怪狂夫狂得徹，吴姬玉手好琵琶。
吴姬玉手好琵琶，少小聲名到處夸。但使主人能愛客，年年來此看江花。
江花紅白最堪憐，莫惜看花費酒錢。他時白髮三千丈，縱使頻來不少年。
黄家渡西多好春，黄家渡上酒能醇。看花喫酒唱歌去，如此風流有幾人。
寒食清明正好春，看花須着少年人。年少看花花自喜，白髮看花花亦嗔。
淞江水碧碧於天，水上行人坐畫船。記得吴兒竹枝調，爲君高唱百花前。
日日花前金叵羅，百年能得幾經過。花開花謝人還老，狂客狂吟莫厭多。

寄語看花江上人，清明時節好來頻。清明節後多風雨，風雨顛狂惱殺人。《全元詩》，册46，第389—390頁

過太湖竹枝歌

胡　奎

第四橋頭楓葉青，白龍吹雨浪花鯹。過橋買酒待月出，今夜夜宿垂虹亭。

青裙女兒雙髻螺，唱得吴宫子夜歌。酒醒月明眠不得，秋風吹落洞庭波。

西山日落東山黄，儂唱竹枝行晚凉。十幅蒲帆弓樣滿，南風吹過白龍堂。《全元詩》，册48，第126頁

次韻周叔維竹枝歌

鄭　潛

東淮時味頗清嘉，蓮實纍纍小勝瓜。雪藕鬆甜絲萬縷，令人喫著使思家。

月河守閘問船開，閘上新痕長緑苔。怪底篙人相唤急，西江又有使臣來。《全元詩》，册48，第483頁

竹枝歌六首寄胡安定

呂　誠

上思下思十萬山，左江右江如月彎。江邊神女長留佩，天上仙人早賜環。
銅柱山前銅鼓聲，野花蠻果不知名。却喜土人能愛客，蔞葉檳榔相送迎。
雲開沙浄水回回，越鳥啼邊朱槿開。峒裏蠻丁不畏瘴，朝朝衝霧趁墟來。
客棹愁行湘波水，憑郎莫唱竹枝歌。好山好水春更好，不見聞人載酒過。
春雲如墨瘴烟中，鸚鵡群飛荔子紅。男兒守家婦當戍，粤俗古來成土風。
東草湖頭春日暉，苧羅山上白雲飛。行人莫聽鷓鴣怨，陌上花開緩緩歸。《全元詩》，册60，第452頁

竹枝歌二首寄友

唐　肅

江上青青楊柳長，柳上鶯啼客斷腸。鶯聲恰如君唱曲，柳色更似君衣裳。
江頭買得一尾魚，割魚不見君寄書。三十六鱗如錦字，一雙眼比夜明珠。《全元詩》，册64，第42頁

吴下竹枝歌七首

楊維楨

按，《元詩選》《歷代竹枝詞》均收此詩。《元詩選》題注曰：「率郭羲仲同賦。」①《歷代竹枝詞》題作《吴下竹枝歌》，前五首詩末均有小注，兹録於下。其一小注曰：「樓卜瀍注：《吴興記》：湖州吴興縣箬溪，南岸曰上箬，北岸曰下箬。水釀酒尤佳。箬亦作若。《水經注》：若耶溪，《吴越春秋》所謂歐冶涸以成五劍，水至清，衆山倒影，窺之如畫。《雲笈七籤》：若耶溪在越州會稽縣南。《西京雜記》：太液池有采菱舟。韓愈詩『花艷大堤倡』注：宋隨王誕爲襄陽郡，聞諸女歌，因爲詞曰：『朝發襄陽城，暮至大堤宿。大堤諸女兒，花艷驚郎目。』《一統志》：大堤在襄陽府城外。」其二小注曰：「樓卜瀍注：《皇輿考》：越來溪在蘇州府城西南，與石湖相接。任昉《述異記》：吴故宫有香水溪，俗云西施浴處，人呼爲脂粉塘。吴王宫人濯妝於此，溪上源至今猶香。《嵐齋録》：張搏刺蘇州，堂前木蘭花盛開，宴客賦詩。陸龜蒙題云：『洞庭波浪渺無津，日日征帆送遠人。』頹然醉倒，客欲續

① ［清］顧嗣立編《元詩選》初集，中華書局，1987 年版，第 1998 頁。

之，皆莫詳其意。既而龜蒙稍醒，續曰：『幾度木蘭船上望，不知原是此花身。』遂爲絶唱。《述異記》：七里洲有魯班刻木蘭爲舟，至今在洲中。詩家云木蘭舟出於此。」其三小注曰：「樓卜瀍注：《蘇州府志》：寶帶橋，唐王仲舒捐帶築此，故名。回文見卷九《回文字》。（今録如下：武后《璿機圖序》：苻堅時，秦州刺史扶風竇濤妻蘇氏，名蕙，字若蘭。知識精明，儀容秀麗。然性近於急，頗深嫉妒。滔拜安南將軍，留鎮襄陽，不與偕行。蘇悔恨自傷，因織錦爲回文，五彩相宣，熒心輝目，縱横八寸，題詩二百餘首，計八百餘言。縱横反復，皆爲文章。才情之妙，超今邁古。名曰璿機圖。讀者不能悉通。蘇氏笑曰：徘徊宛轉，自爲語言，非我家人，莫之能解。遂發蒼頭齎至襄陽。濤覽之，感其妙絶，迎蘇氏于漢南，恩好愈重。青藤山人《路史》：蘇蕙回文本織用五色，以别三、四、五、七言之異，後流傳不復施彩，故迷其讀。）」其四小注曰：「樓卜瀍注：椎，椎髻也，獨髻爲椎。《皇輿考》：百花洲在蘇州胥、盤二門間。罟音古，罛音姑，皆網也。」其五小注曰：「樓卜瀍注：白翎鵲見卷七《白翎鵲詞》。（今録如下：《類纂》：朔漠之地無他禽，惟鴻雁與白翎雀。鴻雁畏寒，秋南春北。白翎雀雖窮冬亦不易處。故元世祖作樂名曰《白翎雀》。鮑照詩：「昔如鞲上鷹」。劉良注：鞲，以皮蔽手而臂鷹也。《一統志》：北山夷産海青鳥，小而捷，能擒天鵝。然群燕撲之則墜，亦謂之海東青，爪白者尤異，五國城東出。）《琴曲譜録》：大胡笳十八拍，小胡笳十九拍，并蔡琰制。杓音勺。按陳思王有鵲尾杓。太白詩有鸕鷀杓、銀馬杓，亦其類。《拾遺記》：漢明帝夜宴群臣於照園，大官進櫻桃，以赤瑛爲盤。月下視之，盤與桃同色。群臣皆笑云是空盤。」①

三箬春深草色齊，花間蕩漾勝耶溪。采菱三五唱歌去，五馬行春駐大堤。
家住越來溪上頭，臙脂塘裏木蘭舟。木蘭風起飛花急，只逐越來溪上流。
寶帶橋西江水重，寄郎書去未回儂。莫令錯送回文錦，不答鴛鴦字半封。
馬上郎君雙結椎，百花洲下買花枝。罟罛冠子高一尺，能唱黄鶯舞雁兒。
白翎鵲操手雙彈，舞罷胡笳十八般。銀馬杓中勸郎酒，看郎色似赤瑛盤。
騎馬當軒鵠觜靴，西風馬上鼓琵琶。内家隊裏新通籍，不是南州百姓家。
小娃十歲唱桑中，盡道吴風似鄭風。不信柳娘身不嫁，真珠長絡守宫紅。《全元詩》，册39，第80—81頁

① 《歷代竹枝詞》，册1，第60—62頁。

海鄉竹枝歌四首

楊維楨

按，《歷代竹枝詞》亦録，題作《海鄉竹枝歌》，詩末均有小注，兹録於下。其一小注曰：「樓卜瀍注：《齊書》：張融作《海賦》以示徐凱之。凱之曰：公此賦實超元虚，但恨不道鹽耳。融即求筆注曰：『漉沙构白，熬波出素。積雪仲春，飛霜暑路。』李白詩：『吴鹽如花皎白雪』。」其二小注曰：「樓卜瀍注：亞仔，一作啞子，坍，他監切，塔平聲，水冲岸壞也。蟛似蟹而小。」其三小注曰：「《博物志》：橐駝日行二百里，負千斤。《洛中記》：有銅駝二枚，在宫之南。」其四小注曰：「樓卜瀍注：《後漢・南蠻傳》：五菱五溪蠻皆槃瓠之後。槃瓠，犬也。得高辛氏少女，生六男六女，織績木皮，好五色衣服。《元中記》：高辛氏美女未嫁，犬戎爲亂。帝曰：有討之者，妻以美女，封之百户。帝之狗名槃瓠，三月而殺犬戎之首來。帝以爲不可爲訓，乃妻以女，流之會稽東南二萬一千里，得海中土方三里而封之。生男爲狗，生女爲美女。其後滋曼，世號南蠻，或曰今洞蠻是也。《搜神記》：高辛氏有老婦人，居王宫，得耳疾，醫爲挑治，得一物，大如璽，婦人盛之以瓠，覆之以盤。俄而化爲犬，其文五色，名盤瓠。先生自記：《海鄉竹枝》，非敢以繼風人之鼓吹，於以達亭民之疾苦也。

觀民風者，或有取焉。」①

潮來潮退白洋沙，白洋女兒把耡耙。苦海熬乾是何日，免得儂來爬雪沙。
門前海坍到竹籬，堦頭腥臊蟛子肥。啞子三歲未識父，郎在海東何日歸。
海頭風吹楊白花，海頭女兒楊白歌。楊花滿頭作鹽舞，不與斤兩添銅鉈。
顏面似墨雙脚赬，當官脱袴受黄荆。生女寧當嫁盤瓠，誓莫近嫁宋家亭。《全元詩》，册39，第85頁

①《歷代竹枝詞》，册1，第63—64頁。

卷二二五五　元近代曲辭四

竹枝詞十首

王士熙

居庸山前澗水多，白榆林下石坡陀。後來纔度槍竿嶺，前車昨日到灤河。
宮裝騕褭錦障泥，百兩氈車一字齊。夜宿巖前覓泉水，林中還有子規啼。
新雨霏霏綠罽匀，馬蹄何處有沙塵。阿誰能剪山前草，贈與佳人作舞茵。
車簾都卷錦流蘇，自控金鞍撚仆姑。草間白雀能言語，莫學江南唱鷓鴣。
山前馬陳爛如雲，九夏如秋不是春。昨夜玄冥剪飛雪，雲州山裏盡堆銀。
山上去采芍藥花，山前來尋地椒芽。土屋青帘留買酒，石泉老衲喚供茶。
風高白海隴雲黄，寒雁來時天路長。山上逢山不歸去，何人馬蹄生得方。
山前聞説有神龍，百脉流泉灌水春。道與年年往來客，六月驚湍莫得逢。
天上瑶宮是吾居，三年猶恨往來疏。灤陽侍臣騎馬去，金燭朝天擬獻書。
龍岡積翠護新宮，灤水秋波太液風。要使竹枝傳上國，正是皇家四海同。《全元詩》，册21，第

17—18頁

同前

李　裕

妾身自比黃河水，長願入淮同一處。郎心亦似黃河水，險曲長年留不住。《全元詩》，册37，第195頁

同前

倪　瓚

詩序曰：「會稽楊廉夫邀余同賦《西湖竹枝詞》，余嘗暮春登瀕湖諸山而眺覽，見其浦漵沿洄，雲氣出没，慨然有感於中，欲托之音調，以聲其悲嘆，久未能成章。因睹廉夫之作，爲之心動言宣，詞凡八首，皆述眼前，不求工也。」

錢王墓田松柏稀，岳王祠堂在湖西。西泠橋邊草春緑，飛來峰頭烏夜啼。

湖邊兒女十五餘，烏紗約髮淺妝梳。却怪爹娘作蠻語，能唱新聲獨當壚。

湖邊女兒紅粉妝，不學羅敷春采桑。學成飛燕春風舞，嫁與燕山游冶郎。
心許嫁郎郎不歸，不及江潮不失期。踏盡白蓮根無藕，打破蜘蛛網費絲。
阿翁聞説國興亡，記得錢王與岳王。日暮狂風吹柳折，滿湖烟雨緑茫茫。
春愁如雪不能消，又見清明插柳條。傷心玉照堂前月，空照錢唐夜夜潮。
嗈嗈歸雁度春江，明月清波雁影雙。化作斜行箏上字，長彈幽恨隔紗窗。
辮髮女兒住湖邊，能唱胡歌舞蹋筵。羅綺薰香回紇語，白氈蒙頭如白烟。《全元詩》，册 43，第 148—149 頁

同前四首

姚文奐

儂家只在斷橋邊，勸郎切莫下湖船。湖船無舵難輕托，白日風波在眼前。
晚涼船過柳洲東，荷花香裏偶相逢。剥將蓮肉猜拳子，玉手雙開不賭空。
冰肌玉骨自清涼，藕花十里錦雲香。一朵紅衣初脱卸，却將蓮子打鴛鴦。
家住西湖第四橋，自從丱角學吹簫。年來愁得兩鬢雪，吹盡春風那得消。《全元詩》，册 46，第 322 頁

同前

胡奎

谿北谿南春雪消，谿水一夜忽平橋。明朝艇子載書畫，繫在屋前楊柳條。

屋前柳色鵝兒黄，鵝兒隊隊在林塘。柳色似鵝鵝似酒，春來自是斷人腸。《全元詩》，册 48，第 124 頁

同前

陶孟愷

白鹽山下水流急，白帝城邊楓葉稀。唱斷竹枝人不見，山頭月落鷓鴣飛。《全元詩》，册 52，第 338 頁

同前四首

宋禧

年年溪邊長浣沙，白郎未識阿郎家。昨夜西風打頭急，莫教吹折白荷花。

門前冬青樹一株，春夏秋冬棲老烏。老烏頭白帶霜雪，只管夜啼愁阿奴。
溪頭雨過溪水新，一夜月明愁殺人。誰將荷葉幾行泪，滴向鴛鴦五色身。
牽牛花開河水頭，黑牽牛對白牽牛。織女自在天上住，星影不隨河水流。《全元詩》，册53，第450頁

同前三首

汪廣洋

澗水泠泠清見沙，妾心如水諒無他。願言莫學楊花薄，一逐東風不戀家。
守近東窗弄玉梭，織成闊幅翠絞羅。殷勤持贈裁春服，莫遣纏頭買笑歌。
三百六十灘水清，桃花春漲沂來生。催歸不待臨岐語，昨夜子規啼到明。《全元詩》，册56，第215頁

同前四首

陶　安

昨夜床頭燈結花，朝來浣女立江沙。洗得紵衣如雪白，將謂雲時郎到家。

驚看屋角小梅開，別久空登望遠臺。龜兒卜得人回早，望到日斜還未來。
一去從戎音信稀，團團明月照孤幃。願郎一箭殺强虜，賞得新官騎馬歸。
十月江城霜雪飛，舊衣補熨待郎歸。將軍回後人無信，不忍開箱見舊衣。《全元詩》，册 56，第 477 頁

同前五首

呂　誠

題注曰：「夫役鑿脂山。」

石臼湖頭泥水深，北風吹折壯夫心。別家三月絶音問，一紙書來抵萬金。
臘月欲盡正月來，柳條弄色早梅開。年華却似東流水，又見青天塞雁回。
千夫萬夫蟻作堆，什什伍伍魚貫腮。常興埠頭候糧去，紅蘭街裏買薪來。
胭脂山頭雨雪飛，胭脂山前人苦饑。山下斧斤夜達旦，山上閒雲常自歸。
十八里岡雲有無，猋風掃地雪糢糊。山川通塞奚能問，閒看青山入太湖。《全元詩》，册 60，第 477 頁

同前二首

丁鶴年

竹鷄啼處一聲聲，山雨來時郎欲行。蜀天恰似離人眼，十日都無一日晴。

水上摘蓮青的的，泥中采藕白纖纖。却笑同根不同味，蓮心清苦藕芽甜。《全元詩》，册 64，第 398 頁

伯生約賦竹枝詞因再用韻

袁桷

君家竹葉江水清，我家竹枝三峽聲。三峽水隨江上去，回首望鄉終眼明。

蔟蔟青帘蕩子期，飄飄紅杏三月時。青帘紅杏總輕薄，自展碧牋書我詞。

暮雲纖纖如越羅，勸子不去知子何。桃花水深放船了，却憶關山塵土多。

愛君酒滑滑如泥，白眼叉手頭愈低。南鄰琵琶不堪聽，自舞柘枝驚春啼。《全元詩》，册 21，第 264—265 頁

袁桷

次韻繼學途中竹枝詞

按，《歷代竹枝詞》亦録，題作《次韻繼學途中竹枝詞十首》。①

居庸夾山僧屋多，鑿石化作金彌陀。但看行車度流水，不見舉拂談懸河。

紅袍旋風漾金泥，車前把酒長跪齊。忽聽琵琶相思曲，迎郎北來背面啼。

氈房錦幄花簇匀，酥凝疊餅生玉塵。晚傳宫壺檀板急，酒轉一巡先吐茵。

土屋苫草成屠蘇，前床翁媪後小姑。我郎南來得小婦，蘆笛聲聲吹鷓鴣。

雲州山如五朵雲，老松積鐵霾青春。遂令古雪不肯化，萬杵千爐煎貢銀。

山後天寒不識花，家家高曬芍藥芽。南客初來未諳俗，下馬入門猶索茶。

寒風捲蓬沙轉黄，駐馬問路路轉長。紅衣簇簇入新市，指點墟頭稱上方。

朔雲蕩蕩愁燭龍，土房擁被睡高舂。披衣上馬過前驛，清霜急雪時相逢。

① 《歷代竹枝詞》，册1，第30—31頁。

瀛洲往歲侍宸居，一度還家一度疏。近行開平十二驛，眼望南雁傳鄉書。

閶闔雲低接紫宮，水精涼殿起薰風。侍臣一曲無懷操，能使八方歌會同。《全元詩》，册21，第319—320頁

次韻繼學竹枝宛轉詞

袁 桷

詩末小注曰：「約八月十五日抵京。」

長年久客學吳儂，應對嫦娥認妾容。聞道秋來三十日，雪花飄處似深冬。

聞郎腰瘦寄當歸，望盡天邊破鏡飛。昨夜燈花圓似粟，倚門不肯送郎衣。

宮羅疊雪撚金龍，郎去香奩手自封。還家貂裘綿百結，教妾今年兩度縫。

年年河鼓度天津，郎在灤陽見得真。今夕定知郎到日，桂華浮魄滿香輪。《全元詩》，册21，第327頁

戲作東門竹枝詞五首

胡助

東門歲晚竹枝歌，白髮無情奈老何。古意猶存風俗厚，南人不似北人多。

病卒携筐拾墮薪，東門稍僻少車塵。久從叫佛樓邊住，慣見深眸高鼻人。

酒力微微夢易回，地鑪宿火已成灰。飛霜帶月寒駝吼，知有氈車直北來。

寒林不動静無風，小酌瓜虀面輒紅。晚向東門回首處，西山正在夕陽中。

馬通火軟穴居温，不管狂飆縞帶翻。舊歲闌珊新歲近，短轅何用出東門。《全元詩》，册 29，第 105—106 頁

和王左司竹枝詞

馬祖常

按，《歷代竹枝詞》亦録，題作《和王左司竹枝詞十首》，楊維楨曰：「詩名敵虞、王。西夏氏之詩振始于《石田集》也。《竹枝》蓋和王繼學之作，其音格矯健，類山谷老人云。」①

---

①《歷代竹枝詞》，册 1，第 42 頁。

翠華宴鎬承恩多，羽林似飛盡沙陀。從臣乞賜官法酒，千石銀甕來灤河。
緑綉檜頰翠流蘇，屬橐舍人金僕姑。宮中雲門教坊奏，歌偏竹枝并鷓鴣。
王繩雙闕回蒼龍，御溝石甃金水春。螭坳詞臣紫橐在，千年河清今日逢。
竹珠宛轉貫珠勻，襪羅凌波那有塵。書生好酒恨不醉，丞相莫惜車中茵。
日邊寶書開紫泥，内臣珠帽輦步齊。君王視朝天未旦，銅龍漏轉鷄人啼。
金爐寶薰留篆雲，花間百舌鳴早春。五坊戲馬賽争道，傳聲催賜十流銀。
紅藍染裙似榴花，盤疏飣餖芍藥芽。太官湯羊厭肥膩，玉甌初進江南茶。
天孫支機織流黃，雜花浮簾宮晝長。忽見琅玕種石上，却憶羊車來尚方。
太微前陳中天居，萬年樹影高扶疏。漢家諸臣經術士，殿中勸講三王書。
流杯池邊是鎬宮，金輿翠幰逗微風。嫣川玉液清如水，湛露承恩樂大同。《全元詩》，册29，第390—391頁

竹枝詞和歌韻自扈蹕上都自沙嶺至灤京所作

吴當

沙嶺風清宿雨多，白雲如雪夜陂陀。澗泉十里九曲折，北向天邊作御河。

雨過平沙不染泥，綵索凌風御帳齊。宮臣報道曉寒淺，有個黃鸝深樹啼。
宮車調得馬蹄勻，細草輕風不動塵。織成翠羽垂珠幕，縷就黃金結綉茵。
露下穹廬暑氣蘇，卧看織女映黃姑。山泉響似江南雨，林下不聞啼鷓鴣。
馬群彌野草連雲，當年玉帳度秋春。迎日捷書頻送喜，内間賜與出金銀。
羽獵長年從翠華，麋鹿生茸草茁芽。射得黃羊充内饍，更喜江南新貢茶。
果熟冰盤進御黃，秘殿揮毫對日長。元臣補衮應無闕，新賜宮衣自上方。
殿頭雲氣盡成龍，水晶簾影散高春。阿母傳杯池上宴，帝子吹簫月下逢。
霓旌移仗蕊珠宮，雲母屏門不隔風。花外侍臣成久立，聽得新歌樂意同。《全元詩》，册40，第173—174頁

竹枝詞題畫竹上二首

倪　瓚

按，《全元詩》亦録，題作《畫竹贈申彦學》。①

---

①《全元詩》，册43，第164頁。

阿儂渡江畏風波，望渠江上竹枝歌。淇園青青江水緑，不似瀟湘春雨多。

吴松江水似清湘，烟雨孤篷道路長。寫出無聲斷腸句，竹鷄啼處竹蒼蒼。《歷代竹枝詞》，册1，第88頁

卷二五六　元近代曲辭五

西湖竹枝詞

富　恕

按,《歷代竹枝詞》亦録,題作《竹枝》。① 《西湖竹枝詞》乃楊維楨首創,南北名士屬和者,凡一百二十二人,一時斯風大熾,楊氏輯衆人之作爲《西湖竹枝集》,并親撰序跋。兹録於右。《西湖竹枝集》序曰:「杭爲東南大郡,多佳山水,而西湖者,即古之臨平湖也。在趙宋建國時,琳宫梵宇,凉亭燠館,星布湖上; 畫船遊宴,殆無虚日; 名賢題詠甚夥。自後時移代易,雖所存者過半,而風流遺俗無異昔時,於是西湖之勝而尤甲于東南矣。前元楊維楨氏寓居湖上,日與郯韶輩留連詩酒,乃舍泛語爲清唱,賦《西湖竹枝詞》。一時從而和者數百家,雖婦人女子之作,亦爲收録。其山水之勝,人物之庶,風俗之富,時代之殊,一寓於詞,各見其意。集成,維楨既加評點,仍於諸家姓氏之下,注其平昔出處之詳,版行海内。

① 《歷代竹枝詞》,册 1,第 45—46 頁。

而《竹枝》之音，過於瞿塘、東吴遠矣。未幾元社既屋，版亦隨毀，全集罕見，所存者無幾。適余僉憲浙，西湖去外臺不半里，政事之暇，得與二三僚友升高遠望，湖光山色，交接於目。欲訪百年遺事，則故老盡矣。對景懷古，徒增慨嘆。近從左山劉君邦彦處得此本，披詠連日，喜不釋手。嗚呼！三百篇之後，代各有作，蓋發一時之所遇。諸公《竹枝》之作，亦皆發於一時之所遇者，豈有古今之殊哉？必欲流傳於將來，不意埋没歲久，如干將、莫邪在匣室中，光怪自不可掩耳。遂捐俸綉梓，仍廣有其傳，儻騷人墨客遊於湖上，酒酣扣舷，對兩峰歌此數曲，神交前賢於烟波浩渺間，豈不快哉！書此以識歲月云。歲何在？曰屠維單閼。月何在？曰律應南吕。年紀何？曰大明天順之三年也。賜進士出身浙江僉憲陵川和維振綱識。」「余閒居西湖者七八年，與茅山外史張貞居、苕溪郯九成輩爲唱和交。水光山色，浸沈胸次，洗一時尊俎粉黛之習，於是乎有《竹枝》之聲。好事者流布南北，名人韻士屬和者無慮百家。道揚諷諭，古人之教廣矣。是風一變，賢妃貞婦，興國顯家，而《列女傳》作矣。采風謡者豈可忽諸？至正八年秋七月會稽楊維楨書於玉山草堂。」①《西湖竹枝集》跋曰：「吴越音妖冶浮艷，故其歌皆pick輕淺之味，而於情獨深。如俗所傳，嘉興歌出於婦人兒子船

① 《歷代竹枝詞》，册 1，第 66—67 頁。

家販豎之口，而正使學士大夫深思苦索或不能就，乃知情之所肖即爲詩。《西湖竹枝詞》所謂肖之者也。偶從徐茂吴齋中見之，遂持歸，以命書奴對録，親自參校，刊正譌脱，三鼓而畢。尚期鏤版以公諸好事者。萬曆甲辰上燈夜，真實居士馮夢禎書。」①明陸容《菽園雜記》曰：「《西湖竹枝詞》，楊廉夫爲倡，南北名士屬和者，虞伯生而下，凡一百二十二人。吴郡士二十六人，而昆山在列者一十一人。其間最有名，時稱郭、陸、秦、袁，謂羲仲、良貴、文仲、子英也。陸本昆山太倉人，其稱河南，蓋姓原郡望耳。秦則崇明人，居太倉，崇明時屬揚州，故稱淮海。吕敬夫稱東倉即太倉。漫録廉夫原叙如左，以見吾鄉文事之盛有自來矣。郭翼字羲仲，吴之昆山人。博文史，不爲舉子業，專資以爲詩。其詩精悍者，在李商隱間。風流姿媚者，不在玉台下也。顧瑛字仲瑛，吴郡昆山人，吴中世家也。喜讀書，憲府試辟會稽教官，不就。築室號可齋，以詩酒自樂。才性高曠，尤善小李詩及今樂府。海内文士樂與之交，推爲片玉山人云。袁華字子英，吴郡昆山人。博學有奇才，自幼以詩名搢紳間。如『三峰月寒木客嘯，丹陽湖深姑惡飛』，皆膾炙語也。又如『銀杏樹陰不受暑，薔薇花開猶蚕春』，可稱才子矣。顧晉字進道，仲瑛次子。好讀書，性不愛浮靡，見趨競者不與交，

① 《歷代竹枝詞》，册1，第67頁。

貞素自守，淡如也。字法古甚，其詩法有玉山之風云。陸元泰字長卿，吴之昆山人。先世故宋進士，以貲雄一邑。至長卿不求顯達，而專志書史，家聲不墜焉。顧元臣字國衡，仲瑛之子。年少能讀書，作詩俊爽，世其家者也。顧佐字翼之，仲瑛兄仁之子。好吟詩，時有驚人句，蓋亦漸染玉山之習云。張希賢字希顔，吴之昆山人。讀書儒雅，酷志作詩。好古物，圖畫列左右，人間欲得之者，即便持去，毋所顧惜，趣尚可知矣。陸仁字良貴，河南人。明經，好古文，其詩學有祖法，清俊奇偉，如《佛郎國進天馬頌》《水仙廟迎送神辭》《渡黄河望神京》諸篇，縉紳先生莫不稱道之。其翰墨法歐，楷章草皆灑然可觀。秦約字文仲，淮海人。博學强記，不妄交。隱居著書，尤好吟詠。古樂府如《精衛》《望夫石》，律詩如《吴桓王》《岳鄂王》諸篇，的的可傳者也。吕誠字敬夫，吴之東倉人。幼聰敏，喜讀書，能去豪習。家有梅雪齋，日與文士倡和，其作詩故清絶云。其餘吴士則陳謙字平、沈右仲説、張簡仲簡、馬稷民立、張田芸己、顧敬思恭、張守中大本、周南正道、陸繼美繼之、富恕子微、繆侃叔正、嚴恭景安、强珇彦栗、釋椿大年、璞良琦也。」①明許元溥《吴乘竊筆》「昆山人物補」條曰：「顧晉字進道，仲瑛次子，好讀書，性不愛浮靡，見趨競者不與交，貞素自守，淡如也。

①［明］陸容《菽園雜記》卷一三，叢書集成初編，册330，中華書局，1985年版，第161—163頁。

字法古甚，其詩法有玉山之風雲。陸元泰字長卿，先世故宋進士，以貲雄一邑，至長卿不求顯達，而專志書史，家聲不墜焉。顧元臣字國衡，仲瑛之子，年少能讀書，作詩俊爽，世其家者也。顧佐字翼之，仲瑛兄仁之子，好吟詩，時有驚人句，蓋以漸染玉山之習云。張希賢字希顔，讀書儒雅，酷志作詩，好古物圖畫，列左右，人間欲得之者，即便持去，無所顧惜，趣尚可知矣。右五人見楊廉夫《西湖竹枝詞集》中，爲《蕺園雜記》所載。而方矯亭、王聞修、張元長《昆山人物志》俱不録，豈因薪積，遂致烟銷邪？」①

十里荷花錦一機，雨餘荷氣撲人衣。滿船游女蒙白苧，陣陣腥風鷗鷺飛。《全元詩》，册 20，第 332 頁

同前

黄公望

水仙祠前湖水深，岳王墳上有猨吟。湖船女子唱歌去，月落滄波無處尋。《全元詩》，册 23，第 49 頁

① ［明］許元溥《吴乘竊筆》，叢書集成初編，册 3156，中華書局，1985 年版，第 4 頁。

同前三首

楊　載

按，清顧嗣立《元詩選》收前二首，題作《悼鄰妓二首》，於其一後有注曰：「此一首，《元詩體要》作揭傒斯。誤。」①《全元詩》亦收前二首，題作《憐鄰妓》，凡三首，此爲其一、其三，另有其二曰：「金沙灘上觀音面，劫火光中幻化身。抱取摩尼却歸去，天衣元不污風塵。」②本卷從《歷代竹枝詞》。

西子湖邊楊柳花，隨風漂泊到天涯。青春遇著歸來燕，銜入當年王謝家。

一種腰肢分外妍，雙眉畫作月娟娟。春風吹破襄王夢，行雨行雲若個邊。

采蓮女郎蓮花腮，藕絲衣裳難剪裁。瞥然一見唱歌去，荷葉滿湖風雨來。《歷代竹枝詞》，册1，第35—36頁

① 《元詩選》初集，第977頁。
② 《全元詩》，册25，第297頁。

同前

楊維楨

詩序曰：「《竹枝》本夜郎之音。依聲制辭，實起劉朗州。辭若鄙陋，而發情止義，有風人騷子之遺意。然則制《竹枝》者不尤愈與！今樂府制湖中曲者多矣，而未有補《竹枝》之缺，故余補十章，更率能言之士繼之。」按，此詩《全元詩》失收。《歷代竹枝詞》據《元詩體要》卷四及《鐵崖樂府注》卷一〇凡兩收：前者題作《西湖竹枝詞》，後者題作《西湖竹枝歌》，二者頗多異文，後者每詩末有小注，故本卷亦予重録，將後者著録于《西湖竹枝歌》題下。

蘇小門前花滿株，蘇公堤下水準湖。南官北使須到此，江南西湖天下無。

家住西湖新婦磯，勸郎休唱金縷衣。琵琶本是韓憑木，彈作鴛鴦一處飛。

湖口行雲湖日陰，湖中斷橋湖水深。行雲無心似郎意，斷橋有柱是儂心。

勸郎休上南高峰，勸郎休上北高峰。南高峰雲北高雨，雲雨相隨惱殺儂。

石新婦下水連空，飛來峰前山萬重。妾死甘爲石新婦，蕭郎或似飛來峰。

片言許郎金石剛，阿奴不是野鴛鴦。爲郎歌舞爲郎死，不惜珍珠成斗量。

望郎一朝又一朝，信郎信似錢塘潮。錢塘潮信有時失，臂上守宫無日消。

水仙廟下是儂樓，樓前有儂蓮葉舟。行人苦道横波急，不載行人西渡頭。

采蓮能歌歌莫愁，因學吹笛唱梁州。不識黄雲隴水怨，吹作大堤楊柳秋。

奴家即在西塍頭，不比春風蘇小愁。人道西湖女淫苦，安得有此青陵丘。《歷代竹枝詞》，册1，第64—65頁

同前

莊　蒙

日出裏湖烟水開，楚陽臺下抱琴來。夜深彈罷烏啼曲，明月自照高高臺。《全元詩》，册24，第226頁

同前

曹妙清

按，《歷代竹枝詞》亦録，楊維楨《西湖竹枝集》曹妙清小傳曰：「善鼓琴，工詩章。三十不嫁，而有風操可尚。觀其所賦《竹枝》，可知其爲人焉。行書點畫皆有法度。嘗寫詩寄

予。答之曰：『紅牙筦蒂紫貍毫，雪水初融玉帶袍。其家硯名。寫得薛濤萱草帖，西湖紙價頓能高。』其事母孝謹，故云。」①

美人絶似董嬌嬈，家住南山第一橋。不肯隨人過湖去，月明夜夜自吹簫。《全元詩》，冊 24，第 227 頁

同前

張妙静

憶把明珠買妾時，妾起梳頭郎畫眉。郎今何處妾獨在，怕見花間雙蝶飛。《全元詩》，冊 24，第 228 頁

① 《歷代竹枝詞》，冊 1，第 96 頁。

同前

張雨

光堯内禪罷言兵，幾番御舟湖上行。東京鄰舍宋大嫂，就船猶得進魚羹。《全元詩》，册31，第409頁

同前

陳樵

望夫石上望夫時，杜宇朝朝勸妾歸。未必望夫身化石，且向征夫屋上啼。

僻亭兒女生可憐，今年同上采蓮船。妾心恰似荷心苦，知食么荷不食蓮。

吴越相望瘴海深，一十二驛到山陰。朱麟日走一千里，不爲傳書寄阿心。《全元詩》，册28，第374—375頁

同前

薩都剌

湖上美人彈玉筝，小鶯飛度緑窗櫺。沈郎雖病多情在，倦倚屏山不厭聽。《全元詩》，册 30，第 295 頁

同前

宋本

按，《全元詩》亦録，凡十首，題作《舶上謡送伯庸以番貨事奉使閩淛》，此二首爲其四、其五。《全元詩》又有按語曰：「其四、其五，作爲《西湖竹枝詞》曾收入楊維楨《西湖竹枝集》。」①

① 《全元詩》，册 31，第 90 頁。

涌金門外是西湖，堤上垂楊盡姓蘇。作得吴歌阿誰唱？小卿墳上露蘭枯。

舊時家住黑橋街，二十餘年不往來。憑仗使君一問訊，楊梅銀杏幾回開。《歷代竹枝詞》，册1，第43頁

同前 歐陽公瑾

第一橋邊第一家，瓜皮船子送琵琶。妾身自是良家女，不是當年蘇小家。《全元詩》，册30，第317頁

同前 貫策

郎身輕似江上篷，昨日南風今北風。妾身重似七寶塔，南高峰對北高峰。《全元詩》，册31，第220頁

同前

任昱

元楊維楨《西湖竹枝集》任昱小傳曰：「少年狎游平康，以小樂章流布裙釵。晚銳志讀書。爲七字詩甚工。」①

儂住湖邊一作西湖。二十年，花開花落任春妍。門前有個垂楊樹，不著游人繫畫船。《全元詩》，册33，第387頁

同前

柯九思

浙江春來春水平，洲渚縈回春日明。江頭兒女唱歌去，風送楊花迷遠情。《全元詩》，册36，第47頁

① 《歷代竹枝詞》，册1，第47頁。

同前

李孝光

題注曰：「一作《蘇臺竹枝詞》。」按，此詩《全元詩》失收。

十五女兒可憐生，手牽百丈踏泥行。洗脚上船歌白苧，春風吹過闔閭城。《歷代竹枝詞》，册1，第67—68頁

同前

貝瓊

按，此詩《全元詩》失收。

六月玉泉來看魚，湖頭雨過盡芙蕖。芙蕖花開郎更遠，玉泉魚少亦無書。

聞郎難過李陵臺，湖上荷花今又開。那似岳王墳上樹，枝枝葉葉盡南回。《歷代竹枝詞》，册1，

第69頁

同前

陳謙

樓下攤錢還上樓，花前夜醉曉扶頭。不知命犯何星宿，一日猖狂百歲愁。《全元詩》，册36，第66頁

同前

甘立

河西兒女戴罟罛，當時生長在西湖。手抱琵琶作吴語，記得吴中吴大姑。《全元詩》，册36，第254頁

同前

宇文公諒

按，《歷代竹枝詞》據《宋金元明四朝詩・御選元詩》卷七亦録後七首，「奴唱吴歌郎扣舷」爲其一，「赤欄橋低官柳斜」爲其二。《歷代竹枝詞》又有附記曰：「《元詩自携・七言截

句》卷四載前四首，并於第四首後注曰：『楊鐵崖《西湖竹枝詞》中只載此一首云：『蘇小門前騎馬過，相逢白髮老宮娥。自言記得前朝事，只説當年賈八哥。』與此詩語小異。』①

蘇小門前騎馬過，相逢白髮老宮娥。自言記得前朝事，只説當年賈八哥。
赤欄橋低官柳斜，粉墻短短阿誰家。女郎恰抱琵琶出，早有小船來賣花。
奴唱吴歌郎扣舷，明朝郎去有誰憐。恨殺吴山遮望眼，不見江頭郎去船。
斷霞洒洒魚尾紅，清唱一聲湖山東。阿奴只在綉簾裏，隔着荷花無路通。
湖裏茭青日日多，蘇小門前無客過。今來古往只如此，休説當年賈八哥。
湖上交秋風露凉，湖中蓮藕試新嘗。蓮心恰似妾心苦，郎意争似藕絲長。
菱花菱葉間水浜，采蓮入港與郎逢。勸君挾彈休打鴨，鴛鴦飛起杳無踪。
孤山山上野梅開，折花傍水傾金杯。總道梅花天下白，祇似渠奴傅粉腮。《全元詩》，册 36，第 259—260 頁

①《歷代竹枝詞》，册 1，第 76 頁。

卷二二五七　元近代曲辭六

西湖竹枝詞　鄭元祐

岳王墳西是妾家，望郎不見見棲鴨。孤山若有奢華日，不種梅花種杏花。
青青兩點海門山，郎去販鮮何日還。潮水便如郎信息，江花恰似妾容顔。《全元詩》，册36，第371頁

同前　屠性

二八女兒雙髻丫，黄金條脱銀條紗。清歌一曲放船去，買得新妝茉莉花。《全元詩》，册37，第65頁

同前

趙　奕

湖頭日日水光波，兩兩吴娃打槳過。笑隔夫蕖不相識，向人猶自唱吴歌。《全元詩》，册37，第108頁

同前

唐　棣

門前楊柳亂吹花，第一橋頭第一家。馬上郎君休挾彈，柳枝深處有慈鴉。《全元詩》，册37，第397頁

同前六首

貢師泰

《全元詩》按語曰：「按：詩題《西湖竹枝詞六首》，存詩僅四首。《西湖竹枝集》録有二首(其三、其四)。其四，《西湖竹枝集》所録異文較多，重録于次：『葛嶺東家是相門，當年

甲第入青雲。樓船撑入裏湖去，可曾望見岳王墳。』」①

柳州寺前湖水平，阿誰湖上唱歌聲。畫船買得十樣錦，行近荷花須盡聽。
紅裙女兒坐船頭，朝朝莫莫白蘋洲。近來學得新行令，爲郎把酒一澆愁。
芙蓉葉底雙鴛鴦，飛來飛去在横塘。人生多少不如意，水遠山長難見郎。
葛嶺西邊師相宅，潭潭府第欲連雲。别買樓船過湖去，可曾看見岳王墳。《全元詩》，册 40，第 319 頁

按，《歷代竹枝詞》亦録，題作《和楊廉夫西湖竹枝詞元十首，今逸其三》。②

同前七首

錢惟善

---

①《全元詩》，册 40，第 319 頁。
②《歷代竹枝詞》，册 1，第 120 頁。

貧家教妾自當壚，馬上郎君不敢呼。折得荷花待誰贈，葉間紅泪滴成珠。
西湖之水清而深，照見西山碧玉簪。流入城中釀官酒，日課豪家千兩金。
春日高樓聞竹枝，梨花如雪柳如絲。珠簾不被東風捲，只有空梁燕子知。
楊柳人家雙燕雛，銜泥燕涴越羅襦。雕胡掌齊藕絲嫩，五月西湖天下無。
日莫天寒野水濱，孤山愁絶四無鄰。誰家處子如冰雪，行傍梅花不見人。
錢湖門外春茫茫，不歌采菱歌采桑。共道蓮心苦於妾，未應花貌不如郎。
阿姨住近段家橋，山妬蛾眉柳妬腰。東山井頭黑雲起，早回家去怕風潮。《全元詩》，册 41，第 95—96 頁

同前

吴　復

明郎瑛《七修類稿》「西湖竹枝詞」條曰：「《竹枝詞》本夜郎之音，起于劉朗州，蓋《子夜歌》之變也，實有風人騷子之遺意。故楊廉夫云：『制《竹枝詞》者，不猶愈於今之樂府乎？』吾杭西湖有《竹枝詞》一帙，乃廉夫爲倡，一時詩人和者，惜無刻本。予祖母之姑亦有一詞於上。昨見瞿存齋《詩話》，論其二章，用意甚佳，惜不知姓氏，今補其姓氏於右。其詩

云：『春暉堂上挽郎衣，別郎問郎何日歸。黄金臺高倘回首，南高峰頂白雲飛。』又云：『官河繞湖湖繞城，河水不如湖水清。不用千金酬一笑，郎恩纔重妾身輕。』前乃丹丘李介石字守道作，後乃富春吴復字見心作。其人間傳誦『雲歸沙嶼白，日出水城黄』，乃吴之警句也。」①

官河遶湖湖遶城，河水不如湖水清。不用千金酬一笑，郎恩纔重妾身輕。
西京記書三載强，錦心織出雙鴛鴦。肯逐大堤楊柳絮，一翻風雨一翻狂。《全元詩》，册 41，第 323 頁

同前

沈　右

勸郎莫向花下迷，勸郎莫待醉如泥。臨行更有分明語，枝上流鶯休亂啼。《全元詩》，册 41，第 391 頁

① 《七修類稿》卷二六，第 280—281 頁。

同前

周南

蘇公堤上草離離，春盡王孫尚未歸。風度珊珊簾影直，一雙紫燕近人飛。

采菱女兒新樣妝，瓜皮船小水中央。郎心只如菱刺短，妾情謾比藕絲長。《全元詩》，册42，第158頁

同前

吴禮

湖上鴛鴦相對飛，春寒著人郎未歸。莫捲珠簾看行路，楊花撩亂撲人衣。《全元詩》，册42，第303頁

同前

吴禮

不愛郎君紫綺裘，不愛郎君珊瑚鈎。永求同生願同死，化作蓮花長并頭。《全元詩》，册42，第

同前

熊夢祥

船頭新月恰如眉，折得雙頭蓮子歸。荷花菱葉不同種，蝴蝶蜻蜓各自飛。《全元詩》，册 42，第 303 頁

同前三首

倪瓚

愁水愁風人不歸，昨宵水没釣魚磯。蹋盡蓮根苦無藕，著多柳絮不成衣。

桐樹原栽金井西，月明照見影離離。不比蘇公隄上柳，烏鴉飛去鷓鴣啼。《全元詩》，册 43，第 328 頁

鷓鴣生長最高枝，雁壻銜將向北歸。天長水闊無消息，只有空粱燕子飛。《歷代竹枝詞》，册 1，第 86 頁

同前

同　同

西子湖頭花滿烟，謾郎日日醉湖邊。青樓十丈鈎簾坐，簫鼓聲中看畫船。《全元詩》，册 43，第 218 頁

同前

曹　睿

昨夜西湖月色多，照見郎君金叵羅。明朝江頭放船去，江亭風雨奈君何。《全元詩》，册 43，第 221 頁

同前

韋　珪

元楊維楨《西湖竹枝集》韋珪小傳曰：「早年以詩鳴其鄉。有《梅花百詠》梓行於書坊。其網羅古今詩人之學而日進於古者未已也。《竹枝》二章，語意俱新，可稱作

者矣。」①

湖中艇子風徐徐，秋水蕩漾金芙蕖。釣魚不是貪雙鯉，爲恐腹中藏素書。

蘇小門前月漾波，牽牛織女挂秋河。恨妾如星圓處少，恐郎如月缺時多。《全元詩》，册44，第449頁

同前四首

康　瑞

蘇公六橋柳垂堤，照見郎君鞍馬肥。蜻蜓蝴蝶不相識，各自相憐尋伴飛。

南高峰頭雲未開，北高峰頭雨頻催。爲雲爲雨幾時了，醉裏相期夢裏來。

合歡釵頭雙荔支，同心結得能幾時。蓮莖有刺郎解折，蓮子有心奴自知。

拍湖春水段家橋，紫額湘簾碧玉簫。橋邊楊柳爲誰苦，牽惹風光千萬條。《全元詩》，册45，第309—310頁

---

①《歷代竹枝詞》，册1，第103頁。

同前

于　立

儂家住在涌金門，青見高峰白見雲。嶺上已無丞相宅，湖邊猶有岳王墳。

楊柳樹頭雙䳺鴣，雨來逐婦晴來呼。鴛鴦到死不相背，雙飛日日在西湖。《全元詩》，册45，第427頁

同前

不花帖木兒

湖上春歸人未歸，桃紅柳緑黄鶯飛。桃花落時多結子，楊花落處衹沾衣。《全元詩》，册46，第18頁

按，《歷代竹枝詞》亦録，附記曰：「《宋金元明四朝詩·御選元詩》卷八載此首，署名布哈特木爾。」

同前

李廷臣

楊花飛盡荷花開，南人北人湖上來。蕩舟自唱黄陵曲，載得山頭月子回。《全元詩》，册46，第217頁

同前

李元珪

郎去遠過江上山，望郎江上幾時還。只怕郎歸不相識，湖邊日日照容顔。
三月湖邊花亂開，江邊望船郎未回。燕子來時春又去，心酸不待喫青梅。《全元詩》，册46，第237頁

同前

張簡

鴛鴦蝴蝶盡雙飛，楊柳青青郎未歸。第六橋邊寒食雨，催郎白苧作春衣。《全元詩》，册46，第

293頁

同前

張師賢

按，《歷代竹枝詞》亦録，作張希賢詩，附記曰：「《元詩紀事》卷二四收入此詩，署名張師賢。」①

孤山脚下路三叉，孤山墓上好梅花。不似馬塍桃李樹，隨春供送到人家。《全元詩》，册46，第298頁

同前

張渥

長簪高髻畫雙鴉，多在湖船少在家。黃衣少年不相識，白日敲門來索茶。《全元詩》，册46，第303頁

① 《歷代竹枝詞》，册1，第81頁。

同前　陳聚

茜紅裙子柳黄衣，花間采蓮人不知。唱歌蕩槳過湖去，荷葉荷花風亂吹。《全元詩》，册46，第306頁

同前　朱彬

南北高峰作鏡臺，十里湖光如鏡開。行人有心都照見，勸郎肝膽莫相猜。
湖水東來日欲西，蘭苕參差那得齊。蘇公堤邊人蕩槳，吳山樹頭烏欲棲。《全元詩》，册46，第402頁

同前七首　郯韶

按，《歷代竹枝詞》亦録，附記曰：「《歷代詩話》卷七〇收入第一、二首，署名郗九成，

『郗』爲『郄』之誤。」①又，《歷代竹枝詞》，無其五②。

十五女兒羅結垂，照水學畫雙娥眉。長橋橋下彎彎月，偏向儂家照別離。

妾家西湖住橫塘，門前楊柳萬條長。憑郎醉後莫折斷，留待重來繫馬繮。

風篁嶺頭西日暉，青龍港口新月微。放船過去還蚤在，待取一道夜歌歸。

闌鎖六橋春水深，鴛鴦鸂鶒蕩人心。吴兒生長自吴語，却向船頭學楚吟。

壚頭三月春酒香，門前楊柳萬柳長。憑郎醉後休折斷，留待重來繫馬繮。

湖上荷花嬌欲語，湖中女兒木蘭舟。荷花折得渾自好，只恐荷盤不耐秋。

蘇堤寺堤一徑同，春花秋月長相逢。白面少年不相識，笑擲金錢唤阿儂。《全元詩》，册47，第110—111頁

①《歷代竹枝詞》，册1，第88頁。

②《歷代竹枝詞》，册1，第89頁。

卷二二五八　元近代曲辭七

西湖竹枝詞二首

陸　仁

山下有湖湖有灣，山上有山郎未還。記得解儂金絡索，繫郎腰下玉連環。

別郎心緒亂如麻，孤山山角有梅花。折得梅花贈郎別，梅子熟時郎到家。《全元詩》，册47，第133頁

同前

顧　敬

樓船女兒日晚歌，蓮心結子綰雙螺。湖水瀟瀟湖月白，奈爾湖中涼夜何。《全元詩》，册47，第137頁

同前

繆侶

初三月子似彎弓，照見花開月月紅。月裏蟾蜍花上蝶，憐渠不到斷橋東。《全元詩》，册47，第166頁

同前

邊魯

戴勝降時霜葉青，梨花開處近清明。狂夫歸來未有信，蝴蝶做團飛上城。《全元詩》，册47，第472頁

同前

胡奎

荷葉蓋頭花拂衣，今夜采蓮當早歸。昨日小孤回棹晚，鴛鴦驚過裏湖飛。
儂家住在瑪瑙坡，與郎湖上采么荷。儂比蓮心心最苦，郎如藕絲絲更多。

妾是藕條郎似荷，勸郎聽唱竹枝歌。藕條抱節絲難斷，荷葉留心苦更多。

妾是浮萍郎似花，花隨風去落天涯。浮萍只戀池中水，花性飄揚不戀家。

妾是荷花郎是萍，萍隨波浪任飄零。荷心不離泥中藕，花謝明年葉再青。

郎是天河妾是星，與郎相見最分明。河流只向西南去，抛妾東邊渡不成。

西子湖邊楊柳花，隨風隨雨落天涯。莫教飛入湖中去，化作浮萍不戀家。

湖中荷葉緑田田，恰似人間子母錢。若能買得春愁斷，儂亦移家傍水邊。《全元詩》，册 48，第 124—125 頁

同前

顧瑛

元楊維楨《西湖竹枝集》顧瑛小傳曰：「吴中世家也。喜讀書。憲府試辟會稽教官，不就。築室號可齋，以詩酒自樂。才性高曠，尤善小李詩及今樂府。海内文士樂與之交，推爲片玉山人。」①

---

①《歷代竹枝詞》，册 1，第 107 頁。

素雲缺月挂秋河，聽得臨風白苧歌。湖水西來流不斷，海潮東去是風波。

陌上采桑桑葉稀，家中看蠶怕蠶饑。大姑要織回文錦，小姑要織嫁時衣。《全元詩》，册49，第131頁

同前

卞思義

小蘇吹笛最高樓，吹作大堤楊柳秋。只今青冢在湖上，不識黄雲出塞愁。《全元詩》，册50，第110頁

同前四首

釋文信

按，此詩其一與楊維楨《竹枝歌》其二同，暫兩存，楊詩亦見本卷。

湖西日脚欲没山，湖東月出牙梳彎。南北兩峰船上看，恰似阿儂雙髻鬟。

湖上采菱憐濕衣，泥中取藕偶得歸。怪殺鴛鴦不獨宿，却嫌瀉鶒傍人飛。

蹙金麒麟雙髻丫，白銀作甲彈琵琶。何曾辛苦事蠶織，水口紅船長是家。

東邊高樓紅紫開，西邊青山翠成堆。吴兒蕩槳浪花裏，相賽唱歌船去來。《全元詩》，册 50，第 117—118 頁

同前

聶　鏞

按，《歷代竹枝詞》亦録。元楊維楨《西湖竹枝集》聶鏞小傳曰：「幼警悟，從南州儒先生問學。通經術，善歌詩，尤工小樂章。其音節慕薩天錫，如『九重天上日初和，翡翠簾垂午漏過。聞道南閩新入貢，雕籠進上白鸚哥。』亦宫詞之選也。」①

郎馬青驄新鑿蹄，臨行更贈錦障泥。勸郎莫繫蘇隄柳，好踏新沙宰相隄。《全元詩》，册 50，第 122 頁

---

①《歷代竹枝詞》，册 1，第 100 頁。

同前

吴世顯

湖中日日坐船窗，水面鯉魚長一雙。好寄尺書問郎信，惱人湖水不通江。《全元詩》，册 50，第 127 頁

同前

釋　照

阿儂家住第三橋，白粉墻低翠竹高。春光一日老一日，怕見花間一作開飛伯勞。

日日采蓮湖水濱，湖中白日照青春。東風吹雨過湖去，江花愁殺未歸人。《全元詩》，册 50，第 129 頁

同前

劉　肅

日出放船水中流，日落風波浪打頭。勸郎移向儂家去，楊柳青青堪繫舟。《全元詩》，册 50，第 138 頁

同前

張守中

西湖女兒似西施，瓜皮小船歌竹枝。郎心如月有時黑，妾身如山無動時。
蘇公堤上柳枝枝，月子彎彎似妾眉。記得雙雙拜新月，只今獨有影相隨。《全元詩》，册50，第142頁

同前

楊慶源

小姑女兒住裏湖，年來十八十三餘。自從湖口送郎去，馬上金錢不受呼。
湖中采菱菱刺長，芡頭新剥掌中藏。掌中芡子眼中泪，化作鮫珠來遺郎。《全元詩》，册50，第162頁

同前

徐夢吉

雷峰港口曉涼天，相唤相呼去采蓮。莫爲采蓮忘却藕，月明風定好回船。《全元詩》，册 51，第 140 頁

同前

釋椿

放船早出裏湖邊，阿儂唱歌郎踏船。唱得望湖太平曲，共郎長樂太平年。《全元詩》，册 51，第 120 頁

同前

顧佐

阿儂心似湖水情，願郎心似湖月明。南山雲起北山雨，雲雨朝朝何處晴。《全元詩》，册 51，第 121 頁

同前

蔣克勤

題詩秋葉手新裁，好似阿儂紅頰腮。寄與錢塘江上水，早潮回去晚潮來。《全元詩》，册51，第122頁

同前

熊進德

金絲絡條雙鳳頭，小葉尖眉未著愁。大姑昨夜苕溪過，新歌學得唱湖州。
銷金鍋邊瑪瑙坡，争似儂家春最多。蝴蝶滿園飛不去，好花紅到翦春蘿。《全元詩》，册51，第123頁

同前

楊仮

《全元詩》按語曰：「《元詩紀事》卷二四收入此三首，署名康瑞。《歷代竹枝詞》據《元

詩紀事》，收入康瑞名下。」

大船槌鼓銀酒缸，小船吹笛紅綉窗。鴛鴦觸櫂忽驚散，荷花深處又成雙。

燕子來春雁來秋，曾見錢王衣錦游。英雄漫説八百里，只管東西十四州。

獅子峰頭插將旗，鳳凰山下草離離。三宫去後宫門閉，恰似錢王獻土時。《全元詩》，册51，第124頁

同前

馮士頤

明郎瑛《七修類稿》「雙頭橋」條曰：「吾杭西湖南，入路曰長橋，《宋志》：『俗名雙投橋。』昨讀抄本《西湖竹枝集》，元富春馮士頤有詞曰：『與郎情重得郎容，南北相看只兩峰。請看雙投橋下水，新開雙朵玉芙蓉。』注：以常有情人雙投于橋，故長橋名雙投。」①

① 《七修類稿》卷五，第55頁。

與郎情重爲郎容，南北相看只兩峰。請看雙峰橋下水，新開雙朵玉芙蓉。《全元詩》，册 51，第 125 頁

同前　嚴恭

湖中女兒不解愁，三三蕩槳百花洲。貪看花間雙蛺蝶，不知飛上玉搔頭。《全元詩》，册 51，第 126 頁

同前　謝寅

郎書前月發京華，燕子來時當到家。記得去年裁白苧，郎君繫馬石榴花。《全元詩》，册 51，第 127 頁

同前　韓好禮

題注曰：「此詞暗藏禽鳥名。」

翠柳黄鶯金縷衣，海棠紅嘴兩相思。賓郎本是薄情鳥，獨要阿儂呼畫眉。《全元詩》，册 51，第 128 頁

同前

錢大有

淡黄裙子縷金衫，長髻垂肩短鳳簪。不願燕一作西。京嫁官去，花枝草蔓自江南。《全元詩》，册 51，第 129 頁

同前

盧　浩

元楊維楨《西湖竹枝集》盧浩小傳曰："好古喜學。其爲詩不輕于用心，天然超詣者，流輩莫能儷。《竹枝》首章，杭人争誦之。"①

① 《歷代竹枝詞》，册 1，第 103 頁。

記郎別時風颼颼，銀鼠帽子黄鼠袍。别來轍迹不可見，湖中青草如人高。
屋前小松郎手移，松高過屋郎未知。願郎歸來莫再别，郎作女蘿儂兔絲。《全元詩》，册51，第130頁

同前

鄭　賀

北高峰頭儂望夫，望見西子下姑蘇。脂塘水腥吴作沼，莫將西子比西湖。《全元詩》，册51，第131頁

同前

掌機沙

按，《歷代竹枝詞》亦録。元楊維楨《西湖竹枝集》掌機沙小傳曰：「禮部尚書哈散公之孫也。學詩於薩天錫，故其詩風流俊爽，觀於《竹枝》，可以稱才子矣。」①附記曰：「《宋金元明四朝詩·御選元詩》載此首，署名章吉寶克。」②

①《歷代竹枝詞》，册1，第100頁。
②《歷代竹枝詞》，册1，第100頁。

南北峰頭春色多，湖山堂下來棹歌。美人蕩槳過湖去，小雨細寒生緑波。《全元詩》，册51，第132頁

同前

燕不花

按，《歷代竹枝詞》亦録，附記曰：「《宋金元明四朝詩·御選元詩》卷八載此首，署名雅克布哈。」①

湖頭水滿藕花香，夜深何處有鳴榔。郎來打魚三更裏，凌亂波光與月光。《全元詩》，册51，第133頁

同前

陳樞

按，《歷代竹枝詞》亦録，附記曰：「『鴛鴦宛在水中央』一首與《石倉歷代詩選》卷三四

---

① 《歷代竹枝詞》，册1，第106頁。

一陳秀民《西湖竹枝歌》略同。」①

且莫唱君楊白花，聽我西湖竹枝歌。竹枝青青都是節，楊花輕白奈君何。

鴛鴦宛在水中央，恰似阿儂初嫁郎。擲却郎君金彈子，勸郎切莫打鴛鴦。《全元詩》，册51，第134頁

同前

陸元泰

桃花衖口春水波，梅花墓下竹枝歌。桃花開處春光老，梅花開處月明多。《全元詩》，册51，第135頁

同前

郭庸

元楊維楨《西湖竹枝集》郭庸小傳曰：「鋭志經學，善屬文，作詩有新意，時輩罕及。嘗

---

①《歷代竹枝詞》，册1，第82頁。

從楚先生游。觀其《竹枝》，亦可謂中州之才子也。」①

日落平湖艇子遲，岸花汀草伴人歸。鴛鴦驚散東西去，唯有蜻蜓蛺蝶飛。

流光昨日又今朝，猶憶當年醉六橋。金鵲翠蕤紛在眼，生紅七尺繫郎腰。《全元詩》，册 51，第 136 頁

同前

章　善

江晚白蘋花正開，郎船不用待潮來。行人只解隨潮去，不解隨潮去却回。

去年作客向長沙，今年書來在三巴。恨郎一似楊花性，見郎一似菖蒲花。《全元詩》，册 51，第 137 頁

---

①《歷代竹枝詞》，册 1，第 100 頁。

卷二五九　元近代曲辭八

西湖竹枝詞

褚簡

港上蘋蒲翠葉齊，鳧鷗鴻雁總來棲。勸郎得意且行樂，白苧尊前日易西。《全元詩》，册51，第138頁

同前

高克禮

第四橋頭第一灣，看魚直上玉泉山。大魚已逐龍飛去，留得當時舊賜環。《全元詩》，册51，第139頁

同前

徐夢吉

雷峰港口晚涼天，相喚相呼去采蓮。莫爲采蓮忘却藕，月明風定好回船。《全元詩》，册 51，第 140 頁

同前

徐　哲

按，《歷代竹枝詞》亦録，且引楊慎《升庵集》曰：「元楊廉夫《竹枝詞》，一時和者五十餘人，詩百十余首，余獨愛徐延徽一首。（下引「盡説西湖好莫愁」一首）」①

西湖春草碧蔫綿，上有青蚨子母全。夜搗守宮和血色，盡將塗上五銖錢。

紅塵萬丈長安途，碧波三日宮亭湖。驛路連天水到海，若比相思一寸無。

①《歷代竹枝詞》，册 1，第 102 頁。

盡説西湖好莫愁，不知天上有牽牛。賸拚萬斛胭脂水，瀉向銀河一色秋。
女巫傳神降紫姑，再拜紫姑問狂夫。狂夫只在灤河上，未知一身安樂無。
東家西家牡丹花，妾家海榴紅勝霞。海榴同苞千百子，牡丹無實漫妖邪。《全元詩》，册 51，第 141 頁

同前

馬　稷

與郎別久夢相思，不作西園蝴蝶飛。化作春深鶗鴂鳥，一聲聲是勸郎歸。《全元詩》，册 51，第 142 頁

同前

馬　貫

吴姬軋軋小車紅，争來陌上看春風。不敢高聲唱歌去，恐驚丞相在船中。
百花樓頭聞馬嘶，郎從花裏鬥金鷄。朝朝捲起珠簾望，不是郎歸不下梯。《全元詩》，册 51，第 143 頁

同前

周溥

西湖西畔上清家，美人有如緑萼華。七星道冠拜星斗，萬一瓊臺乘紫霞。《全元詩》，册51，第144頁

同前

李介石

按，《歷代竹枝詞》亦録，元楊維楨《西湖竹枝集》李介石小傳曰：「好學工詩，有志於儒者也。《竹枝》一詞不以私語，而托以愛親之意，亦足裨風教云。」①

春暉堂前挽郎衣，别郎問郎何日歸。黄金臺高儻回首，南高峰頂白雲飛。《全元詩》，册51，第145頁

①《歷代竹枝詞》，册1，第119頁。

同前

李一中

阿儂隨郎上釣舟，郎作釣絲儂作鈎。釣絲無鈎隨風蕩，釣鈎無絲隨水流。《全元詩》，册51，第146頁

同前

完澤

按，《歷代竹枝詞》亦録，附記曰：「《宋金元明四朝詩·御選元詩》卷八載此二詩，署名諤勒哲。」①

花滿蘇堤酒滿壺，畫船日日醉西湖。阿儂最苦兩離別，不唱黄鶯唱鷓鴣。

堤邊三月柳陰陰，湖上春風似海深。游人來往多如蟻，半是南音半北音。《全元詩》，册51，第147頁

---

①《歷代竹枝詞》，册1，第113頁。

同前

朱　庸

小姑疑郎去不歸，爲郎打瓦復鑽龜。青山尚有飛來日，不信人無相見時。

阿奴采蓮湖上舟，阿郎販豆遼東州。一心願逐長流水，流到遼東古渡頭。《全元詩》，册51，第148頁

同前

黄季倫

錢塘江頭莎草齊，錢塘女兒歌别離。願郎相見如月子，月子團團無暗時。

湖上女兒猶褐衣，出門日日望郎歸。春水繞湖春草緑，草上雙雙蝴蝶飛。《全元詩》，册51，第149頁

同前

留睿

湖上南風六月涼，采蓮驚起雙鴛鴦。妾心恰似蓮心苦，郎心不似藕絲長。《全元詩》，册51，第151頁

同前

釋良震

郎去東征苦未歸，妾去采桑長忍饑。養蠶成絲不肯賣，留待織郎身上衣。《全元詩》，册51，第153頁

按，《歷代竹枝詞》亦録，題作《和西湖竹枝詞》。①

同前

釋福報

① 《歷代竹枝詞》，册1，第129頁。

貂帽誰家美少年，黃金耳環月樣圓。日斜走馬過湖去，柳下小娃呼上船。

黃妃塔前日西沉，采菱日日過湖陰。郎心只似菱刺短，妾意恰如湖水深。《全元詩》，册 51，第 154 頁

同前

釋元樸

按，此詩《全元詩》失收。

西湖遊子那得愁，美人日日狎春遊。爲人歌舞勸人酒，不信春風能白頭。《歷代竹枝詞》，册 1，第 129—130 頁

同前

俞永

按，此詩《全元詩》失收。《歷代竹枝詞》附記曰：「《元詩紀事》卷四一收入此二首，署

『無名子』。」①

蘇公堤上楊柳青，人來人去綰離情。東風爲爾丁寧道，折斷柔條莫再生。

天竺寺前開翠微，去年流水白雲飛。流水入湖無日歇，白雲出岫有時歸。《歷代竹枝詞》，册1，第130頁

同前　徐三台

題注曰：「于本齊水竹居爲門人周僭吟。」按，此詩《全元詩》失收。

竹髓天香吹悟鳥，水心生意化生魚。日親正坐胸還豁，夜對真燈花吐奇。《歷代竹枝詞》，册1，第130頁

①《歷代竹枝詞》，册1，第130頁。

同前

申屠衡

白苧衫兒雙髻丫，望湖樓子是儂家。紅船撐入柳陰去，買得雙枝茉莉花。

春去春來愁別離，淡妝濃抹妬西施。只今五斗青螺黛，留待郎歸却畫眉。《全元詩》，册51，第155頁

同前

別羅沙

風篁嶺下月色凉，無數竹枝官道傍。東家爲愛青青節，截作參差吹鳳皇。《全元詩》，册51，第158頁

同前

李庸

六橋橋下水流東，橋外荷花弄晚風。郎心似水不肯定，妾顔如花空自紅。《全元詩》，册51，第

160頁

同前　沈性

按，《歷代竹枝詞》亦録，附記曰：「《元詩體要》卷四收入張世昌著一首云：『奴住西湖日日愁，郎家只在浙江頭。阿誰移得孤山去，長使江湖一處流。』」①

儂住西湖日日愁，郎船只在東江頭。憑誰移得吴山去，湖水江波一處流。《全元詩》，册51，第161頁

同前　馬琬

明顧起元《客座贅語》曰：「楊廉夫《西湖竹枝詞》一卷，所載名士甚多，中載馬琬，字文

① 《歷代竹枝詞》，册1，第106頁。

璧，秦淮人。自少有志節，詩工古歌行，尤工諸畫，皆其天姿之所出也。其《竹枝詞》曰：『湖頭女兒二十多，春山兩點明秋波。自從湖上送郎去，至今不唱江南歌。』頗見婉麗，此亦金陵詞人之一也，惜它作不多得耳。」①

湖頭女兒二十多，春山兩點明秋波。自從湖上送郎去，至今不唱江南歌。《全元詩》，册 51，第 162 頁

同前四首

張世昌

按，《歷代竹枝詞》亦録此四首，其一附記曰：「《元詩體要》卷四載此首，第三、四句爲：『阿奴心似繫船石，浪打風吹石不摇。』」②其四附記曰：「楊維楨編《西湖竹枝集》收入沈性一首云：『儂住西湖日日愁，郎船只在東江頭。馮誰移得吴山去，湖水江波一處流。』」

① ［明］顧起元撰，譚棣華、陳稼禾點校《客座贅語》卷七，中華書局，1987 年版，第 210—211 頁。
② 《歷代竹枝詞》，册 1，第 97 頁。

與張世昌之第一首小異。」①又，後三首《全元詩》失收。

秦皇石頭三丈高，云是秦皇繫船標。儂心只似繫船石，莫比郎心船易摇。《全元詩》，册51，第165頁

奴住西湖日日頭，郎家只在浙江頭。阿誰移得孤山去，長使江湖一處流。

六橋橋上望西湖，望見吴王舊姑蘇。西施不爲吴王死，又載扁舟歸越都。

昨夜雨晴溪水深，鷄頭菱角滿湖陰。勸郎試剥新蓮子，菂菂中間有苦心。《歷代竹枝詞》，册1，第97—98頁

同前

陸繼善

手種宜男寄去時，花開灼灼葉離離。芳心不似蘼蕪草，一任春風爛熳吹。《全元詩》，册51，第169頁

---

①《歷代竹枝詞》，册1，第98頁。

同前

劉景元

柳枝裊裊柳花飛，一種春風有是非。柳枝插地根到底，花飛出樹幾時歸。《全元詩》，册 51，第 171 頁

同前

强珇

湖上女兒學琵琶，滿頭都插鬧妝花。自從彈得陽關曲，只在湖船不在家。《全元詩》，册 51，第 172 頁

同前

葉廣居

水長西湖一尺過，湖頭狂客奈愁何。鯉魚吹浪楊花落，聽得櫓聲歸思多。《全元詩》，册 51，第 173 頁

同前

潘純

按,《歷代竹枝詞》《全元詩》均收此詩,前者題作《西湖竹枝詞》,後者題作《贈歌者杜氏入道》,凡三首,此爲其三。本卷從前者。元楊維楨《西湖竹枝集》潘純小傳曰:「風度高遠,所交皆一時名公卿。歌詩遒麗清郁,後生多竊詠之。詩餘喜爲今樂府,與冷齋、疎齋相爲左右。」①

雲髻高梳鬢不分,掃除虛室事無君。新糊白紙屏風上,盡畫屏風五色雲。《歷代竹枝詞》,册1,第48頁

同前

陶孟愷

江邊雲寒楓葉秋,望郎郎上西江頭。舟行千里是郎去,水流千里是奴愁。

① 《歷代竹枝詞》,册1,第48頁。

湖邊采蓮逢小姑，阿郎捕魚饑渴無。勸郎高歌白苧舞，爲郎沽酒青玉壺。《全元詩》，册 52，第 338 頁

同前

黄鴻

纔出城闉便不同，儂家住在西湖東。萋萋芳草隨堤緑，灼灼桃花照水紅。《歷代竹枝詞》，册 1，第 125 頁

同前三首

宋禧

十三女郎不出門，爺娘墓在葛山根。同攜女伴踏青去，不上道傍蘇小墳。

湖上采薪春復春，養蠶長見繭絲新。老蠶不識人間事，猶趁東風了此身。

湖光照儂雙畫眉，鬢邊照見一莖絲。東家女伴多年别，昨日攜來十歲兒。《全元詩》，册 53，第 469—470 頁

卷二六〇　元近代曲辭九

西湖竹枝詞

秦約

湖中女兒好腰肢，織金衣裳光陸離。見人不語背人笑，唱得楊家新竹枝。《全元詩》，册 57，第 256 頁

同前

袁華

按，《歷代竹枝詞》亦録，附記曰：「楊維楨編《西湖竹枝集》，收入第二、第四首。曰：『博學有奇才，自幼以詩名縉紳間。如『三峰月寒木客笑，丹陽湖深姑惡飛。』皆膾炙語也。又如『銀杏樹陰不受暑，薔薇花開猶早春。』可稱才子矣。』」①

---

① 《歷代竹枝詞》，册 1，第 115 頁。

儂家少長住西泠，門對裹湖蓮葉青。妾心如藕絲不斷，郎意忽作隨波萍。
山上有山未還家，日日望斷金犢車。湖陰剩種宜男草，直待郎歸始著花。
南山起雲北山陰，暮暮朝朝晴未深。公荷拳似小兒手，雖不成蓮已有心。
昨夜憶郎開綺牕，平湖月白水如江。妾似兩峰日相望，縱有飛來不作雙。《全元詩》，册 57，第 278—279 頁

同前

楊　椿

儂家生長在西湖，暮管朝弦隨處呼。早聽當初阿姨語，免教今日悔狂夫。
郎去天涯妾在樓，西湖楊柳又三秋。郎情莫似湖頭水，城北城南隨處流。《全元詩》，册 58，第 206 頁

同前

陶　凱

過江采蓮江水深，上山采梔梔滿林。江蓮無情摇翠羽，山梔却解結同心。《全元詩》，册 58，第 359 頁

同前

呂誠

江頭竹枝青復黄，纖纖織作養蠶筐。乍可采桑南陌上，不願黄金逢貴郎。《全元詩》，册 60，第 494 頁

同前

顧元臣

按，《歷代竹枝詞》亦録。元楊維楨《西湖竹枝集》顧元臣小傳曰：「年少能讀書，作詩俊爽，世其家者也。此詩雖用樂名，隱而不顯，善興喻者也。」①

牡丹開時花滿闌，芍藥開時春已殘。等過三春今半夏，重樓日日倚欄干。《全元詩》，册 62，第 244 頁

① 《歷代竹枝詞》，册 1，第 108 頁。

同前

張田

潮去潮來春復秋，錢塘江水通湖一作潮頭。願郎也似江潮水，暮去朝來不斷流。《全元詩》，册62，第430頁

同前

張翼

南高北高峰頂齊，錢塘江水隔湖西。不得潮頭到湖口，郎船今夜泊西溪。《全元詩》，册63，第86頁

同前

王立中

孤山梅花開雪中，恰似阿儂冰雪容。不學畫橋南畔柳，春來容易嫁東風。

湖山堂前密雨飛，蘇公堤上行人稀。唤郎扁舟早回去，春泥日晚汙郎衣。《全元詩》，册63，第127頁

同前

顧元禮

楊白花開風滿天，花開成絮不成綿。不如落向西湖水，化作浮萍個個圓。
郎子别時秋月明，説道歸時春水生。曉起門前聽過馬，馬嘶都是别人行。《全元詩》，册 64，第 208 頁

次韻西湖竹枝詞

丁復

按，《歷代竹枝詞》亦録，題作《次韻西湖竹枝歌》。①

上塘楊柳下塘陰，阿郎愛人不愛金。塘水西流東入海，水深不似阿儂深。
柳葉如眉枝似腰，贈郎輒挽最長條。條長即與儂心遠，不是爲儂春態嬌。

---

① 《歷代竹枝詞》，册 1，第 39 頁。

錢唐潮來兩岸平，錢唐潮去江月明。錢塘女子新樓閣，夜半吹簫鸞鳳鳴。

郎愛捕魚儂織蓑，勸郎不必要登科。一家賣魚得食少，一官懸魚憂患多。《全元詩》，册 27，第 422 頁

和鐵厓西湖竹枝詞二首

郭 翼

按，《歷代竹枝詞》亦録，題作《西湖竹枝詞》。元楊維楨《西湖竹枝集》郭翼小傳曰：「博文史，不爲舉子業，專資以爲詩。其詩精悍者在李商隱間，風流姿媚不在《玉臺》下也。余以湖上《竹枝》索羲仲和，而羲仲以吴之《楊柳》答。爲賦詩云：『吴中《柳枝》傷春瘦，湖中《竹枝》湘水秋。説與錢塘蘇小小，《柳枝》愁是《竹枝》愁。』」①

采蓮湖上一雙舟，白縠風生易覺秋。淺淺溪流齊鶴膝，青青荷葉過人頭。

四月南風海岸深，青旗高高柳陰陰。三江潮發來如馬，五兩風摇密似林。《全元詩》，册 45，第 467 頁

① 《歷代竹枝詞》，册 1，第 91—92 頁。

過浦賦竹枝詞

胡奎

通浦灞前春雨晴，大船小船南北行。憑仗篙師一問訊，歸帆已到秀州城。

雪後江南春到時，鵝黄已染楊柳枝。東風不解離別意，一日惱人千萬絲。《全元詩》，册48，第125頁

次韻王繼學灤河竹枝詞

胡奎

灤河嘴頭積雪多，山下石子青盤陀。儂在江南望江北，恰如織女隔天河。

百兩宮車碾雪泥，山前二月春草齊。去年羽書星火急，婦女上馬小兒啼。

灤河杏花如雪勻，小雨三日不生塵。鑪頭少婦勸郎酌，花如人面草如茵。

去年大旱氣不蘇，道傍行泣婦與姑。不似江南連月雨，夜夜夜啼山鷓鴣。

灤陽河畔女如雲，生長不識江南春。大字青帘賣官酒，莫辭注玉更傾銀。

山前馬嘶苜蓿花，山下蔴菇勝蕨芽。細肋沙羊割紅玉，不識雪水夜煎茶。

白翎雙飛秋草黃，雲沙萬里接天長。番僧個個楊梅帽，日暮聞鐘來上方。

天上金根回六龍，年年田舍及秋舂。白頭父老出門拜，漢官威儀今載逢。

薊門關外故人居，十年不見音問疏。昨日江頭見來雁，寄得灤河一紙書。

李陵臺西避暑宫，穹廬月白夜生風。吴儂解唱竹枝曲，此調不與江南同。《全元詩》，册 48，第 125 頁

和張率性經歷竹枝詞二首

王　逢

溪上鵝兒柳色黄，溪邊花樹妾身長。浮薸可是無根蒂，采得歸來好遺郎。

道傍花發野薔薇，緑刺長條絆客衣。不及沙邊水楊柳，葉葉開眼望郎歸。《全元詩》，册 59，第 73—74 頁

江邊竹枝詞有序

王　逢

詩序曰：「予童丱年，輒聞里中山謳水調，如『游鯉山高天客人』之句不一。狗叫

沙，在蔡港西北，歲産荻茅，官爲薄賦。予家分佃頃半。庚辰冬，因取其入，過嚴氏子恪，甚秀敏，得陪游望沙，與蝦蟆山鸂浦相連，告以水調。遂摭舊聞釐正之，得十首，書遺恪云。」

游鯉客山高刺雲，天門山小舊稱君。插江鵝鼻移沙脉，愁殺浪撞黄歇墳。

亂石呀聱大小灣，石中無玉作連環。楚江風浪吴烟雨，翠鎖脩眉八字山。

馬沙十八里江程，潮落潮生船送迎。南來士氣漸吴習，北下農謳變楚聲。

社酒吹香新燕飛，游人裙幄占灣磯。如刀江鱭白盈尺，不獨河魨天下稀。

南北兩江朝莫潮，郎心不動妾心摇。馬沙少個天燈塔，暗雨烏風看作標。

北望大江南望城，席帽馬鞍屏障横。儂是小山漁泊户，水口風門過一生。

石筏横津蛟莫窺，近山張弩或眠旗。儂作神衫與神女，祈水祈風郎不知。

巫子鷩湍天下聞，商人望拜小龍君。茹藘草染榴紅紙，好翦凌波十幅裙。

潮落蟆山連狗沙，黄泥鸂浦趁江斜。阿儂十指年嬌小，曾比個中春荻芽。

山望五狼風不淳，狼邊人接販私人。那得椎狼葬天塹，官賣賤鹽郎貴身。《全元詩》，册 59，第 338—339 頁

湖州竹枝詞

張　雨

按，《歷代竹枝詞》亦録，附記曰：「《古今詞統》載此詩爲：『盤塘江上是奴家，郎若閒時來吃茶。黄土作墻茅蓋屋，門前一樹紫荆花。』一作《神女贈揭傒斯》。署名張天雨。其眉批曰：『竟是白話，次《竹枝》之最勝。』」①

臨湖門外是儂家，郎若閒時來喫茶。黄土築墻茅蓋屋，門前一樹紫荆花。《全元詩》，册31，第408頁

同前

袁　華

月子彎彎照船頭，阿儂聽我唱湖州。儂心不似雙谿水，才出城東各自流。

① 《歷代竹枝詞》，册1，第40頁。

荷葉浦北菱湖東，清谿曲曲與天通。莫將鐵笛弄小海，大風倒卷馮夷宮。
黄姑浣花織錦衣，留郎不住送郎歸。一色銀河三萬里，手摧石子是支機。
漚波春漲膩如油，坐看青山船倒流。桃花欲開杏花落，打鼓吹笛上杭州。《全元詩》，册 57，第 278 頁

姑蘇竹枝詞

陳秀民

吴門二月柳如眉，誰家女兒歌竹枝。歌聲裊裊嬌無力，恰如楊柳好腰肢。《全元詩》，册 44，第 196 頁

瞿塘竹枝詞

孟　昉

歸州女兒采桑歸，荷葉遮頭雨濕衣。不怕灘頭石路滑，竹籃在背走如飛。《全元詩》，册 54，第 388 頁

薛氏蘇臺竹枝詞

薛蘭英　薛蕙英

按，楊維楨《西湖竹枝集》、《歷代竹枝詞》均收此詩。《西湖竹枝集》作者小傳曰：「薛蘭英(約一三六七年前後在世)，吴郡人。與妹蕙英皆秀穎能詩。父建一樓以處之，名蘭蕙聯芳樓。有詩數百首，號《聯芳集》。」①《歷代竹枝詞》詩序曰：「吴郡薛氏二女蘭英、蕙英聰慧能詩，見鐵崖《西湖竹枝詞》，笑曰：『西湖有《竹枝曲》，東吴獨無乎？』乃效其體作《蘇臺竹枝》十章。楊見其稿，手題二詩於後云：『錦江只見薛濤箋，吴郡今傳蘭蕙篇。文采風流知有日，連珠合璧照華庭。』『難兄難弟并有名，英英端不讓瓊瓊。好將筆底春風句，譜作瑶箏弦上聲。』自是名播遠邇，咸以爲班姬、蔡女復出也。」②

姑蘇臺上月團團，姑蘇臺下水潺潺。月落西邊有時出，水流東去幾時還。

① 《歷代竹枝詞》，册 1，第 118—119 頁。
② 《歷代竹枝詞》，册 1，第 118—119 頁。

館娃宫中麋鹿遊，西施去泛五湖舟。香魂玉骨歸何處，不及真孃葬虎丘。

虎丘山上塔層層，静夜分明見佛燈。約伴燒香寺中去，自將釵釧施山僧。

門泊東吴萬里船，烏啼月落水如烟。寒山寺裏鐘聲早，漁火江楓惱客眠。

洞庭金柑三寸黄，笠澤銀魚一尺長。東南佳味人知少，玉食無由進上方。

荻芽抽筍楝花開，不見河豚石首來。早起腥風滿城市，郎從海口販鮮回。

楊柳青青楊柳黄，青黄變色過年光。妾似柳絲易憔悴，郎如柳絮太癲狂。

翡翠雙飛不待呼，鴛鴦并宿幾曾孤。生憎寶帶橋頭水，半入吴江半太湖。

一緺鳳髻緑如雲，八字牙梳白似銀。斜倚朱門翹首立，往來多少斷腸人。

百尺樓臺倚碧天，欄干曲曲畫屏連。儂家自有蘇臺曲，不去西湖唱采蓮。《歷代竹枝詞》，册1，第118—119頁

西湖竹枝歌九首

楊維楨

按，清顧嗣立《元詩選》亦收此詩，有題注及詩序。題注曰：「一作《小臨海曲》。」詩序曰：「予閑居西湖者七八年，與茅山外史張貞居、苕溪郯九成輩爲唱和交。水光山色，浸沈

胸次，洗一時尊俎粉黛之習，于是乎有《竹枝》之聲。好事者流布南北，名人韻士屬和者無慮百家。道揚諷諭，古人之教廣矣。是風一變，賢妃貞婦，興國顯家，而《烈女傳》作矣。采風謠者，其可忽諸？至正八年秋七月，會稽楊維楨書于玉山草堂。」①《歷代竹枝詞》據《鐵崖樂府注》卷一〇亦録，題作《西湖竹枝詞》，詩末均有小注，茲録於下。其一小注曰：「樓卜瀍注：劉禹錫《竹枝詞》序：『建平里中兒，聯歌竹枝，吹短笛，擊鼓以赴節，歌者揚袂雜（睢）舞，以曲多爲賢。音中黄鐘之羽，其卒章激訐如吴聲。』何宇度《資談竹枝歌》凄婉悲怨。蘇長公云：『有楚人哀屈弔賈之遺音焉。』《樂府廣題》：『蘇小小，錢塘名娼也，南齊時人。時語曰：錢塘蘇小小，歌聲上林鳥。腰細楚王宫，楊柳摇春風。』楊慎《記蘇堤始末》：『東坡先生在杭州，其詩云：我在錢塘拓湖渌，大堤十女争昌豐。六橋横絶天漢上，北山始與南山通。忽驚二十五萬丈，老葑席捲蒼雲空。』此詩史也。唐白居易浚西湖，所溉千餘頃，然湖水多葑。近歲廢而不理。湖中葑田積二十五萬丈。公至湖上周視之曰：『今願去葑田，葑田如雲，將安所置之？湖南三十里，環湖往來，終日不達。若取葑田置之湖中爲長堤，以通南北，則葑田去，而行者便矣。堤成，杭州名之曰蘇公堤云。』《司馬相如傳》：『文

① 《元詩選》初集，第 1197 頁。

君當壚。』」其二小注曰：「樓卜瀍注：李白《秋浦歌》：『赧郎明月夜，歌曲動寒川。』赧與赧同。赧郎，吴音也。歌者助詞之詞。」其三小注曰：「樓卜瀍注：《國史補》：杜秋娘，金陵女也。年十五爲李錡妾，嘗爲錡唱詞云：『勸君莫惜金縷衣，勸君惜取少年時。花開堪折只須折，莫待無花空折枝。』後没入宫，又放歸。杜牧感之，作《杜秋娘詩》。《搜神記》：大夫韓朋妻美，王奪之。朋自殺，妻亦自殺。遺書曰：『願以尸還韓氏合葬。』王怒，令兩冢相望。經宿，有梓木生二冢上。根交于下，枝連於上。有鳥如鴛鴦棲其樹，朝暮悲鳴。人謂即韓朋夫婦精魂。」其四小注曰：「樓卜瀍注：《西湖圖説》：南北兩峰相去十餘里。中間層巒疊嶂，列峙湖西，獨兩峰高出衆山，爲會城巨鎮。《皇輿考》：杭州鳳凰山即北高峰，南屏山即南高峰。」其五小注曰：「樓卜瀍注：《西湖圖説》：出錢塘門循湖行，白沙堤第一橋曰斷橋，界前後湖之中。」其六小注曰：「樓卜瀍注：李賀詩『琵琶道吉凶』。《朝野僉載》有阿來婆能琵琶卜，蓋女巫也。」其七小注曰：「樓卜瀍注：箜篌見卷一《公無渡河》。（今録如下）王僧虔《技録》：相和歌瑟調三十八曲中，有《公無渡河行》，即《箜篌引》也。崔豹《古今注》：『《箜篌引》，朝鮮津卒霍里子高妻麗玉所作也。子高晨起，刺船而櫂，有一白首狂夫披髮提壺，亂流而渡，其妻隨呼止之，不及，遂墮河死。於是援箜篌而鼓之，歌曰『公無渡河，公終渡河，公墮而死，當奈公何。』聲甚凄婉，曲終，亦投河而死。子高還，以其聲語妻麗玉。麗玉傷之，乃引箜篌而寫其聲。聞者莫不墮泪飲泣。麗玉以其聲傳鄰女麗容，名曰《箜篌引》焉。』」其八小注曰：「石新婦即秦始皇纜石是也。樓卜瀍注：《皇輿考》：飛來峰在虎林山之前。晉時西僧指此曰：是天竺國靈鷲山一小嶺，何自飛來。因名其山曰靈隱山。」其九小注曰：「樓卜瀍注：《方輿勝覽》：錢塘每晝夜潮再上，月十日、二十五日最小，三日、十七日最大。八月十八日尤大。《高麗舊經》：潮汐往來，應期不爽，爲天地至信。《史記・龜策傳》：南方老人以龜搘床足二十餘年，老人死，龜尚生，能行氣導引如此。《漢武帝故事》：帝以端午日取蜥蜴置之銅器，飼以丹砂，至明年端午擣之，以塗宫人臂。有所犯則消没，不爾則如赤痣。故名守宫。《李義山詩注》：石龍子即守宫也。」①

蘇小門前花滿株，蘇公堤上女當壚。南官北使須到此，江南西湖天下無。
鹿頭湖船唱赧郎，船頭不宿野鴛鴦。爲郎歌舞爲郎死，不惜真珠成斗量。
家住城西新婦磯，勸君不唱縷金衣。琵琶元是韓朋木，彈得鴛鴦一處飛。
勸郎莫上南高峰，勸我莫上北高峰。南高峰雲北高雨，雲雨相催愁殺儂。

---

①《歷代竹枝詞》，册 1，第 56—60 頁。

湖口樓船湖日陰，湖中斷橋湖水深。樓船無柁是郎意，斷橋有柱是儂心。

病春日日可如何，起向西窗理琵琶。見説枯槽能卜命，柳州街口問來婆。

小小渡船如缺瓜，船中少婦竹枝歌。歌聲唱入空侯調，不遣狂夫横渡河。

石新婦下水連空，飛來峰前山萬重。妾死甘爲石新婦，望郎忽似飛來峰。石新婦，即秦皇纜石是也。

望郎一朝又一朝，信郎信似浙江潮。床脚搘龜有時爛，臂上守宫無日消。《全元詩》，册 31，第 408 頁

同前五首

李　曄

總宜船中載酒波，雁兒舞罷近前歌。日斜莫拗青荷葉，心似藕絲頭緒多。

菱角鈎衣爲出尖，蓮心苦口却回甜。妾生不恨郎緣薄，自恨春波日夜添。

芙蓉花面藕絲裳，柳葉眉尖恨最長。瞋道王孫金彈子，朝朝來打野鴛鴦。

湖上春來郎未歸，青青楊柳想郎衣。從郎走馬章臺路，切莫顛狂作絮飛。

家住西湖湖岸頭，十三吹得樂宮愁。連環欲結同心事，只怕郎心如水流。《全元詩》，册 56，第 81 頁

卷二六一　元近代曲辭一〇

竹枝曲

沈夢麟

瓜皮小舟蓮葉泛，湘中風浪幾時休。明朝一船蕩兩槳，載奴款款到湖州。
繅絲繅罷婦猶髽，兩足如霜踏水車。田家自有種田候，年年只看冬青花。
練溪女兒美如玉，買椶結帽衣食足。近來却嫌藤價高，日暮江頭斫桃竹。
楝花開時南風起，送郎南征渡江水。今秋若道郎不歸，樹頭誰采金鈴子。《全元詩》，册55，第5頁

秧老歌五首

劉詵

題注曰：「效王邊體。江南農夫插秧，上下田長歌相應和，其詞似《竹枝》而淺直。」

三月四月江南村，村村插秧無朝昏。紅妝少婦荷飯出，白頭老人驅犢奔。
五更負秧栽南田，黄昏刈麥渡東船。我家麥田硬如石，他家秧田青如烟。
昨日田秧亂如毛，今朝南風摇翠濤。甕頭濁酒莫厭盡，厭酒盡事秧又高。
春寒風雨來滿川，牛蓑走徧東西阡。郎君騎馬莫問渡，江頭自有官渡船。
前年東家得早禾，去年西家粳稻多。我家今年定何似，努力耕作無奈何。《全元詩》，册22，第387頁

女兒浦歌二首

揭傒斯

按，《歷代竹枝詞》亦録，題作《女兒浦歌》，元楊維楨曾將其作爲《西湖竹枝詞》，編入《西湖竹枝集》。《西湖竹枝集》揭傒斯小傳曰：「揭傒斯，字曼碩，豫章人。起身文學掾，至集賢學士卒。文章居虞之次，如歐之有蘇。曾云其《竹枝》爲《女兒浦歌》。其風調不在虞下也。」①

①《歷代竹枝詞》，册1，第39—40頁。

女兒浦前湖水流，女兒浦口過湖舟。湖中日日多風浪，湖邊人人還白頭。

大孤山前女兒灣，大孤山下浪如山。山前日日風和雨，山下舟船自往還。《全元詩》，册27，第178頁

城西放歌

周霆震

詩序曰："周寇萬四千人發永新，水陸并下。八月二十九日張録事出軍。九月一日，府委官教授滕詣西昌參政所請師，徵諸將赴援。録事無馬，戰不利，是夜急報三至，黎明馳檄促援兵，食時寇焚高沙、斂陸，録事軍奔還，城内外大駭，或争走入城，或赴舟江滸，或散投村落。僵僕死傷，不可勝紀。賊騎掠太平橋官地上，薄晚退屯，援兵暮集。初三日早合戰，自辰至午，參政軍扼上流，寇驚敗走，衣裝器仗填野。沿途民義邀擊，禽獲頗多。周寇奔還永新。當是時，郡城幾殆，天也，國家之福也。歌《竹枝》以寫之。"

太平橋外吹血腥，追奔黄襖蹶門丁。黄襖，全參政所招郡人。門丁，張録事所起在城民户。昨日縱横官地上，豈知惡極有天刑。

千金墮地不暇顧，妻孥咫尺愁相抛。此時争門城内去，悔不雲山深結茅。

理問軍中騎射精，從來賞罰最分明。疾馳赴援如風雨，曉發河山夕到城。

水寨城關總寂然，諸君號令夜分傳。火筒清曉三聲發，諸將齊驅勇向前。

斂陸池邊曉樹旗，埋冤樹下夕僵尸。皇天近日新開眼，説與四方殘黨知。

慘澹秋雲覆血痕，參差蘇石倚蟠根。古來此是埋冤樹，今日還棲戰死魂。

大州男兒身姓熊，杷頭削鐵刃如風。直前竟斬紅旗首，步戰須還第一功。

斬頭累累懸馬鞍，衆中誰似林伯顔。賊陣横穿來復去，三軍大捷唱歌還。

先鋒破陣古來難，好手齊推岳長官。除却林奇誰與對，交馳兩馬萬人看。

記得壬辰血亂流，血流又到丙申秋。凶徒惡黨還知否，莫要輕來打吉州。

莫道孤城鐵作關，雲埋賊陣血朱殷。强梁多在蕁村死，戰馬才餘八匹還。

參政遣軍快閣下，寇來相遇吉塘橋。横陳江上四十騎，居民墻屋免焚燒。

安坐轅門運六韜，寇鋒壓境沸如濤。收功一戰安民堵，始信將軍定策高。

太守當年憲使除，軍須供給自紛如。白髮蒼頭寧自暇，一宵暫向府中居。

録事張公老且貧，一身闔郡事如雲。倉卒開城容萬衆，從容行酒壯三軍。《全元詩》，册 37，第 51 頁

楊柳枝

袁華

題注曰：「送蘇彦剛奉母入汴。」

楊柳枝，春江曲，千縷萬縷摇新緑。柔條不解繫蘭橈，相逐游絲向天北。兒郎去未歸，數徧江頭樹。憂心如摇旌，縣縣逐飛絮。絮飛葉成陰，猶能庇本根。嗟彼遠行子，胡爲不思親。枝上靈禽噪晴晝，鶴髮倚門屢搔首。綵衣南歸拜堂下，持觴起舞歌楊柳。母樂洩洩，子樂融融。不比楊柳枝，零落同秋蓬。母子歡樂情無終，嗚呼母子歡樂情無終。《全元詩》，册57，第269頁

同前五首

謝肅

南浦春光媚緑波，脩眉輕展似柔蛾。若非張緒風流態，敢趁清陰馬上過。

記得錢塘折柳枝，畫橋流水暮春時。蘇家小女多才思，一曲翻從笛裏吹。

吴郡東風柳遶城，朱門華館總鶯聲。笙歌合奏春陰裏，誰念將軍灞上營。

何處春來柳樹稠，汴河千里接揚州。可憐錦纜巡游後，幾度飛花送客舟。

彭澤歸來萬事休，更從何處托風流。五株楊柳當門種，醉裏聽鶯卧石頭。《全元詩》，册63，第463—464頁

楊柳枝送沈自成之武康縣丞五首

謝　肅

楊柳毵毵弄曉晴，柳邊持酒送君行。春風吹起如簧語，可是啼鶯最有情。

貳令之官別舊游，百花撩亂擁吴州。衹應楊柳偏多思，欲把青絲控馬頭。

館娃宫裏柳摇摇，恰似春風舞細腰。今日更縈前日恨，送行何惜折長條。

闔閭城外柳飛花，騎馬之官驛路斜。此去緑陰應滿縣，風流元不屬陶家。

吴堤新柳倚晴烟，淺緑輕紅最可憐。不是多情管離別，要將春色送行船。《全元詩》，册63，第463—464頁

楊柳枝詞三首

釋行海

□天纖□起新愁，青眼鵝黄憶舊游。唯有長絲牽不斷，洛陽城裏映朱樓。

一陣楊花一陣愁，緑陰陰處暫停舟。莫嫌不折長條贈，有個黄鶯在上頭。

渭水橋邊送别時，馬前折贈笛中吹。若教繫得離情住，那管千絲又萬絲。《全元詩》，册4，第376頁

同前

周霆震

詩序曰：「偶憶丁酉春，客自邑中來，誦王大初一絶，落句云：多情只有城南柳，舞盡長條更短條。蓋指失身而事脩飾者。戲續之。」

離宫别館短長亭，忘却江南舊日春。是處人家種楊柳，往來繫馬解留人。

背立東風淺畫眉，斷腸烟雨一枝枝。隋宫漢苑春無主，莫向江南話别離。

移栽楊柳受風多，南畔行人北畔過。若道浮萍是飛絮，好隨流水到官河。

舞絮含愁入酒家，何因得近瑣窗紗。春風萬一無拘束，放去錢塘逐落花。《全元詩》，册37，第55頁

同前

胡　奎

郎聽妾歌楊柳枝，明年二月望郎歸。柳眉如妾鏡中黛，柳色比郎身上衣。《全元詩》，册48，第124頁

同前

釋宗泐

赤闌橋外有東風，舞態委蛇學不工。公子等閒來繫馬，梢頭斜插酒旗紅。

萬樹千株汴水隈，春風青眼爲誰開。錦帆曾拂中閒過，只到揚州竟不回。

百花洲畔覆青坡，第六橋頭蘸碧波。鳳管龍笙春寂寂，緑陰終日伴漁歌。《全元詩》，册58，第376頁

同前

王惲

詩序曰：「唐昭宗天復二年，梁王温辭歸鎮，留宴壽春殿，又餞於延喜樓上。臨軒泣別，因賜《楊柳枝》。辭今亡，乃爲補作。」按，此詩爲王惲《讀五代史記作古樂府五首》其一，本卷止録此首，餘者置於雜曲歌辭中。

楊柳枝，風吹何裊裊。暖烟如織緑絲柔，延喜樓前春色好。臨軒奏曲送行頻，梁王重有回天勛。一忠之外何復云，安得高祖太宗之業如柳新。《全元詩》，册5，第127頁

柳枝詞

吾衍

一徑梨花過雨沾，日華浮動碧絲簾。前軒插遍垂楊柳，看舞春風入畫檐。《全元詩》，册22，第205頁

同前三首

釋善住

幾樹和烟弄曉晴，黄鸝飛上試春聲。離人豈是無心折，自到風前折不成。

愁月悲風汴水湄，舞腰猶學楚宫時。桑條繫得行人住，陌上古今無别離。《全元詩》，册29，第231頁

西閶門外多楊柳，寄語休將伐作薪。雖是年年苦攀折，也勝徒手送行人。《全元詩》，册29，第248頁

同前

梅德明

江上春陰半畫橋，扁舟東下夕陽潮。離魂何似垂楊柳，飛雪漫空暖不消。《全元詩》，册30，第360頁

同前

王沂

葉染龍池二月波，翠草遥映過灤河。兩京道上無窮樹，何事偏承雨露多。
金堤官樹緑藏鴉，堤上王孫白鼻騧。指點楊花太飄蕩，誤隨風趁七香車。
金縷毵毵舞未休，無因得見謝家樓。春風不隔葳蕤瑣，却被飛花惹起愁。
畫欄橋畔思依依，小小蘭舟繫落暉。不分采蓮張静婉，藕長纖縷織春衣。
蘇小門前碧草生，春風猶妒舞腰輕。無端霧濕烟和了，誰把金丸落曉鶯。
花飛金谷又經春，半作浮萍半作塵。莫折長條贈離别，青青留繫墜樓人。
夕陽江上欲分襟，别意江波若個深。爲問西陵千萬樹，與郎何處結同心。
含烟惹霧意濛濛，點畫盧溝夕照中。莫倚漫天花作雪，却因摇落怨西風。
陶令門前春可憐，清陰只護北窗眠。飛花偶逐江波去，時對南山一粲然。《全元詩》，册 33，第 138—139 頁

同前

吴鍈

風前嬝娜傚輕身，一日三眠別是春。多少閨情江路上，直將青眼送行人。《全元詩》，册37，第432頁

同前

張昱

尊前不奈小腰身，争得攙先上舞茵。多謝東風好擡舉，盡情分付畫眉人。春光領略不勝嬌，摇蕩東風千萬條。悔盡江州白司馬，一生空詠小蠻腰。《全元詩》，册44，第45頁

同前

郭翼

濯濯金明柳，年年照妾容。飛花怨春盡，落日渡江風。《全元詩》，册45，第459頁

同前

李　瓚

吴江緑水生春明，江上柳枝今漸青。棲烏啞啞中夜鳴，愁絶東風長短亭。柳枝當户森成束，思婦正倚闌干曲。別情有恨不可解，萬里相思泪盈掬。愁多不織流黄機，織得回文更慘悽。功名誤人不足恃，藁砧藁砧何日歸。《全元詩》，册 46，第 221 頁

同前

張天英

江頭好風日，楊柳參差青。柔條爲君折，行歌出西城。江流二月碧如酒，木蘭之舟天上行，欲别不醉難爲情。《全元詩》，册 47，第 142 頁

同前四首

胡　奎

一送離人折一枝，長條折盡短條衰。飛花自是浮萍草，莫向尊前怨別離。

門前楊柳欲藏鴉，可恨蕭郎不在家。妾有蛾眉如柳葉，郎今踪迹似楊花。
舊日吴王百尺臺，萬株楊柳是誰栽。閶門城外春陰裏，多少將軍繫馬來。《全元詩》，册 48，第 123—124 頁
緑楊掩映赤闌橋，蘸水含烟著意嬌。一自吴王歌舞散，東風誰更惜長條。《全元詩》，册 48，第 388 頁

和王左司柳枝詞十首

馬祖常

郎君巧歌楊柳枝，柳眉初出學月支。隋堤千樹烟光莫，不如柳眉初出時。
春日烟雨秋日霜，麯塵絲織衫袖長。誰言折柳獨送客，章臺還堪繫馬繮。
鳳城三月草色青，池塘飛絮相飄零。風吹宛轉低撲帳，人間白日流榆星。
都門輦路花萬株，塞垣苦寒多白榆。獨憐柳枝弱裊裊，春情好寫閨中書。
馬蹄車輪送客去，兩京游客還未稀。誰因一斗蒲萄酒，便得凉州刺史歸。
槖駞馴象奴子騎，女郎能舞大小垂。蹛林獵罷各獻捷，卷唇蘆葉逐手吹。
楊枝桃葉江上逢，喜云女蘿附高松。白髮滿頭不相見，却嫌吴音呼我儂。

渭城别歌凄復凄，江都高樓醉眼迷。人生悲樂自古有，莫笑棄妻當鏡啼。

北客到吴亦懊儂，苧衫蘭槳膏飾容。日食海錯一百品，不敢上京來住冬。

槍竿嶺頭紅白花，客行日日不思家。尚食聯疊給桂蠹，仙佩屈曲紉蘭芽。《全元詩》，册29，第389—390頁

戲贈王本中柳枝詞

薩都剌

日高燕語捲簾遲，獨倚東風看柳枝。三月柳花飛欲盡，遠人凉露未歸時。《全元詩》，册30，第281頁

王繼學賦柳枝詞十首書于省壁至正十有三年扈蹕灤陽左司諸公同追次其韻

吴當

灤陽楊柳長新枝，無奈春寒力不支。燕子歸來風漸軟，却似宫腰學舞時。

曉來嵐氣不成霜，雲染烟籠萬縷長。醉歸誰敢争馳道，盡與君王控馬繮。

樹繞離宮草共青，樹底旌旗朝露零。宮娥起伺羊車過，林梢斜月照華星。
宮柳添來幾百株，誰復天邊種白榆。馬上貴人通國字，時折新條作筆書。
神京高寒春力微，晴絮飛時花尚稀。忽憶錢塘斜日岸，簫鼓畫船扶醉歸。
隴頭春深未識花，酒帘動處是誰家。郎來莫折門前柳，昨夜東風初長芽。
新賜金鞍選日騎，玉釵斜插兩鬢垂。長條拂着珍珠帽，只許東風細細吹。
江頭樵牧昔年逢，結茅臨竹更依松。柳條繫得漁船住，長日醉眠誰問儂。
綠陰芳草思凄凄，六宮傳蠟煖烟迷。沙堤不種隋家樹，誰憶曲中烏夜啼。
貂帽駝裘休嘆儂，從官車騎莫從容。柳花飛盡雪花起，纔見西風又似冬。《全元詩》，册 40，第 170—171 頁

上都柳枝詞七首

王士熙

曾見上都楊柳枝，龍江女兒好腰肢。西錦纏頭急催酒，舞到秋來人去時。

惹雪和烟復帶霜，小東門外萬條長。君王夜過五花殿，曾與龍駒繫紫繮。

來時垂葉嫩青青，歸去西風又飄零。願得儂身長似柳，年年天上作飛星。

儂在南都見柳花，花紅柳緑有人家。如今四月猶飛絮，沙磧蕭蕭映草芽。

血色驊騮窈窕騎，宫羅窄袖袂能垂。駐向山前折楊柳，戲撚柔條作笛吹。

偏嶺前頭樹樹逢，輕於蒼檜短於松。急風卷絮悲游子，永日留陰送去儂。

合門嶺上雪凄凄，小樹雲深望欲迷。何日汶陽尋故里，緑蔭蔭裏聽鶯啼。《全元詩》，册 21，第 18 頁

吴中柳枝詞

郭　翼

吴中柳枝傷春瘦，湖中竹枝浙水秋。説與錢塘蘇小小，柳枝愁似竹枝愁。《全元詩》，册45，第470頁

同前七首

陳秀民

長洲宫苑草離離，中有吴王舊沼池。至今二八吴中女，爲人歌舞學西施。
館娃宫中花似雲，館娃宫外酒如春。花前把酒花下醉，莫遣春愁惱殺人。
姑蘇城邊楊柳絲，千絲萬絲垂參差。柳絲雖長不禁手，難織回文錦字詩。
木蘭含芳西塢西，吴儂出游知未知。只恐過時不采摘，零落將隨秋草萋。
棠梨花開郎出門，宜男草生妾思君。如何宜男草上露，不濕棠梨花底雲。
白日欲暮入空房，手把銀燭照西窗。綉幃芙蓉開兩兩，金屏翡翠立雙雙。
留君身上白狐裘，賣妾頭上玉搔頭。賣得青錢來買酒，一洗從前離别愁。《全元詩》，册44，第196頁

閶門柳枝詞

汪廣洋

小蠻能唱白家詞，笑把纖腰鬥柳枝。愁絶尊前春未老，風流太守鬢成絲。《全元詩》，冊56，第218頁

柳枝十首

許有壬

題注曰：「同前。」按，前爲《竹枝十首和繼學韻》。

灞岸千枝復萬枝，隨風嬌困力難支。只知擅盡風流態，不見清霜摇落時。
樹陰沙地白如霜，偏拂柔條惹恨長。灤水有人思翠嫵，章臺無計綰絲繮。
昔時相見眼俱青，未許霜風一葉零。十五年來樹如此，可憐張緒鬢星星。
龍岡照映兩三枝，恰似天河種白榆。天河尚有鵲橋渡，半載龍岡無寄書。
世有别離無可奈，汝逢攀折漸成稀。灤江却是多情樹，不送行人只送歸。

龍沙五月恰飛花，飄泊渾如客去家。不化浮萍隨水去，恐教浮蕩有根芽。
玉人金勒趁陰騎，萬縷千絲故故垂。行盡沙堤時按轡，袖沾飛絮口頻吹。
江岸溪橋到處逢，笑渠節操不如松。而今僕僕黄塵道，却對長亭笑殺儂。
雨後川原風色凄，遠連烟草共低迷。不聽黄鸝深處語，夕陽惟有亂鴉啼。
越女吴兒盡識儂，江湖處處可相容。明朝更約梅花去，不與争春與作冬。《全元詩》，册 34，第 428 頁

柳枝曲

陸仁

朝垂金門雨，莫拂玉闌風。飛絮高高去，枝葉在深宫。《全元詩》，册 47，第 112 頁

太平樂

胡奎

《舊唐書・音樂志》曰：「《太平樂》，亦謂之《五方師子舞》。師子，鷙獸，出於西南夷天竺、師子等國。綴毛爲之，人居其中，像其俛仰馴狎之容。二人持繩秉拂，爲習弄之狀。五

師子各立其方色，百四十人歌《太平樂》，舞以足，持繩者服飾作崑崙象。」①宋鄭樵《通志二十略》將其列入「立部伎八曲」，曰：「《太平樂》《安舞》《太平》，并周、隋遺音。」②宋張邦基《墨莊漫録》「闕子東三夢」條曰：「宣和二年，睦寇方臘起幫源，浙西震恐，士大夫相與奔竄。闕注子東在錢塘，避地携家於無錫之梁溪。明年，臘就擒，離散之家，悉還桑梓。子東以貧甚，未能歸，乃僑寓於毗陵郡崇安寺古柏院中。一日，忽夢臨水有軒，主人延客，可年五十，儀觀甚偉，玄衣而美鬚髯。揖坐，使兩女子以銅杯酌酒，謂子東曰：『自來歌曲新聲，先奏天曹，然後散落人間。他日東南休兵，有樂府曰《太平樂》，汝先聽其聲。』遂使兩女子舞，主人抵掌而爲之節。已而怳然而覺，猶能記其五拍，子東因作詩記云：『玄衣仙子從雙鬟，緩節長歌一解顔。滿引銅杯效鯨吸，低回紅袖作方彎。舞留月殿春風冷，樂奏鈞天曉夢還。行聽新聲太平樂，先傳五拍到人間。』後四年，子東始歸杭州，而先廬已焚於兵火，因寄家菩提寺。復夢前美鬚者腰一長笛，手披書册，舉以示子東。紙白如玉，小朱欄界，間行以譜，有其聲而無其詞。笑謂子東曰：『將有待也。』往時在梁溪，曾按《太平樂》，尚能記其

① 《舊唐書》卷二九，第1059頁。
② 《通志二十略》，第932頁。

聲否乎？』子東因爲之歌。美髯者援腰間笛，復作一弄，亦私記其聲，蓋是重頭小令。已而遂覺。其後又夢至一處，榜曰廣寒宮。宮門夾兩池，水瑩浄無波，地無纖草。仰觀，巍峨若洞府，然門鑰不啓。或有告之者，曰：『但曳鈴索，呼月姊，則門開矣。』子東從其言。試曳鈴索，果有應者。乃引至堂宇，見二仙子皆眉目疏秀，端莊靚麗。冠青瑶冠，衣彩霞衣，似錦非錦，似綉非綉。因問引者曰：『此謂誰？』曰：『月姊也。』乃引子東升堂，皆再拜。月姊因問：『往時梁溪，曾令雙鬟歌舞，傳《太平樂》，尚能記否？又遣紫髯翁吹新聲，亦能記否？』子東曰：『悉記之。』因爲歌之。月姊喜見顔面，復出一紙，書以示子東，曰：『亦新詞也。』姊歌之，其聲宛轉，似樂府《昆明池》。子東因欲强記之，姊有難色，顧視手中紙，化爲碧字，皆滅迹矣。因揖而退，乃覺，時已夜闌矣。獨記其一句云：『深誠杳隔無疑。』亦不知爲何等語也。前後三夢，後多忘其聲，惟紫鬚翁笛聲尚在，乃倚其聲而爲之詞，名曰《桂花明》，云：『縹緲神清開洞府，遇廣寒宮女。問我雙鬟梁溪舞，還記得、當時否。碧玉詞章教仙語，爲按歌宫羽。皓月滿窗人何處？聲永斷、瑶臺路。』子東嘗自爲予言。」①此雖爲小説家言，然亦《太平樂》爲宋時樂府且彼時可歌之折射也。元陶宗儀《南村輟耕録》載，會稽張

①《墨莊漫録》卷四，第122—124頁。

憲作歌以詠國朝教坊大曲《白翎雀》曰：「真人一統開正朔，馬上鞮鞍手親作。教坊國手碩德間，傳得開基《太平樂》。檀槽𦧲呀鳳凰齶，十四銀鐶挂冰索。摩訶不作兜勒聲，聽奏筵前《白翎雀》。」①則元時《太平樂》亦存，可知矣。

昇平樂章

周以震

玉帛來王會，山河拱帝京。口行王道正，星列泰階平。人醉笙歌地，山圍錦綉城。宮花留舞燕，御柳著啼鶯。蠻獠全歸化，羌胡已罷兵。願言封禪稿，虎拜頌河清。《全元詩》，册48，第173頁

按，元人又有《昇平曲》，當出於此，亦予收録。

花房曉露棲紅蘭，闌干白玉雙螭蟠。梁間新燕語如客，一掬柔情猜不得。柳絲葉葉黄金飛，桃花片片脂臉肥。宜春酒滿春江緑，脉脉東風女媧竹。《全元詩》，册66，第230頁

① 《南村輟耕録》卷二〇，第248頁。

升平曲濮樂閒賞燈席上作

黄玠

歌升平，爾田多稼我庾盈。姑蘇臺邊燈作市，攔街小兒拜參星。冰蠶作璽大如瓮，火鼠擿毫白成雪。鮫人試手織輕綃，結束琉璃萬明月。月中五色花滿圍，交光相羅寶紋輝。奚奴然炬夜不瞑，吹霞弄日摇春暉。華屋煌煌耀深迴，龍腦浮香留藻井。雲母屏開火樹花，水精簾泛金波影。主人置酒清若澠，桃花扇底來嬌應。朝廷有道與民樂，製此一曲歌升平。《全元詩》，册 35，第 207 頁

拜新月

胡奎

按，元人又有《見新月》，當出於此，亦予收録。

下堦拜新月，一抹蛾眉彎。月若知人意，長如白玉盤。《全元詩》，册 48，第 386 頁

見新月

胡　奎

按，胡奎《斗南老人集》置此詩於「古樂府」類。

下階拜新月，比妾鏡中眉。郎在天涯見，莫忘初畫時。《全元詩》，册 48，第 149 頁

見新月思家有作

胡　奎

初三初四月如鉤，照見江水向東流。家人今夜應望月，不知郎在大江頭。

初三初四月鉤彎，郎在船頭望遠山。月似蛾眉山似黛，如何不念鏡中鬟。《全元詩》，册 48，第 300 頁

憶江南

馬祖常

江上鱸魚三尺長，蓴羹千里入船香。人家石岸都平水，眉嫵吴娃出後堂。《全元詩》，册 29，第 383 頁

同前三首

殷奎

江南憶，何處憶當先，先憶吾家春水船。有酒有花重慶日，無風無雨太平年，朝夕侍賓筵。

春水船，乃先生家樓居名，在婁東武陵橋下。

江南憶，其次憶何人，正憶高堂七十親。膝下舞筵圍稚子，花前茶會洽比鄰，長奉笑顏春。

江南憶，何事次當三，弟妹妻孥共笑談。舉酒涼秋持紫蟹，張燈春夜擘黄柑，寧不憶江南。

《全元詩》，册 64，第 85 頁

調笑詞

胡　奎

按，《樂府詩集》有《宫中調笑詞》，明胡震亨《唐音癸籤》「唐曲」有《調笑詞》，胡奎《斗南老人集》置此詩於「古樂府」類。

楊柳，楊柳，一夜緑如春酒。今朝起送歸人，關山千里暮春。暮春，暮春，春暮目斷，天涯烟樹。

胡蝶，胡蝶，飛繞碧桃千葉。今朝走覓南鄰，明日天涯暮春。暮春，暮春，春暮花落，蝶歸何處。《全元詩》，册 48，第 121—122 頁

宫中行樂詞六首

王　逢

按，元人又有《唐宫行樂詞》，當出於此，亦予收録。

羽獵罷長楊，宸游入未央。鸞開雙畫扇，鶴舞百霓裳。玉盞瓊花露，金盤紫蔗霜。長門誰閉月，流影在倉琅。

望幸影娥池，微吟紈扇詞。露盤迎月早，宮漏出花遲。佩雜鑾和響，雲連雉尾移。君王肯時顧，從愛趙昭儀。

明月窺彤管，雙星直罽輧。宴分王母樂，詔授薛濤箋。轂雨親鼉近，花朝拾翠連。魚龍曼衍戲，次進玉階前。

積翠瀲波闊，披香暖殿開。天低烽火樹，日動蔓金苔。獺髓勻猶濕，羊車過不回。賸陳烈女史，萬一漢皇來。

芍藥爲離草，鴛鴦是匹禽。君無神女夢，妾有楚王心。日短黄金屋，宵長緑綺琴。相將戒霜露，拜月綉簾陰。

金鑰魚司夜，瑶箏雁列春。後庭通綺閣，清路接芳塵。同備三千數，誰辭第一人。君王壽萬歲，行樂此時均。《全元詩》，册 59，第 120—121 頁

唐宫行樂詞

胡　奎

按，胡奎《斗南老人集》置此詩於「古樂府」類。

明日内家游上苑，許教鬥草賭金釵。怕人先記花名字，隔夜潜偷玉篆牌。

華清賜浴晚凉回，水殿芙蓉徹夜開。碧盌調冰消酒渴，金盤又進荔枝來。《全元詩》，册 48，第 121 頁

宫中樂

胡　奎

初日上蓬萊，平明玉殿開。春風雙鳳琯，吹下世間來。《全元詩》，册 48，第 106 頁

欸乃歌詞

郭　翼

詩序曰：「吴興卜者，浮舟爲家，遨游往來，具能道山水之勝。請予言其狀，如杜之歌《夔州》，禹錫之《竹枝》也，因製《欸乃》新詞五章遺之。言固鄙俚，不能當古作者，然或遠方懷其風俗，使歌之，亦足樂也。」

榻頭船子小如車，賣卜狂游屬當家。直到年頭與年尾，不開看月即看花。

芙蓉城裹遶城開，溪月溪烟幾番來。駱駝橋頭有酒賣，鷗波亭下棹船回。

道場何山山最雄，弁中形勝聞吴中。七十二峰菡萏緑，四月五月楊梅紅。

上塘舡行無斷頭，下塘船少好安流。兩岸青山天上坐，看山吹笛上杭州。

城東城西楊柳多，女郎不唱本鄉歌。那個新傳欸乃曲，落花風裹奈春何。《全元詩》，册 45，第 451 頁

松江欸乃題李復禮松江漁者圖卷

黄鎮成

松江渡頭開釣船，松江水碧秋粘天。夜來酒醒山月上，秖在蘆花深處眠。
釣魚莫釣斑子肥，榜舟莫近彭郎磯。磯頭日日風和雨，彭郎吹浪濕人衣。《全元詩》，册 35，第 89—90 頁

漁莊欸乃歌

袁華

紅白芙蓉照畫屏，秋波如鏡照娉婷。并頭花似雙娥臉，一朵濃酣一朵醒。
枸杞猩紅個個圓，扶疏緑葉映青烟。佳人錯認相思子，來向筵前要賽拳。《全元詩》，册 57，第 400—401 頁

卷二六三　元近代曲辭一二

十二月樂章

吴文壽

宫墻新春著柳梢，輕絲染作鵝黄嬌。風裁雨織舞折腰，梅花浩浩飛璚瑶。天官賜福下紫霄，人間壽獻南山高。正月。

緗帘拂香花弄姿，春風暖入猩紅幃。游絲冉冉弄晴碧，胡燕伯勞江上飛。蜀花移根醉清淑，御輦行春碾銅軸。復道晴空聲殷雷，清夜瑶池理絲竹。年年春滿阿嬌家，紫絲步障金蓮花。二月。

蕙風吹晴雲熱暖，修禊年年曲江岸。紫茸初成蒲葉短，楊花暗雪樓臺滿。峨髻新裝下南苑，霓旌雉扇行簫管。香塵散作隴雲飛，人間回首青春晚。三月。

籊籠梢梢香粉淺，枝上殘春無一點。弄晴小雨細如毛，葱蒨團回翠波軟。薰風一夜摇麥甸，黄雲斜開碧雲捲，落手金丸脆堪薦。四月。

宫花拂御香，猩血濺袍黄。今日蒲菖酒，玉花浮翠觴。朱符纏臂縷，金黍浴蘭湯。寶扇弄明月，風生羅袖香。五月。

火龍出海駕雲車，雲車吐焰炊赤沙。燕王黑蚌珠，那得來人家。雪山在何處，冰海空作柱。羅紈夕無風，肌肉暗泣露。藕花水殿待明月，坐看飛星白光没。六月。

銀濤界天河影白，河上年年候槎客。漢家秋殿鎖嵬嵬，王母鸞車去不來。粉面修眉冠月嫵，願乞巧來持拙去。芰荷花老槿花榮，夜色秋聲滿涼浦。七月。

列星排空光琰琰，玉玦無聲夜西轉。促織宵啼旅雁，秋怨客枕無眠。香闈念遠風凄，幽房月明深殿。愁帶似割，泪花如翦。桂帘香霧夜景差，明朝翠瓦成輕練。八月。

鑄金佛面黄岑岑，千百億佛昇色身。仙人捧觴作花壽，花香清入梅枝瘦。露溥溥，風颮颮，螢蟄光，豺祭獸。遥天紫雲濕，邊月白如晝。凍露開花噴玉光，關城夜白征人首。九月。

移短晝，續長夜，幽壁燈花凝寒灺。錦帳懸鈎風不摇，芙蓉春暖生蘭麝。峨峨霜雉鎔白銅，玉河直貫天西東。繁霜草枯健鶻疾，將軍曉獵號角弓。十月。

銀雪稠稠塞八表，枯樹啼號老梅笑。徘徊白鳳闐空來，冰花浮夜蓮花曉。仙人刻玉作楮葉，撒向人間收不得。酒香熱面眺齋寒，一夜群纖籠縞白，玉管吹灰露春色。十一月。

梅花玉鍊容，拍盞翠光濃。春色來漸近，歲華潜告終。亭亭飛綵燕，裊裊綴釵蟲。玉漏知宵短，金爐覺暖融。土牛餞太歲，回首踏春風。十二月。

《全元詩》，册 18，第 311—312 頁

十二月樂辭并閏月

吾　衍

元陶宗儀《南村輟耕録》曰：「吾子行先生衍，太末人，大父爲宋太學諸生，因家錢唐。先生曠放，高不仕之節。其所厭棄者或請謁，從樓上遥謂曰：『吾出有間矣。』顧彈琴，吹洞簫，撫弄如意不輟。求室委巷，教小學常數十人，與客對笑談喧，樓上下群童一是肅安。其所著述，有《尚書要略》《聽玄集》《造玄集》《九歌譜》《十二月樂譜辭》《重正卦氣》《楚史檮杌》《晉文春秋》。兼通聲音律吕之學，工篆書。」①

正月

羲和日馭鞭蒼龍，璇璣夜轉行天東。鵝黄拂烟柳條短，伶倫竹聲催晝暖。金刀錯落紅錦絲，玉釵鬢影東風吹。芙蓉酒濃香染衣，花樓鳳語黄蜂飛。

① 《南村輟耕録》卷六，第76頁。

二月

晴光漾漾琉璃波，垂楊掃黛嚬青蛾。紫絲步障芳草陌，薄露春香蟬翼羅。鶯簧吹笙教春語，花落無雲過烟雨。縛頭舞紅鸚鵡杯，東風燕尾參差開。

三月

紅枝綵樹金流蘇，籠香染露開九衢。沈香小院鶯語澀，晚漏蟾蜍遲玉壺。楊花飛飛風蕊蕊，蝴蝶迷香粉魂死。水光鴨緑暖滺溶，草色江南一千里。

四月

依微緑雨冥濛天，圓荷散水青連錢。晨階步花空土澀，玉柱濕絲移蜀弦。南風遲遲度簾額，樹葉迎凉小秋色。槐枝未晚噪蟬催，夢中蝴蝶空中飛。

五月

石榴花始紅，菖蒲花淺碧。湘簟水風凉，生羅汗微濕。青蟲化飛蛾，穴蟻登南柯。前山雨脚來，遠色雲嵯峨。

六月

南山日色紅，火雲山下起。老樹無凉陰，野鳥渴飛死。重厭藕絲裳，寒思玉井水。何處有秋風，鳴蟬晚聲碎。

七月

迎新凉，對華月，桐階風來月如雪。草根蟲聲催搗衣，銅龍怨寒千里思，銀河影長更漏遲。

八月

桐陰閒玉砌，金井生凉雲。扇欹嫦娥輝，簟拂湘妃痕。愁怨草蟲語，舞厭楚綃薄。燭樹來何遲，螢飛上羅幕。

九月

鉛花飛霜滿枯草，摇落風來楚山老。海神收水無泪痕，鴻飛古樹啼老猿，雲低畫檐秋影昏。

十月

北風吹雲晝陰短，錦畫屏風獸香煖。謝家十二玉絲弦，不待昭陽九華琯。新花學春小無力，枯桑葉青霜草碧。秋蟲飲雨未令歸，壞穴墻陰土花濕。

十一月

飛沙走寒幾千里，霞絲不起羅紋紫。魚龍水合青海愁，寒木空林曉鳶死。玉臺仙子琥珀鍾，簾衣半卷迎東風。鸞刀翦秋秋水溶，舞鸞墮影來虚空。

十二月

風驚雁陣鳴寒天，迎春燕綵飛聯翩。星門十二轉華月，三十六簧吹暖烟。瓊芳散漫舞幽碎，酒力微昏不成醉。畫衣送歲鼓逢逢，椒花翠盤分小紅。

閏月

新春遲遲舊春改，日積餘分幾分在。嫦娥兔宫圓影多，二十六弦遲歲華。《全元詩》，册22，第

182—184頁

同前

孟　昉

詩序曰：「凡文章之有韻者，皆可歌也。第時有升降，言有雅俗，調有古今，聲有清濁。原其所自，無非發人心之和，非六德之外別有一律吕也。漢魏晉宋之有樂府，人多不能曉。唐始有詞，而宋因之，其知之者亦罕見其人焉。今之歌曲比於古之詞，有名同而言簡者，時復亦有與古相同者，此皆世變之所致，非固求異，乖諸古而强合於今也。使今之曲歌於古，猶古之曲也；古之詞歌於今，猶今之詞也。其所以和人之心、養性情者，奚古今之異哉。先哲有言，今之樂猶古之樂，不其然歟？嘗讀李長吉《十二月樂詞》，其意新而不蹈襲，句麗而不慆淫，長短不一，音節亦異，旁搆冥思，朝涵夕詠。諧五聲以攡其腔，和八音以符其調。尋繹日久，竟無所得，遂輟其學以待知音者出，而予承其教焉。因增損其語而隱括爲〔天净沙〕，如其首數，不惟於尊席之間，便于婉轉之喉，且以發長吉之藴藉，使不掩其聲者，慎勿曰侮賢者之言云。」按，《全元詩》按語曰：「詩序明言以上十三首是〔天净沙〕，詩總集自來均已收入，暫録於此。」本卷從之。

上樓迎得春歸，暗黃着柳依依，弄野輕寒似水。錦床鴛被，夢回初日遲遲。
勞勞胡燕酣春，逗烟薇帳生塵，蛾髻佳人瘦損。暖雲如困，不堪起舞緗裙。
夾城曲水飄香，掃蛾雲髻新妝，落盡梨花欲賞。不勝惆悵，東風縈損柔腸。
依微香雨青氛，金塘閒水生蘋，數點殘芳墮粉。緑莎輕襯，月明空照黃昏。
鉛華水汲青尊，含風輕縠虛門，舞困腮融汗粉。翠羅香潤，鴛鴦扇織回文。
疏疏拂柳生裁，炎炎紅鏡初開，暑困天低寡色。火輪飛蓋，暉暉日上蓬萊。
星依雲渚濺濺，露零玉液涓涓，寶砌衰蘭剪剪。碧天如練，光摇北斗闌干。
吴姬鬢擁雙鴉，玉人夢裏歸家，風弄虛檐鐵馬。天高露下，月明丹桂生華。
鷄鳴曉色瓏璁，鴉啼金井梧桐，月墜莖寒露涌。廣寒霜重，方池冷悴芙蓉。
玉壺銀箭難傾，缸花凝笑幽明，霜碎虛庭月冷。綉幃人静，夜長鴛夢難成。
高城回冷嚴光，白天碎墮瓊芳，高飲撾鍾日賞。流蘇金帳，瑣窗睡殺鴛鴦。
日光灑灑生紅，瓊葩碎碎迷空，寒夜漫漫漏永。串銷金鳳，獸爐香靄春融。
七十二候還催，葭灰玉琯重飛，莫道光陰似水。羲和迂轡，金鞭懶着龍媒。《全元詩》，册54，第387—388頁

同前

李　曄

正月辭

雪消樓瓦鴛鴦暖，太液池香翠波滿。春愁如織鶯未知，新染鵝黄柳絲短。美人纖手畫雙蛾，綉簾捲得春風多。春風開紅又辭紫，却怕青年逐流水。

二月辭

玉爲鞍，龍爲馬，游陽春，錦城下。水晶盤中鳳皇炙，蒲萄緑酒銀壺瀉。萬草千花舞綉衣，笑殺提籃采桑者。

三月辭

東園雨紅花亂飛，綉簾半捲燕雙歸。并州翦刀快如水，茜羅新樣裁春衣。十二巫山畫神女，屏風照見芳心苦。宫辭裁罷酒微醺，自向金籠教鸚鵡。

四月辭

落花長門草青處，十二闌干撲飛絮。象床玉手印顋紅，隔夢一聲啼緑樹。笑將金彈打流鶯，誰遣芳菲被春誤。鳳釵不整雙鬟霧，爽風新扇題紈素。

五月辭

石榴花開紅染幂，緑羅袖捲芭蕉紋。睡回金獸沉烟熏，玉笙吹下雲中君。果壓冰盤水晶碎，蔗漿似酒甜難醉。猶嫌命薄蜻蜓翅，不及桑鳩動成對。

六月辭

銀塘花發紅雲滿，南風吹香徧宫館。舞衣上綉雙鴛鴦，緑珠小娘捧冰椀。簟紋細織湘波寒，碧紗如烟作帳寬。水晶簾垂體生粟，不識人間有三伏。

七月辭

南方赤帝騎龍尾，啾啾夜渡銀河水。霧濕火雲飛不起，碧色凝天薄如紙。鳳管參差裁短玉，别夢熒熒冷秋燭。金井闌西一葉風，吹盡湘妃鬢邊緑。

八月辭

鯉魚吹長風，曲池芙蓉老。白天墜凉露，濕螢滿衰草。蘭房燈燼青，獨宿知秋早。碧波弄明月，自惜顔色好。起按鴛鴦弦，酸聲攬懷抱。

九月辭

畫欄十二憑西風，芙蓉照波霜影紅。微寒夜侵紫半臂，寶帳流蘇篆烟細。月明天上來羊車，千門竹葉生鹽花。挑燈自看班姬傳，甘作團團秋後扇。

十月辭

美人坐處生陽春，芙蓉牡丹聯綉裀。沈香火暖然烏銀，暖光吼出紅麒麟。膽瓶滿貯波寒緑，小插疏梅半梢玉。蓮葉漏沈猶未眠，翠被薰烟惹蘭馥。

十一月辭

別館瑶雲曙光泠，飛霜落盡宫槐影。何人吹動玉參差，春透香幃夢初醒。龜甲屏風圍象床，吴綾越羅堆滿箱。拈鍼欲綉雙鴛鴦，又恐新愁隨綫長。

十二月辭

并刀碎翦銀潢水，散作飛花半空裏。清晨貧女方拾薪，寒裂肌膚愁欲死。翠衾宿酒人未醒，蔗漿調雪消餘酲。却呼小玉開瓊户，石闌干畔妝鹽虎。

閏月辭

望舒推輪出蟾闕，三歲清光多一月。露濕瓊樓秋氣寒，鏡裏嫦娥生白髮。桂高十丈香風暖，愁來退作黄楊短。樹屺何如人最多，熒熒别泪成銀河。《全元詩》，册56，第100—102頁

擬李長吉十二月樂辭

吴景奎

正月

麴塵絲拂晴波暖，霽靄空濛燒痕淺。含章宫中萬玉妃，粉花點額芳菲霏。條風東來初解凍，蝴蝶吹醒花底夢。翠鬟梳罷玉纖寒，綵燕銜春上金鳳。

二月

青皇宫中花鳥使，沓翠霏紅教鶯語。移春檻小度芳華，金犢車輕載歌舞。曲房夢斷章臺月，東風不解丁香結。鑰魚夜守倉琅根，海棠飛落臙脂雪。

三月

紫簫吹月梨花老，碧雲冉冉迷芳草。藥欄繭栗怯春寒，翠帳流蘇護鶯曉。麗人一去音塵杳，泪洒紅綃怨青鳥。新蒲細柳自年年，曲江流恨波聲小。

四月

輕紅流烟香雨足，新槐影轉句欄曲。水晶簾箔度薰風，簧吻烏衣語華屋。凉簪墜髮初破睡，粉痕淺護脩蛾緑。并禽不受雕籠宿，背人飛向荷陰浴。

五月

網軒緑艾縣飛虎，菖蒲花青海榴吐。江蛾倚竹弄湘弦，調笑懷沙怨蘭杜。南薰生凉紈扇薄，雕俎瑶觴勸郎酌。綵索光浮繫臂紗，守宫紅映黄金約。

六月

冰山瓏璁閒瑶席，水拍銀盤漱寒碧。象床湘簟含風漪，膩香粉汗沾凝脂。赤帝啾啾火龍老，琪樹西風轉昏曉。

七月

鳳凰枝頭一葉飛，碧疏朱綴生凉颸。素紈團團恩愛衰，含宫嚼羽吹參差。瑶階露華沾履綦，星橋月帳愁別離，粉筵歡笑占蛛絲。

八月

蘋風夕起凉思多，新愁舊恨攢濃蛾。雲兜鶺鴒返故國，瑶階絡緯鳴寒莎。銅仙泓泓泫零露，銀灣漾漾吹凉波。素蛾徘徊白鸞舞，廣庭老樹今如何。

九月

黄金花開香滿把，烟草荒臺誰戲馬。楚雲櫛櫛雁西流，秋色悽人正瀟灑。泪花蔌蔌啼新愁，纏弦五色彈箜篌。寶香不暖茱萸帳，明月空過翡翠樓。

十月

小春一花西月黄，縞衣美人吹暗香。錦衾羅薦曉寒薄，夢中持贈雙明璫。霜花莫灑相思樹，愁殺孤棲金鳳凰。

十一月

八姨手折榑桑枝，海天凍合青瑠璃。瓊樓仙人喚滕六，夜入銀潢剪瑛球。沈香火煖錦承塵，叵羅羔酒生春粼。宫溝不寄題紅怨，日映五紋添弱綫。

十二月

瓊芳銷歇年華改，青鳥無音隔瑶海。緑綃窗户弄晴曦，柳條迎臘含烟彩。上苑花須連夜開，枝頭休剪楊家綵。

閏月

若華煌煌縈日馭，氣朔盈虚積餘數。低鬟斂黛拜霜娥，孤負團圓十三度。生物趨功得歲長，山中獨厄黄楊樹。《全元詩》，册 36，第 384—387 頁

擬唐人十二月樂章并閏月

胡奎

正月

青陽蕩蕩天門開，太乙神君天上回。翠旗青仗出蓬萊，金花疊鼓鳴春雷。黄河冰裂魚龍喜，煖緑鱗鱗鳳池水。麴塵吹黄上宫柳，明日朝天稱萬壽。

二月

日照曲江津，千葉宫桃紅笑人。梨園羯鼓趣花神，綵絲五色綉青春。金堤軟碧草如茵，美人蹋歌停素雲，蛺蝶飛上榴花裙。翠袖扶春海棠醉，絳蠟通宵照花睡。

三月

洛陽牡丹賴玉盤，宫城落絮春漫漫。千輪萬轂畫馳道，一日看花心未了。黄金買春恐春老，錦帳圍天覺天小。撞鐘槌鼓白日晏，漢宫傳燭千枝爛。南園草緑送春歸，花落鶯啼綵雲散。

四月

稚子斑斑穿碧草，吴蠶繰雪車聲早。内園中使進櫻桃，單羅玉色試宫袍。碧殿南薰生五弦，高槐夾道團晴烟，金溝荷葉緑田田。

五月

明月裁團扇，榴花照舞衣。吴娃木蘭檝，日暮采蓮歸。龍綃圍水榭，湘簟魚波動。郎餐九節蒲，妾食九子粽。

六月

裁紅綃，曳白苧，館娃宫中催避暑。夜凉水殿芙蓉開，矯如驚鴻下瑶臺，隔花玉盌調冰來。

七月

碧落散金氣，明河白浮浮。鵲鳴知露重，螢過學星流。紈扇朝辭寵，羅衾夜抱愁。暑退長生殿，凉歸乞巧樓。月明吹玉琯，開户望牽牛。

八月

城頭夜傳柝，露脚月中飛。羌笛卷葉吹，候雁向南歸。缸花泣紅泪，染絲上寒機。莎鷄且勿啼，妾製邊人衣。

九月

桂影離離畫闌曲，露重銅盤泣寒玉。轆轤軋軋轉金井，美人手怯青絲綆。鯉魚風高浪花白，湘浦芙蓉失顔色。七星挂樹長琅玕，玉階羅襪生春寒。

十月

冰蟾蹋雲烏夜啼，銀汞洗空霜倒飛。蠟花巧綴蜻蜓眼，銅龍無聲停漏板。白天凍合玉河乾，金井裁衣素手寒，北風吹夢度關山。

十一月

緑毛倒挂梨花雲，辟寒犀煖蕙幃春。玉妃剪水空中墮，熏籠不斷沈香火。宫中五色添長綫，旭日曈曈上瑶殿。

十二月

匝地凍雲飛不起，翡翠寒欺合歡被。何人吹律待春陽，三百六旬今復始。

閏月

桃之都，三足烏，三年烏生三十雛。東方燭龍夜回車，氣朔推遷盈復虚。緹室重吹鳳凰琯，雌雄十二春聲煖。《全元詩》，册 48，第 159—161 頁

續十二辰詩

劉　因

按，宋人晁補之有《擬樂府十二辰歌》，劉因此詩當擬晁作而來，故予收録。

飢鳶嚇鼠驚不起，牛背高眠有如此。江山虎踞千里來，才辦荆州兔穴爾。魚龍入海浩無涯，幻境等是杯中蛇。馬耳秋風去無迹，羊腸蜀道早還家。何必高門沐猴舞，豚穽鷄棲皆樂土。柴門狗吠報鄰翁，約買神猪謝春雨。《全元詩》，册 15，第 50 頁

卷二六四　元雜歌謡辭一

本卷所録，或《樂府詩集・雜歌謡辭》之同題擬作，或見於元之正史、筆記，以「歌」、「謡」名且有本事者，多出《元史》《全元詩》及元人筆記。

擊壤

王　惲

元陶宗儀《南村輟耕録》「燕南芝庵先生唱論」所列「唱曲題目」有《擊壤》。① 明凌濛初《譚曲雜札》曰：「元曲源流，古樂府之體，故方言常語，沓而成章，着不得一毫故實。即有用者，亦其本色事，如藍橋、妖廟、陽臺、巫山之類，以拗出之，爲警俊之句，决不直用詩詞中他典故填實者也。一變而爲詩餘、集句，非當行矣，而未可厭也。再變而爲詩學大成，群書摘錦，可厭矣，而未村煞也。忽又變而文詞、説唱、胡謅、蓮花落，村婦惡聲，俗夫褻謔，無一

① 《南村輟耕録》卷二七，第6482頁。

不備矣。今之時行曲，求一語如唱本《山坡羊》《刮地風》《打棗竿》《吴歌》等中一妙句，所必無也。故以藻繢爲曲，譬如以排律諸聯入《陌上桑》《董妖嬈》樂府諸題下，多見其不類。以鄙俚爲曲，譬如以三家村學究口號歪詩擬《康衢》《擊壤》，謂自我作祖，出口成章，豈不可笑？而乃攘臂自命，日新不已，直是有腼面目。」①

軒軒旱塊大於盆，朴擊都教細作塵。便覺□□□□静，夕陽原隰看昀昀。《全元詩》，册 5，第 525—526 頁

同前

王　禎

泰和民如何，戲適因塊壤。相從雜稚耋，峙立越尋丈。乘平初側一，得雋終殺兩。徒歌足歡愉，至意自融盎。帝力既不知，大德日蕩蕩。爾來幾千年，古俗遂長往。雖云遺制在，淳風邈難想。誰能陶真樂，返古如指掌。懷哉壤父歌，三復有遺響。《全元詩》，册 18，第 108 頁

① 《明詞話全编》，册 5，第 3362 頁。

塗山篇

楊維楨

按，《樂府詩集·雜歌謡辭》有《塗山歌》，元人《塗山篇》當出於此，故予收録。

朝發一錢渡，暮宿三江潮。金山有禪伯，飲我松間瓢。遂登福勛廟，福勛俗指爲禹婦翁。還憩汪罔橋。防風氏。金翁不可詰，夜附山鬼妖。載吊漆姓人，負惡忍兜苗。既懷彎弓逆，可徒坐不朝。逆名不可訓，姑以後至梟。澗碕洗遺骨，白日連山椒。《全元詩》，册 39，第 35 頁

商歌

胡奎

白日粲粲南山阿，長夜漫漫愁奈何。停車夜宿郭門外，悲風烈烈聞商歌。歌云不遭舜與堯，單衣短布風蕭蕭。人生卑微何可忽，後車載之相齊國。《全元詩》，册 48，第 128 頁

徐人歌

危素

季子有劍秋水色，徐君見之惜不得。徐君墓上荒草寒，季子解劍挂樹間。一死一生見交誼，嗟哉延陵吴季子。《全元詩》，册44，第236頁

漁父歌

馬臻

按，元人又有《漁父》《漁父詞》《漁父嘆》《漁父詩》《漁父曲》《屈原對漁父》，均當出於此，亦予收録。

老翁家住西湖邊，自從學釣四十年。瓦甌酒醒炊未熟，白日過午常高眠。昨朝老婦丁寧泣，銛鈎須利不須直。得魚賣錢及早歸，鄉吏打門征斂急。嗚呼！吴松笠澤秋水多，筆床茶竈今如何。《全元詩》，册17，第64頁

漁父

劉秉忠

撥棹垂竿日日同，藕花叢了荻花叢。朝雲暮雨閑身外，春水秋山醉眼中。十里烟波明落日，數聲漁笛響西風。紅塵不到孤舟上，誰得江湖伴此翁。《全元詩》，册3，第173頁

同前

釋道惠

一橈兼一笠，身寄楚江邊。每笑紅塵擾，長爲白晝眠。鳴榔秋月下，曬網夕陽前。放曠蛟龍國，幽閑鷗鷺天。水花凉帶露，汀草暖浮烟。長棄人間世，真爲海上仙。不求耕犢地，但惜釣魚舡。半醉吹孤笛，風清月更圓。《全元詩》，册20，第406頁

同前

揭傒斯

夫前撒網如飛輪，婦後摇櫓青衣裙。全家托命烟波裏，扁舟爲屋鷗爲鄰。生男已解安貧

賤，生女已得供炊爨。天生網罟作田園，不教衣食看人面。男大還娶蜑家女，女大還作蜑家婦。朝朝骨肉在眼前，年年生計大江邊。更願官中減征賦，有錢沽酒供醉眠。雖無餘羨無不足，何用世上千鍾禄。《全元詩》，册 27，第 191—192 頁

同前二首

釋善住

夕陽波上釣絲輕，風入蒹葭窸窣鳴。辭劍爲憐逋客難，鼓橈曾笑逐臣清。數聲竹笛湘江闊，一帽山花白髮明。南北去來人自老，幾多空抱羨魚情。

罷釣優游老此身，數椽茅屋并湖濱。青雲富貴無多日，白髮清閒有幾人。篷底未曾論伯越，花間且莫問强秦。紛紛世事皆如夢，更送床頭百瓮春。《全元詩》，册 29，第 230—234 頁

同前

貢師泰

一輪明月一絲風，吴水西頭楚岸東。日日城中賣魚去，却教鷗鷺守孤蓬。《全元詩》，册 40，第 316 頁

同前

釋大圭

大兒船頭新得魚，小兒船頭炊彫胡。老翁一笑江潮落，西村有酒滿瓶沽。《全元詩》，册 41，第 376 頁

同前

陳鎰

短篷烟雨泊鷗沙，賸有魚錢到酒家。近日人間多賦斂，争如水國作生涯。《全元詩》，册 51，第 588 頁

同前

張庸

扣舷歌罷潮生浦，把釣歸來月在船。新婦溉鬵烹紫鱖，大兒沽酒數青錢。《全元詩》，册 54，第 143 頁

同前

吴　會

船頭舉網後摇櫓，白髮老翁青裙嫗。得魚買米酤酒來，醉飽却下回灣住。《全元詩》，册57，第226頁

同前

王良臣

白蘋風捲釣絲斜，魚不吞鈎水見沙。買酒自歸篷底醉，載將明月入蘆花。《全元詩》，册66，第192頁

漁父詞二首

趙孟頫

題注曰：「仲姬題云：人生貴極是王侯，浮利浮名不自由。争得似，一扁舟，弄月吟風歸去休。」

渺渺烟波一葉舟，西風落木五湖秋。盟鷗鷺，傲王侯，管甚鱸魚不上鈎。

儂住東吴震澤州，烟波日日釣魚舟。山似翠，酒如油，醉眼看山百自由。《全元詩》，册17，第221—222頁

同前

管道升

遥想山堂數樹梅，凌寒玉蕊發南枝。山月照，曉風吹，只爲清香苦欲歸。

南望吴興路四千，幾時回去霅溪邊。名與利，付之天，笑把漁竿上釣船。

身在燕山近帝居，歸心日夜憶東吴。斟美酒，鱠新魚，除却清閒總不如。

人生貴極是王侯，浮利浮名不自由。争得似，一扁舟，弄月吟風歸去休。《清河書畫舫》：吴興郡夫人不學詩而能詩，不學畫而能畫，得於天者然也。此《漁父詞》，皆相勸以歸之意，無貪榮苟進之心，其與「老妻强顔道，雙鬢未全斑，何苦行吟澤畔，不近長安」者異矣。皇慶二年十二月十八日，子昂書。《全元詩》，册20，第119頁

同前

陳泰

蟬聲欲斷蟲聲悲，江天月上初弦時。漁翁身老醉無力，矯首坐看雲離離。癡兒不識老翁

意，苦道平生貧作祟。賣舟買得溪上田，昨暮催租人已至。君不見長安康莊九復九，雨笠烟蓑難入手。人間萬事誰得知，滄江夜變爲春酒。《全元詩》，册 28，第 34 頁

同前

胡　奎

家住琴江江上頭，拓卦洲前春水流。桂枝檝，木蘭舟，終日忘魚不下鈎。儂是烟波一釣徒，持竿東海拂珊瑚。女兒港，番君湖，浪静風恬過小孤。黄梅嶺下是儂家，白石磯邊把釣車。友麋鹿，侶魚蝦，不在山顛即水涯。大江西去是廬山，雲白山青罨畫間。彭蠡澤，海門關，莫待風波及早還。白石磯頭春水流，朝朝暮暮伴沙鷗。山渺渺，水悠悠，笑殺磻谿下直鈎。磻溪野老髮垂肩，釣得周家八百年。魚换酒，不論錢，醒即長歌醉即眠。《全元詩》，册 48，第 117—118 頁

同前

孫　蕡

順流得魚易，逆流得魚難。難易有天定，順流心所安。網羅疏疏鈎曲直，老翁取魚兼取適。

《全元詩》，册 63，第 261 頁

漁父嘆

耶律鑄

寸鈎釣鰲良可嘆，片網圖龍直絶癡。往來江上人無限，鼓掌笑君君不知。《全元詩》，册 4，第 120 頁

同前

舒頔

溪淺每愁魚鱉少，澤深又慮蛟龍居。移舟猶豫生涯拙，舉網徘徊作計疏。山水清幽忘足迹，江湖寬闊足庖厨。古來數罟今猶密，輸與陶朱得自如。《全元詩》，册 43，第 272 頁

中圭寄漁父詩

陸厚

按，其三當爲殘句。

萬里江天舟一葉，雲山倒影波紋疊。得魚沽酒醉復醒，秋葉春花任消歇。
夕陽西下月生東，幾度歸迎浦口風。身閑心懶多考終，不使兒孫愚臭銅。
白鷗浩蕩魚撥剌，一聲欸乃大空闊。
春又匆匆人又忙，詩篇未有又何妨。惠連久不來春夢，依舊池塘草自芳。
一春常閉讀書門，長被春工笑我貧。我笑春心無定處，怨紅愁緑惱詩人。
幾年年作送春吟，未似今春痛不禁。季弟有靈應有覺，柳花無義蕩春心。
寡燕尋朋遶畫樓，鰥鳩喚婦隔墻頭。不知花落青春老，别有風流萬種愁。
桑空春去熟吴蠶，結繭藏身死自甘。深笑世途聲色好，汙名失節不知慚。
迢迢路歧塵埃裏，鬱鬱佳城草樹中。白骨未能安下土，翠眉重畫倚東風。
春正繁華成訣别，人當富足妄忠量。若從春事求人事，都作槐安夢一場。
陽曹陰職兩公明，抵死休同勢利争。看取西園高下樹，一宵風雨緑陰成。
我詩未必勤春神，詩價無多可送春。待得南枝重的皪，花前細説此時因。《全元詩》，册 26，第 16—17 頁

漁父曲

葉顒

雨過暮雲收，江空涼月出。輕蓑獨釣翁，一曲秋風笛。宿鷺忽驚飛，點破烟波碧。《全元詩》，册42，第38頁

屈原對漁父

王惲

國既無人不我知，秋風澤畔一湘纍。君臣大義明如鏡，抵用漁翁辯啜醨。《全元詩》，册5，第564頁

鷄鳴曲

胡奎

晨鷄初鳴當夜半，少婦出房愁思亂。晨鷄再鳴月入帷，少婦出門郎馬嘶。晨鷄三鳴月在道，道上馬嘶聲漸杳。馬嘶漸杳鷄亂鳴，挑燈泣泪天未明。後夜聞鷄北窗下，夢裏鷄聲候郎馬。一鳴六龍海波赤，再鳴暘谷東方白。三鳴閶闔參差開，紫雲飛繞金銀臺。天街夜夜鷄鳴

早，珂佩朝回霜滿道。綺疏花影晏眠人，夢裏鷄聲不知曉。

晨鷄初鳴月在堂，少婦挑燈開洞房。晨鷄再鳴月在樹，門前馬嘶郎欲去。城西月落鷄三鳴，出户不聞郎馬聲。馬聲已遠鷄聲静，回首不知郎遠近。寄語晨鷄休浪啼，啼時願郎歸馬嘶。

《全元詩》，册 48，第 114 頁

卷二六五　元雜歌謡辭二

秋風詞

孫　蕡

詩序曰：「魏文帝作《燕歌行》，蓋《秋風》《四愁》之變，而其音韻鏗鏘，情思悽愴，爲千古七言之祖。其後如少陵《秋風》兩首，邢君實《秋風》三疊，皆本此而作者也。今特衍其詞語，分爲三首，略竊三疊之意。未以配詩祖則，亦可彷彿《四愁》之遺響云。詞曰……」按，詩序云竊邢君實《秋風》三疊意，邢氏《秋風》三疊收入宋代卷雜歌謡辭中，則此詩亦入本卷。又，孫蕡《西菴集》置此詩於「樂府」類。按，《樂府詩集・雜歌謡辭》有漢武帝《秋風辭》，元人《秋風》諸題，凡作《秋風辭（詞）》者，本卷悉數收録，餘者止録與漢武帝《秋風辭》題旨近者。

秋風裊裊天意晶，寒蟲唧唧霜露零。白雲孤飛雁南征，念君歲闌遠游行。長年驅馳竟何成，閨閣盼望空熒熒。哀來傷秋百感生，感極涕泪沾衣纓。何人月高彈鳴箏，繁弦急絲攪離情。

銀河横天湛空明，哀猿寥寥共凄清。微禽安棲夜不驚，夫君胡爲未遑寧。

秋風颯颯林木空，吴山楚山千萬重。湛湛江水上有楓，念君游行遠從戎。不遑寧居走西東，寂寞空閨敞房櫳。獨宿涕泪沾襟胸，悵望不見憂怔忡。長雲遥天叫孤鴻，哀音嗷嗷思無窮。黄姑斜河夜正中，牽牛七襄淡横從，夫君胡爲苦怱怱。

秋風淅淅庭宇虚，日行南陸露如珠。江空木落芳歲徂，念君遠游今何如。别離不得尺素書，妾久悲傷惜居諸。惻惻涕泪盈衣裾，凝思關山倚踟躕。南鄰誰家吹笙竽，清聲撩人思煩紆。繁星麗天明月孤，城頭夜棲白頭烏，夫君胡爲未寧居。《全元詩》，册 63，第 257—258 頁

同前

徐天逸

秋風一舸歸，晚泊芙蓉渚。折房遺所思，的的中心苦。《全元詩》，册 65，第 87 頁

灤水秋風詞四首

柳貫

西麻林鞍如割鐵，東凉亭酒似流酥。福威玉食有操柄，世祖建邦天造圖。

朔方賓憲留屯處，上郡蒙恬統治年。今日隨龍看雲氣，八荒同宇正熙然。
朵樓清曉常祠罷，吾殿新秋曲宴回。御帛功由寒女出，分頒恩自九天來。
西風初吹白海水，落日正見黑山雲。旃廬小泊成部署，沙馬野駝連數群。《全元詩》，册 25，第 207 頁

後灤水秋風詞四首

柳貫

磧中十里號五里，道上千車聯萬車。東賫西琛通朔漠，九州四海會同初。
界墻窪尾砂如雪，灤河觜頭風捲空。泰和未必全盛日，幾驛雲州避暑宮。
旋捲木皮斟醴酪，半籠羔帽敵風沙。丈夫射獵婦當御，水草肥甘行處家。
山郵納客供次舍，土屋迎寒備墐藏。沙頭蘑姑一寸厚，雨過牛童提滿筐。《全元詩》，册 25，第 207 頁

秋風

黄鎮成

秋風淅淅生庭柯，蕭蕭木落洞庭波。紅樹夕陽蟬噪急，白蘋秋水雁來多。王孫不歸怨芳草，山鬼欲啼牽女蘿。蒹葭蒼蒼白露下，望美人兮將奈何。《全元詩》，册 35，第 83 頁

烏孫公主歌

孫蕡

咽咽復咽咽，羊車鳳輦恩光絶。新新復新新，駝裘貂帽來相親。昔爲花月漢宫女，今作風沙胡地人。漢宫胡地何分别，人生過眼如一瞥。彩雲易銷月長缺，作底嬋娟涕如雪。且喜華夷罷戰争，天南天北樂升平。一堆紅粉壠頭葬，百萬兒郎邊上生。漢宫剩有三千女，豈憚邊庭有强虜。從此龍泉不用磨，只從天下選嬌娥。銀鞍白馬金槖駝，琵琶弦索聲相和。葡萄酒緑朱顔酡，壻家兒孫日日多。年年只報烽火息，莫問嬋娟傷綺羅。《全元詩》，册 63，第 251 頁

驪駒歌

胡奎

朝出北郭門，驪駒在路傍。路傍秋草短，江月白如霜。歌驪駒，唱吴歈。千里萬里道，三年兩年書。願爲金絡隨君馬，願爲雙輪逐君車。

河之水，清泱泱，津吏伐鼓聲鏜鏜。主當渡河吏乃醉，女娟操舟贖父罪。持檝中流發櫂歌，津吏酒醒女渡河。鴛鴦雙飛可奈何。《全元詩》，册48，第129頁

廣川王愁莫愁曲

張憲

愁莫愁，死即休。鉛灌口，刀灼眸，托灰煮尸劍擊頭。愁莫愁，永巷春深作縶囚。愁莫愁，老嫗哭。使者來，窮詔獄。徙上庸，伏顯戮，雪我無辜人十六。《全元詩》，册57，第5頁

黃鵠下太液池歌贈張詹丞子有

王　惲

君不見西京全盛時，黃鵠飛下太液池。雄聲東來蕩鳧鷺，波濤千頃翻琉璃。菊裳肅肅金爲衣，至今樂府留歌辭。只緣罕見稱祥輝，較之世用將何爲。張侯家住太液傍，寵眷久沐恩波光。金閨時彦推獨步，大冠脩劍明月璫。烟花鶴禁正縈繞，翩如彩鳳鳴朝陽。張侯本是濟時傑，游刃有餘歸以德。津津和氣粹眉宇，皎皎冰壺湛胸臆。兩都巡撫歲有常，守護無虞嘆先識。臨機益辨固餘事，端本澄源更超逸。覃覃詹府開兩坊，春桂香濃露華濕。鄭莊好客未足多，桃李公門半簪紱。況今六合梟鸞分，霜風静野惡木寂。太平有望公等事，爲國薦賢時所急。顒顒士論問遠期，它日明堂須柱石。昔聞黃鵠下太液，今覩池邊威鳳集。作歌自笑贈君侯，一片野心猶獻炙。《全元詩》，册 5，第 161—162 頁

黃鵠歌

胡　奎

太液池水清涓涓，金衣菊裳下九天。建章宫中生紫烟，鳳凰來儀羽翩翩，至德廣被千萬年。

《全元詩》，册 48，第 129 頁

黄鵠歌爲劉母王氏作

傅若金

黄鵠孤飛兮，傷其疋儔。生則同巢兮，寡處何求。死寧敢愛兮，孰將其雛。山則有木兮，隰有泉流。翾飛何知兮，雛飽以娱。雛既羽翼兮，將母來休。毋詒母辱兮，無使心憂。《全元詩》，册 45，第 2 頁

黄鵠行

胡　奎

東海有黄鵠，羽翼何翩翩。十里復五里，裴回上青天。青天高無極，下視周八埏。朝依玄圃樹，夕飲瑶池泉。鳳凰以爲匹，啄食保長年。《全元詩》，册 48，第 72 頁

五噫歌

謝應芳

明王昌會《詩話類編》曰：「詩體有曰『歌』者，其體近古，如古《五子之歌》《長恨歌》《五噫歌》。」①

大明何爲而翳兮，噫！大凶胡爲而裂兮，噫！觸邪之廌角胡折兮，噫！祥麟在郊足亦刖兮，噫！天乎遺黎，豈至是而底滅兮，噫！《全元詩》，册38，第33頁

五噫歌梁鴻

胡奎

瞻彼洛京兮，噫！宫闕連城兮，噫！非我故鄉兮，噫！鹿車轔轔兮，噫！歸全其身兮，噫！

《全元詩》，册43，第128—129頁

① 《詩話類編》卷一，四庫存目叢書，集部册419，第12頁。

廉叔度歌

胡　奎

成都太守廉叔度，三年守城人案堵。桑葉陰陰歌滿路，不歌一襦歌五袴。《全元詩》，册 48，第 128 頁

范史雲歌

胡　奎

三日不食釜生魚，五日不食甑生塵。丈夫未遇甘賤貧，嗚呼豈無人間范史雲。《全元詩》，册 48，第 128 頁

吴人歌

胡　奎

江悠悠，輓使舟。吴人歌，歌鄧侯。江水東流去不返，鄧侯鄧侯舟莫輓。《全元詩》，册 48，第 128 頁

并州歌送張彦洪使畢還河東

張　翥

明張存紳《增定雅俗稽言》曰：「唐天寶間，樂曲多以邊地爲名，若《小梁州》《梁州序》《并州歌》《伊州》之類，曲遍聲繁，名爲入破。」①

吾鄉故人零落盡，見子老成殊慰心。祥金百煉乃利器，桐尾半焦方賞音。河東臬府幕下士，飛傳來作朝正使。太和嶺上盜已空，旗旌盡是官軍紅。殺人如麻道路絶，朝狐暮梟競巢穴。嚴風欻起霜倒飛，塞日黯淡寒無輝。子來未幾遽言歸，使我東望泪沾衣。豈不聞并州少年游俠子，手携玉龍最輕死。并州將軍劉越石，夜半登臨長嘯起。汾河直來繞郡城，雁門離石寒峥嶸。老旻四葉彈丸地，大梁全師勞再征。一朝征賊輒破碎，大將不誅天失刑。爲子作歌歌憤激，眼中太行如動色。安得壯士射烏弓，爲落攙搶連太白。《全元詩》，册 34，第 49 頁

---

① ［明］張存紳《增定雅俗稽言》卷一四，四庫存目叢書，子部册 97，齊魯書社，1995 年版，第 240 頁。

襄陽童兒歌二首

胡　奎

高陽池水緑如苔，日日襄陽太守來。倒著接羅扶上馬，日斜乘醉看花回。《全元詩》，册48，第307頁

朝出襄陽城，花間識馬聲。春風夜來雨，池上縠紋生。

倒著接羅歸，馬嘶城下路。太守醉不醒，兒童歌日暮。《全元詩》，册48，第366頁

襄陽小兒歌

胡　奎

朝出習家池，山公倒接羅。歸時太守醉，笑殺襄陽兒。

朝看襄陽花，夕飲襄陽酒。馬上倒載歸，小兒齊拍手。《全元詩》，册48，第356頁

襄陽歌

胡　奎

襄陽太守白接羅，襄陽兒唱白銅鞮。今朝載酒向何處，言往習家池上去。醉春日，歌春風。馬上歸，花正紅。《全元詩》，册48，第127—128頁

蘇小小歌

辛文房

宋吴自牧《夢粱録》曰：「蘇小小墓，在西湖上，有詩題云『湖堤步遊客』之句，此即題蘇氏之墓也。」①宋魯應龍《閑窗括異志》曰：「嘉興縣西南六十步，《地志》云：晉歌妓蘇小小墓。今有片石在通判廳，曰：蘇小小墓。徐凝《寒食詩》云：『嘉興郭裏逢寒食，落日家家

① 《夢粱録》卷一五，叢書集成初編，册3220，第138頁。

拜掃歸。只有縣前蘇小小，無人送與紙錢灰。』」①宋吴曾《能改齋漫録》曰：「劉次莊《樂府解題》曰：『《錢塘蘇小小歌》。蘇小小，非唐人。世見樂天、夢得詩多稱詠，遂謂與之同時耳。』次莊雖知蘇小小非唐人，而無所據。予按，郭茂倩所編引《廣韻》曰：『蘇小小，錢塘名倡也，蓋南齊時人。』西陵在錢塘江之西，故古辭云：『何處結同心，西陵松柏下。』」②元陶宗儀《南村輟耕録》曰：「蘇小小，見諸古今吟詠者多矣。而世又圖寫以玩之，一何動人也如此哉！《春渚紀聞》云：『司馬才仲初在洛下，晝寢，夢一美姝，牽帷而歌曰：「妾本錢唐江上住，花開花落，不管流年度。燕子銜將春色去，紗窗幾陣黄梅雨。」才仲愛其詞，因詢曲名，云是《黄金縷》。且曰：「後日相見于錢唐江上。」及才仲以東坡先生薦，應制舉中等，遂爲錢唐幕官。其廨舍後堂，蘇小墓在焉。時秦少章爲錢唐尉，爲續其詞後云：「斜插犀梳雲半吐，檀板輕敲，唱徹《黄金縷》，夢斷綵雲無覓處，夜凉明月生春浦。」不逾年而才仲得疾，所乘畫水輿，艤泊河塘。柁工遽見才仲携一麗人登舟，即前聲喏，而火起舟尾。倉忙走報，家已慟哭矣。』《能改齋漫録》云：『劉次莊《樂府解題》曰：《錢唐蘇小小歌》。蘇小小非

①［宋］魯應龍《閑窗括異志》，續修四庫全書，册1264，上海古籍出版社，2002年版，第638頁。

②《能改齋漫録》卷一，第9頁。

唐人，世見樂天、夢得詩多稱詠，遂謂與之同時耳。』次莊雖知蘇小小非唐人，而無所據。余按郭茂倩所編引《廣題》曰：蘇小小，錢唐名娼也，蓋南齊時人。西陵在錢唐江之西，故古辭云：『何處結同心，西陵松柏下。』余嘗記《虞美人》長短句云：『槐陰別院宜清晝，入坐春風秀。美人圖子阿誰留，都是宣和名筆内家收。鶯鶯燕燕分飛後，粉淡梨花瘦。只除蘇小不風流，斜插一枝萱草鳳釵頭。』亦蘊藉可喜，乃元遺山先生所作也。」①《南村輟耕録》「近世所謂大曲」條所載曲名亦有《蘇小小》。② 明郎瑛《七修類稿》「蘇小小考」條曰：「蘇小小有二人，皆錢塘名娼。一南齊人，郭茂倩所編《樂府》解題下已注明矣，故古辭有《蘇小小歌》及白樂天、劉夢得詩稱之者，《春渚紀聞》所載司馬才仲事，并是南齊之蘇小小也。一是宋人，乃見於《武林紀事》，其書無刻板，其事隱微，今録以明之。蘇小小，錢塘名娼也，容色俊麗，頗工詩詞。其姊名盼奴，與太學生趙不敏相與甚洽，款遇二年。不敏日益貧，盼奴周給之，使篤於業，遂棲南省，得官授襄陽府司户。盼奴未能落籍，不能偕行，不敏赴官三載，想念成疾而卒。有禄俸餘資，囑其弟趙院判分作二分，一以與弟，一命送盼奴，爲言盼奴有

① 《南村輟耕録》卷一七，第 209 頁。
② 《南村輟耕録》卷二七，第 336 頁。

妹小小，俊秀善吟，可謀致之，佳偶也。院判如言至錢塘，有宗人爲錢塘倅，托召盼奴領其物，倅爲召之，有蒼頭至云：『盼奴於一月前已抱疾歿，小小亦爲於潛縣官絹事繫廳監。』倅遂呼小小出，詰之曰：『於潛官絹，汝誘商人一百疋，何以償之？』小小回覆：『此亡姊盼奴之事，乞賜周旋，非惟小小感生成之恩，盼奴在泉下亦不忘也。』倅喜其言語婉順，因問：『汝識襄陽趙司户耶？』小小曰：『趙司户未仕之日，姊盼奴周給，後中科授官去久，盼奴想念，因是致疾不起而卒。』倅曰：『趙司户亦謝世矣，遣人附一緘及餘物一罨外，有伊弟院判一緘付爾開之。』小小自謂不識院判何人，乃拆書，惟一詩曰：『昔時名妓鎮東吴，不戀黄金只好書。借問錢塘蘇小小，風流還似大蘇無？』小小默然。倅令和之，辭不能，倅强之，責以官絹罪名，不得已和云：『君住襄江妾住吴，無情人寄有情書。當年若也來相訪，還有於潛絹事無？』倅大喜，盡以所寄與之，力爲作主，命小小歸院判，與偕老焉。據此，曰太學、曰錢塘，詩曰『還似大蘇無』，則可知矣。又有元遺山所作《虞美人》長短句云：『槐陰别院宜清晝，人坐春風秀。美人圖子阿誰留，都是宣和名筆内家收。鶯鶯燕燕分飛後，粉淡梨花瘦。只除蘇小不風流，斜插一枝萱草鳳釵頭。』此詞既説鶯鶯、燕燕之後，此蓋是趙司户小小也。今人止知是蘇小小，不知是何時人。《輟耕》既備載數事，辯以爲南齊人矣，又不知有宋蘇小小，故復載《虞美人》之詞也。一本『小小』又作『小娟』，蓋抄之者之誤，殊不觀所寄之詩，若是『小娟』則音拗矣，何不另換一句？況又有《虞美人》之詞可證。《春渚紀聞》又載，小小之墓在錢塘縣廨舍之後。蓋縣原在錢塘門邊，去湖上西陵橋不遠。故古辭有『何處結同心，西陵松樹下』之句。此則南齊小小之墓，必在西湖上西陵橋，故油壁車之事俱在湖上，若以托才仲之夢有『妾本錢塘江上住』之句，即云在江干，差矣。元人張光弼有《蘇小小墓》詩云：『香骨沉埋縣治前，西陵魂夢隔風烟。好花好月年年在，潮落潮生更可憐。』注：『墳在嘉興縣前，今爲民家所占。』既曰縣治，又曰西陵，亦不知而渾言，此必宋小小墳耳。何也？趙不敏乃吴人，安知不仕嘉興？院判既取小小，而終老可知矣。此特光弼不知有二而差言。予既辨其人，復辨其墓，以正《輟耕》之不足。」①

東流水底西飛魚，銜得錢塘紋錦書。幾回錯認青驄馬，著處閑乘油壁車。鸚鵡杯殘春樹暗，蒲萄衾冷夜窗虚。蓮子種成南北岸，苦心相望欲何如。《全元詩》，册 27，第 121 頁

---

① 《七修類稿》卷二七，第 288—289 頁。

卷二六六　元雜歌謡辭三

白日歌

胡　奎

燭龍燭龍爾何速，三繩莫繫烏三足。魯陽之戈徒爾爲，安得長挂榑桑枝。東榑桑，西若木，中有赤龍口銜燭。東馳西走無停轂，人生何爲苦不足。《全元詩》，册 48，第 126—127 頁

雲歌

胡　奎

五色承朝日，暉暉黼黻衣。朝隨黄鶴去，暮逐玉龍飛。欲知棲息處，長是戀金扉。《全元詩》，册 48，第 126 頁

敕勒歌

胡布

宋王灼《碧鷄漫志》曰：「高歡玉壁之役，士卒死者七萬人，慚憤發疾，歸使斛律金作《敕勒歌》。其辭略曰：『山蒼蒼，天茫茫，風吹草低見牛羊。』歡自和之，哀感流涕。金不知書，能發揮自然之妙如此，當時徐、庾輩不能也。吾謂西漢後，獨《敕勒歌》暨韓退之十《琴操》近古。」①宋洪邁《容齋隨筆》曰：「魯直《題陽關圖》詩云：『想得陽關更西路，北風低草見牛羊。』又集中有《書韋深道諸帖》云：『斛律明月，胡兒也，不以文章顯。老胡以重兵困敕勒川，召明月作歌以排悶。倉卒之間，語奇壯如此，蓋率意道事實耳。』予案《古樂府》有《敕勒歌》，以爲齊高歡攻周玉壁而敗，恚憤疾發，使斛律金唱《敕勒》，歡自和之。其歌本鮮卑語，詞曰：『敕勒川，陰山下，天似穹廬，籠罩四野。天蒼蒼，野茫茫，風吹草低見牛羊。』魯直所題及詩中所用，蓋此也。但誤以斛律金爲明月，明月名光，金之子也。歡敗於玉壁，

① 《碧鷄漫志校正》卷一，第8頁。

亦非困於敕勒川。」①清吴騫《拜經樓詩話》：「古樂府《敕勒歌》，《樂府廣題》云：『北齊神武攻周玉壁，士卒多死。神武恚甚，勉引諸貴，使斛律金唱此歌，神武自和之。』予按：史言金不知文字，改名曰金，猶苦難署，至以屋山爲識。則金焉能爲此歌？故梅鼎祚疑古有此歌，神武當時或令金唱之，以安衆心耳。沈歸愚選《古詩源》，直以爲斛律金作，雖仍《碧鷄漫志》等之譌；而引《北史》云云，《北史》實無是語也。」②

摘瓜詞

楊維楨

敕勒川，環陰山。氈作穹廬，觴酒弦彈。牛羊萬計各有群，動有禮節情逾真。土風渾龐，德澤熙淳。視民如己，一體歸同仁。地偏西北庶類殷，中國聖域何能馴。《全元詩》，册50，第431頁

按，《樂府詩集・雜歌謡辭》有《黄臺瓜辭》，楊維楨《摘瓜詞》或出於此。且此題見録於

---

① 《容齋隨筆》卷一，第6頁。
② ［清］吴騫《拜經樓詩話》卷二，《清詩話》，第745頁。

楊維楨《鐵崖古樂府》及《復古詩集》，後者置此詩於「樂府」類，故予收録。

黄臺八瓜熟，瓜熟瓞綿綿。惟有大瓜好，狐來瓜已穿。《全元詩》，册 39，第 70 頁

半古歌

王　逢

按，《樂府詩集·雜歌謡辭》有《古歌》，《半古歌》或出於此，故予收録。

烏涇婦女攻紡績，木綿布經三百尺。一身主宰心窩低，十口勤勞指頭直。邇來錐刀事苛刻，直處難行低不得。狐狼梟獍躬踐迹，舜典臯謨供戲劇。君不見王伯夷狄禽獸主，腐儒作歌歌半古。《全元詩》，册 59，第 398 頁

雷州民爲烏古孫澤歌

《元史·烏古孫澤傳》曰："(至元)二十九年，湖廣平章政事闊里吉思薦澤才堪將帥，

以行省員外郎從征海南黎。黎人平，軍還，上功，授廣南西道宣慰副使……海北元帥薛赤干贓利事覺，行省檄澤驗治。澤馳至雷州，盡發其奸贓，縱所掠男女四百八十二口、牛數千頭，金銀器物稱是，海北之民欣忭相慶。御史臺言：『烏古孫澤奉使知大體，如汲長孺；爲將計萬全，如趙充國。可屬大任。』詔擢爲海北海南廉訪使……雷州地近海，潮汐齧其東南，陂塘鹻，農病焉。而西北廣衍平衺，宜爲陂塘，澤行視城陰，曰：『三溪徒走海，而不以灌溉，此史起所以薄西門豹也。』乃教民浚故湖，築大堤，堨三溪瀦之，爲斗門七，堤堨六，以制其嬴耗；釃爲渠二十有四，以達其注輸。渠皆支別爲牐，設守視者，時其啓閉，計得良田數千頃，瀕海廣潟并爲膏土。民歌之……」①

舄鹵爲田兮，孫父之教。渠之泱泱兮，長我杭稻。自今有年兮，無旱無澇。《元史》卷一六三，第3834頁

①《元史》卷一六三，第3834—3835頁。

駱妃爲元武宗歌

元陶宗儀《元氏掖庭記》曰：「己酉仲秋之夜，武宗與諸嬪妃泛月于禁苑太液池中。月色射波，池光映天。緑荷含香，芳藻吐秀。遊魚浮鳥，競戲群集。於是畫鷁中流，蓮舟夾持。舟上各設女軍，居左者，冠赤羽冠，服斑文甲，建鳳尾旗，執泥金畫戟，號曰『鳳隊』。居右者，冠漆朱帽，衣雪氅裘，建鶴翼旗，執瀝粉雕戈，號曰『鶴團』。又彩帛結成采菱采蓮之舟，輕快便捷，往來如飛。當其月麗中天，彩雲四合，帝乃開宴張樂，薦蜻翅之脯，進秋風之鱠，酌玄霜之酒，啖華月之糕。令宫女披羅曳縠，前爲八展舞，歌《賀新凉》一曲。帝喜謂妃嬪曰：『昔西王母宴穆天子于瑶池，人以爲古今莫有此樂也。朕今與卿等際此月圓，共此佳會，液池之樂，不減瑶池也。惜無上元夫人在坐，不得聞步玄之聲耳。』有駱妃者，素號能歌，趨出，爲帝舞《月照臨》而歌……歌畢，帝悦其以月喻己，賜八寶盤玳瑁盞，諸妃各起賀。」①

① ［元］陶宗儀《元氏掖庭記》，見［清］蟲天子《香艷叢書》三集卷二，册 2，上海書店出版社，2014 年版，第 107 頁。

五華兮如織，照臨兮一色。麗正兮中域，同樂兮萬國。《元氏掖庭記》三集卷二，第107頁

江西福建民爲散散王士宏歌三則

元陶宗儀《南村輟耕録》曰：「至正乙酉冬，朝廷遣官奉使宣撫諸道，問民疾苦，然而政績昭著者十不二三。明年秋，江右儒人黄如徵邀駕上書，指數散散、王士宏等罪狀，且及國家利害。斧鉞在前，有所不避。古之所謂豪傑之士，如徵其人者與？天子親覽其書，喜見於色。又虞如徵必爲權豪所中，顧近臣館穀以俟。越數日，特授江西等處儒學提舉。敕侍衛護送出都。如徵感上德意，受命而不領職，天下共賢之。散散、王士宏等雖免譴責，終以不顯死。其書略曰：江西布衣書生黄如徵百拜上書皇帝陛下：『如徵忝生僻土，遭遇明時，用竭愚衷，冒干天聽，伏望采覽萬一焉。夫皇朝版圖之廣，歷古所無。法制之良，萬世莫易。而水旱災變，連年不息者，實由官皆竽濫，民悉怨咨之所致也，欽惟陛下，憂民之心，日夕孜孜，遂於去年冬，分遣大臣奉使宣撫諸道，正欲其察政事之臧否，問生民之疾苦，禮賢德，振貧乏，信冤抑，起淹滯，俾所至之處如陛下親臨焉。苟能宣佈聖澤，各盡乃職，則雍熙泰和之治，正在今日。然江西福建一道，地處蠻方，去京師萬里外。傳聞奉使之來，皆若

大旱之望雲霓，赤子之仰慈母。而散散、王士宏等，不體聖天子撫綏元元之意，鷹揚虎噬，雷厲風飛，聲色以淫吾中，賄賂以緘吾口，上下交征，公私朘剥，贓吏貪婪而不問，良民塗炭而罔知。閭閻失望，田里寒心，乃歌曰……又歌……又歌……如此怨謡，未能枚舉，皆百姓不平之氣鬱結於懷而發諸聲者然也。此蓋廟堂遴選非人，使生民感陛下憂恤之虚恩，受奉使掊剥之實禍。陛下于此而不察，將何以取法於後世哉？如徵，無官守，無言責，所以不憚江河之險，不畏斧鉞之誅而詣闕以陳其事者，正恐散散、王士宏等回覲之日，各飾巧言。妄稱官清民泰，欺詐百端，昏蔽主聽。陛下不悟，爲奸邪所賣，擢任省台，恣行威福，流毒四海，則江西福建一道之痛苦，與天下共之。以此而望陰陽和、風雨時、年歲登、邊隅静，不亦難乎？倘陛下不棄芻蕘之言，委官察其實迹，責以欺天罔民之罪，投諸遐荒，雪江西福建一道之痛苦，以爲百官勸，則天下幸甚，萬世幸甚！如陛下以爲誹謗大臣，置而不問，非惟今日禍起蕭墻，抑且天下萬世之不幸矣。如徵鄙語俗言，不知避諱，觸犯清蹕，罪在不赦，請伏鑕以俟命。」①

---

①《南村輟耕録》卷一九，第229頁。

九重丹詔頒恩至，萬兩黄金奉使回。奉使來時，驚天動地；奉使去時，烏天黑地。官吏都歡天喜地，百姓却啼天哭地。官吏黑漆皮燈籠，奉使來時添一重。《南村輟耕録》卷一九，第229頁

穀城民爲王豐歌

元伊世珍《瑯嬛記》引《賈氏説林》曰：「王豐爲穀城令，治民有法，民多暴富。歌之曰……豐印一日墮地，損其鼻鈕，明日視之，則覆斗也。豐異之，問功曹張齊，齊對曰：『自昔君印多用覆斗，以臣料之，君當封乎？』後果封中山君。」①

天厚穀城生王公，爲宰三月恩澤通。室如縣磬今擊鐘。《瑯嬛記》卷上，四庫全書存目叢書，子部册120，第54頁

---

① 《瑯嬛記》卷上，四庫全書存目叢書，子部册120，第54頁。

王泳消摇歌

元王逢《王處士袖四六啓謝制壽藏序銘因出示静習稿爲題絶句序銘後附》曰：「處士上海人，名泳，字季深，姓王氏。宋進士，日輝之曾孫，元故鎮江儒學教授、遷衡山主簿鏞之子也。性愛《易》，自號静習。或問静何習？輒對曰：『習不由静，未會學也。』先是衡山君卒，遺命以庶弟奉其生母。處士悉畀舊田宅，而所居地僅數弓，廬十尺，冬夏一裘葛，日蔬飯，晏如也。配沈丹徒尹烈孫女，生一女，適邑儒吴茱。一子上殤。門生劉緽，冠履昆季，爲置龍華之原，營壽藏，處士角巾藜杖，消摇青松間。而歌曰……歌闋長嘯而返。謂沈曰：『吾死，貧無以斂。特汝得爲黔婁妻，不既賢乎？』沈曰：『妾老尚績，圖夫子暖老計，妾不願賢如黔婁之妻也。』聞者多之，至是請予壽藏銘，予以高朗令終，處士其庶幾哉。銘曰：『生斯游，死斯藏。古賢達是方，雖晦也孔光。』」①按，詩題爲筆者所加。

① ［元］王逢《梧溪集》卷四，景印文淵閣四庫全書，册1218，臺灣商務印書館，1986年版，第738頁。

蠶何物兮，繭是室兮。吾其願畢兮，抑亦二三子之力兮。《梧溪集》卷四，景印文淵閣四庫全書，册1218，第738頁

陳履信諷鄰歌

元王逢《贈陳履信思有後序》曰：「思，松人，不苟殉俗，雅志古道。有田僅供饘粥，遇族里貧甚者輒分食之。敝廬數楹，日授徒其下。鄰人侵傍地，自歌曰……鄰聞之，歸其侵地。」①

食且無魚，奈何盤蔬無餘。《梧溪集》卷五，景印文淵閣四庫全書，册1218，第775頁

① 《梧溪集》卷五，景印文淵閣四庫全書，册1218，第775頁。

時人爲趙貞婦歌

元王逢《贈陸貞婦趙氏有序》曰：「氏爲安吉幕長澤之孫女，而鄞處士陸𤀹之妻也。至正間，兩浙多虞，𤀹辭海寧主塾，與趙隱居松之瓢湖。丁未夏四月，海隅有警，既兵猝至，夫婦倉皇赴舟。未遠，同難者争舍舟陸竄。𤀹登岸，復將携趙以行，而兵偪之，傷刃者三，遂仆深淖，趙遂自投于淵。時有歌之者曰……」①

四月三日兵撓湖，婦女多被辱與驅，殉節伊誰天水姝。《梧溪集》卷五，景印文淵閣四庫全書，册1218，第802頁

① 《梧溪集》卷六，景印文淵閣四庫全書，册1218，第802頁。

白雲謡

胡　奎

清王士禎等《師友詩傳録》曰：「樂府之體，與古歌謡彷佛。必具有懸解，另有風神，無蹊徑之可尋，方入其室；若但尋章摘句，摹擬形似，終落第二義。如《穆天子傳》之《白雲謡》，《湘中記》之『帆隨湘轉』，《古樂府》之『獨漉獨漉，水清泥濁』之類，神妙天然，全無刻畫，始可以稱樂府。魏、晉擬作，已非其長，至唐益遠矣。夏蟲語冰，殊覺妄誕，乞指示之。」①

白雲英英在崑丘，人間白日如水流。穆王八駿去不返，碧桃花落三千秋。茂陵劉郎不知死，阿母曾分七桃子。露華夜半泣銅仙，白雲英英空在天。《全元詩》，册48，第143—144頁

① 《師友詩傳録》，《清詩話》，第127頁。

同前

胡布

昔觴瑶池，八駿躞躞。惟皇壽穀，以冀後來。思予東歸，和洽群黎。去不復野，山川儼而。鴑駘雄雄，御策天飛。八駿云逝，顧所望非。《全元詩》，册 50，第 514 頁

城中謡

胡奎

螺髻高一尺，蛾眉廣半額。干言出如絲，涣汗收不得。《全元詩》，册 48，第 144 頁

獨酌謡

張翥

有酒且一醉，有歌且一謡。杯盡當再沽，瑟罷須重調。生足意自適，身榮心苦焦。所以黎首人，多在於漁樵。一謡仍一酌，且復永今朝。明朝未可料，况乃百歲遥。所願花長開，美酒長滿瓢。静疑太古調，散覺神理超。近識南郭叟，得酒時見招。盡醉即高卧，誰能慕松喬。《全元

詩》，册34，第2頁

同前

楊維楨

我約月槎客，去向月宫游。試辨月中物，山河之倒影，大樹之閻浮。羿妻不死到今幾甲子，山夷海突還紀宫中籌。吾聞九州之外更九州，君房曼倩不能週。豈無湯桀與軒尤，迭蠻迭觸尋戈矛，久安長治安得萬歲而千秋。君不見沙丘鮑，烏江猴，白門兔，荆州牛。錦棚老羯金床，小蠕，邗溝又築汪芒丘。汨亦不能爲之墮，心亦胡能生許愁。采石袍，赤壁舟。古人不與今月在，古月還爲今人留，呼酒重登黄鶴樓。《全元詩》，册39，第110頁

同前

馬麐

獨酌謡，獨酌當中宵。中宵萬籟寂，獨酌興歌謡。玉露下金井，銀河流素濤。一酌再酌神思超，安得十洲仙人共傾倒，駕風鞭霆歷覽八極同游遨。魯戈莫麾斥，羲車莫招摇。便當甕頭醉，笑解黄金貂。君不見車輪馬足長安道，鷄鳴五更天未曉。又不見北邙風雨迹如掃，石駝斷

碣眠秋草。天飆泠泠吹我襟，獨酌獨酌慰我心。流光去人那復得，洗盞自歌還自吟。《全元詩》，册50，第67頁

同前

袁華

詩序曰：「晉王敦、宋王安石不飲，人以奸邪目之。淮海秦約作《獨酌謡》，邀予同賦，故及之。」《全元詩》按語曰：「《草堂雅集》（十八卷本）卷十五只録出本詩，無序文。詩多異文，重録於下：『獨酌一壺酒，獨酌樂天真。又何須撞鐘擊鼓列鼎坐重茵，又何必秦謳趙舞翠袖映朱唇。天地作蘧廬，日月爲户牖。陰陽作朋，造化爲友。不願白玉懸腰間，不願黄金繫肘後。但願年豐五穀登，日酌美酒一千斗。獨酌有真樂，但惜無知音。池蛙解奏鼓吹樂，山鳥能歌快活吟。既不負公家租，又不負私家金。仰天嗚嗚兩眼白，感時撫事愁彌深。長歌拔劍舞渾脱，壯氣激越秋陰陰。獨酌之樂莫遣他人知，他人不解翻見嗤。酒酣慷慨肝膽露，肝膽潔白無瑕疵。君不見東家積錢與斗齊，美人如華白玉題。一朝禍起口仰藥，紅顔散作他人妻，悔不日日獨酌三千巵。又不見王敦不飲愷殺婢，舒王固辭司馬醉。千古垂名在汗青，酒邊已露奸邪意。』」

獨酌一壺酒，獨酌樂天真。又何須撞鍾擊鼓，秦謳趙舞，列鼎坐重茵。天地作蘧廬，日月爲户牖，陰陽作朋，造化爲友。不願白玉懸腰間，不願黄金繫肘後。但願年豐四海清，日月沉醉無何有。獨酌有真趣，可惜少知音。清風明月蛙鼓吹，仰天浮白嗚嗚吟。獨酌誠可樂，撫事愁彌深。長歌拔劍舞渾脱，壯氣激越秋陰陰。君不見東家積錢與斗齊，美人如花白玉題。一朝禍起口仰藥，紅顔散作他人妻，悔不日日獨酌三千卮。又不見王敦不飲愷殺婢，安石固辭司馬醉。萬古垂名在簡編，酒邊已蓄奸邪意。《全元詩》，册 57，第 271—272 頁

卷二六七　元雜歌謡辭四

金末庚午歲童謡

《元史·郭寶玉傳》曰：「郭寶玉字玉臣，華州鄭縣人，唐中書令子儀之裔也。通天文、兵法，善騎射。金末，封汾陽郡公，兼猛安，引軍屯定州。歲庚午，童謡曰……既而太白經天，寶玉嘆曰：『北軍南，汴梁即降，天改姓矣。』金人以獨吉思忠、僕散揆行中書省，領兵築烏沙堡，會太師木華黎軍忽至，敗其兵三十餘萬，思忠等走，寶玉舉軍降。」①

摇摇罟罟，至河南，拜閼氏。《元史》卷一四九，第3520頁

① 《元史》卷一四九，第3520—3521頁。

至元十年河南河北童謡

《元史・五行志》曰："至元十年，河南、北童謡云……"①

石人一隻眼，挑動黄河天下反。《元史》卷五一，第1107頁

至元十五年京師童謡

《元史・五行志》曰："至元十五年，京師童謡云……"②

一陣黄風一陣沙，千里萬里無人家，回頭雪消不堪看，三眼和尚弄瞎馬。《元史》卷五一，第

① 《元史》卷五一，第1107頁。

② 《元史》卷五一，第1107頁。

1107頁

至元十六年彰德路民謡

《元史・五行志》曰：「至正十一年十月，衢州東北雨米如黍。十一月，建寧浦城縣雨黑子如稗實；邵武大雨震電，雨黑黍如蘆穄；信州雨黑黍；鄱陽縣雨菽豆。郡邑多有，民皆取而食之。十六年六月，彰德路葦葉順次倚疊而生，自編成若旗幟，上尖葉聚粘如槍，民謡云……又有黍自生成文，紅楷黑字，其上節云『天下太平』，其下節云『天下刀兵』。」①

葦生成旗，民皆流離；葦生成槍，殺伐遭殃。《元史》卷五一，第1101頁

① 《元史》卷五一，第1101頁。

至元十六年彰德路民謡

《元史・五行志》曰：「至正三年夏，上都、大都桑果葉，皆有黄色龍文。九年秋，奉元桃杏實。十二年五月，汴梁祥符縣椿樹結實如木瓜。十六年七月，彰德李樹結實如小黄瓜。民謡云……」①

李生黄瓜，民皆無家。《元史》卷五一，第1104頁

元延祐中太倉民謡二則

元高德基《平江記事》曰：「昆山州，國初縣也，元貞初升爲州，州治去府城七十二里。延祐中移治太倉。未移之先，太倉江口，打碗花子遍地盛開，民謡云……遷移之後，常有鼠

① 《元史》卷五一，第1104頁。

狼出没廳事上，民復謡云……至正間，果復移回玉峰舊治。」①

打碗花子開，今搬州縣來。

黄狼屋上走，州來住不久。《平江記事》，景印文淵閣四庫全書，册590，第465頁

浮梁民爲郭郁謡

清阮元《揅經室集》外集卷四《編類運使復齋郭公敏行録提要》曰：「無卷次，無撰人名氏。前有古候黄文仲及三山林興祖兩序，疑出二人所編。按郁有《言行録》一卷，已鈔録。此特其宦游所至，與當日賢士大夫一時投贈之作。江西《饒州府志》稱郁知浮梁縣，聘吴仲迂爲後進師，士風丕變，政爲江南諸邑最。集中《壽老致政嘉議郭公序》，乃胡長孺汲仲作。按鄭元祐《遂昌雜録》言：『汲仲爲金華三胡先生之一。罷官後，客杭貧甚，汲仲特立以古文倡。人求記碣序贊，稍不順理，雖百金不作也。』又陶宗儀《輟耕録》載：

① ［元］高德基《平江記事》，景印文淵閣四庫全書，册590，臺灣商務印書館，1986年版，第465頁。

獨行，剛介有守。趙松雪嘗爲羅司徒奉鈔百錠，爲先生潤筆，請作乃父墓銘。先生怒曰：『我豈爲宦官作墓銘邪？』是日先生正絶糧，其子以情白，坐上諸客咸勸受之。先生却愈堅。汲仲耿介絶俗，而乃肯爲郁父作序，可以知郁之爲政矣。《饒州府志》又言郁爲浮梁時，風謡云……今集中有民謡十首，而《昌江百詠》祇存四十五首，不録此詩。當日之流風善政，遺佚不少。且一時之士與郁相贈答者，如仇遠、汪澤民、鄧文原，皆不輕與人周旋者，則郁之賢益可知矣。」①

桃李陰陰六萬家，下車民不識州衙。甘棠喜有千年政，美玉終無一點瑕。《編類運使復齋郭公敏行録提要》，《揅經室集》外集卷四，第1264頁

民謡十首

范良佐

《全元詩》按語曰：「按：詩以民謡形式爲郭郁歌功頌德，原未署名。詩由濉川鹽場司

---

① [清] 阮元撰，鄧經元點校《揅經室集》外集卷四，中華書局，1993年版，第1264頁。

令范良佐鳩集并上呈，暫歸其名下。」①按，據前引清阮元《揅經室集》外集卷四《編類運使復齋郭公敏行録提要》，此《民謡十首》亦爲歌頌郭郁之謡辭，故予收録。

分司嘉興

二月錢塘履政庭，分符三月下禾城。尋常一樣鴛湖水，自得清官越樣清。

門無私謁

蕭條官舍膝堪容，避俗慵居鬧井中。門禁有嚴無謁客，私心一點不相通。

秋毫無取

陰賂何嘗受一分，舉家惟仰俸資身。閑中更有琴書樂，廉不言貧能幾人。

① 《全元詩》，册 32，第 219 頁。

鹽倉便賣

新立鹽倉弊已生，日申虚數澀鹽商。今年自得公規畫，增賣常年一倍强。

掊出餘鹽

四月初終八月初，引鹽掊出二千餘。依時價直八千定，爲國豐財事不虚。

親散工本

遞年工本各場收，盜尅虚支屬自由。今歲應時親給散，亭民真個得分憂。

抑强扶弱

各場貧富錯羌徭，貧日艱難富日驕。洞察民情親整肅，奸邪雄猾總魂消。

私鹽訟簡

鹽訟凡經化筆春，不容攀指擾平民。隨時斷遣無留獄，盡伏清廉法令伸。

平反冤枉

豪富欺貧事百端，每誣鹽事欲欺官。公心獨有神明見，一一平反不受瞞。

恢辦課程

委職傕煎步不離，未冬鹽足可先期。今年不學常年弊，虛得通關課實虧。《全元詩》，册 32，第 219—220 頁

元統二年彰德民謠

《元史・五行志》曰：「元統二年六月，彰德雨白毛，俗呼云『老君髯』。民謠曰：……」①

天雨氂，事不齊。《元史》卷五一，第 1109 頁

①《元史》卷五一，第 1109 頁。

至元三年彰德民謡

《元史·五行志》曰：「至元三年三月，彰德雨毛，如線而緑，俗呼云『菩薩線』。民謡云……」①

天雨線，民起怨，中原地，事必變。《元史》卷五一，第1109頁

至元五年八月京師童謡

《元史·五行志》曰：「至元五年八月，京師童謡云……」②

① 《元史》卷五一，第1109頁。
② 《元史》卷五一，第1107頁。

白雁望南飛，馬札望北跳。《元史》卷五一，第1107頁

至元五年淮楚間謡

《元史·五行志》曰：「至元五年，淮、楚間童謡云……」①

富漢莫起樓，窮漢莫起屋，但看羊兒年，便是吴家國。《元史》卷五一，第1107頁

至正辛巳杭州衣紅兒童謡

元陶宗儀《南村輟耕録》曰：「至正辛巳，莫春之初，江浙行省平章政事只理瓦台入城之任之日，衣紅。兒童謡曰……至四月十九日，杭州災，毁官民房屋、公廨、寺觀一萬五千七百五十五間，燒死七十四人。明年壬午四月一日，又災，尤甚於先，自昔所未有也。數百

① 《元史》卷五一，第1107頁。

年浩繁之地日就凋弊，實基於此。」①

火殃來矣。《南村輟耕録》卷九，第116頁

元初蓨縣皇舅墓謡

元陶宗儀《南村輟耕録》曰：「河間路景州蓨縣河滸一土阜，相傳爲皇舅墓。自國家奄混區夏，即有謡云……至正辛卯，中原大水，舟行木杪間。及水退，土阜崩圮，墓門顯露。繼後天下多事，海道不通。先是，張蛻庵（翥）嘗有詩云：『青州刺史河上墳，墳不可識碑仍存。維舟上讀半磨滅，使君乃緣戚里恩。當時賜葬宜過厚，冢闕樹立須雄尊。豈知陵谷有遷變，石馬盡没龜趺蹲。驛夫指我原傍岸，縣官恐墜移高原。岸濱往往多古冢，零落空餘秋草根。至今父老傳讖記，野人之語那足論。我疑其藏必深錮，或謂已被湍流吞。安得壯

① 《南村輟耕録》卷九，第116頁。

士塞河水，萬古莫令開墓門。』讀公之詩，傷今之世，則讖緯之説誠不可誣矣。」①

皇舅墓門閉，運糧向北去。水淹墓門開，運糧却回來。陶宗儀《南村輟耕録》卷二〇，第242頁

至正癸巳上海縣民謡

元楊瑀《山居新語》曰：「至正癸巳冬，上海縣十九保村中，鷄鳴不鼓翼。民謡云……」②

鷄啼不拍翅，鴉鳥不轉更。楊瑀《山居新話》卷三，第221頁

①《南村輟耕録》卷二〇，第242頁。

②［元］楊瑀著，金大鈞點校《山居新語》卷三，中華書局，2006年版，第221頁。

至正丙申松江民間謡

元陶宗儀《南村輟耕録》曰：「至正丙申正月，常熟州陷，松江府印造官號，給散吏兵佩帶，以防奸僞。號之製作，畫爲圓圈，繞圈皆火焰。圈之内一府字，以府印印府字上。圈之外四角，府官花押。民間謡曰……不二月破城，悉如所言。」①

滿城都是火，府官四散躲。城裏無一人，紅軍府上坐。《南村輟耕録》卷九，第111頁

嘉興民爲張士誠楊完者謡

元姚桐壽《樂郊私語》曰：「丁酉八月，張氏以水師數萬來攻嘉興。羽檄星馳，川陸戒嚴。海鹽自州佐巡場以下，皆統兵北屯，半邏新豐，廣陳以備他道。州城閉塞兼旬，民間米

① 《南村輟耕録》卷九，第111頁。

穀驟踴，而薪爨不屬，多破斫檐柱几榻而炊。楊完者以大軍四伏，使小舟數十百艘餌之。敵檣艫蔽天排川而下，追至杉青，東西岸多積葦以待。時南風大作，岸上舉火，敵舟焚燎至四十里不止，死者甚衆。遂舍舟登陸，進逼城下，戰於東瓜堰。大破之，斬首萬七千級，俘者數千。張氏統軍張士信，以伏水遁還。然完者凶肆，掠人貨錢，至貴家命婦室女，見之則必圍宅勒取，淫污信宿，始得縱還。少與相拒，則指以通賊，縱兵屠害。由是部曲驕横，凡屯壁之所，家户無得免焉。民間謡曰……善乎！余廷心之言曰：『苗獠素不被王化，其人與禽獸等，不宜使入中國，他日爲禍將不細。』今若此，何其言之若持左券也！」①

死不怨泰州張，生不謝寶慶楊。《樂郊私語》，景印文淵閣四庫全書，册1040，第401頁

至正二十八年彰德路民謡

《元史·五行志》曰：「（至正）二十八年六月壬寅，彰德路天寧寺塔忽變紅色，自頂至

① ［元］姚桐壽《樂郊私語》，景印文淵閣四庫全書，册1040，臺灣商務印書館，1986年版，第401頁。

踵，表裏透徹，如煆鐵初出於爐，頂上有光焰迸發，自二更至五更乃止。癸卯、甲辰，亦如之。先是，河北有童謡云……七月癸酉，京師赤氣滿天，如火照人，自寅至辰，氣焰方息。」①按，《古今風謡》題作《元末真定童謡》②。

塔兒黑，北人作主南人客；塔兒紅，朱衣人作主人公。《元史》卷五一，第1103頁

①《元史》卷五一，第1103頁。

②《古今風謡》，叢書集成初編，册2988，第58頁。

卷二六八　元新樂府辭一

新樂府者，郭氏《樂府詩集》頗有准的，本書宋代卷亦詳討之，今比照前例，且核於元樂府之實，訂其收録準繩於右：一曰《樂府詩集·新樂府辭》諸題之擬作者；一曰詩人自言仿元、白新樂府而作者；一曰詩人自名新樂府或新題樂府者；一曰詩人自言作古樂府然題名與《樂府詩集》所録不同者；一曰組詩總題爲古樂府然各首爲新題者；一曰新興曲調之齊言歌辭且爲朝廷演奏者；一曰詩人自製，欲獻之樂府以補歌辭之闕或以備樂府采擇之新題者；一曰宋金新題樂府之擬作者；一曰元人别集、總集綴於「古樂府」、「樂府」、「擬古樂府」類下，題名與《樂府詩集》所録不同者；一曰《教坊記》《通志二十略》《唐音癸籤》等所載唐樂府諸曲之擬作者。本卷所輯，多出《全元詩》，亦有出《全元文》及元人别集者。

公子行

侯克中

晝戟朱門樂事多，春風池館水明波。兒嬉輕碎玉如意，客散不收金叵羅。盡日優伶餘酒

肉，通宵鄰里厭笙歌。憑誰細問青雲客，奈此人間凍餒何。《全元詩》，册 9，第 87 頁

同前

馬祖常

緑香綉帳垂流蘇，床頭三尺紅珊瑚。十八窈窕秦羅敷，曲房小步瑲鳴襦。高堂公子吹笙竽，百斛明珠買氍毹。蘭燈桂漿炙文魚，但苦不駐羲和車。《全元詩》，册 29，第 396 頁

信陵公子行

王　惲

題注曰：「與西溪同游。」

春風獵獵吹輕裘，聯鑣來作夷門游。令人遠憶魏公子，徑上吹臺臺上頭。却秦存趙震九土，誰意抱關老吏能此帷幄之良籌。飢腸自古出奇策，功成何害屠沽流。高皇布衣重公賢，大梁城邊幾遲留。一朝龍驤開漢業，舉功不復詢來由，豈非慕藺承餘休。嘗讀太史公，今日把酒酹墓周。當時朱門滿歌舞，此日野草荒山丘。醉歌信陵行，碧雲日暮寫我憂。英雄割據雖已

矣，高義凜凜横清秋。追攀逸駕那復得，落日倚劍看神州。倚劍，一作徙倚。

《全元詩》，册5，第104頁

雁門公子行

王惲

雁門山高幾百仞，風土雄尊號全晉。李侯年少出紈袴，裘馬輕肥冠時俊。古來豪俠數幽并，柳子不徒夸晉問。蹇予三歲東州客，塵滿青衫鬢雙白。書生無策伴侯鯖，尺蠖泥蟠甘退縮。此時同君在幕中，時君居史公幕下，佐理邦經，殊有方焉。袖手旁觀駭超越。絛籠脱落不受羈，意表出奇人叵測。健於義鶻快一擊，霜翮拏雲鷙空百。愛君肝膽向人開，遇事剖析無留材。世人刺梗塞靈府，米事挂眼生嫌猜。丈夫所貴氣爲主，行義不虧誠可取。區區心計簿書間，束縛疇非抱官虜。春光澹沲東湖亭，素箏濁酒攄離情。豹藏深霧出奇質，未害蹉跎魯客卿。我懷井谷君，陰積蓋代聞。涂鄉五千户，一語爲生存。子孫衍慶宜英偉，鬱鬱其能久於此。後也速又行省四川，辟公員外郎，大展其用。後授順慶宣課大使，甲戌歲任成都路防城軍民總管。乙亥冬卒于成都，得年四十有八。白帝城高玉壘深，定秦戈甲紛西鄙。民政兵機兩肅然，當時艷艷東西川。公不少留我涕漣，洗心棲寂中和篇，空餘遺愛歌皋賢。一别人間三十秋，又從圖畫挹風流。至今劍北羅江道，往往旌髦見出游。謂見鄉人王小五于羅江縣道中，囑以家事。公既没，蜀人至今思之，精魄爽爽如在。

《全元詩》，册5，第158頁

將軍行

釋梵琦

城頭積雪滿一丈，日出天晴馬蹄響。將軍面如赬玉柈，爛醉那知北風猛。健鶻森森刀劍翎，似聞雲際駕鵝腥。今朝得肉便可飽，喚婦爲公開大鉼。《全元詩》，册 38，第 326 頁

李將軍行

王沂

按，宋鄭樵《通志二十略・樂略一》「征戍十五曲」《將軍行》後有《霍將軍行》，①《李將軍行》或亦屬此類，故予收録，置《將軍行》後。

隴西將軍年少時，雕弓錦帶生光輝。捲旗夜斫樓蘭帳，赤鞍晝截雙雕飛。曾經百餘戰，屢出九重圍。橫行遼水上，殺敵榆關歸。戍樓霧暗烽火滅，沙場雪深救兵絶。人渴斧冰飲，馬寒

① 《通志二十略》，第 913 頁。

抱鞍歇。漢月凍欲死，北風利如切。魚腸寶刀斷，燕尾鳌孤裂。歸來藍田空白首，鐵衣换飲新豐酒。酒酣射石没金鏃，夢裏鳴船雜刁斗。昔時偏裨皆奏功，侯印佩出甘泉宫。客來問著塞垣事，時時撚箭送飛鴻。西方太白光墮地，中夜悲歌增意氣。漢家定起李輕車，未用先誅灞陵尉。《全元詩》，册33，第156頁

老將行

梁　寅

按，元人又有《老將嘆》，當出於此，亦予收録。

小年自詫良家子，手把兵書當經史。出身名隸羽林籍，帶劍横行過都市。一校初蒙上將知，三軍盡羡好男兒。陰山夜寒雪擁甲，沙磧晝昏風捲旗。鐵驄疾足若飛兔，羽箭鳴聲如餓鴟。獨攻賢王每血戰，生擒當户猶窮追。自矜虓勇世無敵，九重早未承顔色。上功幕府屢呵譴，獻計轅門多沮抑。大將軍印别賜人，狼居胥山誰勒石。鬥鷄羞入少年場，射虎猶令獵徒惜。方今天子重書生，朝臨廣内暮承明。老來不願風塵起，但向閶闔觀太平。《全元詩》，册44，第303頁

老將行送劉宗道總管

馬祖常

南山日暮田間歸，酒酣眼纈見大旗。囊中兵書白魚蠹，禿袖戰袍寄蘭錡。老來數奇不封侯，騎馬閑逐里中兒。聞說西南有滇僰，千里宿莽翳畬菑。捋鬚喜上充國策，詔許將軍知尺籍。明發北辭龍尾道，馳入朱天紅帕額。盡呼戍卒晚兜鍪，却使征夫携襏襫。自古壯士多行役，嗟哉兵農爾耕射。《全元詩》，册 29，第 387 頁

老將嘆

胡布

長風飛沙三萬里，漠漠平原戰塵裏。漢家諸將氣如雲，萬騎飲馬天山水。天山水深寒入骨，苜蓿經霜吐花紫。塞嶂緣雲玉堞長，邊秋泣月金鉦起。昔年從事將軍青，寘顏山石曾刻名。前年斬頭八九萬，幕南始見無王庭。奇材劍客争交結，王公貴人皆折節。名譽起身刀劍中，勛庸忽在王侯列。幸逢聖治罷弓刀，得兔猶勝走狗勞。不同曲逆游雲夢，錫壤分符表威重。畫圖麟閣貌生時，裹尸馬革得全歸。成功受禄榮廉退，太平金玉寶耆頤。間經五原獵禽獸，信馬邊

塲剪楊柳。黄沙帶水尚熏腥，白骨如山半摧朽。始慙富貴在一身，萬死豈盡無辜人。不惜萬死易一生，猶希百世享尊榮。死者一一富貴心，當得瓦礫變黄金。天地生金起争戰，世上黄金不願見。《全元詩》，册 50，第 414 頁

桃源行

劉　因

六王掃地阿房起，桃源與秦分一水。小國寡民君所憐，賦役多慙負天子。天家正朔不得知，手種桃枝辨四時。遺風百世尚不泯，俗無君長人熙熙。漁舟載入人間世，却悔桃花露踪迹。曾聞父老説秦强，不信而今解亡國。畫圖曾識武陵溪，飛鴻滅没天之西。但恨於今又千載，不聞再有漁人迷。《全元詩》，册 15，第 42—43 頁

和桃源行效何判縣鍾作丙子十二月

吴　澄

冀州以北健蹄馬，一旦群嘶廬藋下。睢陽不遇雙貂公，總是開關迎拜者。燎原燄燄春復春，不惟捧水惟益薪。海門浪沸會稽坼，血泪交流草莽臣。舉首日邊遠與近，不知官守何人問。

仲連未即蹈東海，元亮至今尚東晉。桃源深處無腥塵，依然平日舊衣巾。擬學漁郎棹舟入，韓良寧忍終忘秦。《全元詩》，册 14，第 326—327 頁

桃源行題趙仲穆畫

薩都剌

長城遠築阿房起，黔首驅除若螻蟻。誰知別有小乾坤，藏在桃花白雲裹。桃花重重間白雲，洞門鎖住千年春。男耕女織作生業，版籍不是秦家民。桑麻鷄犬村村屋，流水門墻映花竹。無端漁父緑蓑衣，帶得黄塵入幽谷。主人迎客坐茅堂，共話山中日月長。但見花開又花落，豈知世上誰興亡。明朝漁父歸城市，回首雲山若千里。再來何處覓仙踪，恨滿桃花一溪水。《全元詩》，册 30，第 225 頁

續桃源行

舒頔

詩序曰：「神仙之事見於史傳，非負夙緣者，不可企及。然或有遇者，晨、肇誤入天台山，因秦虐而去，殆不可知，去而有所遇，已自不凡。比其返也，子孫歷七世，天運移於晉

矣，使當時不出山，仙凡何由而知？以《桃源行》觀之，則詆其誣。及讀陶淵明記，又若有可信者，予謂劉、阮入山不爲誤，而誤於出山，其俗根有未盡者歟？話柄未了，亦由此興。予感其事，拾其遺意，作《續桃源行》以釋之。」

阮劉辟世天台山，山回路轉流潺潺。桃花不知春幾度，空餘枝實垂紅殷。二郎一見食其實，舉首綽約來仙鬟。問郎姓字輒邀置，瓊樓玉宇非人閒。良田美池亦活計，何事遽動思鄉意。歸來眼底子孫稀，天道非秦今晉世。或云此事成渺茫，曠達淵明曾作記。因緣分有逢不逢，道骨仙風豈容易。當時不出成真仙，入凡議論紛便便。傳書撫橘洞庭上，玄霜搗玉藍橋邊。蓬萊瀛洲路匪遠，争奈世俗無夤緣。煉形養氣服丹粒，亦欲白日升青天。拾遺感嘆復堪羡，封陟相遇何其賢。柳毅、裴航一遇洞庭君女，一遇雲英仙女，對陟事似柳下惠、顔叔子。《全元詩》，册 43，第 364—365 頁

靜夜思

胡奎

宋嚴羽《滄浪詩話》曰：「樂府……以思名者，太白有《靜夜思》。」①按，宋人無作此題者，元人亦僅此一首。

出門月色白如霜，靜夜所思思斷腸。有美人兮天一方，碧雲迢迢河漢長。河漢長，不可越，但有一寸心，含情托明月。明月照人心不移，靜夜所思誰得知。《全元詩》，册48，第105頁

祖龍歌行

釋宗泐

按，《樂府詩集·新樂府辭》有《祖龍行》，此詩與《祖龍行》題旨同，且釋宗泐《全室外集》置之於「樂府」類，又因元人無作《祖龍行》者，故置此詩于《祖龍行》處。

---

①《滄浪詩話校釋》，第72頁。

祖龍廼好長生者，沉璧徒來華山下。目斷樓船海氣昏，鮑車亂臭沙丘野。驪山下錮三泉開，泉頭宫殿仍崔嵬。當時輸作方亹亹，函谷無關小龍死。百尺降旗軹道傍，十二金人泪如水。

《全元詩》，册 58，第 376 頁

宫人怨

王　沂

按，《樂府詩集·新樂府辭》有《邯鄲宫人怨》，元人無作此題者。唐崔令欽《教坊記》有《宫人怨》，元人同題擬作，予以收録。元人另有《古宫人怨》，當同於此，亦予收録。

捧鏡宫鬟促曉妝，經春夢不到昭陽。雙雙怕見新來燕，休捲珠簾十二行。《全元詩》，册 33，第 132 頁

古宫人怨

王　沂

雉葆趨平樂，鸞旗幸上林。妝成陪玉輦，舞罷墜瑤簪。綵剪迎春勝，樓穿七夕針。辟塵犀

鎮幕，結綉鳳盤衾。慚鵲來依沼，因魚泣滿襟。拊心顰可效，掩鼻謗還侵。螢度羅帷影，苔生玉砌陰。昭陽雲渺渺，長信月沉沉。却爲承恩夢，翻揺望幸心。風簾疑仗影，曙鼓誤車音。笥有題詩扇，囊無買賦金。香憐衣舊賜，貌怯鏡重臨。忽見龍池草，春來色自深。《全元詩》，册 33，第 106 頁

青樓曲

劉　致

峭寒暗襲雲藍綺，鮫帳愔愔夜如水。美人骨醉紅玉軟，滿眼春酣不忺起。幽禽關關唤霜曙，金壁屠蘇溢香霧。有生只合老温柔，璧月長教挂瓊樹。鴛鴦同心暗中結，滿意芳蘭煖紅雪。癡雲騃雨自年年，不管人間有離别。《全元詩》，册 29，第 274 頁

聖壽無疆詞

胡　奎

至德乾坤大，重華日月光。羅圖今有兆，寶曆永無疆。瑞鳳來丹穴，神芝散玉房。九重春蕩蕩，萬國海茫茫。玄圃安期棗，瑶池阿母觴。小臣歌盛世，何幸際明良。《全元詩》，册 48，第 173 頁

杜鵑行爲哀王孫作也

周霆震

我不暇自哀古帝魂，春來却念今王孫。王孫馬蹄去何處，但見黃鶴落日故宇烟塵昏。我昔帝蜀空名存，絶憐王孫玉牒尊。春宫天鵝壓酥酪，凝香夕帳貂皮温。紫茸吴姬河西曲，白馬怯薛鷹絛捫。居民咫尺甚天上，冠冕臣僕群趨奔。漢川一炬寇飛渡，四載寒食如荒村。暴骸泣霜闕月老，恨血埋雨江波渾。投鞭七寶委道側，落花送客慙春恩。勸歸我亦久流落，幾欲出口聲復吞。莫道人生歸去好，江南無復弔王孫。《全元詩》，册 37，第 21 頁

湘弦曲

郭　翼

竹啼非染客，山眩乃疑雲。靈瑟傳神語，休令帝子聞。《全元詩》，册 45，第 457 頁

卷二六九　元新樂府辭二

古促促辭

張　翥

按，《樂府詩集·新樂府辭》有《促促曲》《促促詞》，元人《促刺詞(辭)》《促刺行》《促促歌》，均當出於此，故予收録。

促促何促促，丈夫生兒美如玉。長城游蕩不思歸，令我隻身守空屋。不願汝學班定遠，不願汝學馬相如。定遠生不入玉關，相如死不還成都。但如塞翁父子長相保，得馬失馬何足道。又如龐公携家隱鹿門，遺安遺危俱不論。貴而衣貂不如貧而緼枲，離而食肉不如聚而飲水。身雖促促心得寬，爲汝白頭屋中死。《全元詩》，册34，第121—122頁

刺促詞

胡　奎

按，《斗南老人集》置此詩於「古樂府」類。

刺促何刺促，夜泊長江曲。同是遠游人，何須論遲速。

刺促復刺促，刺促向誰道。青青高山樹，不如墻下草。《全元詩》，册48，第122頁

刺促行次履道韻

謝應芳

刺促何刺促，江上秋風破茅屋。誰憐杜少陵？長歌之哀甚于哭。故山可望不可歸，髑髏臺高春草緑。浮雲滓日竟誰洗，烈火連天勢難撲。三農不復把犁鉏，風雨荷戈城上宿。於乎人生有子作征夫，不如返哺林間烏。《全元詩》，册38，第36頁

促促歌

劉崧

彈刀作歌聲促促，深林雀子黄鸝肉。紅船打泊大江心，口唱山前團陣曲。短襦盡著婦人衣，彯纓如血凌風飛。自矜主將重驍勇，扶醉當筵騎馬歸。水營小軍舊推獎，昨日新陞萬夫長。掠地還牽農父牛，殺人更請官中賞。帳前歌舞日紛紛，坐看隔江羊犬群。傳説山前多警報，無人説着大將軍。《全元詩》，册 61，第 380 頁

青青水中蒲

張翥

青青水中蒲，水落蒲根見。無車可裹輪，且織乘牛薦。

種蒲水中央，夜雨生秋漲。青青蒲根萍，却居蒲葉上。《全元詩》，册 34，第 151 頁

同前三首

周巽

青青水中蒲，新葉净如拭。元是寶劍精，森然此留迹。
青青水中蒲，九節根如玉。食之可延年，神清髪長緑。
青青水中蒲，千歲花開少。采得紫茸時，緘書寄青鳥。《全元詩》，册 48，第 443 頁

同前二首

秦約

青青水中蒲，蒲柔堪織薦。織成不遠將，獨卧心輾轉。
青青水中蒲，蒲白可爲食。褰裳欲采之，春水愁蕩滌。《全元詩》，册 57，第 235 頁

水中蒲

胡奎

青青江上蒲，宛宛水中魚。楚楚東家女，盈盈樓上居。泠泠撫瑶瑟，粲粲被羅襦。昔如崑

山玉，今如濁水珠。美玉尚待價，明珠終不汙。《全元詩》，册48，第98—99頁

同前

張子敬

對月笛中起，愴然傷我情。秋風一萬里，總向笛中生。遥憐漢軍士，掩泪下邊城。《全元詩》，册7，第183頁

同前

楊載

沙塞何窅窅，樹短百草長。大河屈曲流，不復辨四方。驅車日將夕，黑雲隱長岡。人馬俱飢疲，解鞍飲寒塘。張坐逐平地，擊火燒烏羊。桐酪過醇酎，摇艷盈杯觴。既醉歌嗚嗚，頓蹋如驚狂。月從天外來，耿耿流素光。悲風動寥廓，拂面吹胡霜。白雁中夜飛，參差自成行。一箭落霜羽，挾弓負豪强。中情無留滯，千載能鷹揚。《全元詩》，册25，第226頁

同前

廼賢

秋高沙磧地椒稀，貂帽狐裘晚出圍。射得白狼懸馬上，吹笳夜半月中歸。
雜還氈車百輛多，五更衝雪渡灤河。當轅老嫗行程慣，倚岸敲冰飲槖駝。
雙鬟小女玉娟娟，自捲氈簾出帳前。忽見一枝長十八，折來簪在帽檐邊。長十八，草花名。
馬乳新挏玉滿缾，沙羊黃鼠割來腥。踏歌盡醉營盤晚，鞭鼓聲中按海青。
烏桓城下雨初晴，紫菊金蓮漫地生。最愛多情白翎雀，一雙飛近馬邊鳴。《全元詩》，冊48，第36—37頁

同前

胡奎

邊城柳色動，祇是去年春。借問雲臺將，如今有幾人。《全元詩》，冊48，第382頁

同前

顧彧

燕山蒼蒼塞上紫，雪花如沙月如水。穹廬酒煖貂裘温，匈奴角聲全部起。將軍彎弓髮指冠，指墮馬蝟心不寒。士卒并持蘇武節，酋魁莫作李陵看。《全元詩》，册 51，第 227 頁

同前五首

王逢

木葉滿關河，轅門肅佩珂。將軍提劍舞，烈士擊壺歌。月黑輝銅獸，風高嘯紫駝。不堪城上角，五夜落梅多。

將令傳中閫，交驩浹兩軍。地形龍虎踞，陣伍鳥蛇分。清野輝燕日，黄河瀉岱雲。生靈如有賴，絳灌不無文。

月照小長安，風生大將壇。虎皮開玉帳，牛耳割銅盤。霸氣寒逾肅，軍聲夜不驩。皇天眷西顧，慎取一泥丸。

鞶革帶鈎膺，聯鑣獵楚陵。白肥霜後兔，青没海東鷹。千里榛蕪闢，三年稆穀登。中郎示

閑暇，呼酒出房烝。

諸夏皇威立，三邊虜氣衰。角弓分虎圈，乳酒下龍墀。遙午歊氛遠，鼉更窟宅移。輿圖欲盡入，中道匆煩師。《全元詩》，册 59，第 90—91 頁

擬塞上曲二首

釋善住

金笳叫月夜將分，萬馬群嘶徹陣雲。戍卒半成邊地土，麒麟閣上畫將軍。

漠漠黄雲關塞秋，邊人八月擁貂裘。偶來飲馬長城下，沙底泉清見髑髏。《全元詩》，册 29，第 247—248 頁

塞上

張昱

朔風西北來，驚沙對面起。人馬暗相失，咫尺異千里。《全元詩》，册 44，第 79 頁

同前

潘伯脩

野水無聲玉帳寒，奔星不夜墮滄灣。起看月出黄龍府，何處雲歸長白山。《全元詩》，册 54，第 51 頁

次韻塞上

黄復圭

李廣稱猿臂，班超號虎頭。三邊殺降卒，萬里取封侯。砂磧胡雲暗，郵營漢月秋。曾經飲馬窟，半是血骷髏。《全元詩》，册 51，第 70 頁

塞上歸四首

舒　頔

題注曰：「今存一。」

昨聞邊庭將，斬首西北還。笳鼓溢城郭，愁雲暗關山。白馬載輜重，側挂彫弧彎。妻子迎入户，告訴衣食慳。夫亦久戰伐，面黑肌肉孱。有兒莫從軍，至死受苦艱。《全元詩》，册43，第306頁

塞上謡

張昱

砂磧大風吹土屋，馬上行人沙罩目。貂裘荆筐拾馬矢，野帳吹烟煮羊肉。

玉貌當爐坐酒坊，黄金飲器索人嘗。胡奴疊騎唱歌去，不管柳花飛過墻。

漭然路失龍沙西，挏酒中人軟似泥。馬上毳衣歌刺刺，往還都是射鵰兒。

馬上黄鬚惡酒徒，搭肩把手醉相扶。見人强作漢家語，哄著村童唱塞姑。

野蠶作繭絲玉玉，乳鷄浴沙聲谷谷。駱駝孏子多醉人，氈帳雪寒留客宿。

胡姬二八面如花，留宿不問東西家。醉來拍手趁人舞，口中合唱阿刺刺。

雖説灤京是帝鄉，三時閑静一時忙。駕來滿眼吹花柳，駕起連天降雪霜。

親王捧寶送回京，五色祥雲抱日明。錫宴大開興聖殿，盡呼萬歲賀中興。《全元詩》，册44，第57頁

輦下曲有序

張　昱

詩序曰：「昱備員宣政院判官，以僧省事簡，搜索舊文藁於囊中。曩在京師時，有所聞見輒賦詩，有《宫中詞》《塞上謡》共若干首，合而目曰《輦下曲》。其據事直書，辭句鄙近，雖不足以上繼風雅，然一代之典禮存焉。」按，詩序云合《宫中詞》《塞上謡》若干首爲《輦下曲》，因二題各自數量難以確定，且《塞上謡》爲新樂府辭，故本卷將全部《輦下曲》均予收録。

黄金大殿萬斯年，十二丹楹日月邊。傘蓋葳蕤當御榻，珠光照曜九重天。

五垓十陛立朝廷，檻首銅鵰一丈翎。不待來儀威鳳至，日聞韶濩在青冥。

州橋拜伏兩珉龍，向下天潢一派通。四海仰瞻天子氣，日行黄道貫當中。

方朝猶是未明天，玉戚輪竿已儼然。百獸蹲威繪旛下，萬臣效職内門前。

東樓緋服唱鷄人，擊到朱虆第幾聲。楠寐奉常先告備，駕行三叩紫銷鳴。

至元典禮當朝會，宗戚前將祖訓開。聖子神孫千萬世，俾知大業此中來。

二九行分正從班，盡將牙笏注名聞。簞鋪獸鎮丹墀內，鵠立千官繞畫闌。

國戚來朝總盛容，左班翹鶡右王封。功臣帶礪河山誓，萬歲千秋樂未終。

静瓜約鬧殿西東，頒宴宗王禮數隆。酋長巡觴宣上旨，儘教滿酌大金鍾。

萬方表馬賀生辰，班首師臣與相臣。喝贊禮行天樂動，九重宫闕一時新。

三司侍宴皇情合，對御吹螺大禮終。寶扇合鞘催放仗，馬蹄哄散萬花中。

授時曆盡當冬至，太史异官近御前。御用粉牋題國字，帕黄封上榻西邊。

泥金瀝水順飄揚，掌扇香吹殿角凉。不是内官親執御，太平無用鎮非常。

只孫官様青紅錦，裹肚圓文寶相珠。羽仗執金班控鶴，千人魚貫振嵩呼。

全裝節仗冒金錢，振竦高擎玉陛前。韠袖行交太平字，回鑾猶自步蹁躚。

黄金酒海赢千石，龍杓梯聲給大筵。殿上千官都取醉，君臣胥樂太平年。

西天法曲曼聲長，瓔珞垂衣稱艷妝。大宴殿中歌舞上，華嚴海會慶君王。

職貢蠻夷通海徼，莞衣毳帽步逡巡。翠華閣下頒繒幣，聖主曲恩柔遠人。

竹扛金鑄百尋餘，頂板高鐫萬國書。禁得下方雷與電，聲光不敢近皇居。

崇天門下聽宣赦，萬姓歡呼萬歲聲。豈獨罪人蒙大宥，普天率土盡關情。

户外班齊大禮行，小臣鳴贊立朝廷。八風不動丹墀静，聽得宫袍舞蹈聲。

墀左朱欄草滿叢，世皇封植意尤濃。艱難大業從兹起，莫忘龍沙汗馬功。

國初海運自朱張，百萬樓船渡大洋。有訓不教忘險阻，御厨先飯進黄糧。

斿常萬乘綴旒旓，玉瓚升壇藉白茅。前月太常班鹵簿，安排法駕事南郊。

清廟上尊元不罩，爵呈三獻禮當終。巫臣馬湩望空灑，國語辭神妥法宮。

遼東羞貢入神厨，祭鮪專車一丈餘。寢廟歲行春薦禮，有加鍘豆雜鮮腒。禽鳥之肉。

國俗祠神主中霤，氈車氈偁挂宮燈。神來鼓盞自飛應，妖自人興如有憑。

狼髖且抛何且呪，女巫憑此卜妖祥。手持撲揪揮三祀，蠲祓祈神受命長。

當年大駕幸灤京，象背前馱幄殿行。國老手鑪先引導，白頭連騎出都城。

皇輿清暑駐灤京，三日當番見大臣。夜半暗中偷摸箭，陰教右姓主朋巡。

請號關牌趨鼓閣，弓刀千騎領兵符。例差右姓巡倉庫，哄唱穹廬賜大酺。

祖宗詐馬宴灤都，挏酒哼哼載憨車。向晚大安高閣上，紅竿雉帚掃珍珠。

駕起京官聚草棚，諸司誰敢不從公。官錢例與供堂食，馬上風吹酒面紅。

千門萬户嚴扃鑰，留守司官莫自閑。仰候秋風駝被等，郊迎大駕向南還。

駝裝序入日精門，銅鼓牙旗作隊喧。一聽巡階鈴鈸振，滿宮俱喜出迎恩。

月華門裏西角屋，六纛幽藏神所居。大駕起行先戒路，鼓鉦次第出儲胥。

華纓孔帽諸番隊，前導伶官戲竹高。白傘威蕤避馳道，帝師輦下進葡萄。

守内番僧日念吽，御厨酒肉按時供。組鈴扇鼓諸天樂，知在龍宮第幾重。

皇輿行在闕人門，群牧分屯散綵雲。習馭每朝供進馬，近移毳幕盡宗勛。

御前親拜中書令，恩賜東宮設内筵。手署敕黄唯一道，任誰祇受付雙遷。

鷄人唱罷内門開，千騎前頭丞相來。衛士金瓜雙引導，百司擁醉早朝回。

端本堂深綉榻高，滿前學士盡風騷。星河騎士知唯馬，慣識金箋玉兔毫。

旌旗千騎從儲皇，詐柳行春出震方。祖宗馬上得天下，弓矢斯張何可忘。

和寧沙中撲撳筆，史臣以代鉛槧事。百司譯寫高昌書，龍蛇復見古文字。

儀臺鐵表冠龍尺，上刻横文晷度真。中國失傳求遠裔，猶於回紇見斯人。

儒臣奉詔修三史，丞相銜兼領總裁。學士院官傳賜宴，黄羊挏酒滿車來。

經筵進講天人喜，宣索金繒賜講臣。已覺聖躬忘所倦，教將古訓更前陳。

文明天子念孤寒，科舉人才兩榜寬。别殿下簾親策試，唱名纔了便除官。

胄監諸生盛國容，大官羊膳兩厨供。六經盡是君臣事，卿相才多在辟雍。

爐香夾道涌祥風，梵輦游城女樂從。望拜綵樓呼萬歲，柘黄袍在半天中。

放教貴赤一齊行，平地風生有翅身。未解刻期争拜下，御前成個賞金銀。

國子題名金僕姑，樹籬比射盡腰符。分明百步中侯的，踴躍宗王舞袖呼。

對朋角飲自相招，黄鼠生燒入地椒。馬湩飲輪金鐸刺，頂寧割髮不相饒。

中樞密遣弄臣回，封印黄金盒一枚。天語直將西内去，便教知是草芽來。

直從海子望蓬萊，青雀傳言日幾回。爲造龍舟載天姆，院家催造畫圖來。

西方舞女即天人，玉手曇華滿把青。舞唱天魔供奉曲，君王長在月宫聽。

鴨緑江波勝鴨頭，魚龍變化滿中州。分來一派天潢水，到得烏桓便不流。

昭君遺下漢琵琶，拗軫誰彈狽獲沙。春色不關青冢上，只今芳草滿天涯。

玉竇橋邊日月名，金棋界脉直如繩。世皇存此爲殷鑒，上刻宣和示廢興。

金計傾遼至可哀，爲車爲馬枉隳隤。豈知萬歲山中土，載得龍砂王氣來。

大都週遭十一門，草苫土築那吒城。讖言若以磚石裹，長似天王衣甲兵。

八思巴師釋之雄，字出天人慚妙工。龍沙髣髴鬼夜哭，蒙古盡歸文法中。

學貫天人劉太保，卜年卜世際昌期。帝王真命自神武，魚水君臣今見之。

許衡天遣至軍前，未喪斯文賴此傳。大學一編堯舜事，致君中統至元年。

運際昌期不偶然，外臣豪傑得神仙。一言不殺感天聽，教主長春億萬年。

宋亡死節文丞相，不受宣封信國公。祠廟至今松柏在，世皇盛德及孤忠。

太祖雄姿自聖神，一時睿斷出天真。要將儒釋同尊奉，宣諭黃金塑聖人。

龍虎山中有道家，上清劍履絢晴霞。依然進謁棕毛殿，坐賜金瓶數十茶。

桐官馬潼盛渾脱，騎士封題抱送來。傳與内厨供上用，有時直到御前開。

西番僧果依時供，小籠黃旗帶露裝。滿馬塵沙兼日夜，平坡紅艷露猶香。

黃公壚榜大金書，門外長停右姓車。教請官繒來换酒，悲歌始是醉之餘。

圜殿儀天十六楹，向前黃道不教行。帳房左右懸弓角，盡是君王宿衛兵。

玉德殿當清灝西，蹲龍碧瓦接榱題。衛兵學得高麗語，連臂低歌井即梨。

棕毛四面擁龍床，殿角凉生紫霧香。上位勵精求治切，不曾朝退不擡湯。

斜街木局盡閑房，御史微行自不妨。從立憲臺曾有旨，代天耳目付賢良。

上都半道次榆林，是處鴛鴦野樂深。不比使君桑下問，自媒年少覓黃金。

少年馬後抱熊羆，便佞相傾結所知。一日搭名幫草料，好官都屬跨驢兒。

閑家日逐小公侯，藍棒相隨覓打毬。向晚醉嫌歸路遠，金鞭捎過御街頭。

鬥鵪初住草初黃，錦袋牙牌日自將。鬧市閑坊尋搭對，紅塵走殺少年狂。

教坊女樂順時秀，豈獨歌傳天下名。意態由來看不足，揭簾半面已傾城。

争抱荆筐拾馬留，貧兒朝夕候鳴騶。不知金印爲何物，肯要人間萬户侯。

北方九眼大黑殺，幻形梵名麻紇剌。頭帶髑髏踏魔女，用人以祭惑中華。

高昌之神戴羖首，仗劍騎羊勢猛烈。十月十三彼國人，蘿蔔麵餅賀神節。

十字寺神呼韓王，身騎白馬衣戎裝。手彈箜篌仰天日，空中來儀百鳳凰。

旃檀佛像身丈六，三十二相俱完全。流傳釋家親受記，止于大國來西天。

西番燈盞重百斤，刻銘供佛題大臣。黄酥萬甕照無盡，上祝皇釐下己身。

花門齊候月生眉，白日不食夜飽之。纏頭向西禮圈户，出浴升高叫阿彌。

西天呪師首蜷髮，不澡不頮身亦殷。裙□何有披紅罽，出入宮闈無靦顔。

似將慧日破愚昏，白日如常下釣軒。男女傾城求受戒，法中秘密不能言。

肩垂緑髮事康禪，淡掃蛾眉自可憐。出入内門妝飾盛，滿宮争迓女神仙。

紅城萬户拱皇居，宿衛親兵飽有餘。苑鹿與人分食慣，朝朝群聚候麋車。

樞密院家家賜宴，金符三品事奔趨。教坊白馬馱身後，光緑紅簾送酒車。

四面朱欄當午門，百年榆樹是將軍。昌期遭際風雲會，草木猶封定國勛。

鴛鵝風起白毰毸，秋夏根隨駕往回。聖主已開三面網，登盤玉食自天來。

守宮妃子往東頭，供御衣糧不外求。牙仗穹廬護闌盾，禮遵估服侍宸游。

三宮除夜例驅儺，徧灑巫臣馬湩多。組燭小兒相哄出，衛兵環視莫如何。

緋國宫人直女工，衾裯載得内門中。當番女伴能包袱，要學高麗頂入宫。
壁衣面面紫貂爲，更繞腰欄挂虎皮。大雪外頭深一尺，殿中風力幾曾知。
天朝習俗樂從禽，爲按名鷹出柳陰。立馬萬夫齊指望，半空鵝影雪沉沉。
大安閣是延春閣，峻宇雕墻古有之。四面珠簾烟樹裏，駕臨長在夏初時。
萬歲山中瓊島居，廣寒宫殿晝難如。回鑾風過黄金鐙，飄下爐香十里餘。
欄馬墻臨海子邊，紅葵高柳碧參天。過人不敢論量數，雨露相將近百年。《全元詩》，册44，第48頁

卷二七〇　元新樂府辭三

塞下曲

劉仁本

錦帽貂裘小隊分，蒲萄馬上醉昭君。銀箏夜坐彈明月，玉帳秋高獵陣雲。

帳壓寒雲雪未消，羽林圍獵試弓刀。滿斟白湩燒黄鼠，仰看青天射黑鵰。《全元詩》，册 49，第 270 頁

同前

袁華

積雪深没脛，銜枚夜出關。奇兵分三道，已奪紇干山。《全元詩》，册 57，第 267 頁

同前

王中

羽檄時時急，交河夜渡冰。星芒隨陣落，殺氣逐雲凝。漢將逾青海，羌兵出白登。但看征戰苦，勛業不須矜。《全元詩》，册 65，第 346 頁

次韻塞下曲

楊公遠

貂裘氈帽紫驊騮，挾彈彎弧架鐵矛。飛放歸來天欲暮，數聲羌笛起高樓。《全元詩》，册 7，第 266 頁

古塞下曲

周權

朔風號枯榆，厚地凍欲裂。大漠無人行，長雲欲飛雪。陰陰古長城，野燐明復滅。草死沙場空，飢烏啄殘骨。《全元詩》，册 30，第 6 頁

同前

釋宗泐

候吏過輪台，傳言敵可摧。嫖姚揚旆出，驍騎治兵來。瀚海驚波涌，陰山積雪開。前軍正酣戰，日暮氣雄哉。《全元詩》，册58，第375—376頁

田家行二首

葉蘭

按，元人又有《田家》《田家辭》《田家謡》《田家詠》《田家嘆》《田家曲》《田家苦》《田家樂》《田家吟》，均當出於此，亦予收録。

風雨行行衣盡濕，夜宿田家纔趁食。田家路僻少人行，見我偏憐遠鄉客。老翁拭桌羅酒漿，抱孫同坐妻在傍。地罏撥火煨芋栗，閉門莫出燒松光。醉來就向床頭卧，大兒唱歌小兒和。我儂辛苦空讀書，何似田家作田過。

樹頭撲撲亂鴉飛，小叔敲門昏晚歸。今年輸租足官布，機中餘剩有冬衣。喚婦下厨兒宰

鴨，言語欣欣笑相答。阿婆點燈翁領孫，長幼團欒舉杯酌。君不見有身莫作城市人，分門割户終日論。錢高北斗誼若薄，看來何似田家貧。《全元詩》，册 63，第 162—163 頁

隋堤田家行

耶律鑄

日月會龍豵，三農能事休。犁杖倚空室，霜林卧羸牛。十二三年間，不如今歲秋。田翁復何事，終不信眉頭。云以縣官令，税租俱見收。赤窮固有命，白著非自由。又云有飛詔，少壯不一留。半鑿通濟渠，半搆迷藏樓。言罷長嘆息，涕泪交横流。出門竟無語，回首漫夷猶。《全元詩》，册 4，第 20—21 頁

平原田家行

孫蕡

零星矮屋茆數把，散住榆林柳林下。磊墻遮雪防驟風，婦女頹垣拾磚瓦。黄牛買得新墾田，土戟犂淺牛欲眠。古河無水挂龍骨，自縈蒲繩探苦泉。山蠶食葉黄蟲老，野火燒桑桑樹倒。四畔靈鷄喔喔啼，九月霜風落紅棗。春絲夏絹輸税錢，木綿紡布寒暑穿。夜舂黄米作新酒，學

唱貨郎爲管弦。平田旱多麥少熟，杏盡梨枯惟食粟。衣粗食惡莫用悲，猶勝北軍離亂時。《全元詩》，册63，第271頁

田家

劉秉忠

衡門晝掩絶蕭騷，麄糲充腸體布袍。許汜壠頭甘自若，陳登樓上對誰豪。有田何必懸金印，無犢還須賣寶刀。青帝布恩先畎畝，穀生如草雨如膏。《全元詩》，册3，第172頁

同前

丘葵

久旱劃豐穰，群童拾穗忙。早炊留客飯，新釀喚翁嘗。庭上荳萁滿，籬邊蔬甲長。腰鐮砍丫木，準擬撑欹桑。

亂後無鷄犬，昏時足蚋蚊。有翁如老鶴，蹙額説官軍。埋穀爲春種，鞭禾到夜分。與兒再三話，衣食在辛勤。

片雲頭上黑，凍雨自西來。促婦收餘穀，呼童拾爨柴。堆禾披草蓋，移菜傍畦栽。却憶翁

年老，前邨醉未回。割餘田有鶴，食罷案多蠅。裒穀爲秋賽，燃薪當夜燈。老牛背觳觫，嫠婦髻鬅鬙。應是無心問，朝家發與興。《全元詩》，册 12，第 242—243 頁

同前

馬臻

地偏生事僻，轉覺入城遥。犬吠三叉路，人行獨木橋。炊烟時滅没，村酒自招邀。昨日蠶新浴，柔桑緑滿條。《全元詩》，册 17，第 14 頁

同前

韓性

牽牛花映小茆廬，東崦西溝日荷鋤。杖挂百錢那用許，豆稭連屋芋專車。《全元詩》，册 21，第 44 頁

同前

釋善住

秋晚豈宜雨，田家但愛晴。辛勤事東作，日夕望西成。社酒兼兒醉，新炊滿屋馨。紛紛理禾黍，不覺曙鴉鳴。《全元詩》，册29，第170頁

同前

周霆震

木棉花謝豆莢肥，秋風催换白紵衣。東家女兒浣紗去，西家少年負薪歸。《全元詩》，册37，第56頁

同前

釋大圭

日夕多烏雀，桑麻亦扶疏。烟火四五家，依依久同居。是時雨新足，野水明四渠。兒童呼黄犢，散漫來近墟。老翁已辛苦，入夜歸田廬。月出猶未眠，相與盡村沽。今秋有租税，當春力

犁鋤。《全元詩》，册 41，第 339 頁

同前

舒頔

龐眉老翁抱孫嬉，人驚犬吠鷄過籬。曲屈枝懸樹架豆，榾柮火熟瓶煮糜。深慚相見乏治具，所憂辛苦遭亂離。我語阿翁勿内懼，他年會見清平時。《全元詩》，册 43，第 319—320 頁

同前

張昱

田家無所具，客至唯鷄黍。厨下作新炊，門前備酒醑。涼風吹户牖，高柳蔭塗路。還家既不遠，送上采菱渡。《全元詩》，册 44，第 2C 頁

同前三首

釋宗衍

枯桑風蕭蕭，殘日映林罅。斂積各在場，牛羊晚歸舍。老翁雜童稚，歡然飯檐下。誰云田

家樂，辛勤涉春夏。冬來苦晝短，并作繼深夜。豈不懷宴安，飢寒實憂怕。后稷教播植，舜禹猶躬稼。民生良多艱，云胡可閑暇。《全元詩》，册 47，第 303 頁

果熟紅垂屋，苗生緑映門。家貧田愈瘦，土薄井多渾。生理無過食，交游不出村。老翁筋力盡，所幸有兒孫。

圃潤宜樊柳，池深可漚麻。晚風相雜坐，好雨不勞車。糲飯唯求飽，香醪莫浪賒。治生在勤儉，日用亦無涯。《全元詩》，册 47，第 331 頁

同前二首

劉　崧

三兩田家草覆庵，瓦盆盛酒款農談。園桑秋葉團團緑，猶有佳人飼晚蠶。《全元詩》，册 61，第 227 頁

田家住山曲，兩兩結茅茨。鷄豚互來往，桑麻當蔽虧。言笑情則均，動息理無遺。渾然天之真，豈以物自私。日入負薪還，斗酒懽相持。醉卧衡門下，營營非所知。《全元詩》，册 61，第 316—317 頁

同前

鄭允端

椎髓刳膚事可嗟，催科縣吏尚喧譁。君心不化光明燭，照我逃亡有幾家。《全元詩》，册 63，第 121 頁

同前

韓奕

隔岸見人烟，荒茨傍水田。斷槎秋水渡，高柳夕陽蟬。遠浦通潮候，比鄰共井泉。縣中新帖下，租税減常年。《全元詩》，册 64，第 236—237 頁

田家辭四首

周權

螻蛄鳴野田，景氣日以新。田家務東作，荷鍤紛如雲。火耕復水耨，閔閔忘苦辛。牛羊散平坡，烏鳥雜以馴。休憩桑樹下，饁婦亦欣欣。歸來景云夕，濯足清澗濱。夜盆爇松肪，笑語聲

相聞。浮榮不挂眼，有酒會比鄰。既耕亦且穫，罔念秋與春。率然任天樸，上古無懷民。

澗石礪我鋤，澗水飲我犢。田彼南山陲，仲夏苗已緑。天時苟不違，地利得所欲。稂莠日以去，盈疇總嘉穀。向來久亢陽，溝車夜聲續。今朝霈甘霖，上田亦沾足。携兒祭田祖，奠酒拜且祝。甌窶得滿篝，神亦享吾粟。

生長畎畝中，稼穡少已諳。既壯忽復老，支羸謝鋤芟。小舟杙斷溝，鷄鳴松樹檐。農閑子于茅，春至婦亦蠶。出門無遠途，一室常團欒。所期年歲登，更願長官廉。官污歲復歉，我突何由黔。

籬畔白板扉，墻頭烏桕樹。負暄鶴髮翁，衣綻紉老嫗。群兒戲翁前，丁壯入場圃。忽聞新詔下，昨日減租賦。比鄰喜津津，手額遞相語。悍吏無叫囂，晏然處環堵。豐年樂無涯，况乃生樂土。床頭酒新篘，前邨賽神鼓。《全元詩》，册 30，第 4 頁

同前

張昱

爲農謹天時，四體務勤力。日夕耘耔罷，植杖聊假息。兒童原上牧，婦女機中織。田家無別事，俯仰唯衣食。黽俛共百年，辛苦何所惜。世有五侯貴，農人夢不及。但願風雨好，一穗千

萬粒。卒歲無徵科，庶免憂儋石。《全元詩》，册 44，第 19—20 頁

同前

胡奎

邨巷深深棗花落，少婦繅絲催織作。上堂正恐阿婆瞋，不憤田頭叫姑惡。大兒翻壠牽疲牛，小兒作軍邊上頭。今年雨多麥穗黑，較比上年無半收。白頭不願識官府，但願有租應門户。《全元詩》，册 48，第 117 頁

同前

徐天逸

犁田無牛秧易老，養蠶未蠒桑已空。二月新絲五月穀，如何解折今年窮。《全元詩》，册 65，第 87 頁

田家四時詞爲九山學稼軒作

邵亨貞

大鈞播群品，生意滿寥廓。晨興矚南畝，鳴鳩在林薄。婉孌起遐思，良時戒東作。燒痕日以回，野水日以落。荷鋤豈辭勞，勤動有餘樂。臨流歌豳風，心迹欣所托。迢迢谷水陽，山勢西南翔。平野萬頃間，林巒互低昂。屬兹長養節，緑陰滿虚堂。耘耨既休息，藹然苗稼香。端居無物役，朋來時命觴。餘力事編簡，先民遠相望。廪秋殞霜露，歲功行及時。刈穫遍原野，萬寶紛陸離。童穉日夕喧，欣然不知疲。聖門貴道德，於焉鄙樊遲。無逸示艱難，拳拳戒先知。微生已忘世，舍此將安之。鬱鬱嘉樹林，宛宛溪水曲。幽人此躬耕，良田遶茅屋。歲晏農務休，我廪羡穜穋。蜡酒歡里閭，相與介景福。變遷吾弗虞，治忽吾亦足。永懷陶公廬，無忝鄭子谷。《全元詩》，册47，第382頁

田家謡

王　惲

題注曰：「至元十八年九月九日作。」

君不見紇干山頭雀，翔集止其所。正緣生處樂，凍死不飛去。人生重鄉情，疇非戀吾土。丘壠蓋世守，耕鑿自父祖。一旦委之去，倉皇事羈旅。豈不知朝辭弊廬空，暮宿何人塢。身負逋逃名，比訣心良苦。我本耘田客，挨排爲主户。歲無儋石儲，日有箕斂聚。刻肌醫却眼前瘡，肉至無剜瘡愈腐。支持非一朝，君至空楃楚。東鄰匠色日優游，西里征家厭温飫。平時皞皞等王民，一苦一甘遽如許。兩淮悠悠田四開，差徭不及無天災。比之老稚轉溝壑，一飽而死猶春臺。水深林茂魚鳥樂，此雖古語爲時哀。可堪大府督州縣，親臨之官胡爲哉。我初聞言爲嘆息，天網恢恢疏不失。只今六合混一家，此雖遠逃何所適。但思逋負洒餘民，似此披躭轉疲極。

《全元詩》，册 5，第 112 頁

同前

謝應芳

花朝一雨連寒食，水没吴田深三尺。田家壁立杼軸空，逃亡半作溝中瘠。農官令下星火飛，勸農踏車農苦飢。産竈之鼃斷烟續，藜莧煮來青葉肥。商羊舞如獨脚鬼，天瓢倒傾恐未已。水車恨不化渴龍，一口吸盡西疇水。我謂爾農毋怨天，堯田水溢亦九年。但有人能拯飢溺，即令四海無顛連。請君試聽踏車鼓，鼕鼕聲中含疾苦。天門九重路修阻，此聲何由徹明主。《全元

詩》，册 38，第 96 頁

同前　舒頔

農夫耕春田，好鳥鳴布穀。山田率磽确，斬草委田腹。五月莳新秧，煉石資以沃。孰知農家苦，事育兩不足。朝芸妻乏餉，暮獲母忘宿。十日九充夫，閒隙豈虚辱。去歲爲茶課，逼迫賣黄犢。今年布折糧，父子商議屋。鞭笞無了期，窮窘日益促。皇天諒鑒之，采采寄民牧。《全元詩》，册 43，第 371—372 頁

同前　劉崧

伐木修城更運糧，科銅采箭又徵鎗。耕牛掠盡丁男死，不信官田不解荒。《全元詩》，册 61，第 514 頁

同前

葉　蘭

妻緝麻，夫踏車，轆轤展水聲咿啞。旱風吹沙日照地，今年何以輸公家。城中太守齋告雨，雨落滂沱水如注。田疇得秋霖，落雨如落金。夫舂糧，妻織布，夫婦殷勤了倉庫。歸來喜雨喚兒孫，道傍多種甘棠樹。《全元詩》，冊 63，第 167—168 頁

卷二七一 元新樂府辭四

田家咏

劉詵

田家務生理，機車夜紛然。少多有程度，夜久始安眠。鷄鳴復競起，照室松明懸。日日不遑息，不飽粥與饘。自言多假貸，火宅百慮煎。大家急索逋，往往乘豐年。豐年固可喜，可喜亦可憐。

日出山東明，荷鋤事耕作。日入山西昏，持斧斲松柞。但取朝夕給，不憾筋力弱。秋棉吐圃花，南市酒可博。相携各有徒，稍倦亦暫樂。豈必無機心，嗜欲良已薄。《全元詩》，册 22，第 242 頁

田家嘆

舒頔

觸熱山家日將暮，捫蘿披棘紆回路。入門軋軋機杼聲，老嫗悲啼織官布。尺八闊幅三丈長，里甲號叫喧郉鄉，殺鷄炊黍賒酒漿。須臾吏卒亦隳突，老幼奔走徹夜忙。大兒出縣當夫役，

小兒襄陽隸軍籍。户田官糧不滿石，白頭晝夜無休息。我聞此語重嗟吁，縣裏鞭笞血流膝。《全元詩》，册43，第369頁

同前

孫蕢

按，孫蕢《西菴集》置此詩於「樂府」類。

田家養牛如養龍，妻孥望歲長防冬。耕田得暇縛茅屋，編竹着泥防北風。山田不雨禾欲涸，田頭水車嗚角角。歸來夜半猶未眠，新婦懸燈照蠶箔。田家作苦無休時，夏來糶穀春賣絲。無因昨日到城郭，羨殺狂游輕薄兒。《全元詩》，册63，第261頁

田家曲

胡奎

按，胡奎《斗南老人詩集》置此詩於「古樂府」類。

門前一雨秧田緑，柘葉重重覆茅屋。今歲籬傍筍最多，南風一夜吹成竹。趁煖吴蠶已上山，繅車聲動水車閒。幸喜村深無虎過，柴門終夜不曾關。《全元詩》，册48，第112頁

田家苦

唐元

嘉禾洒洒溝塍間，有如少壯矜容顔。黄金散漫堆場圃，幾年無此逢秋雨。東家打稻西家聞，細聽聲中含太古。問君如何是古聲，七月豳風始西土。人言田家樂，我言田家苦。春耕泥没膝，呼牛耳濕濕。禾長費周防，露草憑茵席。藜莧不充腸，憔悴見顔色。林寒向夕烟火微，主家扣户徵租急。舊逋未了新逋積，倒甕傾罌無一粒。田父拊膺向天啼，瑟瑟秋風吹四壁。《全元詩》，册23，第256頁

同前

張庸

朝耕溪上地，暮耕溪上田。家中炊烟望不起，十指拳攣牛穿領。當春播種東復西，禾葉芃芃黍葉齊。黄埃滿面耘稊草，流汗翻漿濁似泥。正好秋成築場圃，三日人間掃風雨。實者已落

粃者存，徒得溪頭飽鼠群。差科未足催出縣，翻道今年穀能賤。《全元詩》，册 54，第 105 頁

同前

李曄

題注曰：「戊戌前作。」

日如火，風如血，崑崙碎，黄河竭。雨聲隔雲招不來，高田低田龜背裂。老農踏車瘦如鬼，黑不辨眉白見齒。一寸秋苗一寸心，汗血願爲三尺水。霜羅扇，霧縠衣，冰盤味酣紅荔枝。老農有膽誰嘗苦，租吏敲門夜騎虎。《全元詩》，册 54，第 93 頁

田家樂

楊稷

田家樂，田家樂，樂在堯天事耕鑿。大兒北壠種白雲，小兒南澗飲黄犢。婦姑談笑課蠶桑，深夜寒機響茅屋。《全元詩》，册 52，第 517 頁

同前

張　庸

朝斂溪下田，暮斂溪上地。禾穗纍纍黍穗長，笑語歸來皆滿意。登場未用償私逋，官家況免今年租。州縣廉能選吏胥，門前横索絶迹無。東鄰相慶西鄰續，我亦床頭新酒熟。醉卧茅檐尚未醒，家人又報牛生犢。明日多耕數畝田，所願長得如今年。《全元詩》，册 54，第 105—106 頁

田家吟

胡天游

村南村北鳴鸝黄，舍東舍西開野棠。坡晴漸放桑眼緑，水暖忽報秧芽長。老翁躬耕催蚕起，女績男舂婦炊黍。犢兒狂走未勝犂，蠶蛾半生猶戀紙。一春莫笑田家苦，苦樂原來兩相補。君不見踏歌槌鼓肉如山，昨日原頭祭田祖。《全元詩》，册 54，第 344 頁

寄遠曲二首

郯韶

突騎破天驕，將軍賦大刀。隴頭嗚咽水，一夜夢臨洮。朔雪滿天山，征人去不還。惟應隴頭月，照見玉門關。《全元詩》，册 47，第 92 頁

同前

胡奎

美人別後關山長，買絲綉得金鴛鴦。鴛鴦交頸不飛去，與郎縫作征衣裳。長長搓綫莫教短，短綫恐郎情易斷。衣成更寫數行書，書中泪是蛟人珠。《全元詩》，册 48，第 113 頁

同前

釋宗泐

美人別時春尚早，清池坐見芙蓉老。湘江水滿鷓鴣飛，夢中歷歷相逢道。黄金可變石可移，此心皎皎終不欺。《全元詩》，册 58，第 378 頁

征婦怨

耶律鑄

按，元人又有《征婦詞》《征婦嘆》《征婦别》，或出於此，亦予收録。

錦織回文織過秋，千絲萬縷織成愁。停梭心口私相問，誰在凌烟閣上頭。《全元詩》，册4，第143頁

同前

薩都剌

有柳切勿栽長亭，有女切勿歸征人。長亭楊柳自春色，歲歲年年送行客。一朝羽檄風吹烟，征人遠戍居塞邊。轔轔車馬去如箭，錦衾綉枕難留戀。黄昏寂寞守長門，花落無心理針綫。新愁暗恨人不知，欲語不語顰雙眉。妾身非無泪，有泪空自垂。雲山烟水隔吴越，望君不見心愁絶。夢魂暗逐蝴蝶飛，覺來羞對窗前月。窗前月色照人寒，遲遲鐘鼓夜未闌。燈闌有恨花不結，妝臺塵慘恨班班。半生偶得一錦字，道是前年戰時苦。一朝血杵烟藪

除，腰間斜挂三珠虎。妾心自喜還自驚，門前忽聞凱歌聲。錦衣綉服歸故里，不思昔日别離情。别離之情幾青草，鏡裏容顔爲君老。黄金白璧買嬌娥，洞房只道新人好。《全元詩》，册 30，第 251 頁

同前

舒頔

妾家濟南住，幼事從軍夫。夫戍死北虜，菱花照影孤。父母棄我蚤，兄弟有若無。命薄不獲已，遂爲苟且圖。豈知江東兒，亦是軍旅徒。水陸數千里，遠在天一隅。嚴冬衣衾單，中夜聲嗚嗚。我聞征婦怨，傷感重嗟吁。眼前豈不見，戈矛溷耕鉏。前朝食禄者，妻子充官奴。衣冠貪婪輩，發與戍卒俱。休嗟衣食薄，早晚孰敢呼。蠶繅當及時，補綴精與麁。隨時付天命，勿怨翁與姑。《全元詩》，册 43，第 370—371 頁

同前

郭翼

君久戍遠磧，妾愁在空幃。不得如春草，隨春上君衣。《全元詩》，册 45，第 459 頁

同前

陳　基

征人娶征婦，誓欲同甘苦。征婦嫁征夫，心期事舅姑。舅姑在堂夫遠戍，欲寄征衣不知處。裁衣不寄恐夫寒，有婦容易無夫難。人生莫作征人婦，夜夜裁衣泪如雨。《全元詩》，册 55，第 179 頁

同前

陳　高

征夫出門時，征婦泪垂垂。把酒勸夫飲，執手問歸期。歸期今已過，更無消息歸。朝朝倚樓望，只見雁南飛。《全元詩》，册 56，第 244 頁

同前和韻

釋道惠

秋塞新鳴至，春梁舊燕飛。傷心三十載，不見主人歸。《全元詩》，册 20，第 409 頁

征婦詞二首

胡 奎

按，金人有新樂府辭《征婦詞》，或爲元人此題所本。

商聲振庭樹，匹馬鳴蕭蕭。念汝出門去，關山悵迢遥。床頭無百金，焉能買寶刀。阿母泪雙下，燈前裁戰袍。稚女纔倚床，少婦針指勞。半年一得書，使我心忉忉。《全元詩》，册 48，第 88 頁

妾身願如弓上弦，萬里隨郎長在邊。郎身莫如弦上箭，一去無還不相見。堂上阿婆今白頭，妾守空閨郎遠游。請郎看取門前樹，上有慈烏不飛去。《全元詩》，册 48，第 118 頁

同前

張 庸

夫君遠在交河戍，作個音書無寄處。起看初月不成圓，夢過榆關迷却路。東風吹得春又暮，花落庭堦空緑樹。長恨牽衣送别時，藥欄蝴蝶雙飛去。蝴蝶雙飛去，雙飛西園草。夫君獨何之，萬里交河道。交河天易寒，貂裘虎皮鞍。腰懸白羽箭，誓欲射樓蘭。樓蘭莫得夸矯虜，漢

兵十萬皆貔虎。一寸遥憐許國心，慽慽那曾戀鄉土。願君殄昆吾，更蹴南單于。妾守青燈直到死，蘭房孰恨身羈孤。《全元詩》，册 54，第 99 頁

同前

汪廣洋

夫當戍關塞，妾重事姑嫜。見月驚離别，裁衣欲寄將。淚先金剪落，心逐璽絲長。想得倉庚語，歸時日載陽。《全元詩》，册 56，第 152 頁

同前

唐　肅

征婦憶征夫，死生竟何如。寧作戰場骨，莫作降人奴。《全元詩》，册 64，第 39 頁

征婦嘆

韓信同

虎頭將軍眼如電，領兵夜渡黄河面。良人腰懸大羽箭，遼東掠地遼西戰。一紙紅箋寄春

怨，十年消息無歸便。日長花柳暗庭院，斜倚妝樓倦針綫。心憶良人嗔不見，手擲金彈打雙燕。無術平戎報明主，恨身不是奇男子。倘妾當年未嫁夫，請學明妃獻西虜。《全元詩》，册 16，第 165 頁

同前

張憲

日暮鼓鼙急，呼聲如雷闐。漢兵三十萬，夜戰胭脂山。風皴皮肉疽，血染車輪殷。技窮下馬鬥，矢盡張空弮。夫君暴骸骨，妾正摧心肝。豈無膏沐容，妝艶不成懽。亦有琴瑟弦，音好誰與彈。枕痕掩泪迹，鏡影緘愁顔。高堂舅姑老，聊復强加飧。《全元詩》，册 57，第 43 頁

征婦别

郭鈺

征婦臨行曉妝薄，上堂辭姑雙泪落。含情欲訴哭聲長，一段凄凉動林壑。從夫不辭行路羞，婦去誰爲養姑謀。婦人在軍古所忌，今者召募如追囚。十年婦姑共甘苦，一室倒懸空四顧。小郎早没更無人，却把晨昏托鄰婦。情知送兒是埋兒，姑年老大莫苦悲。萬一軍中廢機杼，減米换衣當寄歸。小旂叫呼催早别，出門便成千里隔。今夜不聞唤婦聲，愁心共挂天邊月。《全元

詩》，册 57，第 540 頁

織婦詞

貢士林

按，元人又有《織婦曲》《織婦吟》《績婦詞》，均當出於此，亦予收録。

月涼露冷天無河，疏星耿耿秋聲和。深閨織婦踏機響，軸水捲練騰蛟梭。大姑絡緯弄織玉，小姑剪燭鬟雙蛾。壁間草蟲促不已，鴛幃夢少愁顔多。錦成滿箱待裁剪，私券未了官催科。終朝勤苦不自給，無衣卒歲如寒何。公不見青樓絶艷一曲歌，金堆翠積分綺羅。《全元詩》，册 24，第 296 頁

同前

胡　奎

聞郎前月過淮河，妾在空閨夜織羅。腸似亂絲千萬結，恨郎來往不如梭。《全元詩》，册 48，第 355 頁

同前

孫　蕡

吴中白紵白如霜，春風入衣蘭麝香。二月城南桑葉緑，新蠶初出微於粟。采桑日晏携筐歸，夜半懸燈待蠶熟。繅成素絲經上機，兩日一疋猶苦遲。織成裁衣與郎著，妾寧辛苦教郎樂。家中貧富誰得知，郎無衣着他人嗤。《全元詩》，册 63，第 260 頁

織婦曲

楊維楨

盈盈白面娥，新絲織扇羅。當機不應客，擲地碎金梭。《全元詩》，册 39，第 72 頁

卷二七二　元新樂府辭五

織婦吟十首次知縣許由衷

舒　頔

題注曰：「十取五。」

妾家住西湖，家貧守清素。年方二八初，學織常恐暮。父母生我時，不識當門户。夫君良家子，安肯受辛苦。

機織不畏多，但畏官府促。去年布未輸，今歲糧未足。阿姑八旬餘，縮首檐下曝。君戍憂邊庭，妾心念機軸。

妾憂機杼空，惆悵時停梭。機空且勿憂，戍遠當如何。烏鵲噪檐樹，紅葉翻庭柯。夫君萬里外，妾織愁愈多。

亂絲入手中，上機十數疋。細花間鸞凰，精巧俗莫測。朝餐釜底焦，夜盡壺下滴。君心似明月，願照塵苦力。

天邊比翼鳥，庭下連理枝。高枝接伉偶，孤鳥鳴何悲。妾織還自製，遠寄良人衣。君心諒匪石，歲久當自知。《全元詩》，册 43，第 265—266 頁

和許知縣織婦吟五首

舒　遜

題注曰：「存二。」

錦織并蒂花，花成謾停梭。停梭復細看，人與花如何。明月照中天，敗葉鳴寒柯。誰知恩愛心，翻成離恨多。

雙星照短牖，孤月懸高枝。仰睇星月明，對此令人悲。手持并州刀，爲君裁寒衣。不忍密密縫，此心君應知。《全元詩》，册 47，第 261 頁

織婦吟

胡　奎

機頭一寸絲，手中千萬縷。夜夜織春愁，梨花半窗雨。《全元詩》，册 48，第 360 頁

績婦詞

楊維楨

蟋蟀入秋堂，青缸夜未央。李吾今夜惡，東壁滅餘光。《全元詩》，册39，第72頁

同前

胡　奎

小姑紅燭下，夜績到天明。乍可無膏火，偷光莫借鐙。《全元詩》，册48，第384頁

織錦曲

周　巽

按，《樂府詩集·新樂府辭》有《織錦曲》《織錦歌》，元人又有《織錦詞》《織錦篇》，均當出於此，亦予收録。

金梭動，玉腕舉，當窗織錦誰家女。七襄終日不成章，五色牽情亂如縷。遥想夫居天一方，

關山迢遞河無梁。燈前紊絲鳴絡緯，機上交頸雙鴛鴦。舊恨難裁幾行字，新愁暗結九回腸。照帷銀燭空憐影，唾壁綵絨猶帶香。忽聽喔喔鄰鷄唱，停梭起視心徊徨。星橋暗想飛烏鵲，雲錦旋看成鳳凰。君不見漏斷金壺啼玉筯，思君不見知何處。織將錦字寫中情，寄與明年春雁去。

《全元詩》，册 48，第 398 頁

同前

袁華

綉帳錦流蘇，畫閣金琅璫。短機未成匹，愁隨秋夜長。綵鳳銜梭動纖體，萬葉千花勞素指。海枯石爛此心存，比翼相棲木連理。《全元詩》，册 57，第 273 頁

織錦詞

張昱

行家織錦成染別，牡丹花紅杏花白。作雙紫燕對銜春，一疋錦成過半月。時來畫堂捲復開，佳人細意爲剪裁。銀燈連夜照針指，平明設宴章華臺。爲君著衣舞垂手，看得風光滿楊柳。蝶使蜂媒無定棲，萬蕊千花動衣袖。回回舞罷換新衣，新衣未縫錦下機。憐新棄舊人所悲，百

年歡樂唯片時。《全元詩》,册 44,第 31 頁

織錦歌

劉 詵

南州織錦天下奇,家家女兒上錦機。蓬萊額黄染萬斛,渭川茜紅種千畦。鳳刀冷淬并江水,龍梭細琢炎洲犀。春波雨深浄如練,挼紅濯黛隨時變。高鬟半髮玉腕明,心逐輪絲千萬轉。晴漪翠浪舞白鯨,細柳高花穿紫燕。青樓臨道起鞦韆,蝴蝶鴛鴦逐少年。月中三郎坐聽曲,海上漢武來求仙。窮年玩歲容髮改,研精極巧造化憐。陌頭楊花春鳥語,東家西家教歌舞。燕姬金捍擁四弦,百萬纏頭棄如土。人生得意各有命,豈無紅顔甘自苦。君不見郭門十里桑柘村,蠶婦朝朝踏風雨。《全元詩》,册 22,第 298 頁

織錦篇二首

陳 基

絡緯秋啼金井根,佳人當窗織鳳麟。流雲拂拭春無痕,頃刻化作鴛鴦文。銀漢含風星斗摇,虚空迸出黄盤鵰。爲君裁作宫錦袍,奪得當年盧肇幖。妾家本住牽牛渚,與君誤結同心縷。

人間乃多離别苦，夢落陽臺不成雨。腸斷無心爲君織，向君抛却支機石。何時頭戴蓮花巾，相伴雙成禮白雲。《全元詩》，册 55，第 2C1 頁

佳人織錦深閨裏，恨入東風汨痕紫。三年辛苦織回文，化作鴛鴦戲秋水。秋水悠悠人未歸，鴛鴦兩兩弄晴暉。料應花發長安夜，不見閨中腸斷時。《全元詩》，册 55，第 295 頁

當窗織

戴　良

當窗織，貧家女兒堪嘆息。隔墻惟聽伊軋聲，墮珥欲收應不得。兩日織成花錦段，盡輸上官猶誠緩。夫壻復來催上機，豈念身穿藍縷衣。君不見，富家娘，不識蠶繅着綉裳。《全元詩》，册 58，第 52 頁

搗衣曲

盧　朔

按，元人又有《搗衣篇》，均當出于此，亦予收録。

昨夜砧聲忙，今朝聲較緩。停手拭泪痕，不教老姑見。《全元詩》，册8，第116頁

同前

馬玉麟

江南九月天雨霜，秋風蕭蕭梧葉黄。郎君遠戍青塞上，經時不得寄衣裳。前年有絲無着處，織成綾羅盡將去。今年蠶病愁阿姑，有絲不足償官租。思君展轉心獨苦，坐對青燈泪如雨。且將遺下舊時衣，補短縫長向砧杵。千聲萬聲愁奈何，那得隨風度遼河。遼河之水幾千尺，不似妾心離恨多。城頭慈烏夜復啼，凉月皎皎風凄凄。衣成封裹寄君著，用盡妾心知不知。冉冉韶光去如箭，不識何時罷征戰。歸來共采雙芙蓉，白頭與君守貧賤。《全元詩》，册44，第458頁

同前

胡奎

去年搗衣郎有書，今年搗衣郎在途。手懸雙杵不敢下，只恐夢驚堂上姑。《全元詩》，册48，第113頁

同前

袁華

涼風被疏桐，一葉下井幹。夜氣徹虚宇，露華凝微寒。耿耿脩月光，流暉入重闌。中宵抱孤影，寤寐發永嘆。良人遠行邁，守邊向三韓。眷兹秋冬交，感時不遑安。含嚬理篋笥，紉補在苟完。層波展束絹，積雪明齊紈。霜砧迭逸響，餘音徹雲端。粉題流素汗，雁足焚膏蘭。搵鍼秉刀尺，剪裁心悽酸。縣知肥瘠何，想像縫中單。制成遠寄將，緘封涕汍瀾。願酬報國心，努力勤加餐。《全元詩》，册 57，第 269 頁

同前

瞿灝

寒蛩何處棲，棲傍碪石月。停碪聞蛩鳴，碪動蛩復歇。似鳴辛苦心，欲替征人説。去年舊衣寄誰去，今年新衣織到曙。却移碪石來支機，蛩鳴復在支機處。《全元詩》，册 66，第 428 頁

題閨情擣衣曲

葉衡

秋砧聲斷月凄凄，水翦霜縑泪暗揮。今日承平無寄遠，海棠花下自裁衣。《全元詩》，册30，第355頁

擣衣篇

張天英

抱杵下空階，凄風何弗弗。丁丁石上聲，愁死深閨月。白露滿銀床，絡緯啼不歇。青燈鑑孤幃，凋盡如雲髮。此時邊塞間，嚴霜砭人骨。妾心似重繒，熨之伸復紬。裁斷又縫聯，短長仍彷彿。雖無黻綉紅，是妾手中物。所思在征衣，寧知衮有闕。衮闕補無因，沈憂遲明發。再拜使者言，聽妾訴幽鬱。但願早休兵，東南民力竭。殷勤致尺書，目送飛鴻没。《全元詩》，册47，第158—159頁

同前

袁華

題注曰：「送史仲先游淮東。」

碧梧葉落黄鞠開，邊風蕭蕭鴻雁來。夫君結客向淮楚，無衣禦寒良可哀。强將垢敝和灰澣，湖瀨臨流呼女伴。雙杵搗砧空外鳴，寧憚手龜筋力懊。火然金斗熨帖平，紉鍼補綴對短檠。歸期遲速未易卜，縺長緝短勞經營。明年四月蠶上薄，繅絲盈車手親絡。香羅斷機白雪明，裁作春衣寄郎著。郎無厭故惟尚新，新衣故衣皆妾紉。笑看墻角砧杵棄，郎衣錦袍歸拜親。郎衣錦袍歸拜親，有金不戲桑間人。《全元詩》，册57，第275—276頁

同前

許恕

妾本田家女，嫁爲良人妻。良人赴國難，戍北又征西。井梧葉黄秋露白，絡緯悲啼玉階側。家家刀尺動寒衣，妾守空房閑不得。白開故篋爲檢尋，含情和泪搗秋砧。願將有限平生力，碎

爾天涯鐵石心。涼風淒淒月皎皎，千聲萬聲天未曉。作勞無意數深更，獨有殘燈照人老。《全元詩》，册 62，第 92—93 頁

寄衣曲

郭　翼

按，元人又有《寄衣詩》《送衣篇》，均同此，亦予收録。

蠶歲既已畢，鸎時俄復换。早製邊上衣，秋來愁緒亂。《全元詩》，册 45，第 456 頁

同前

胡　奎

倩得鄰家女，裁衣信手縫。今年涼信早，六月見秋風。
别泪千行綫，愁腸萬縷絲。夜深纖手冷，只有剪刀知。
織就機中素，燈前拭泪看。若教郎得煖，又怕老姑寒。
近得平安信，官家賜賞錢。郎歸知有日，不待厚裝綿。《全元詩》，册 48，第 381 頁

同前

郭　奎

華燈闇室秋夜長，吴刀剪綵爲衣裳。欲縫不縫心惻惻，還向姑前較寬窄。燕山八月雪苦寒，氈褐狐裘俱擘裂。明朝驛使催征車，白袍絮就愁寫書。舅姑已老妾無子，願君早曳王門裾。臨行封裹復致意，著時莫遣沙塵穢。《全元詩》，册 64，第 428 頁

擬寄衣曲

鄭允端

男兒遠向交河道，鐵馬金戈事征討。邊頭八月霜風寒，欲寄戎衣須趁早。急杵清砧搗夜深，玉纖銅斗熨帖平。裁縫製就衣襖裙，千針萬綫始得成。封裹重重寄邊使，爲語夫君奮忠義。好將功業立邊陲，要使聲名垂史記。《全元詩》，册 63，第 103 頁

寄衣詩

劉　氏

按，《全元詩》册五五亦收詩，作盧琦詩，題作《寄衣》。首二句作「牽牛織女隔銀河，一度秋來一度過。」「長短只依先去樣」作「長短只依前日樣」，餘皆同。

情同牛女隔天河，又喜秋來得一過。歲歲寄郎身上服，絲絲是妾手中梭。剪聲自覺和腸斷，綫脚那能抵泪多。長短只依先去樣，不知肥瘦近如何。《全元詩》，册67，第2頁

送衣篇

周德可

長城萬里飛秋沙，弓馬夜驚雪作花。龍泉吐光射天地，是妾掩鏡夫辭家。此時惜别方壯年，年年花發園中烟。征鴻無書日苦短，牛女夜夜銀河邊。萬瓦欲霜楓似綺，親送寒衣數千里。匣鸞顧影凰孤飛，山過望夫道湘水。湘水無情漾白波，望夫山石浮青螺。長途行處意慘愴，誰家嬌女終夜歌。衛霍功高尤黷武，善馬未歸羝不乳。關河回首路迢遥，愁雲四山水南浦。夕陽

孤館停征軺，一身百慮雙涕交。中宵無人語聲絶，風吹燭短山月高。《全元詩》，册 65，第 68 頁

淮陰詞

葉懋

按，《樂府詩集·新樂府辭》有《淮陰行》，《淮陰詞》當出於此。又，此詩爲葉懋組詩《古樂府十四首》其一四。

君不見漢王之心何反覆，淮陰功成遭殺戮。淮陰之才天下奇，淮陰去漢蕭何追。登壇剖畫謀何壯，楚漢存亡如指掌。權謀絶世難爲忠，勛業震主難爲功。陳平躡足計多詐，留侯附耳言非公。漢王之恩誠太薄，雲夢歸來遭束縛。蒯通力説心猶恪，噲等爲儕心不足。淮陰之才非碌碌，漢業功成一何速。淮陰侯，不可復，天下蒼生自魚肉。《全元詩》，册 47，第 185 頁

卷二七三　元新樂府辭六

堤上行三首

郭　翼

按，元人又有《暮行大堤上》，或出於此，亦予收録。

碧水粼粼三月春，蠻兒個個唱歌新。通海坊中人作市，靈慈宫裏樂迎神。

四月南風海岸深，青旗高高樹陰陰。三江潮發來如馬，五兩風摇密似林。

高麗女兒珠腕繩，玉環穿耳坐船棚。絲爲帆繂朝朝颺，銅作琵琶嘖嘖鳴。《全元詩》，册 45，第 457—458 頁

暮行大堤上

李　序

暮行大堤上，明月天上來。但能照歡樂，不解憐悲哀。誰家少年子，大宅高樓臺。涼風管

弦發，夜飲携金罍。寧知飯牛客，鬱鬱心如灰。歡娛豈終極，屈辱俱雄才。徘徊望明月，惆悵何由裁。《全元詩》，册 29，第 265 頁

競渡曲

許恕

按，元人又有《競渡詩》《競渡歌》《競渡》，當出於此，亦予收録。

小船畫鷁翔，大船火龍驤。船頭翠旓舞，船尾綵旗張。水師跳踉健如虎，想像馮夷來擊鼓。奔走先後出復没，銀濤蹴山洒飛雨。棹歌滿江聲入雲，醉狂不畏河伯嗔。撇波急槳電光掣，奪得錦標如有神。靈均孤忠照今古，土俗猶能繼端午。湘魂不來心獨苦，歸詠離騷酹蒲醑。《全元詩》，册 62，第 89 頁

競渡詩并引

王惲

詩引曰：「予前年客福唐，寓舍在西湖上。閩俗自四月中爲龍船戲，船鑿長木爲槽，首

尾鱗鬣皆作龍形，以五彩妝繪，漆髹其腹，取其澤也。上坐五六十人，人一棹，柱面對翻，并進如箭。鐃歌鼓吹，自明竟夕，殊喧譁也。大率争取頭標以爲劇戲，踰重午乃已。壬辰蕤賓節，追念往事，偶爲賦此，且記越俗之好尚焉。又平時花竹亭館，四面環合，不減臨安，故亦以西湖名之。」

五月沅江競渡頻，遺風此日見東閩。大夫淪溺甘魚腹，舟子招呼問水濱。鐃鼓轟翻蛟鰐室，繁華凄斷綺羅塵。曲終人散青山暮，招屈祠前獨愴神。《全元詩》，册 5，第 332 頁

競渡歌

鄧　雅

石榴花開燕新乳，蒲風拂面收殘雨。江頭競渡鼓轟雷，千載遺風續荆楚。嗟哉三閭賢大夫，汨羅自溺胡爲乎。懷王信讒薄忠義，清溝豈肯同汙渠。寧甘一死葬魚腹，萬古湘潭深且緑。至今競渡起歌聲，聽者如歌還似哭。喧呼兩岸聲沸天，不知勝負誰家船。錦幖奪得唱邪許，盡説兒郎年勝年。《全元詩》，册 54，第 250 頁

220頁

競渡

孫彝

紅錦高標蓮葉浦，綵龍飛處捷如神。此時標下争先客，正似權門觸熱人。《全元詩》，册 65，第 220 頁

北邙行

釋梵琦

請君停一觴，聽我歌北邙。北邙在何許，乃在洛之陽。洛陽城中千萬家，無有一家免亂亡。天地開闢來，死者生之常。遠如上古諸皇帝，卒棄四海歸山岡。富貴浮雲亦易滅，筋骸化土誠堪傷。漢陵發掘竟何事，後世更留珠玉裝。而况將相墳，不爲荆杞荒。野火燒林斷碑碣，牧童見草呼牛羊。當其得志時，真欲凌雲翔。天子不敢忤，群臣非雁行。嬌兒聰明尚貴主，愛女秀麗專椒房。昨日鑄印大如斗，今日臨軒封作王。風雷起掌握，瓦礫含輝光。權勢有時盡，亂哀無處□。嬌兒愛女替不得，點點血泪沾衣裳。白馬素車出門去，未知魂魄游何鄉。土梟飛來樹裊裊，石獸對立烟蒼蒼。萬歲千秋共一盡，高臺大宅空相望。《全元詩》，册 38，第 330 頁

節婦吟

袁桷

題注曰：「爲蒙氏作。」

幽蘭净如洗，晻靄桑麻墟。天低泣清露，因依護紛敷。春風遠相負，洒在萬里餘。明月流素光，願鑒夫君裾。荷戈力行役，誓將保無渝。難以一日歡，永失千歲娱。蕩蕩明河側，雙星隨斗移。會合靡有覯，恍惚生怪奇。古意不復識，今情益多疑。契闊三十春，百年以爲期。白首一邂逅，孤芳秉華滋。感此初意深，臨風托長辭。《全元詩》，册 21，第 121 頁

同前

胡奎

汲井井水清，彈琴琴弦直。弦直節不移，水清心共白。夫死舅姑老，妾身安所歸。燈前形共影，獨留三歲兒。願兒日長大，他年應門户。莫戀蜜脾甜，甘爲蓼蟲苦。《全元詩》，册 48，第 71 頁

同前

劉　紹

婦道繫彝典，高情懷衛姜。凱風繼以作，板蕩誰隄防。卓行出流俗，所天悲早亡。奉姑終乃身，厥志久益臧。空谷跫足音，晦冥見朝陽。漓俗誠可肅，孤貞凛秋霜。時無魯中叟，載筆徒慨慷。《全元詩》，册 50，第 561 頁

同前

謝子厚

題注曰：「按：《政和縣志》，烈女管氏，政和縣登俊坊張子方妻也。至正末，礫寇入邑，子方爲所驅而去，時管氏年方二十餘，義不受辱，遂自刎。」①

黄熊山前星水湄，管家之女張家歸。寧知結髪未五載，戎馬滿郊塵亂飛。舉邑紅顔半圭

① 《全元詩》，册 52，第 535 頁。

玷，甘心一死惟天知。手把尖刀持向頸，斷咽血流紅滿衣。羞殺五季馮丞相，低頭不得夸男兒。一夜同衾百夜情，死猶願爲連理枝。如何不念萬鍾禄，棄舊憐新無已時。《全元詩》，册 52，第 535 頁

同前

孟　昉

止水静不波，破鏡昏不磨。妾心一寸灰，六月冰峨峨。篝燈夜不哭，買書教兒讀。了却未亡身，終依泉下人。《全元詩》，册 54，第 389 頁

湘江曲

釋希陵

二妃泪灑湘竹斑，湘江沉沉凝曉烟。月照古祠江水邊，商船來往燒紙錢。桂花滴露江雲寒，竹間一聲啼斷猿。《全元詩》，册 13，第 341 頁

平戎辭

胡奎

旌旗捲盡渡黃河，春滿皇州雨露多。直過李陵臺北畔，番人皆唱漢鐃歌。《全元詩》，册 48，第 142 頁

望春辭

胡奎

起登高閣望春來，淺白深紅次第開。憑仗東風須耐久，莫教容易墮塵埃。《全元詩》，册 48，第 142 頁

思君恩

胡奎

君恩深似海，君德浩如天。歲歲流紅日，山呼億萬年。《全元詩》，册 48，第 104 頁

湖中曲

胡　奎

外湖湖水濁，裏湖湖水清。妾不愛濁水，長向裏湖行。手折芙蓉花，佳期碧雲遠。臨水照蛾眉，盈盈愁日晚。日晚當奈何，湖中蓮刺多。回舟蕩槳去，莫唱采蓮歌。《全元詩》，册48，第109頁

賦得月漉漉送方叔高作尉江南

雅　琥

月漉漉，泥在水。送君歸，幾千里。泥在水，月不明。執君别，難爲情。漉漉見月，水深泥多。飄飄游子，歲暮如何。洞庭霜下，木落無波。白雲在望，鼓枻謳歌。念子之來，携書一束。兹焉言歸，榮養以禄。雄劍在匣，弨弓在箙。馳騁千里，毋爾局蹙。《全元詩》，册37，第435頁

月漉漉篇

胡　奎

月漉漉，銀塘曲。兔影蘸金波，龍綃皺文縠。越女浣紗歸，雙蛾濕秋影。移舟明鏡中，露下

菱花冷。《全元詩》，册48，第133頁

月漉漉送瞿慧夫之練川

文質

月漉漉，在婁水，老蟾千年浸不死。容花已萎春蕙芳，弦望茫茫運天髓。月漉漉，在埭水，桂影無烟玉如洗。一天清吹凉參差，琉璃碧破飛魚起。我家月明滄海曲，漁歌不驚鷗夢熟。脱巾醉卧竹葉舟，白頭浪起高于屋。送君行，月漉漉。《全元詩》，册50，第49頁

貧婦謡

楊維楨

按，《樂府詩集·新樂府辭》有《貧婦詞》，元人《貧婦謡》《貧婦嘆》，均當出於此，亦予收録。

西家婦，貧失身。東家婦，貧無親。紅顔一代難再得，皦皦南國稱佳人。夫君求昏多禮度，三日昏成戍邊去。龍盤有髻不復梳，寶瑟無弦爲誰御。朝來采桑南陌周，道旁過客黄金求。黄金可

棄不可售，望夫自上西山頭。夫君生死未知所，門有官家賦租苦。姑嫜繼歿骨肉孤，夜夜青燈泣寒杼。西家婦作傾城姝，黄金步摇綉羅襦。東家婦貧徒自苦，明珠不傳青州奴。爲君貧操彈脩竹，不惜紅顔在空谷。君不見人間寵辱多反覆，阿嬌老貯黄金屋。《全元詩》，册39，第45—46頁

貧婦嘆和成誼叔應奉韻一首

貢師泰

結髮事夫子，相期首俱皓。如何割歡愛，長年在遠道。井臼甘勤勞，衣食無完好。妾身徒區區，妾心實杲杲。鳥飛尚投林，魚游亦依藻。君非魯秋胡，貞心諒同保。《全元詩》，册40，第240—241頁

補古樂歌序

周巽

詩序曰：「唐元次山《補樂歌》序曰：『自伏羲至于殷，凡十代，樂歌有其名，亡其辭。考之傳記，義或存焉。采其名義以補之，凡十篇，命之曰《補樂歌》。』余讀次山之作，愛其辭旨淵古，宛然若當時之制，難可仿傚。遂考傳記所載上古聖人，制作功德，如伏羲結網罟以

教畋漁，神農作耒耜以教耕稼，軒轅造律吕以審陰陽，堯觀蓂莢以正曆象，舜繇陶冶以陟帝位，大禹之疏河，成湯之禱旱，成王之卜洛，皆歷代聖人制作功德之大，因以名篇，亦謂之《補樂歌》云。案：《耒耜》《蓂莢》《疏河》三篇，《永樂大典》原闕。」①

網罟

宋王應麟《困學紀聞》曰：「夏侯太初《辯樂論》：『伏羲有《網罟》之歌，神農有《豐年》之詠，黄帝有《龍袞》之頌。』元次山《補樂歌》有《網罟》《豐年》二篇，《文心雕龍》云：『二言肇于黄世，《竹彈》之謡是也。』」②明張岱《夜航船》曰：「伏羲氏有《網罟》之歌，始爲歌。」③清王念孫《讀書雜志》曰：「『張天下以爲之籠（《初學記》《太平御覽》引此并無「之」字），因江海以爲罟，又何亡魚失鳥之有哉！』高注曰：『罟，魚網也。』《詩》云『施罟濊濊』。念孫案：正文、注文内『罟』字皆當爲『罛』。罛、罟聲相近，又涉上文網罟而誤也。凡魚及鳥獸之網，

① 《全元詩》，册 48，第 406 頁。
② 《困學紀聞》卷五，第 129 頁。
③ 《夜航船》卷八，續修四庫全書，册 1135，第 469 頁。

皆謂之罟。而罛則爲魚網之專稱。《爾雅》鳥罟謂之羅，兔罟謂之罝，麋罟謂之罞，彘罟謂之罛，魚罟謂之罛。《衛風·碩人篇》『施罛濊濊』，毛傳曰：『罛，魚罟。』此皆高注所本。若專訓罟爲魚網，則失其義矣（罛字必須訓釋，故引《詩》爲證。若罟字，則不須訓釋。上文網罟二字無注，即其證）。且此文失鳥二字，承上籠字言之，亡魚二字，則承上罛字言之。若變罛言罟，則又非其指矣。《呂氏春秋·上農篇》『罛罟不敢入于淵』，高彼注云：『罛，魚罟也。《詩》云『施罛濊濊』。』正與此注同，足正今本之誤。《初學記·武部·漁類》《太平御覽·資産部·罛類》引此并作『因江海以爲罛』。」①

代結繩兮古庖犧，網罟設兮取象於離。張萬目兮舉維，以佃以漁兮隨所施，龍馬出兮河之涯。

律呂

嶰竹生兮鳳凰鳴，協陰陽兮制鳳笙。箫十二兮和五聲，奏雲門兮天下平，帝乘龍兮游太清。

---

① [清] 王念孫《讀書雜志》淮南内篇第一，江蘇古籍出版社，1985年版，第764頁。

陶冶

歷山之下兮河之濱，陶元氣兮冶大鈞。摶埏埴兮滓清泠，器不苦窳兮資吾民，元德升聞兮韶音以成。

禱旱

素車白馬兮來桑林，六事責己兮感天心。天心回兮霈雨霖，蘇萬物兮恩澤深，大濩作兮流遺音。

卜洛

假神龜兮建東都，定寶鼎兮開皇圖。武功成兮文德敷，白雉在庭兮鳳在梧，歷世歷年兮垂遠謨。《全元詩》，冊48，第407—408頁

豐年

鄧　雅

豳風世已遠，王業今復隆。豈敢辭艱難，治本當力農。維時降甘雨，我稼已芃芃。一稔定可期，未私乃先公。公家畢租税，祭祀亦已供。飲酒日爲樂，不知年歲終。《全元詩》，册 54，第 246 頁

雲門樂

胡　奎

八風開橐籥，一氣運鴻濛。黄屋尊堯德，玄圭錫禹功。干羽三苗格，車書萬國同。醴泉從地出，甘澤與天通。電繞星樞北，春回壽域中。雲門齊奏曲，彤管紀時雍。《全元詩》，册 48，第 173 頁